埃斯基涅斯演说集

〔古希腊〕埃斯基涅斯 著

芝人 译

广西师范大学出版社
·桂林·

埃斯基涅斯演说集
AESCHINES YANSHUO JI

图书在版编目（CIP）数据

埃斯基涅斯演说集 /（古希腊）埃斯基涅斯著；芝人译. --桂林：广西师范大学出版社，2023.3
ISBN 978-7-5598-5616-6

Ⅰ. ①埃… Ⅱ. ①埃… ②芝… Ⅲ. ①政治家－演讲－古希腊－选集 Ⅳ. ①I545.62②D59

中国版本图书馆 CIP 数据核字（2022）第 213665 号

广西师范大学出版社出版发行

(广西桂林市五里店路 9 号　邮政编码：541004)
　网址：http://www.bbtpress.com
出版人：黄轩庄
全国新华书店经销
深圳市精彩印联合印务有限公司印刷
（深圳市光明新区白花洞第一工业区精雅科技园　邮政编码：518108）
开本：787 mm × 1 092 mm　1/32
印张：10.75　　字数：220 千字
2023 年 3 月第 1 版　　2023 年 3 月第 1 次印刷
定价：68.00 元

如发现印装质量问题，影响阅读，请与出版社发行部门联系调换。

埃斯基涅斯（前390—前314）

目 录

译者弁言 001

作品第 1 号　控诉提马耳科斯 001

作品第 2 号　为奉使无状事 087

作品第 3 号　控诉克忒西丰 167

附　录 283

　主要抄本 284

　《控诉提马耳科斯》提要 287

　《为奉使无状事》提要 289

　《控诉克忒西丰》提要 290

　人名专名索引 293

　地名索引 306

译者弁言

作者生平

埃斯基涅斯（Αἰσχίνης），约生于公元前390年，家境不甚富裕，成年后曾担任政府低级办事员，又有过一段演艺生涯，也曾数次应征服役，凭战场表现而获得褒奖。前348年左右开始有埃斯基涅斯参与政事的记载，他初时主张雅典建立广泛联盟以共同对抗马其顿，并为此出使伯罗奔尼撒。前347—前346年①，埃斯基涅斯作为议和使团一员前往马其顿，此后转而主张与马其顿和平相处，与德谟斯提尼成为政敌。前340—前339年，他作为雅典代表前往德尔斐参与周边城邦议事会会议，成功说服议事会制裁安菲萨人，引发第四次神圣战争，马其顿借此得以进军中希腊，不久便有喀罗尼亚之役。前337—前336年，他控诉克忒西丰向德谟斯提尼授予冠冕的提案违宪，意欲借此终结德谟斯提尼的政治生涯，却在六年后的审判中遭到最终的失败，遂离开雅

---

① 雅典以阴阳历纪年，每年第一天为夏至后的第一个朔日，大体相当于中国农历的六月初一，故换算成公历时跨两年。

典，以传授演说术为生。一般认为他于前314年左右病逝。

埃斯基涅斯与德谟斯提尼之间的数次法庭交锋，是雅典法庭演说中少见的从双方角度阐述同一主题的例子，成为后世借以了解当时雅典内政外交的重要资料。今存演说辞三篇，即本书所译。另有托名于他的《书信集》十二篇传世，系伪作。

《控诉提马耳科斯》解题

此演说发表于前346—前345年。此前一年（前347—前346年），雅典与马其顿达成和约（《菲罗克拉忒斯和约》）。埃斯基涅斯与德谟斯提尼参与了谈判过程，且两次出使马其顿，面见国王腓力。雅典议和时的期望是至少能维持当前态势，约束马其顿的进一步扩张，减轻马其顿对盟国福基斯的压力，以便继续通过福基斯限制关内重要竞争对手国忒拜。但和约达成后，腓力抢在正式宣誓缔约之前扩大了对色雷斯一带的控制，随后迅即入关，迫使福基斯投降。由此，雅典对实际结果不满，使团人员首当其冲。第二次出使返国后，德谟斯提尼与埃斯基涅斯决裂，同本派政客提马耳科斯一道，在使团成员接受述职审查时，指控埃斯基涅斯和其他使团成员"奉使无状"，为腓力收买而出卖国家利益。埃斯基涅斯则以攻为守，提起对提马耳科斯参政（提起此类公务诉讼也属参政行为之列）资格的审查诉讼，声称提马耳科斯操持贱业、挥霍家产，依法应丧失参政资格。

这里需要解释当时雅典政治体系中司法程序的重要性。前4

世纪中期的雅典早已不复全盛，但民主制度却更趋成熟，已然产生并运行着一套极其复杂的司法审查制度。其中，最为重要的是成文的法律（νόμος），条目众多，涵盖社会生活的方方面面。整套法律的基本框架按时人的说法来自古代的哲人立法者——特别是梭伦和德拉古这样半传说性质的人物，被全民奉为圭臬。与有着如此悠久历史的法律相比，公民大会所做的决议（ψήφισμα）显然低了一级，于是产生了决议若与法律相抵触则应无效的观点。但是由谁来判断决议是否与法律相抵触呢？只能是通过一直以来负责将法律应用于具体案件的机构——人民法庭（ἡλιαία）。

雅典历史上有过多个司法机构，例如其历史号称可以追溯到雅典建城时期的战神山议事会。一直到前4世纪中期，很多古老的司法机构仍旧保留了一些特定的司法管辖权（如普通杀人案由战神山议事会管辖），但大部分的案件，特别是带有政治性质的案件，已集中到人民法庭审理。这一法庭接受雅典全体男性公民报名，然后抽签选出审判员池，再经过复杂的抽签手续组成每日的各个审判庭，审判庭人数也设得很高，一般都在五百人左右，以此来最大限度地防止司法腐败。

在前4世纪中期，人民法庭对公民大会决议进行司法审查的制度已经深入人心，决议遭遇审查成为家常便饭。这种审查可以由任何拥有这类政治权利的公民发起，以诉讼的形式提交到人民法庭，决议的提议人则成为被告，为决议和自身进行辩护。对决议的司法审查在程序上与一般的案件并无不同，都是原告与被告在审判庭面前各自陈词，然后由审判庭进行简单多数表决。在决议产生的过程中，任何与法律不符的地方都可以成为提起审查的理由，于是在很多审查中，双方的论辩会围绕着决议产生的程序不合规之处展开，而决议内容是否合适反而不一定是重点。

除了对决议的审查之外，人民法庭也会对公职人员进行审查。前面提到了人民法庭的抽签程序，那只是当时雅典政治体系中抽签的广泛应用之一例。在前4世纪的雅典民主制度下，个人的才能是非常不被信任的，全民广泛参政又是被普遍认可的目标，因此，绝大部分的公职都是通过抽签产生。然而，抽签无法保障任职人员的水平，也无法阻止任职人员以权谋私，因此，作为雅典民主制度对个人的不信任的又一表现，即使是抽签产生的公职人员，仍需在就职之前接受资格审查（δοκιμασία），在离职之时接受述职审查（εὔθυνα）。在人事档案制度不完备的情况下，这样的审查也是依赖其余公民的参与而进行的，即发动群众来揭发受审查人员的失格之处，而揭发内容能否成立，自然也就由人民法庭来审理了。

政治控诉对公众如此敞开，好处是显而易见的——提高了政治活动的透明度，威慑贪污腐败的行为，但坏处也是显而易见的——降低了诬陷抹黑乃至敲诈勒索的成本。为此，法律也设置了对控诉不成功者的惩罚，包括处以罚金和丧失再次进行这类控诉的权利。更重要的是，所有的这类控诉都只能由拥有相应政治权利的人发起，而名目繁多的法律里有着各种取缔政治权利的规定。这样一来，有时，对控诉的最佳辩护反倒是主动提出控诉方并无起诉资格。同理，控诉方也常常会提出某决议提案人或某公职人员并无相应的政治权利，应诉方同样不一定要等到真的应诉时才能使用这一战术，可以先发制人，在己方应诉案尚未开庭之前先击倒控诉方的起诉资格。于是，政治斗争经常会落到双方互控此前各种隐私，力图证明对方由于某种劣迹已经丧失某类政治权利的状态，本案就是著名的一例。

本案中埃斯基涅斯选择控诉的是提马耳科斯的两条劣迹：操持贱业和挥霍家产。这两条中，前一条与剥夺政治权利挂钩，现代读者或许还能理解；但后一条，从现代的眼光看，即使成立，也只是私生活问题甚至只是能力问题，与政治权利毫无关联。但在当时的雅典，并没有所谓隐私权的概念，在一个全民参与的政治体系之中，每个人的私生活也都是他政治表现的一部分，在一个全民维护的财务体系之中，每一个人的财务状况也都必须向国家敞开。可以说，前4世纪的雅典，是一个"民主的强权制度"，个人在国家面前并无权利保障可言，必须随时接受其余公民代表国家进行审查。

所以，在当时，控诉一个人"操持贱业"往往是最简单的政治打击方式。在雅典，同性恋行为，特别是年长者与青少年之间的同性恋关系，其实是被广泛接受的，但也和现代很多社会一样，这种行为一旦有了商业性质，立刻就会成为被禁止的对象。但恋人之间的财产往来，与商业性质的活动，又如何能准确区分呢？这就给想要控诉的人提供了无限的可能。本篇只是这类控诉中最著名的一例，德谟斯提尼也帮人写过类似的演说辞（作品第20号《控诉安德洛提翁》），其捕风捉影的程度亦不相上下。不过，本篇内容丰富，叙事水平也很高，于是凡言及古希腊的同性恋状况，必会被提到，因此成了古代法庭演说中特别受关注的一篇，这恐怕是作者始料未及的。

埃斯基涅斯的传世法庭演说辞总共只有三篇，这是最早的一篇，从他的开场白来看，在此之前他也没有多少诉讼经历。按埃斯基涅斯的抱怨说法，德谟斯提尼在一同出使的人中间单单把他挑出来起诉，是考虑到他在使团中年龄是第二小的（仅仅比德谟斯提尼年长），又似乎缺乏法庭经验，德谟斯提尼的这个做法或许带有找软柿子捏的意图。如果真是这样的话，德谟斯提尼很快就会发现自己失算了。埃斯基涅斯表现出了极高的法律水平，从程序时间点的拿捏（赶在腓力对关内的战后处置尚未明朗，雅典人对《菲罗克拉忒斯和约》也尚未完全失望之前发动反诉），到对手的选择（虽然反复暗示德谟斯提尼的私生活作风也有问题，但从头到尾咬死更好对付的提马耳科斯），到法律条文的列举和分析（多方面选择能引起听众共鸣的法律，并对其背后的立法动机做了详细的阐述），再到对法庭叙事环境的完美把握（利用了雅典法庭中质证程序和证据排除规则的不完备，以单方面的长篇选择性叙事和断言营造出不容置疑的印象，再时不时出示己方撰写的"证词"并要求对方承认，若对方不肯承认则立刻质疑对方的可信度，还引用与案情其实毫无关系的诗文来引导听众的感情），凡此种种，无不纯熟。这背后，除天分之外，应该是长年从事政府文牍工作而积累的法律知识，以及此前的舞台生涯习得的引导氛围的能力。德谟斯提尼每次提到埃斯基涅斯的"书手"

和"戏子"职业，总是嗤之以鼻，殊不知正是这两项造就了他平生最强劲的对手。

既然提到了法庭程序，也在这里稍作说明。诉讼中，每方可以有一个或数个发言人（如果多于一个，一般会有分工，比如各阐述案情的某个方面），首先由原告方依次发言，然后轮到被告方，发言完毕后审判团进行无记名投票，以简单多数裁决（若票数相同，则被告方胜出）。发言内容没有特别的约束，人身攻击、随意断言、无关宏旨，都在允许之列。若需本方证人作证，则事先准备好证词，届时传唤证人上台并由书记员宣读证词，宣读完毕后证人表示证词无误即可，没有质证的程序。若提及法律或类似公开文献，也是由发言方准备文字材料，到需要时交给法庭书记员宣读，但无规则可当场保证无误，更无规则防止片面引用。

当时的法庭没有保存发言记录的习惯，凡流传下来的法庭演说辞都是由作者特意写成文字发表的，因此常有发表时改动的情况。现在可以见到的演说辞中经常会事先预测对方论点而加以驳斥，虽然当时法庭上确有此做法，但成文的演说辞中这类预先驳斥有时过于精准有力，一般就是事后改动的结果了。由于同时代购买演说辞文本的顾客多是为了学习修辞技巧，对里面的具体法律条文和证词并无特别兴趣，演说辞发表时常会略去这类内容，只留下一个占位的提示如"法律"、"证词"等。后来，出现了对"全本"演说辞感兴趣的读者，传抄者便会在占位处塞入各种材料，有的确属古代材料，只是与上下文未必协调，有的则纯属后人编造。埃斯基涅斯的三篇演说辞中，本篇是唯一在占位处有材料的，一般都认为不可靠，但为完整起见，仍尽数迻译。

《为奉使无状事》解题

前343年，德谟斯提尼对埃斯基涅斯的控诉终于开庭审判，德谟斯提尼发表了长篇演说，将埃斯基涅斯描绘为卖国魁首，埃斯基涅斯则发表此演说作为自辩。或因此篇演说，也赖多名政界要人出庭相助，据普鲁塔克《德谟斯提尼传》第15章第3节所引的一种说法，埃斯基涅斯终以三十票的差距被开释。后世将二人交锋的这两篇同命名为《为奉使无状事》。

在这一审判中，埃斯基涅斯处于非常不利的位置。无论《菲罗克拉忒斯和约》在签订时是否有合理性，无论埃斯基涅斯在当时谈判中的具体表现如何，雅典民众此时对这个和约都是极度不满的，需要寻找一个出气筒；而德谟斯提尼把一切责任都归到埃斯基涅斯受贿上来，虽未见得符合具体事实，却切合了民众的思维定式，埃斯基涅斯也很难拿出过硬的证据来反驳。特别地，在出使过程中，收受一些礼物本是外交惯例，不收反而有破坏谈判的可能，但这些礼物如何与贿赂相区分呢？又如何能百分百确保这些礼物没有——即使在潜意识中——影响使节的行为呢？所以说，德谟斯提尼的控诉只要进到法庭，就已经占了相当的赢面。

但当时的形势也有一些有利于埃斯基涅斯的地方。首先，不管德谟斯提尼怎么说，毕竟议和工作的主要负责人是菲罗克拉忒斯，而对菲罗克拉忒斯的控诉已经另案处理，民众的怒火也已经得到了一定的发泄。其次，和约签订后不久，腓力突然入关，控制了整个福基斯，当时对雅典人的心理冲击是巨大的，但随着时间流逝，腓力与忒拜渐行渐远，对关内的影响力有所下降，于是民众不免产生"不过如此"的想法，对和约也未必如一开始那样深恶痛绝。因此，在欧部罗斯的领导下，雅典的鸽派又有所抬头，他们主张减少对外的军事干预，增加社会福利等方面的投入，这对一般平民颇具吸引力。德谟斯提尼和其余鹰派政治家并不能控制局面，甚至其资历在欧部罗斯这样的老牌政治家面前还被压了一头。本案中，欧部罗斯出面为埃斯基涅斯辩护，自是不小的助力。

在这种状况下，埃斯基涅斯的辩护策略与技巧就相当关键了。传说中的最终结果也体现了这一点：如果埃斯基涅斯在辩护中多出一点纰漏，十五票改投有罪是完全可能的。

从法律上说，本案相对简单，双方对法律条文和程序问题并无异议，争议完全集中在适用层面——埃斯基涅斯在第二次出使过程中的表现到底有没有达到卖国的程度？德谟斯提尼的演说虽长，但具体到案情上，只有以下几条：一、埃斯基涅斯在第二次出使时故意拖延了使团的行程，以便腓力抢占先机；二、埃斯基涅斯在汇报出使工作的时候故意撒谎误导雅典民众，并阻止德谟斯提尼说出真相；三、埃斯基涅斯配合腓力撰写了一些文字材料，以推进其战略构想（稳住雅典，突击、控制福基斯）。至于这些行为的动机，德谟斯提尼归因于埃斯基涅斯受贿。演说中的其余指责，比如埃斯基涅斯在马其顿酒后鞭打女俘虏，后来第三次出使先请辞然后又参与，并出席了腓力的庆祝活动，还有发言倾向突然转变，从号召抵抗马其顿变成呼吁和平并推动公民大会接受《菲罗克拉忒斯和约》，后来又赞同腓力取得德尔斐周边城邦议事会席位（虽然德谟斯提尼自己也有一篇类似观点的文章）等等，其实都是用以烘托气氛，与案情本身没有直接关系，但在当时雅典的法庭环境之下，这些完全可以影响审判团的情绪，促使他们投下有罪的一票。

德谟斯提尼和埃斯基涅斯都完全清楚，这一指控在法律上的最大弱点，就是缺乏动机方面的证据。德谟斯提尼虽然振振有词地指控埃斯基涅斯收到了贿赂，但细察便可发现，这些都是修辞手段，并无可靠实据，所谓埃斯基涅斯得到了一个有着三十米那①收入的庄子，也是空口无凭。而如果动机不能成立，即使埃斯基涅斯的行为确实造成了严重的后果，也只是能力问题，够不上卖国的罪名。再说，这一指控在因果链上也有不足，如果腓力所获得的成功本来就是不可挡的，那么埃斯基涅斯的行为就没有对雅典造成任何损失。所以，德谟斯提尼的策略，就是用大量的无关指控，还有诉诸爱国情感的叙事，营造一个埃斯基涅斯道德败坏，没有政治原则，必然会收受贿赂、出卖国家的印象，一旦这个印象树立起来，审判团便不会深究证据链和因果链的完备问题。

埃斯基涅斯的应对策略便是先要阻止这个印象的树立，再提

---

① 雅典货币单位。一塔兰同（τάλαντον）兑六十米那（μνᾶ），一米那兑一百银币（δραχμή），一银币兑六角币（ὀβολός）。

示审判团本案的问题所在。在几个虽然无关但很容易影响听众观感的点上，他一一驳斥，一上来就以最强烈的语言力称所谓女俘房事件纯属子虚乌有，后面又专门引入证人表示德谟斯提尼处心积虑编造这一事件。至于第三次出使的请辞过程，庆祝活动上的祝酒，还有所谓发言缺乏爱国激情，埃斯基涅斯也都不厌其烦地解释了。最重要的，是他直接把发起与马其顿议和的责任反推到德谟斯提尼的头上，又精心准备了对出使情况的叙述，并引一同出使人员为证（德谟斯提尼虽然没有正式起诉这些人，但对他们的敌意已是尽人皆知，他们自然乐意前来支持埃斯基涅斯），讲述自己为雅典的最佳利益尽了最大限度的努力，指出德谟斯提尼才是怯懦不堪、见风使舵，还闹出了当众怯场的笑话的那个人。直至今日，学者们都认为埃斯基涅斯这番绘声绘色的叙述必无可能全属编造，那么，在法庭现场，再配上他丰富的舞台技巧，对听众的诱导力就可想而知了。

同时，埃斯基涅斯也发挥他最拿手的法律技巧——通过对公共文献的引述，特别是对公共记录中日期的回顾，指出德谟斯提尼指控中的细节问题。现代读者也许会觉得德谟斯提尼不可能犯下那么多如埃斯基涅斯所说的那种低级错误，但一则德谟斯提尼向以宏大叙事调动听众情绪为能事，对细节内容或确有不留意之处，若遇寻常对手，也就混过去了，但落到埃斯基涅斯这样受过专业文牍工作训练的人手里，情况便会有所不同；二则埃斯基涅斯作为在后发言的被告，完全可能进行选择性的引用而不必担心被对手抓住，他在《控诉克忒西丰》中对有些事件的描述便与本篇不同；三则埃斯基涅斯在现场也许仅指出了对方的少量错误，后来发表和传抄文本时为渲染本方技巧，完全可能又故意虚构了对手的几个错误。无论如何，埃斯基涅斯都成功地动摇了听众对指控方的信任。

在这样的铺垫之上，埃斯基涅斯通过因果分析指出所谓的"拖延"并没有造成任何后果，通过对汇报内容的回顾和解释洗刷"有意误国"的嫌疑，以及抓住几个细节猛击所谓他与腓力共同起草文书的说法，一切就都水到渠成了。至于到底有没有"受贿"，反正本来就说不清楚[①]，德谟斯提尼也没有拿出证据，埃斯基涅斯索性和对手一样，用一些演说技巧搪塞过去了。除此之外，再来两段对全家"光荣历史"的诉说，施展一下常用的求情手法，就可以等着其他的重要辩护人上来了。

总体而言，本篇是埃斯基涅斯叙事才能和法庭辩护技巧的充分展示，很值得品味。

最后说几句对本案具体内容的想法。大部分的古希腊诉讼辞都只有一边流传下来，我们甚至连案件的结果都无从得知，而这一案件中，双方的演说辞都基本完整地保存至今，给了后人很大

---

① 这里比较奇怪的是埃斯基涅斯没有直接回应那个"有着三十米那收入的庄子"的说法，与他在其余细节上针锋相对的态度不一致。最简单的解释是德谟斯提尼在庭上并没有提这个庄子，这是埃斯基涅斯在演说辞书面发表时加进去的，但这个解释有回避问题的嫌疑。我认为庄子多半是有的，不是腓力直接送的（否则德谟斯提尼早就揪着不放了），但可能是有点不光彩的地方（如在福基斯被占领时低价收购之类），所以埃斯基涅斯避而不谈。

的分析空间。但分析时必然遇到的问题，就是按雅典演说界惯例，这两篇演说辞在书面发表前，会经过各自删改，于是即使是基本的事实都有一些彼此对不上的地方。这样一来，后人对本案的分析，虽然洋洋洒洒，最后常常还是归到个人的好恶之上，认为德谟斯提尼爱国赤诚可昭天日的人，自然认定埃斯基涅斯就是一个彻头彻尾的卖国贼；而认为德谟斯提尼本心虽好，实操不免误国的人，则认为埃斯基涅斯所犯最多不过是无心之失。我觉得，从法律角度上看，德谟斯提尼的控诉在证据链和因果链上确有缺失，埃斯基涅斯脱罪是公正的判决，至于议和与出使工作中到底谁是谁非，时人尚且辩不清，后世读者就更难以判断了。

《控诉克忒西丰》解题

奉使无状案后的两三年内，德谟斯提尼连续抨击腓力，以其高超的演说才能带动了雅典政坛的转向，又广泛开展外交工作，促成了一个反马其顿的大同盟。另一边，腓力也没有停下扩张的脚步，逐渐侵入雅典视为根本利益所在的半岛地区及赫勒斯滂一带。终于，约在前340年，以腓力进军赫勒斯滂地区为导火索，双方正式开战。

在这段时间里，德谟斯提尼一派的政治主张非常明确：遏制并最终击倒马其顿，重新确立雅典的国际领导地位。而他的反对派，包括埃斯基涅斯，却没有一套与之对抗的纲领，就如同为了反对而反对，气势自然被压倒。这倒不能全怪他们水平不足。在雅典的政治语境中，追求"独立自由"、"国家荣誉"的主张，天然占有优势，而且听起来也很有可操作性——只要万众一心，广交盟友，岂有不成之理？反过来，主张与马其顿这样"非我族类"的对手和平共处，就算能堂而皇之地说出来，也会被追问：然后呢？从现在的角度来看，最佳的回答可能是：整饬内政，虚与委蛇，静待马其顿生变。但当时的雅典人并无预见未来之能，岂会同意在还没有表现出压倒性力量的马其顿面前低声下气二十年？再说了，哪怕雅典愿意暂时低头，又如何保证最后一定能翻身？勾践本已是常人难为，但夫差这样的对手更是难逢，而腓力，还有亚历山大，显然都不是夫差。

己方如此全面被压制，埃斯基涅斯纵有浑身本领，也无法施展，一直到前339年，他被派往德尔斐周边城邦议事会担任代表。在雅典和斯巴达争霸的时代，这个议事会在国际上几乎毫无影响力，而在两国都走上下坡路，希腊世界多极化之后，它突然成为了各国为自己行为赋予正当性的工具，前所未有地活跃起来。马其顿从边陲小邦发展至举足轻重的王国，自是有赖于腓力的才能和努力，但忒拜为了本国利益，挑动议事会制裁福基斯，引发第三次神圣战争，以致希腊疲惫于十年之役，而马其顿得以携"解放神殿"的大义名分整合关外，也是"功不可没"。按说德谟斯提尼一派不应有此疏忽，竟把几个政治主张完全相左之人（除了埃斯基涅斯，还有德谟斯提尼的老对头墨狄阿斯）派到这么重要的任务上，但或许是因为腓力正有事于北方，而议事会日程安排上也看不到敏感问题，所以就放松了警惕。

埃斯基涅斯去议事会的时候是否带着目标,我们不得而知。按他自己的叙述,他在议事会上碰到忒拜一派的安菲萨代表发言攻击雅典,激怒之下,向议事会发言指出安菲萨违反古老的禁令,亵渎属神禁地,于是议事会决定制裁安菲萨。这一叙述连贯而且合情合理,也正契合了我们对埃斯基涅斯演说技巧、应变能力和文档知识储备的了解,但这件事情的时机如此凑巧(腓力正陷入外交孤立,急需一个理由进军关内),又如此贴合埃斯基涅斯一派的意向(恶化雅典与忒拜的关系,创造雅典与马其顿和解、共同削弱忒拜的可能性),还是颇为可疑的。

然而事件的走向脱离了埃斯基涅斯的控制。在德谟斯提尼一派的主导下,雅典抵制了议事会决议,而腓力则重举"神圣战争"的大旗,直扑关内。大敌当前,却使德谟斯提尼取得了生平最大的外交成果——雅典与忒拜化敌为友,共抗腓力。一时,腓力孤军深入,不得不面对希腊空前大团结的局面。

德谟斯提尼梦想的往日荣光终究没有在喀罗尼亚的战场上复现,腓力的马其顿方阵粉碎了雅典的公民部队、忒拜的"圣军",从此希腊再无一国能与之相争。出人意料的是,腓力并没有攻取雅典,也没有要求在雅典驻军,甚至没有要求惩罚任何雅典人——包括德谟斯提尼。战败的恐慌过去之后,雅典人发现,整个国家的运作与往常无异,只是在对外政策上要服从科林斯同盟——也就是马其顿——的指挥了。埃斯基涅斯一派的政治主张,就这么在外部力量推动之下实现了。

德谟斯提尼自己说,在喀罗尼亚战役之后,他遭到过一些政治性质的起诉，但都胜出了。雅典的民主政府向以刻薄寡恩著称，将领、政治家等若未能满足民众的希望，往往不免被控死罪，德谟斯提尼的政策遭遇如此惨败，若被定罪，本也在情理之中。然而，战败的冲击过后，他的声望并无减损，继续担任公职。前337—前336年，德谟斯提尼在城防修缮工程中任职，随后他的支持者克忒西丰提议向他授予冠冕。这种提议的性质相当于公开表彰，级别不算特别高。不过，从时机上看，这也有可能是他这一派在试探政治形势，而不一定算入每年例行公事的大规模表彰。

埃斯基涅斯决定抓住这一机会，彻底扳倒德谟斯提尼。他指控克忒西丰的提案违宪，列出三条理由：一、提交议案时德谟斯提尼尚未就所任公职接受述职审查，而法律禁止向未通过述职审查之公职人员授予冠冕；二、该提案所要求的具体授予冠冕仪式有违相关法律规定；三、提案称德谟斯提尼忠心为国，而德谟斯提尼一生的表现证明他实为蠹国之贼，则该提案纯属欺骗雅典人民。此案于前330年正式开庭，也就是我们所知的金冠案。

这个控诉现在看起来不免隔靴搔痒。正如埃斯基涅斯和德谟斯提尼都提到的，即使埃斯基涅斯胜诉，最后无非德谟斯提尼拿不到这顶冠冕，其余一点损伤都不会有。那么，埃斯基涅斯大张旗鼓地搞这么一个案子，究竟是出于何种考虑呢？

我以为，归根结底，这还是因为埃斯基涅斯一派所面对的政治窘境。在内，雅典人被动地走上了他们一向主张的与马其顿合作的道路，反而暴露出了他们除却"和平"、"合作"的口号并无可行的政治方案，也给他们每个人烙上了"卖国"的印记。反过来，腓力和亚历山大对德谟斯提尼的亲口"背书"，却把他的失败转变成了无穷的政治资本。或许，在雅典人心中，德谟斯提尼一日尚在，就是他们仍保持独立自主的象征，就是他们曾有过光荣努力的见证，而埃斯基涅斯等人，只是不得不接受的外国代理人而已。在外，马其顿暴风骤雨般的崛起，固然令全希腊为之震颤，但其政治体系的脆弱也是显而易见的——王室压制贵族，一切全赖腓力和亚历山大的个人才能与军事威望，一旦雄主不再，便会分崩离析。在金冠案的那一年，埃斯基涅斯等人无法预见亚历山大空前绝后的武功，他们能看到的，只是腓力紧锣密鼓地布置对波斯的进攻。① 他们不得不考虑，若这一以国运相赌的冒险以失败告终，他们这些人又当何以自处。因此，他们急需以一场胜利压制德谟斯提尼一派的气势，也没有时间来等待更好的机会（事实证明，要等到哈耳帕罗斯案，还得再过十二年），就只能发挥埃斯基涅斯的强项，抓住对手这次的微小漏洞，从细节性、技术性攻击入手了。

以埃斯基涅斯的才能，进行技术性攻击不是什么难事。他引述法律，分析立法目标，扣紧此案细节，游刃有余。与之相比，

---

① 按卢卡斯·德迪奥斯（José María Lucas de Dios）从雅典议事日程上推算，金冠案发起应是在前337—前336年冬季，离腓力遇刺尚有数月。另，德谟斯提尼能说服五百人议事会表彰刺杀腓力的凶手，显示腓力遇刺后雅典的政治形势并不利于亲马其顿派，这也佐证金冠案是腓力仍在世的时候发起的。

德谟斯提尼的强辩，不免有底气不足之感。现代学者多数认为上述埃斯基涅斯的前两条立论是站得住脚的。但是，埃斯基涅斯自己也知道，这两条只是引子而已，若不能借此机会将德谟斯提尼的名声彻底毁掉，本案就没有任何意义。本篇《提要》里他对责难者的回答，多半属后世附会，但与他演说内容的轻重分配，的确是完全契合的。

但这里埃斯基涅斯遇到了一个巨大的难题。正常情况下，他只要指出德谟斯提尼的反马其顿政策实际遭遇的失败，便已足够。然而在当时的情境下，越是提醒听众德谟斯提尼的政治主张，就越容易激起听众对他的支持。埃斯基涅斯必须另辟蹊径，塑造一个令听众憎厌的德谟斯提尼。

于是，在埃斯基涅斯的口中，德谟斯提尼从来没有坚定的政治主张，而是一个为了钱财可以出卖一切的人——包括可以向马其顿肆行谄媚，可以扶持雅典的宿敌，可以为亵渎神明的行为背书；雅典如今的衰落，正是受这种反复无常的小人所累，而遭遇神谴后，只有幡然悔悟，投向顺应神意的一方（即马其顿），方有复兴之望。

然而，埃斯基涅斯没有算到的是，德谟斯提尼的真实过往如何，其实在雅典人的心中已经不重要了，彼时，德谟斯提尼这个名字，已经与反马其顿、与争取自由缠在了一起，无法解开。认可埃斯基涅斯的描述，贬斥德谟斯提尼，就是承认此前对马其顿的抗争是一个彻头彻尾的错误，就是承认雅典早已沦为并且以后永远只会是一个二流国家，就是承认这几十年来的奋斗牺牲都毫无意义。而这些，正是雅典人所不甘也不能承认的。

所以，埃斯基涅斯的失败从一开始就已注定，他精心准备的叙述，多方收集的材料，充满天赋的表演，在雅典的人心所向面前，都是徒劳。就算德谟斯提尼只是随口答复，就算他只是站到台上一言不发，埃斯基涅斯也不可能得胜。

但德谟斯提尼是那样的人吗？

最终，埃斯基涅斯这篇演说辞的意义，就是激发出了《金冠辞》这篇冠绝千古的作品；而埃斯基涅斯演说生涯的意义，也就是永远作为德谟斯提尼的衬托，流传于史册之中。

文本说明

本书三篇演说辞均系根据1997年托伊布纳希腊与拉丁古典著作文库（Bibliotheca Scriptorum Graecorum et Romanorum Teubneriana）迪尔茨（M. R. Dilts）编辑本（*Orationes*, De Gruyter）翻译，在文本方面参照了1919年洛布古典丛书（Loeb Classical Library）亚当斯（C. D. Adams）英译本（*Speeches*, Harvard University Press）。① 此外，并参考了2000年凯里（Chris Carey）

---

① 托伊布纳本与洛布本之间词形或拼写不同时择要译出。原标点符号，译文酌情修改，不强求一致。托伊布纳本标注为赘文的词句，除法律条文、证词及类似的"文档"材料之外，一般直接略去，仅在有必要时加注。当法律条文或证词比较长，在抄本中单成一节时，托伊布纳本有时会将起头的"法律"或"证词"标题挪到前一节尾部，本书则将标题放在其正文开始处的该节中，赘文则以〔〕标出；若内容缺失，则只放标题，不再作注。

英译本（*The Oratory of Classical Greece, Aeschines*, University of Texas Press）、1820 年奥热（L'abbé Auger）法译本（*Œuvres completes de Démosthène et d'Eschine*, Verdière & Carez, Thomine et Fortic）、2002 年德迪奥斯西译本（*Esquines: Discursos, Testimonios y Cartas*, Editorial Gredos）。其中，《控诉提马耳科斯》亦参考了 2001 年菲舍尔（Nick Fisher）英译本（*Aeschines Against Timarchos*, Oxford University Press）和弗罗洛夫（Э. Д. Фролов）网络版俄译本（https://simposium.ru/ru/node/12866）；《为奉使无状事》亦参考了 1911/1912 年诺沃萨德斯基（Н. И. Новосадский）网络版俄译本（https://simposium.ru/ru/node/12867）；《控诉克忒西丰》亦参考了格卢斯金娜（Л. М. Глускина）网络版俄译本（https://simposium.ru/ru/node/12868）及 1890 年格沃特金和舒克伯格（T. Gwatkin & E. S. Shuckburgh）编辑本（*In Ctesiphonta*, Macmillan）中的注释。

编辑又在此基础上，参考了 2012 年西洋古典丛书木曾明子日译本（《アイスキネス 弁論集》，京都大学学術出版会）。

关于雅典历的日期

书中多有提及日期之处，先在此特作说明。

雅典历各月份译名列表于下：

希腊语月份名	本书译名	约相当于中国农历月份*
Ἑκατομβαιών	正月	六月
Μεταγειτνιών	二月	七月
Βοηδρομιών	三月	八月
Πυανεψιών	四月	九月
Μαιμακτηριών	五月	十月
Ποσειδεών	六月	十一月
Γαμηλιών	七月	十二月
Ἀνθεστηριών	八月	正月
Ἑλαφηβολιών	九月	二月
Μουνιχιών	十月	三月
Θαργηλιών	十一月	四月
Σκιροφοριών	十二月	五月

* 按现代（夏正）月份，不考虑公元前4世纪中国可能使用周正的情况。

当时科学家已发现十九年七闰之规律，但置闰并未完全按照科学规律，而是比较随意。雅典人喜用闰六月，但闰正、二、七、八月亦尝在记录中出现。雅典历中并无一整套与中国的节气相当的概念，因而也就没有按中气置闰的要求。雅典人一般并不用"闰某月"的说法，比如闰六月通常仍称六月，即该年有两个六月，本书就不细考提及月份时是否是闰月，而均简单译作"某月"了。

雅典人也按十个部落将一年划分成十个"主席团任期"，在一些文件中会出现"某某部落正担任主席团"的字样，但通常并不用来标记日期，而仍是以上面这些月份名称为主。

在一月中计日时，雅典人可能以朔、望、晦日之一为基准，而不是一定从一到三十依次计数。本书尽量保持原有计日方法，计日如以朔日为基准则仍称"初一"、"十二"等，如以望日为基准则称"月圆之日前/后某日"，如以晦日为基准则称"倒数第某日（天）"。

注释中的公历换算则参考了1926年洛布古典丛书文斯兄弟（C. A. Vince & J. H. Vince）译德谟斯提尼《演说辞18—19》（*Orations 18-19: De Corona, De Falsa Legatione*, Harvard University Press）的前言及注释。公历年月日一律使用阿拉伯数字，以示区别。

起初我只想翻译德谟斯提尼的《金冠辞》一篇，但无埃斯基涅斯各篇相关演说辞作为背景铺垫参照，则《金冠辞》中许多地方就会显得非常突兀，故将埃斯基涅斯三篇全部翻译出来，亦方便读者可与拙译《德谟斯提尼演说集 II》对照阅读。毕竟业余，恐多错谬，尚希方家批评指正。

翻译一如既往得到拙荆曹钰与其余家人的大力支持，另得到《南方周末》读书版编辑刘小磊先生之帮助，谨此致谢。

作品第1号

控诉提马耳科斯

[1] 我从没有对任何一位公民，雅典人啊，提起过公诉①，或是在述职审查②时作过为难，而是——以我之见——一向在这类事情上表现得公允平和。然而，我看到，国家③遭到了这个提马耳科斯的重大伤害，他违法当众发言④，连我自己也蒙受了他的讼棍手段⑤——至于其具体方式，我接下来将在发言中展示——[2] 我便以为，如若不前来向整个国家、向法律、向你们、向我自己伸出援手，实属可耻。我知道，他犯下了不久前你们刚刚听到书记员宣读了的种种罪行，我便勒令他接受此次法律审查⑥。

---

① γραφή 可泛指一切牵涉到公权力的诉讼（危害国家、危害政体、普通刑事犯罪等），也可单指其中没有特殊名称与程序的诉讼，例如本节下面提到的"述职审查"（εὔθυνα），或德谟斯提尼《为奉使无状事》第 103 节提到的"告发"（εἰσαγγελία）等。
② 雅典人在卸任官职时需在法庭接受述职审查，任何公民都可以前来指控其不当行为。
③ πόλις 视乎译文语境，或译为"城市"、"城镇"，或译为"城邦"，或译为"国家"，不一一说明。
④ δημηγορέω 本义"在公民大会中发言"，化译如此。
⑤ συκοφάντης 本义"为了谋求钱财而控告或告发他人的人"。雅典没有公诉人，所有犯罪行为都由私人提出控告，在很多情况下法律规定控告者如果胜诉可以得到一定的收入，另外被告人常常愿意私下付钱和解，因此有一些人以专门控告别人犯罪为业。这种做法为当时人所不齿，而且在很多情况下与敲诈勒索没有什么区别。
⑥ 原文用了一些专用名词，以指一种特殊的法律程序，专为审查被告是否在无发言权的情况下继续参政发言而设。参见本篇第 28—32 节。凯里和菲舍尔译作"公开向他提起此次审查法律程序"，奥热的处理也类似。鉴于ἐπαγγέλλω 除"宣布"之外也有"命令"的意思，此从亚当斯的译法，德迪奥斯和弗罗洛夫的处理也类似。

在我看来，雅典人啊，关于公事诉讼，有一句常言说得不错：私愤往往却能纠正公害。

[3] 为提马耳科斯招来这一诉讼的，下面将会证明，不是国家，不是法律，也不是我，而是他本人。法律已经正告了他，既然生平如此下流，便不要当众发言，对他作了的这一指示，在我想来，其实一点也不难办，而是非常非常容易遵守的：他完全可以——要是他脑子还清楚的话——不对我耍讼棍手段。我希望我这段开场白还说得上是公允平和吧。

[4] 我不是不知道，雅典人啊，我接下来首先要说的这些，你们以前应该也从别人那里听到过，但是呢，我还是觉得，由我现在来对你们再提一遍这些话，是非常合适的。大家都认同，全人类一共有三种政体，即君主制度①、寡头制度和民主制度；在君主制度和寡头制度之下，是随在位者的意愿而统治的，而在采取了民主制度的国家之中，是依据已经立下的法律而管理的。[5] 你们都是清楚的，雅典人啊，保护着民主制度之中的公民们的人身安全、保护着这种制度的，乃是法律；而保护着君主们、保护着寡头们的，乃是猜疑，是全副武装的卫兵。对于寡头们，对于在不平等的制度之下当权的人们，他们需要提防的是那些以暴力行动②摧毁这套制度的人，而对于生活在平等、法治的制度中的

---

① τύραννος，在没有明确贬义的语境下，一般译作"君主"。
② 原文 ἐν χειρῶν νόμῳ 直译"通过使用双手"，此从《希英词典》（*A Greek-English Lexicon*）的翻译。三种英译、西译和俄译都处理为"试图以暴力"，奥热译作"只相信暴力而试图"。

你们，则是那些在言语方面、在生活方式方面违反法律的人。所以，你们要想继续兴盛，就一定要谨守良法，不被违法之人所倾覆。[6] 我想，我们在立下法律之时，应该关注我们将立下的法律是否完善、是否有利于宪政①，而当我们已经立下了法律之后，则应该遵守已经立下的法律，惩罚那些不遵守法律的人，这样国家才能够安好。

请看吧，雅典人啊，那位古代的立法者梭伦，他对生活作风一事是何等关注，还有德拉古，还有其他那些那个时代的立法者。[7] 首先，他们为我们的儿童的生活作风立下了法律，明文规定了自由人家的儿童应该操持怎样的生活方式，对他们应该怎样进行教养；其次，则是为青年的生活作风；再次，则是依序为其余各个年龄段的生活作风，都立下了法律，不单单关系到无公职之人，也关系到公开发言的演说人。所有这些法律，他们都铭刻②

---

① πολιτεία 本义"公民所拥有的权利"，也有"政治制度"的意思，可以通指各种政治制度（如本篇第 4 节里的用法），但单独在雅典演说辞中出现时，往往特指雅典式政治制度，即强调公民对政治活动的参与，以及政治运作所应遵循的法律框架。以下在取该特指义项时译作"宪政"，以突出法庭演说辞使用该术语时对法律框架的重视。雅典虽无正式的"宪法"一说，但若将 νόμος 对应现代的"宪法"，而将 ψήφισμα 对应现代的"法律"，也大体可以对得上；本书译文中，νόμος 仍译作"法律"或"法案"，ψήφισμα 仍译作"决议"或"议案"，但 πολιτεία 译作"宪政"，παρανόμων γραφή（指控一条决议违反了 νόμος）也译作"违宪诉讼"，以贴近现代常用说法。
② ἀναγράφω 本义"铭刻并公开展示"，此从亚当斯和弗罗洛夫的译法。凯里和菲舍尔译作"写了下来"，奥热译作"存入了档案"，德迪奥斯译作"存为文字记录"，木曾译作"记录"。

了下来，托付在你们手中，以你们作为守护之人。[8] 我在发言中，也想要与立法者在法律之中采取同样的顺序。首先，我将向你们详细叙述为我们的[①]儿童的良好生活方式而立下了的法律，其次则是那些为青年的良好生活方式而立下了的，再次则是依序阐述为其余那些年龄段的良好生活方式而立下了的，不单是关系到无公职之人的那些，也包括关系到公开发言的演说人的那些。这样，我以为，我的发言将会最容易理解。同时，我也想要，雅典人啊，首先对你们详细描述国家现有的法律内容，然后再把提马耳科斯的生活方式拿来作个比较，这样你们就可以看出，他这个人的生平乃是有违于一切法律的。

[9] 首先，立法者对教师们——这些人，我们必须将自己的孩子托付给他们，他们的生计全赖于他们生活检点，反过来的话就会穷困潦倒——如此不信任，乃至要明文规定，首先，自由人家的儿童应在什么时刻进入教室，其次，应该与多少名儿童一同进入，还有，应该在什么时刻离开。[10] 他还禁止教师和教练在日出之前打开学校和摔跤道场，并命令他们在日落之前必须关闭，这是因为他对独处与黑暗有着极大的疑心。他也规定了什么样的青年人可以出入，应该是什么样的年龄。[②] 他更为所有这些设置

---

① 洛布本作"你们的"。
② 三种英译处理为"他也规定了什么样的儿童可以上学，应该是什么样的年龄"，但 νεανίσκος（青年人）和 εἰσφοιτάω（经常进入）这样的用词似乎表示这不是指学生。此处较接近奥热、德迪奥斯、弗罗洛夫和木曾的理解。

了负责官员，还有，为伴读的书童①，为学校中的缪斯庆典，为摔跤道场中的赫耳墨斯庆典，以及最后，为儿童结伴入学的做法，为圆环舞歌舞队②，都立下了规矩。[11] 他还规定，有意为你们奉献本人财产的歌舞队出资人③必须年满四十方可如此，这是为了保证他们已达到心智最为端正的年龄之后才与你们的儿童接触。

书记员④将向你们宣读这些法律，你们从中就可以知道，立法者的想法是，一名受到了良好教养的儿童将会成长为对国家最为有益的人，而如果有人的天性从一开始就得到了卑劣的教育作为起点，则他以为，从这样的恶劣教养之中成长起来的儿童成了公民以后，也必将是一个类似于这个提马耳科斯的人。请向这里诸位宣读这些法律。

[12] 法律⑤：

———————

① παιδαγωγός 指陪伴儿童上学的奴隶，未必年龄较小，此处仍按中文习惯译作"书童"。木曾注云，一般经济能力较好的雅典公民，多遣家奴照管、陪随他们的子女，故须加以防范，为求所受教化之淳正。
② 亚当斯注云，经常由儿童在庆典上表演。木曾注云，少年的"圆舞合唱队"，多以部落为单位编组，在出资人的督导下，参加酒神节等庆典。另，德迪奥斯认为最后两句是连起来的，即"为儿童结伴参加圆环舞歌舞队"。
③ 木曾指出，承担诸如酒神节等国家庆典、合唱舞蹈等的费用，是富裕公民提供的公共服务一种，相应地，亦为之带来令誉。
④ 洛布本无此词。
⑤ 亚当斯指出，一般认为本篇所引各条法律并非原文，而是古代编者加入的。木曾同样指出，这条为后世插入，并由多条法律缀补成一段。至于出资人年龄限定以防男色交易云云，参见亚里士多德《雅典政制》第56章第3节。

〔儿童教师不得于日出之前打开学校,且须于日落之前关闭学校。任何已过儿童年龄段之人不得于儿童在内时进入学校,仅限教师之子、兄弟、婿方可。若有人违此法而入内,则当处死。体育馆馆主不得在任何情况下允许成年人一同进入赫耳墨斯庆典,若听之任之,不将其斥于体育馆之外,则馆主当依诱奸①自由人之法律论处。人民所任命之歌舞队出资人须年满四十。〕

[13] 在此之外,雅典人啊,他还为下面这种虽说重大,但在我想来是存在于城邦之中的罪行立下了法律,正是因为有人在做不正当的事情,古人才会为此立下法律。法律于是②明文规定了,如果有儿童被父兄叔伯、监护人或其他任何拥有控制权之人雇出从事贱业③,则儿童本人不当受起诉,而是雇出之人及雇入之人当受起诉,前者是因为将其雇出,后者则是——法律是这么写的——因为将其雇入。法律为两者定下了同等的惩罚,且规定,该儿童成人之后,无须赡养将其雇出从事贱业之父,也无须向其提供住所,唯于后者死后当将其安葬并举办传统仪式。[14] 请好

---

① φθορᾶς 本义"毁坏",但有"诱奸"之意。此处这样翻译,与本篇第43节中的 διαφθείρω(毁灭、腐蚀)稍作区分,亚当斯亦如此处理,凯里和菲舍尔两处皆译作"腐蚀",德迪奥斯此处译作"腐蚀"而第43节处译作"毁掉",弗罗洛夫此处译作"腐蚀"而第43节处取词近似"诱奸"。
② 洛布本作"至少"。
③ ἑταιρέω 本义"作伴",实际上就是提供性服务。使用"娼"、"妓"、"卖淫"等字样容易带来不必要的女性化联想,因此译文尽量使用中性的"贱业"一词。

好看看吧，做得多好啊，雅典人啊！当那个人活着的时候，他作为父亲所能得到的好处都被剥夺了，正与他剥夺了另一个人的发言权的行为[1]相配，而当他死了以后，当他就算受了好处也不再知道[2]受了些什么好处的时候，当法律和宗教才是得到了尊重的对象的时候，就规定了，应该埋葬他并举办传统仪式。

立法者为了守护你们的儿童还立下了什么样的法律呢？比如，那条关于皮条客的法律，它为那些给自由儿童或自由妇女的卖淫行为牵线的人定下了最为严重的惩罚。[15]还有其余这类的呢？比如说，那条关于轻侮行为[3]的法律，其中将所有这类行为归到了同一个条目之下。那里面明文规定了，如果有人轻侮儿童（买春之人大约是会做出轻侮行为的）、男子、妇女，无论这个人是自由身份还是奴隶身份，如果此人对这些人中的任何人做出这类违法行为，则法律设置了轻侮行为的起诉名目，定下了惩罚，指定了违法者应该遭受怎样的处置，付出怎样的罚金。请宣读法律。

---

[1] 卖淫者丧失在公民大会的发言权。
[2] 洛布本作"不知道"。
[3] ὕβρις 作为法律名词时通指各种带侮辱性的攻击与伤害，其中又常分出单独的一类称为 ὕβρις δι' αἰσχρουργίας，指性侵犯。此处说的应该就是这一类，试译为"轻侮"。凯里在注中也认为这个词的涵盖范围应该比较广，不一定要有暴力行为。木曾译为"侮辱罪"，注说多用于罪名，但现存辩论中未见有侮辱罪公共诉讼之事例。适用于公民名誉、体面损失等情形，与暴行罪私人诉讼（δίκη αἰκίας）、加害罪私人诉讼（δίκη βιαίων）内容有部分重复。本篇第16节法律亦为后世所加，与德谟斯提尼《控诉墨狄阿斯》第47节类似主题的法律（一般认为是后人所加）有字句相近之处，也有相龃龉之处。

[16] 法律:

〔若有雅典人轻侮自由儿童,该儿童之监护人当向立法执政官[①]起诉,且指定惩罚方式。若法庭[②]判定应处死刑,则应于当日交于十一人组[③]执行。如判定应缴罚金,则即使不能当场交付,也须于审判结束十一日内缴清,在缴清之前当处以监禁。凡对家仆之人身作恶者亦当受同等处置。〕

[17] 乍一听到这条法律,有些人说不定会很吃惊,心想为什么在这条关于轻侮行为的法律里面还要特意为奴隶加上这么一句话。但要是你们仔细看看的话,雅典人啊,你们就会明白,这真是极好的。立法者才不是在为家仆操心,而是一心希望你们能养成习惯,远离这种对自由人的轻侮行为,所以他才加上了一条,禁止对奴隶的轻侮行为。在他看来,在民主制度之下,要是有人对任何别人做出了轻侮行为,那么这个人就彻彻底底地不配跻身于公民之列了。

[18] 请与我一起将下面这一点铭记在心,雅典人啊,就是说,

---

① 每年抽签产生九名执政官(ἄρχων),主要负责当年的法律程序和宗教仪式工作,其中排名靠后的六人统称"立法者"(θεσμοθέται,这里译为"立法执政官")。
② δικαστήριον,陪审法庭。三十岁以上公民抽签选出六千人任审判职一年。诉讼案件从中再抽选,通常公事诉讼五百又一人,私事诉讼二百又一人。
③ οἱ ἔνδεκα,负责监狱及执刑事务的官员。木曾注云,参见亚里士多德《雅典政制》第52章第1节。

至今为止，立法者还没有对儿童本人作过什么指示，而是对儿童周边之人在作指示，包括儿童的父亲、兄弟、监护人、教师，以及其他一切能对儿童施加控制的人。但既然有人已经被列入了公民花名册[1]，已经了解了国家的法律，已经能够分辨善恶，他就不再是在对其余人，而是在对提马耳科斯本人作指示了。[19] 他是怎么说的呢？若有雅典人——他说——操持贱业，则这个人不得担任九位执政官中的任何一位[2]（我想，这是因为执政官都是要戴上冠冕[3]的），也不得以祭司身份进行献祭（因为他们的身子不干净），也不得担任公诉人[4]——他继续说——也不得在任何时候担任任何公职，无论是国内的还是国外的，无论是抽签产生的职位还是选举产生的职位。[20] 也不得担任传令官，也不得担任使节，也不得指控曾任使节之人，也不得受雇提起控诉，也不得于任何时候在五百人议事会[5]内或在公民大会内发表意见，哪怕他是最善于言辞之人[6]。如若有人违反这些规定，则立法者设置了操持贱业的起诉名目，定下了最为严重的惩罚。请向诸位

---

[1] 雅典男性公民年满十八岁，经资格审查合格后，会被引见给同一地区的居民，列入公民花名册。
[2] 参见本篇第158节注释。
[3] 表示人身神圣不可侵犯。
[4] 在牵涉到政府的案件中代表政府发言。此处洛布本用词相差较大，但意义基本一致。
[5] βουλή，雅典的日常议事机构，由每个部落各抽签选出五十人组成，任期一年。所有议案先由五百人议事会提出，然后再交给公民大会表决。
[6] 洛布本作"全雅典人之中最善于言辞之人"。

宣读这条法律，这样你们就可以知道，如今，我们①之中已经有着这样的法律，如此美好如此高尚的法律，在这种情况之下，提马耳科斯却居然还敢当众发言，而你们都很清楚，他是一个什么样的人，有着一种什么样的生活方式。

[21] 法律②：

〔凡雅典人曾操持贱业者，不得担任九位执政官之一，不得担任祭司职务，不得担任公诉人，不得担任任何公职，无论国内国外，无论抽签产生或选举产生，不得被派遣为传令官，不得发表意见，不得进入公共庆典③，不得于公众头戴花环④之时戴上花环，不得进入广场之上已洒圣水之区域。凡被判定曾操贱业之人，有违于以上数条者，即当处死。〕

[22] 立法者便是立下了这样的法律以约束那些自愿对自己的

---

① 洛布本作"你们"。
② 木曾注云，这里的引用并未言买春者须受处罚，可能是演说人当时只剪取当庭所需材料，而这条法律乃后世注家所加，不能据此证明本篇第72、87、90、163节叙述为误。
③ 此从亚当斯的译法，木曾也如此处理。凯里和奥热译作"公共神殿"，菲舍尔和德迪奥斯译作"公费祭典"，弗罗洛夫译作"公共祭典"。
④ "花环"和"冠冕"词义相近，此处宜译作"花环"，前面执政官戴的已译作"冠冕"。亚当斯译作"桃金娘冠"，凯里译作"圣花环"，菲舍尔译作"花环"，德迪奥斯和弗罗洛夫译作"冠"，木曾译作"冠"且注云公职人员所戴的桃金娘冠、橄榄冠等。

身体作恶的青年人；之前不久对你们宣读了的那些，是关于儿童的，之后我将要讨论的，是关于其他雅典人的。等他离开了这些法律的范畴之后，他就来审视你们聚集在公民大会会场时应该以怎样的方式来讨论最为紧迫的议题了。他是怎么起头的呢？"此法律，"他说，"系关于良好秩序。"他便是这样从端正的思想出发，① 这是因为，有了最为良好的秩序，我们才能够最好地管理国家。[23] 他是怎样要求主持人团②行事的呢？当被除祭品③已被传过一遍之后，当传令官已发布完父祖相传的祝祷之后，他规定，主持人团应首先举行关于父祖相传的祭典的讨论，其次是关于接待传令官和使节的讨论，再者是关于世俗之事的讨论④，在这些之后，传令官便当发问："有哪位年满五十的先生想要对大会发言？"当这些人都已发过言之后，他规定，其余有权发言的雅典人便可随意发言。[24] 请看吧，多好啊，雅典人啊。我想，立法者不是不知道，老年人一方面已达到了心智最为成熟的年龄，而另一方面他们主动发言的勇气却被种种经历消磨了。由此，他

---

① 洛布本认为此句赘文。
② 五百人议事会与公民大会由除担任五百人议事会主席团（参见本篇第104节注释）的部落之外的九个部落各自抽签产生九个主持人，再从中抽签产生当日首席主持人。
③ 木曾注云，习惯在广场、剧场等地集会，以乳猪为牺牲，并取其血混入干净的圣水中泼洒，歌咏祈祷。
④ 奥热译作"关于类似事务的讨论"，当是将 ὁσίων（世俗的）读为 ὅσων（类似大小的）所致，此处不取。

就想要为这些思维最为优秀的人士养成必须为国家事务发言的习惯，而既然他无法对他们之中的每一个人各自呼名，他便将这整个年龄段的人归在同一个名目之下，召唤他们走上讲坛，催促他们当众发言。同时，他也教导了年轻人，要在长者面前自惭形秽，要事事对他们让先，要尊重我们如能存活便全都必将抵达的老年。

[25] 古代的那些演说人也是如此之端正，比如说，伯里克利、地米斯托克利，还有那位阿里斯提德，他的别名与这个提马耳科斯是何等不同！现如今，我们都已经习惯了，发言的时候手是放在外面的，可是，那个时候，这种做法乃是粗鲁的表现，他们都是小心谨慎决不如此的。就此，我要向你们展示一份在我看来重大而实在的证据。我很清楚，你们所有人在出航到萨拉米斯岛的时候，都看见过梭伦的塑像，你们都可以作证，在萨拉米斯岛的广场上，梭伦就立在那儿，手是收在里面的。这个，雅典人啊，就是对梭伦的形貌的纪念和描绘，他在对雅典人民发言时就是这个样子的。[26] 就请看吧，雅典人啊，梭伦，还有我不久之前在发言中①回顾了的那些人士，他们与提马耳科斯是何等不同。那些人，他们连说话的时候手放在外面都引以为耻，而这个家伙呢，他不是在很久以前，而是就在眼前，脱掉了衣服，在公民大会里光着身子耍起拳脚来了，那身子是真糟糕，真恶心，都是他的酗酒和兽行的结果，心思端正的人都掩面不视了，心中一想到我们

---

① 洛布本无"在发言中"。

竟然会听取这种人的建议就不由得为国家感到羞耻。

[27] 正是看到了这种情况,立法者才明文规定谁可以当众发言,谁不可以对人民发言。他并没有将一个人摒斥于讲坛之外,只因为那个人祖上没有人做过将军,或者因为那个人靠着一门手艺来维持生计,不,他对这些人都热切欢迎,为此他才反复询问:"有谁想要对大会发言?"

[28] 那么,立法者认为谁不可以发言呢?就是那些生活方式可耻的人。他不允许他们当众发言。他是在哪里表明了这个的呢?"为审查演说人资格一事,"他说,"如若有人对人民发言,而此人殴打其父母,或不加赡养,或不提供住所。"这样的一个人,他是不允许他发言的。宙斯啊,真好啊,我要这么说!为什么呢?因为,如果一个人,对那些他应该如同对神明一样尊重的人们竟表现得如此卑劣,那么,他要是发言了,外人,还有整个国家,又能指望从那个人的手中得到什么待遇呢?[29] 接下来,立法者又禁止什么人发言呢?"或临阵不前①,"他说,"不如所令,或弃盾而走。"说得好。这又是为什么呢?人啊,要是你不能为国家拿起武器,由于贪生怕死而不能保卫国家,那么你也就不配

---

① 原文 μὴ ἐστρατευμένος 亦可译作"不应征召"(参见《控诉克忒西丰》第175节),但似与下一个词组 ὅσαι ἂν αὐτῷ προσταχθῶσιν 的结合比较紧密,不是完全独立的两项,所以按 στρατεύω 本义"在军队行列中前进"而不按其引申义"服兵役"翻译。亚当斯和凯里都把两个词组合译为"未执行所有获命的军事任务",菲舍尔、德迪奥斯和弗罗洛夫也都合译为"不参加被征召参加的军事行动",奥热则译作"不应征召"。木曾指出,逃避兵役(γραφὴ ἀστρατείας)、弃阵(γραφὴ λιποταξίου)将以公事诉讼处之,罚剥夺公民权。

给国家提什么建议了。第三，他又挑出了些什么人呢？"或以身事人，"他说，"或操持贱业。"①要是一个人连自己的身体都卖给别人轻贱，那么，他认为这个人也会轻易出卖国家的共同利益。[30] 第四，他还挑出了些什么人呢？"或荡尽祖业，"他说，"或荡尽继产。"一个把自己的家财管得如此糟糕的人，在他看来，也会同样地去管理国家的公有财产②，立法者也不认为，一个私下表现得如此不堪的人，能在公事上起到什么帮助，立法者也不觉得，一个走到讲坛上来的演说人，心思首先③应该放在言辞上而不是生活作风上。[31] 从一位优秀的正直的人口中说出来的话，就算说得不好，就算说得平白，他也以为，会是对听众有益的话；而从一个下流的人口中，从一个荒唐地对待自己的身体的人口中，从一个可耻地将祖业挥霍一空的人口中说出来的那些，他认为，就算说得再漂亮，④也是没有好处的。

[32] 立法者便是将这些人摒斥于讲坛之外，禁止他们当众发

---

① 原文第二个词即 έταιρέω（参见本篇第13节注释）的分词形式，第一个词是 πορνεύω 的分词形式，两词的区别是第一个相当于"做流娼"，第二个相当于"做花魁"，不过不限于女性，大体是卖淫的不同层次。
② 除弗罗洛夫外，其他各译皆处理作"也会同样处置国家的公共事务"，但按"财产"翻译似与上文更协调，弗罗洛夫也如此处理。
③ πρότερον，三种英译、西译和俄译认为是在两个关心内容之间"首先"要放在哪一方面，奥热认为是时间上在发言之前"首先"要做好准备，木曾将这几句译作"立法者认为，演说人首先生活上就不端正，仅靠着言辞是没办法走上讲坛的"。此从三种英译处理。
④ 洛布本有"对听众"一词，托伊布纳本认为赘文。

言。但要是有一个人违反了这些规定，不单单发了言，而且还要起了讼棍手段，还胡作非为，要是国家已经无法容忍这样的一个人发言，那么，"该审查程序，"他说，"可由任何有权发起之雅典人随意发起。"然后他指派你们在这种审查程序中为此作出裁决。现在我就是依据这条法律走到你们面前。

[33] 这些法律都是很久以前就立下了的，而你们又进一步立下了一条新的法律，那是在那场由这位先生在公民大会之中做了的漂亮的拳脚表演之后的事，你们对此事感到非常羞耻，于是就规定要在每一次公民大会之中抽签选出一个部落坐到讲坛边上，协助维持秩序。立下这条法律的人到底规定的是什么呢？他要求这个部落的成员坐在那里，担任法律的助手、民主的助手，因为，要是我们不呼吁帮助以应对那些持如此生活方式的人，那么，我们就会无法就紧要国事进行商议了。[34] 真的，没有用的，雅典人啊，去试着把这种人从讲坛上赶开，去对着他们喊，是没有用的，他们根本就不知道羞耻，需要做的，是用惩罚来打掉他们的这种习性，只有这样他们才能变得让人可以忍受。

将有人向你们宣读为演说人的良好生活方式①所立下的法律。那条关于由部落成员协助维持秩序的法律，已经被这个提马耳科斯，还有别的一些这种样子的演说人，跑上来指控为不良法律了，

---

① εὐκοσμία 一词在本篇第 22 节也出现过，因为第 23—24 节描述的是大会上讨论发言的顺序，故译为"良好秩序"。亚当斯认为这个词至少在此处应是指良好的品行，但下面第 35 节的法律是古代编者将这个词理解为"良好秩序"而相应添入的。德迪奥斯和弗罗洛夫将其理解为"良好生活方式"，此从之。

他们的目的就是要随心所欲地发言，随心所欲地生活①。

[35] 法律②：

〔若有演说人于五百人议事会或公民大会中发言时，发言内容与议题无关，或不就每一条分别发言，或就同一条重复发言，或使用侮辱性语言，或谩骂他人，或打断他人发言，或在讨论进行之中起身就无关内容发言，或大声喝彩，或殴打会场官员，则于公民大会或五百人议事会散会后，主持人团有权向税务征集员提交罚款单，每项过犯可处罚款至五十银币。若应受更严重惩罚，则在处以罚款至五十银币之外，主持人团当向五百人议事会或下一次公民大会提起申诉，经传唤手续之后，该会议当作出裁决，若经秘密投票定为有罪，则主持人团当向税务征集员提交判罚结果。〕

[36] 你们已经听到法律内容了，雅典人啊，我清楚，在你们看来，这些都是很好的法律。但这些法律到底是有用还是没有用，就取决于你们了。如果你们惩罚了那些作恶的人，那么法律对你们来说，就会既是很好的法律，又是有效的法律；而如果你们放过了他们，那么法律仍旧是很好的法律，但不再是有效的法律了。

[37] 关于法律，我就算是说完了，接下来，像我在开始发言

---

① 洛布本两个动词次序相反。
② 木曾注云，此条法律明显为后世窜入，但非完全不可信。

时①提过的那样，我想要回过头来衡量一下提马耳科斯的生活方式，以便让你们知道，这些与你们的法律是何等相违。我请求你们，雅典人啊，原谅我，因为②我必须讲一下的那些习性，虽然本质并不美好，但的的确确是出于他，而这样一来我就会被引着说出一些与提马耳科斯的行为相类似的用词。[38] 要是说，我想着要增进你们的了解，因而其间说话有点直率，你们就责怪我，这会是不公平的，你们应该责怪的是他，是他的生活方式如此放荡，才搞得想要叙述一下他的所作所为的人，除非使用一些与之相配的用词，否则没有办法按计划发言。我尽可能地做到避免这样就是了。

[39]请看，雅典人啊，我对提马耳科斯的控诉是何等公允平和。但凡他还是个小孩的时候对他自己的身体所做了的坏事，我都跳过去不说。同样地，那些在三十僭主统治之下发生了的事，那些在欧克勒得斯担任执政官之年③以前发生的事，或者是在什么时候追诉期限已经过了的那些事，也都让它们过去了④。至于他已经有了思考能力，已经长成青年⑤，已经了解国家的法律之后所犯下的那些罪行，那些就是我现在控诉的内容，我也请求你们

---

① 洛布本无"在开始发言时"。
② 原文意为"假如"，化译如此。
③ 前403年夏—前402年夏，这是雅典民主制度重建之年。雅典每年以九位执政官中的首位（称为"名年执政官"［ἐπώνυμος ἄρχων］）的名字纪年。
④ 洛布本少一个形容词 ἄκυρα，作"同样对待了"。
⑤ μειράκιον，二十岁左右的人。

对这些严肃考虑。

[40] 他一上来，刚刚走出童年，就住到了庇里尤斯港里的医生欧堤狄科斯那里，说是在学手艺，其实呢，是存心在卖身，事实已经证明了这一点。至于说有哪些商人，或者其他的外国人，或者我们的公民，在那段时间里享用了提马耳科斯的身子，我现在都主动跳过去不说了，免得有人说我好像是什么都①盘根究底一样。而至于他在哪些人的家里成长，一边让自己的身体蒙羞，一边让国家蒙羞，谋生全靠着已由法律禁止、违者即丧失当众发言权的那种职业，这些，我现在就来说一说。

[41] 有一个瑙克拉忒斯之子弥斯戈拉斯，雅典人啊，是科吕托斯村人②，此人在别的方面都是很优秀很出色的，没有什么地方可以指责的，可就是鬼使神差地特别热衷于这个调调，身边总是围着唱曲的和弹琴的。我说这些不是出于低品味，而是为了让你们了解他到底是什么样的一个人。那个人，他看明白了提马耳科斯在医生家里过日子的目的所在，就预付了一笔银子，把他弄了出来，搞到自己家里去了。③ 提马耳科斯又够身板，又够年轻，

---

① 洛布本有"太"字。
② 雅典及阿提卡地区细分为一百多个村社（δῆμος）。雅典男性公民成年后即列入本村公民花名册。由于雅典人名易重复，称呼时常加上"……村人"、"……之子"、"……之兄弟"等定语以便区分。
③ 以下大段指控存在一个问题，那就是雅典成年男子与青年男子之间的性关系本身不是什么见不得人的事情，与"卖淫"未必能画上等号。至于"预付了一笔银子"云云，并无证据，而且可以解释为爱人之间的礼物。

又够下流①，正适合于那个人一心想做，而这个人一心想受的那些勾当。[42] 而他毫不迟疑，这个提马耳科斯，他任凭摆布，虽说他不缺那点钱来过一份体面的日子②。他父亲给他留下了好大一笔家产，不过被他通通吃了个精光，这个我会在下面的发言里展示的。他做这些事，是因为他已经被可耻的欲望所奴役，什么精细点心③啦，豪华宴会啦，吹笛女子④啦，花魁娘子⑤啦，骰子游戏啦，诸如此类，反正都不是一位高贵的自由人所应该受之控制的欲望。这个混账，他抛下祖屋，去到弥斯戈拉斯家里过起日子来了，一点也不害臊，那人又不是他的父执，又不是他的同龄人，也不是他的监护人⑥，他住到一个陌生人，一个岁数比他大的人，一个在这方面放纵无度的人家里去了，自己却还正当华年。

[43] 那段时间里提马耳科斯还做下了很多荒唐事，其中之一我现在想对你们详细说说。在一次城里的酒神庆典游行中，收了这个人的弥斯戈拉斯，还有斯斐特托斯村人卡利阿斯之子淮德洛

---

① βδελυρός 本义"恶心"、"可憎"，为配合上下文语气，化译如此。
② 原文 οὐδενὸς ὢν τῶν μετρίων ἐνδεής 直译"他在合理需求方面没有任何一件是缺乏的"，化译如此。
③ ὀψοφαγία 本指在吃东西的时候不吃主食，专挑精致的小菜（特别是海鲜）来吃，转指追求奢侈生活。
④ 同时也提供性服务。
⑤ ἑταίρα 本义"伴侣"，转指有固定营业场所的或被包养的高级性工作者。参见本篇第 13 节注释。
⑥ 洛布本无此小句。此处托伊布纳本将一个词标为赘文，否则就是"他又没有住到监护人家里"。

斯，他们都要参加游行。这个提马耳科斯呢，他答应了要跟他们结伴一起游行的，可是他们正忙着各种准备工作，他就没有回来。弥斯戈拉斯为此心急①，就和淮德洛斯一同去找他，听了别人的转告，他们就在一个公寓间里找到了他，他正在和一群外国人一起吃饭。弥斯戈拉斯和淮德洛斯狠狠威胁了那些外国人，叫他们跟着到监狱去，因为他们腐蚀了一位年青自由人。外国人害怕了，就扔下手头种种逃走了。

[44] 我说的这些都是真的，凡是那个时候认得弥斯戈拉斯和淮德洛斯的人都是知道的。我是真的很高兴，因为，我现在的这个案子，牵涉到的不是一个你们所不熟悉的人，甚至也不是一个你们在别的什么方面熟悉的人，而是一个你们正正好好要投票裁决的那件事情上非常熟悉的人。碰到大家不熟悉的人的时候，起诉人大约得把他的展示工作做得清晰一些，而碰到大家都一致同意是一个什么样的人的时候，②我觉得，起诉工作就谈不上是什么大工程，只要唤起听众的回忆就可以了。[45] 虽说这个事情大家都是一致认定了的，但既然我们是在法庭上，我就还是替弥斯戈拉斯起草了一份证词，我自认为做到了内容真实，文笔不俗。

---

① 凯里、菲舍尔、德迪奥斯和木曾把 παρωξυμμένος 译成"愤怒"、"生气"，程度略重，亚当斯、奥热和弗罗洛夫的用词相对较轻，此处仿效后一种处理方法。
② 译文"大家不熟悉的人……什么样的人"，亚当斯、奥热、菲舍尔、弗罗洛夫和木曾皆译作"不为人知的事情……远近闻名的事情"，但按"人"理解似乎和上文衔接得更好。凯里将前一个理解作"人"，后一个理解作"事实情况"；德迪奥斯对前一个处理得比较模糊，认为是"人"或者"事实情况"都可以，对后一个的处理更接近于"事实情况"。

他对这个家伙做的那些事的名目，我没有写，我也没有写下什么会让如实作证的证人遭受法律惩罚的内容。至于那些你们听了会说早就知道的内容，那些不会给证人带来风险带来耻辱的内容，我写了的就是那些了。

[46] 要是说，弥斯戈拉斯愿意走到这里来为真相作证，那么，他就会是做了一件正确的事，而要是说，他宁愿遭受传唤[①]也不愿主动为真相作证，那么你们也就会明白这整个到底是怎么一回事了。要是说，这个做了的人，他会感到羞耻，他会宁愿向国库交付一千个银币[②]，只求不在你们面前露脸，而那个受了的人，他却当众发言，那么，立法者把这种下流胚子摒斥于讲坛之外，实在是太明智了。[47] 而如果说，他会听从传唤，然后转而做起最无耻的勾当，在誓言之下抵赖事实真相，一边向提马耳科斯示好，一边向他人展示他懂得如何掩盖这类事情，那么，首先，他是在对自己干坏事，其次，这对他也没有任何好处，因为我还起草了另一份证词，是为那些知道这个提马耳科斯抛下了祖屋，跟着弥斯戈拉斯过起了日子的人准备的。我着手做的时候就知道这不是一件容易的事，因为我需要提供的证人，不是我的朋友，也不是这些家伙的仇人，也不是对我们双方都不了解的人，而是他

---

① 此处对 προαιρῆται ἐκκλητευθῆναι 直译，与菲舍尔、德迪奥斯和弗罗洛夫的处理相似。亚当斯和奥热译作"宁愿拒绝传唤"，凯里译作"宁愿不理传唤"。木曾则译作"强制传唤"，并指出，证人出庭时或对书面所记的证词声明"正确"，或宣誓否认，两者皆非，将强制传唤，而拒绝出庭者罚一千个银币。
② 即充作罚金。

们那边的朋友。[48] 但就算他们也能说服这些人不作证——我是不相信的，反正最最起码，也不会是所有这些人[①]——他们仍旧永远不可能做到下面这一点：不可能掩盖住真相。不可能掩盖住提马耳科斯在城邦之中的名声，这种名声不是我帮他准备下的，而是他给自己准备下的。一位端正的人士应该做到生活纯洁无玷，从而不可能有卑劣恶行的名声。

[49] 我想先跟你们说个事，这是为假如弥斯戈拉斯听从传唤、听从你们的情况做个准备。差不多年龄的人的体质一眼看去彼此是很不一样的。有的吧，虽然年轻，看着却挺成熟挺显老，还有的呢，其实已经活了不少年头，却整个一副年轻人模样。弥斯戈拉斯就属于后面这种。他其实正巧跟我是一个年龄、一起成人[②]的，我们现在都是四十五岁[③]了，我有多少白头发，你们都看见

[①] 译文接近凯里、菲舍尔、奥热、德迪奥斯、弗罗洛夫和木曽的理解，亚当斯的用词则有点模糊，似有"我不认为他们都会来作证，至少不是全部都会来"之意。

[②] συνέφηβος 本义"一起成年"（ἔφηβος 即发育成熟的青年，一般指十八岁的青年人），但也可以指在同一个小组里参加某种预备役训练（比如斯巴达那种训练机制下的）。亚当斯注云，雅典青年在十八岁后也要军训两年，此处意即他们俩一起参加了同一个军训团。

[③] 此处大概是按虚岁计算岁数的。凯里在注里指出这个年龄有问题，因为按本篇第 109 节里提马耳科斯担任五百人议事会成员的年份及该职位最低年龄的要求，提马耳科斯也应该在这个年龄左右，与本篇第 42 节中的说法不符。木曽则认为这是埃斯基涅斯的修辞技巧，根据本篇第 109 节提马耳科斯在前 361 年出任五百人议事会成员（年满三十方有资格），推算他与弥斯戈拉斯年纪相仿，此处只是为了突出年长者与青年的同性关系。

了,可他呢,没有。我说这些是为什么呢?就是免得你们突然看见他的时候会大吃一惊,心里这样想:"赫拉克勒斯啊,他跟那个人①差不多啊。"是啊,这个人的体质就是这样的,而且,他跟那个人搞到一起的时候,那个人也已经是个青年人了。

[50] 我就不浪费时间了,请首先为我传召那些知道提马耳科斯在弥斯戈拉斯家里住过的人,然后宣读淮德洛斯的证词,最后,再请为我取来弥斯戈拉斯本人的证词,假定说他敬畏神明,在知情人面前、在其余公民们面前、在你们这些审判员面前心存廉耻,愿意为事实作证的话。

证词:

〔庇里尤斯人尼喀阿斯之子弥斯戈拉斯②作证如下:"曾在医生欧堤狄科斯家中居住的提马耳科斯与我建立了亲密关系,自最初结识他起,我对他珍视至今,从无间断。"〕

[51] 接下来,雅典人啊,要是提马耳科斯就一直待在弥斯戈拉斯身边了,不去别人那儿了,那么,他总算还做得正派一些——如果说这种事情里面还能用上"正派"一词的话。那样的话,我也就不会鼓起勇气来指控他别的什么了,只会用立法者明文写下

---

① 指提马耳科斯。
② 这里弥斯戈拉斯的父名和所属村社都与第41节的不符,应是后人窜入本"证词"时不察所致。

的那个名目来指控他，就是说他受人包养①。只跟一个人干这些事，拿了钱来干这种职业，这样的人在我看来正符合这一条的描述。[52] 可是呢，我能帮你们回忆一下，给你们展示一下——我就把那些个野人，那些个他进到过他们家里待过的人，什么刻多尼得斯啦，奥托克勒得斯啦，还有忒耳珊德洛斯啦，都略过不提了——要是他不仅仅在弥斯戈拉斯身边出卖过自己的肉体，还在另一个人身边干过，然后转回头还有另一个，之后再从那一个身边去到了下一个，这样的话，那他看起来就不仅仅是受人包养了，而是——酒神啊，我都不知道我这一整天说着场面话是怎么说下来的啊——公开卖身②。一个人随随便便地跟很多人干这种事来换钱，那在我看来只能用这个条目来套上去了。

[53] 后来，弥斯戈拉斯不肯付钱了③，把他从身边撵走了，④欧俄倪蒙村人卡利阿斯之子安提克勒斯就收了他。这个人现在到萨摩斯岛垦荒⑤去了，那我就来说在此之后的事情吧。当这个提马耳科斯离开了安提克勒斯和弥斯戈拉斯身边之后，他还是不为

---

① 此处和前后文的"操持贱业"是同一个词 (ἑταιρέω)，根据语境改译。
② 即本篇第29节里的 πορνεύω，大意是做无固定工作场所的低级性工作者。
③ 亚当斯和木曾译作"觉得太贵"，意即"付不起钱"，德迪奥斯译作"出于花销的考虑"，意思相近；奥热译作"为他大手大脚花钱花烦了"，菲舍尔和弗罗洛夫也是如此处理。此处模糊翻译，接近凯里的译法。
④ 洛布本有"此后"一词，托伊布纳本认为赘文。
⑤ 雅典经常以给公民分配一块海外土地的方式组织殖民团 (κληροῦχοι)，此处译作"垦荒"。

自己好好考虑[1]，还是不立志去追求更好的生活，而是在赌场里混日子，就是那种立着赌桌[2]、斗着鸡[3]的地方，我想，你们中间有些人肯定是见过的，至少也是听说过的。[54] 在那些以这种方式度日的人之中，有一个庇特塔拉科斯，是一个属于国家的公有奴隶[4]。此人很有钱，看见了这个家伙在操持这种生活方式，就收了他，把他养在身边。这个混账东西居然完全能够忍受，去玷污自己，与一个属于国家的公有奴隶在一起，他一门心思关注着的只有一条，就是给他的那种兽欲找一个金主，至于美德，至于廉耻，他从来都没有转过这种念头。[55] 这个人对提马耳科斯的身子作了什么样的孽，施了什么样的暴，我都是听说过的，但是，奥林波斯的宙斯啊，我实在是没有勇气当着你们的面来说。这些事情，这个家伙实际上做起来毫无愧色，而我呢，就算只跟你们详细说一下，都没有脸再活下去了。就在他待在庇特塔拉科斯身边的这段时间里，赫革珊德洛斯从赫勒斯滂坐船回来了。我知道，

---

[1] 原文 ἐνουθέτησεν ἑαυτόν，亚当斯译作"悔过"，凯里译作"回顾自己的行为"，德迪奥斯和弗罗洛夫译作"清醒"，菲舍尔和木曾译作"反省"，奥热则加工较多。
[2] τηλία，《希英词典》认为其本义是"斗鸡台"，但也可通指各种赌桌。德迪奥斯和弗罗洛夫按本义译出，各英译及法译则作"赌桌"。
[3] 洛布本有"掷着骰子"一词组，托伊布纳本认为赘文。
[4] 凯里注说庇特塔拉科斯的财产状况、交游活动，以及他后来提起诉讼（参见本篇第62节）的做法，似乎都与他的奴隶身份不太相符，并提到有人认为庇特塔拉科斯可能是获释奴。木曾的意见同凯里之说，指埃斯基涅斯歪曲还复自由人之身的庇特塔拉科斯，又指出亦有解释说现实中奴隶也可能拥有财产（本篇第97节），特别是公有奴隶获得的自由更大（本篇第62节）。

你们肯定早就觉得奇怪了，为什么我一直没有提起他来，我要讲的事情实在是太有名了。

[56] 这个赫革珊德洛斯回来了，你们对他比我还要更了解一些。他以军饷发放人的身份跟将军阿卡耳奈村人提摩马科斯一起出航去了赫勒斯滂。等从那儿回来的时候，照人们的说法，他利用了后者的单纯，手头弄到了至少八十个米那的银子。而且，提摩马科斯落得那么个下场①，他在其中起的作用着实也不小呢。[57] 他如此富有钱财，便去到庇特塔拉科斯家里一起赌博，在那儿初次看见这个家伙，就喜欢他，想要他，打算把他收到家里，因为他大约觉得这个家伙跟他自己的本性很是接近。他首先游说庇特塔拉科斯，请求他出让这个家伙，但庇特塔拉科斯不听他的，他就直接去找这个家伙了，没费多少口舌，很快就说服了他。在这种事情上，这个家伙是真坏透了，真没信义，②他讨人嫌的原因就该是这些个了。

[58] 等提马耳科斯离开了庇特塔拉科斯身边，被赫革珊德洛斯收了，我想，庇特塔拉科斯就很生气，因为，照他想来，他白白花了那么多银子，而且，他也由于这事而妒火中烧。他遂经常去到他们家里。后来他们就不胜其扰了——请看吧！看看赫革珊德洛斯和提马耳科斯的伟力吧！——那一次，他们和其他一些人一起喝醉了，这些人的名字我就不想提了，[59] 他们乘夜冲进了

---

① 亚当斯注云，提摩马科斯由于军事行动失利而被流放。
② 洛布本作"真单纯，真好说话"。

庞特塔拉科斯住的屋子里，首先把全套赌具砸个粉碎，扔到了街上，什么常抛的羊拐骨①啦，骰子盒啦，还有其他各种赌具，又把这个倒了三重霉的家伙喜欢的鹌鹑②和斗鸡也都杀掉，最后还把庞特塔拉科斯本人绑在柱子上，拿鞭子狠狠地抽了许久，邻居全都听到了惨叫声。

[60] 第二天，庞特塔拉科斯对此实在气恼不过，就光着身子来到了广场，坐到了神母祭坛上③。一大群人围了过来，正跟平常的情况一样。赫革珊德洛斯和提马耳科斯害怕他们的兽行会被在整个城邦广而告之——当时公民大会正要开场——就和一些赌友一起跑到了祭坛前面。[61] 他们站到庞特塔拉科斯周围，请求他站起来，说整个事情都怪喝醉了酒，这个家伙，那时候，宙斯啊，他还不是现在这种看上去就招人厌的样子，身子还好用着呢，他就摸着那个人的下巴④求告，说不管他想要什么他都一定会去做。终于，庞特塔拉科斯被说服了，从祭坛上下来了，想着能得到点公道的。可是呢，等他从广场上走开之后，他们就再也不去理他了。[62] 这个人实在对这种暴行忍受不下去了，就对其中的每一个人提起了控诉。

在案子上庭的时候——请看赫革珊德洛斯的伟力吧！——这

---

① 原文未明确地说是羊的拐骨，但当时羊拐骨可作骰子用。亚当斯据《集注》称这是指一种特殊的骰子，有被做过手脚之嫌。
② 也可以用来斗戏。
③ 表示请愿。
④ 表示恳切请求。

个人，没有对他做过什么坏事，而是反过来受了他很多欺负，也跟他没有什么关联①，而是属于国家的一个公有奴隶，他居然说成是属于他的，要领走做自己的奴隶。庞特塔拉科斯的境遇实在是糟透了，总算还碰到了一个大好人，就是科拉耳戈斯村人格劳孔。格劳孔把他解救了出来，给了他自由。②[63] 然后，此端争讼③就进入法庭程序了。过了一些时候，他们把这个案子交给苏尼翁村人狄俄珀忒斯去仲裁了，这个人跟赫革珊德洛斯是老乡④，以前年轻的时候有过点关系⑤；狄俄珀忒斯拿到这个案子，就一时又一时地拖延了起来，为的是讨好这些人。[64] 那时候，赫革珊德洛斯跑到你们的讲坛上，对阿仄尼亚村人阿里斯托丰⑥大加攻击，直到后者威胁说要在公民大会之中向他提起跟我现在

---

① 原文 οὐδὲ προσήκοντα αὐτῷ，各译处理成"与他并没有关联"，菲舍尔则译作"并不属于他"。
② 此从奥热的处理。参照妮艾拉案（伪德谟斯提尼《控诉妮艾拉》，第40—41节）中的类似情况，这应是指格劳孔声称庞特塔拉科斯不是赫革珊德洛斯的奴隶，替他付了抵押金（相当于保释金），免得他在审判期间被关押。凯里正是这样理解的，菲舍尔和德道奥斯看法也类似，凯里和德道奥斯皆译作"他主张庞特塔拉科斯是自由人"，菲舍尔则译作"他试图为庞特塔拉科斯恢复自由"。亚当斯译作"他着手来援救庞特塔拉科斯，确保他的自由"，木曾译作"使之回复其自由身"，弗罗洛夫译作"他承担起了为庞特塔拉科斯的自由辩护的责任"。
③ 亚当斯和木曾认为是格劳孔与赫革珊德洛斯之间的诉讼，其余各译都未明确处理。
④ δημότης，即来自同一个村社（δῆμος）的人。
⑤ χρησαμένῳ 原形为 χράω，凯里指出这个词也有性关系的含义。
⑥ 一位活跃的政治人物与演说家。

针对提马耳科斯提起的一样的控诉[①]为止，还有他的兄弟圆髻先生[②]也在当众发言，总之，这帮人就是胆大包天到了来给你们提希腊事务的建议来了，这一来，庇特塔拉科斯就对自己失去了信心，算计着他凭什么来跟这样的人斗下去，作出了一个明智的决定（我应该说真话不是吗），他就闭嘴了，觉得只要没有什么新的霉运落到头上就够满意的了。就这样，赫革珊德洛斯身不沾尘地便取得了光辉胜利，把这个提马耳科斯收在身边了。

[65] 我说的这些都是真的，你们全都知道的。你们之中有谁到海鲜市场去的时候没有见识过这些人的大手大脚呢？有谁没有替国家为这些人的寻欢作乐、拳脚相加而感到痛心呢？不过，既然我们现在是在法庭里，那就为我传召科拉耳戈斯村人格劳孔吧，就是那位把庇特塔拉科斯解救了出来，给了他自由的先生，也请宣读其余证词吧。

[66] 证词[③]：

〔科拉耳戈斯村人提迈俄斯之子格劳孔作证如下："我将赫革珊德洛斯所带入奴役的庇特塔拉科斯解救了出来，给了他自由。

---

① 凯里注云，这里字面上只是说同一种诉讼，即公开发言人资格审查诉讼，但也暗指诉讼具体名目相同。木曾注云，即演说者资格审查请求（δοκιμασία τῶν ῥητόρων），参见本篇第28—30节。
② 赫革珊德洛斯的兄弟赫革西普波斯，也是属于德谟斯提尼一派的政治人物。他喜欢在头顶盘上一个大圆髻并插一支蚂蚱形的簪，这种发式早已过时，在当时被视为女性化，其对手经常用这个外号来称呼他。
③ 前面的大段指控内容在这份证词里都没有支持。

后来，庞特塔拉科斯来找我，说他想要联系赫革珊德洛斯，跟他和解，把诉讼全部撤销掉，包括他对赫革珊德洛斯和提马耳科斯提的那个指控，以及对赫革珊德洛斯谋求奴役他的诉讼。他们就和解了。"

安菲斯忒涅斯①同样作证如下："我将赫革珊德洛斯所带入奴役的庞特塔拉科斯解救了出来，给了他自由。"以下等等。〕

[67] 那好，接下来我将为你们传召赫革珊德洛斯。我帮他也起草了一份证词，文辞温柔敦厚的程度真是抬举他了，不过比起我给弥斯戈拉斯起草的那一份来还是要直白一些的。我不是不知道，他会拒绝宣誓，会发伪誓，那么，我为什么还要传召他②呢？为的是向你们展示，这种生活造就的究竟是什么样的一类人，他们蔑视神明，藐视法律，不把一切廉耻放在心上。请为我传召赫革珊德洛斯。

[68] 证词③：

〔斯忒里亚村人狄菲罗斯之子赫革珊德洛斯作证如下："当我从赫勒斯滂乘船返回之时，我见到了阿里仄罗斯之子提马耳科斯生活在赌徒庞特塔拉科斯身边，自此次相识始，我便与提马耳

---

① 估计安菲斯忒涅斯出了部分保释金。
② 洛布本有"前来作证"一词组，托伊布纳本认为赘文。
③ 亚当斯注云，这是埃斯基涅斯起草的，宣读之后赫革珊德洛斯显然不会就此宣誓。

科斯拥有此前我与勒俄达马斯①曾拥有过的交往关系②。"〕

[69]我不是不知道,赫革珊德洛斯是会藐视誓言的,雅典人啊,我跟你们都预先打过招呼了。而且,很明显,他现在不愿意来作证,很快他却会为辩方走上前来。宙斯啊,一点也不奇怪的,我想,他会站到这上面来的,对自己的生平信心满满,真是一位优秀出色的先生,一位疾恶如仇的先生!而且呢,他也不认得这个勒俄达马斯到底是谁——当证词正在被宣读的时候,你们一听到这个名字就发出了吼声③的。

[70] 嘻,我真的要被引着说出一些太过直白、不符合我的本性的话吗?请你们告诉我,当着宙斯和其他神明告诉我,雅典人啊,如果说,一个人对着赫革珊德洛斯做那种可耻的事,那么,在你们看来他是不是就等于去卖身给一个走街男妓呢?你们心里觉得,这些家伙喝醉了在一起的时候,还有什么过度的兽行是做不出来的呢?你们想不到吗?这个赫革珊德洛斯,为了洗刷掉跟勒俄达马斯那种尽人皆知、你们全都清楚的交往,提了好过分的要求,就为了能让他的名声好听一点,比起这个人的那种过度行

---

① 凯里和木曾认为和《控诉克忒西丰》第139节中的是同一个人。
② 洛布本用词不同,更接近于"亲密关系"。
③ θορυβέω(发出声音)根据上下文可以是不同性质的"声音",比如有时是"吼声"有时是"叫好声",各译本对每一处到底是什么性质的声音理解不尽相同,此从亚当斯的理解。

为来还算规矩一点[1]？[71] 可是，你们将会看见，他，还有他的兄弟圆髻先生，很快就会跳到这上面来——真是强劲威猛，能言善辩！——宣称我说了的这一切都是最最荒唐的东西，还要求我提供证人明确指出他是在哪儿做了的[2]，有谁看见了，到底做的是些什么，在我看来，他们说的这些通通是不知廉耻的表现。

[72] 我不相信你们居然会如此健忘，连不久之前你们刚听到宣读了的法律都记不起来了。法律里面写着，如若有人出钱收买任何雅典人进行此类行为，或自卖其身，则必受严重惩罚，两者惩罚相同。那么，哪来这么一个可怜虫[3]？他居然会愿意为这种事情提供一份明白了当的证词，光凭着这样一份证词，如果他作证的内容属实的话，他就等于是明明白白地坐实了自己该遭受最严重的惩罚。[73] 那么，还剩一个办法，就是靠受了这些的人自己出来承认了。可是，他现在受审的缘由正是这个，正是因为他在干了这种事之后还违法当众发言。难道你们就想要对这整件事情都弃之不管，不作追究了吗？波塞冬啊，我们在这个城邦里过

---

[1] 亚当斯认为是赫革珊德洛斯为了摆脱掉勒俄达马斯一事的坏名声，所以给提马耳科斯提了要求（即让他干很出格的事），为的是让自己的名声有了提马耳科斯的过度行为衬托可以显得规矩一些；凯里的理解也比较类似，但没有明确处理成赫革珊德洛斯希望提马耳科斯做出过度行为的意思；菲舍尔和弗罗洛夫的处理类似亚当斯的理解；德迪奥斯的正文处理类似凯里，但加注说了"过分要求"是对提马耳科斯提出的；奥热则加工较多。

[2] 洛布本此下有"怎么做了的"一词组，托伊布纳本认为赘文。

[3] ταλαίπωρός，亚当斯和菲舍尔译作"冒失鬼"，凯里和弗罗洛夫译作"蠢货"，奥热译作"疯子"，德迪奥斯译作"不幸的人"。此从木曾的理解。

的日子[1]该有多好啊，我们都知道这些事是实实在在地干出来了的，可是，就因为没有一个人走到这儿来[2]作一份不加掩饰的、丧尽廉耻的证词，我们就把一切都忘掉完事了！

[74] 请从这个比方出发看一下，不过比方的内容得是要和提马耳科斯的生活方式一样的才行。请看看这些人，坐在那种房子[3]里，公开承认是做着那种勾当。可是，这些人，虽说是不得不这样，心里还是感到羞耻的，他们会挡上些东西[4]，会把门关上。如果说，你们[5]走在路上的时候，有人问："这个家伙现在是在做些什么？"你马上就会说出他做的事情的名目，虽然你们并没有看见[6]进去了的是个什么人，然而，你们既然已经知道这个人选择的是一种什么职业，就都能指出他做的具体是什么了。[75] 所以，你们也应该以同样方式审视提马耳科斯的种种，

---

[1] 此从亚当斯和德迪奥斯的理解。凯里、菲舍尔和弗罗洛夫译作"我们管理这个城邦的方式"，奥热改动较大。
[2] 洛布本有"对我们"一词。
[3] οἴκημα 本义"住所"，通常也有"妓院"之意，亚当斯、凯里、奥热、德迪奥斯和弗罗洛夫都明确译作"妓院"，此处按本义翻译，与菲舍尔和木曾的处理一致。
[4] 亚当斯、凯里、菲舍尔和弗罗洛夫皆译作"他们会在他们的可耻行为前面遮掩一点的"。πρό 也可理解为"出于"而不是"在前"，此从奥热和德迪奥斯的理解。
[5] 凯里此处译法有点模糊，似可理解为"这些人"走在路上，而亚当斯、菲舍尔、德迪奥斯和弗罗洛夫的译法更明确一些，此从之。奥热译作"有路人问你们"，与原文不尽相符。
[6] 洛布本有"并不知道"一词组。

不要问有谁看见了,要问这事情他是不是真的干出来了。好,当着众神①,提马耳科斯啊,如果是一个别的什么人在为这种罪名接受审判的话,你会说什么呢?要是有一个年轻人,抛下祖屋,去到别人的家里过夜,而且还容貌出众,还不出钱就吃上特别豪华的晚宴,还养着吹笛女子,养着特别贵的花魁②,还赌钱,而且自己还从来不付钱,都是别人在帮他付钱,那么,该说什么好呢?③[76] 这里还需要补充什么神示吗?难道不是再明显不过了吗?一个提出了这么多要求的人,难道不是一定要为此把自己提供给出了钱的人取乐吗?说真的,我,奥林波斯的宙斯啊,实在是找不到更文雅一点的方式来描述你干出的那些荒唐事了。

[77] 也请这样好好看一看,如果你们愿意的话,通过这个政治生活的比方看一看这个问题,特别是这个比方还是来自你们现在手头的事情。在各城镇里已经进行过了投票工作,我们④每一个人都接受了关系本人的投票裁决,以判定是雅典人与否⑤。而我,每次进到法庭⑥听着双方发言的时候,就观察到了,有一样

---

① 洛布本有"该说什么呢"一词组,因而整句变为问句。托伊布纳本认为赘文。
② 亚当斯、菲舍尔、德迪奥斯和木曾译作"养着特别贵的吹笛女子和花魁"。此从凯里、奥热和弗罗洛夫的处理方法,将形容词"特别贵的"限定在"花魁"一词上。
③ 西塞罗《为凯利乌斯辩护》第16章第38节里的人身攻击方法与此处近似。
④ 洛布本作"你们"。
⑤ 亚当斯注云,相当于全国范围内的公民身份核查工作,由每个村社分别投票确定公民名单。
⑥ 被投票剥夺公民身份的人可以向法庭起诉要求推翻这一决定。

说法总能打动你们。[78] 每次，当控诉人说："审判团的先生们，全村社人民已在宣誓之后投票反对此人，既没有人控诉他，也没有人针对他作证，但他们全都知道他的情况"，你们便会立刻叫好，认定他不应被判定为公民。因为①，如果每一个人都很清楚是怎么一回事，那么你们就不需要再加上讨论，不需要再加上证词了。[79] 好啊，当着宙斯，假如说，正如牵涉到出生公民权的情况，现在提马耳科斯也是这样要为他所操持的生活方式接受投票裁决，判定他是有罪还是无罪，这个问题在法庭中审理，这个问题现在摆到了你们面前，可是我却受到法律或者决议的限制，不能进行控诉，这个人也同样不能进行辩护，而这位②传令官向你们朗读了法律所规定的宣告内容："认定提马耳科斯卖身者请使用空心券，反之者请使用实心券③。"你们会怎样投下手中的票？我很清楚，你们一定会投下反对他的一票。

[80] 要是你们之中有人问我："你怎么知道我们会投下反对他的一票？"我就会说："因为你们公开说过的，告诉过我

---

① 洛布本有"我想"一词组，托伊布纳本认为赘文。
② 洛布本有"现在站在我旁边的"一词组，托伊布纳本认为赘文。
③ 审判员使用中间有一个圆柱形轴的小圆盘作为投票用具，每人发两个，一个的圆柱轴是空心的，代表赞成起诉方（在刑事案件中即为有罪），另一个的圆柱轴是实心的，代表赞成应诉方（在刑事案件中即为无罪）。在一些参考书的附图里轴是有长度的，类似一个小陀螺；在另一些参考书的附图里轴是没有长度的，就像一枚铜板。投票时，每只手里拿一个，用手指捏住圆柱轴的两端，以防外人看出所投意见，将有效的一个投入铜制票瓶，无效的一个投入木制票瓶。参见亚里士多德《雅典政制》第68—69章。

的。""那么,各是在什么时候呢?各是在什么场合呢?"我来帮你们回顾一下吧。每次他在公民大会里①走上讲坛的时候,②还有去年这个家伙担任五百人议事会成员的时候,只要他提起有什么"壁"啦"碉"啦需要修一修了,或者有什么东西被"搞"到什么地方去了,③你们马上就会大喊大笑,还会说出你们都知道他干了的那些事的名目。

[81] 好多以前的事我都不说了,而在我对提马耳科斯提起传唤程序的那同一场公民大会里发生的事,我想要跟你们回顾一下。

战神山议事会④就⑤这个家伙提出的有关普倪克斯山⑥上的住

---

① 洛布本无"在公民大会里"。
② 洛布本有"还有五百人议事会"一词组,托伊布纳本认为赘文。
③ 译文中的"壁"、"碉"、"搞",其原文分别是 τεῖχος(城墙)、πύργος(塔楼)和 ἀπάγειν(搬走),显然在当时的语境中会引起某些色情方面的联想,亚当斯猜测所引起的色情联想或许与女性有关,但他与凯里以及德迪奥斯都表示,具体是怎样的联想已经无从查考。
④ 战神山(Ἄρειος πάγος),雅典卫城西北方的岩石山头。山上有雅典一个非常古老的议事机构,由卸任的执政官组成,最初权力非常大,其中包括审理各种刑事案件。后来,此机构的权力逐渐变弱,但在公元前4世纪左右仍是审理普通杀人案件的法庭(一些特殊的杀人案件,例如被告承认杀人但宣称是正当杀人的案件,或过失杀人的案件,则在此前已分属专门法庭审理),有时也参与国家的其他事务。
⑤ 本书参考的所有译本都作"战神山议事会依据……议案而出席……",但从下文看,κατά 处理成"就……一事"而不是"依据"似乎更好。凯里认为,该议案可能牵涉一些宗教场所,因此公民大会要求战神山议事会(在宗教事务中有一定事权)派员出席;而木曾将"住宅"理解为神殿或娱乐性建筑,认为提马耳斯提案的内容可能是由国库支出清理该地。
⑥ 公民大会会场在此山上。

宅的议案一事出席了公民大会。代表战神山议事会发言的是奥托吕科斯①，他的生平，奥林波斯的宙斯啊，阿波罗啊，真说得上是出色又虔敬，配得起那个议事会。[82] 在发言过程中，他说，该议事会经审查之后决定反对提马耳科斯的提议，还说："说到普倪克斯山上那片地方，说到那儿有多荒凉，你们不用感到奇怪，雅典人啊，如果说提马耳科斯对此比起战神山议事会更有经验。"你们当即大声叫好，说奥托吕科斯说得不错，这个家伙真的是很有经验②。

[83] 奥托吕科斯不明白你们在喊些什么，一脸阴沉，顿了一下，接着说："我们，雅典人啊，我们战神山议事会既不会对人控诉，也不会为人辩护，这些都不符合我们的传统，我们只是觉得，也许可以这样理解提马耳科斯，他大概，"他说，"认为在这种宁静的场合③花不了你们每个人多少钱。"又一次地，听到"宁静的场合"和"花不了多少钱"的措辞，你们发出了更大的笑声和喊声。

[84] 等他提起"房室"和"水穴"④的时候，你们都笑得回

---

① 凯里和德迪奥斯认为他就是因为在喀罗尼亚之役后偷偷将家人从雅典送走而被定罪的那个人，参见吕库古《控诉勒俄克剌忒斯》第 53 节。
② 亚当斯注云，那片地方应该类似于红灯区。
③ 原文 ἐν τῇ ἡσυχίᾳ ταύτῃ 直译 "在这种平静的状态下"，当是指国家无事，但 ἡσυχία 有 "偏僻无人之处"之意，下面提到的哄笑行为应与后一义相关，且译如此。
④ 这两个词原文是 οἰκόπεδον（宅址）和 λάκκος（贮水池），亚当斯怀疑其隐含义分别来自与之发音相似的 ὀρχίπεδον（睾丸）和 λακκόπεδον（阴囊），凯里则怀疑是另外的色情含义。试用双关，且译如此。

不过劲来了①。于是皮然德洛斯走上来批评你们，向人民发问，问他们当着战神山议事会的面这么大笑难道不害臊吗。而你们把他轰了下去，表示说："我们知道，皮然德洛斯啊，当着他们发笑是不应该的，可是，事实真相的力量实在是太强大了，人的所有理智都不是对手。"

[85] 这个，在我看来，就是来自雅典人民向你们提供的一份证词，要是你们认定他们作的是伪证，那也太不好了。很不对头的啊，雅典人啊，要是说，我一个字都还没有说的时候，你们自己就喊出你们都知道这个家伙所干的事情的名目，而我说了之后你们却记不起来了，就算没有进行过审判他也会被认定做下了这种勾当②，而质证真的做完之后他却要被开释了，那会是很不对头的啊！

[86] 既然我提到了得摩菲罗斯发起的那些投票和措施③，我就想再就此打个比方。这同一位先生以前还有过这么一项措施，他指责有些人竟在着手贿赂公民大会、贿赂法庭④，这个现在尼

---

① ἀναλαμβάνω 本义"拿住"、"恢复"，亚当斯、凯里、菲舍尔、德迪奥斯译作"你们都控制不住自己了"，弗罗洛夫则译作"你们抑制不住地大笑"，奥热加工较多。
② 此处如果没有 ἄν 这个表示虚拟语气的小品词，可译作"在还没有进行过审判的时候他已经被认定做下了这种勾当"，语气更直接。亚当斯、菲舍尔、德迪奥斯和弗罗洛夫处理成虚拟语气；凯里则处理成了实陈语气，就像是没有 ἄν 的情况；奥热加工较多。
③ 亚当斯注云,本篇第77节里提到的公民身份核查工作是由得摩菲罗斯发起的。
④ 以图保住公民身份。

科斯特剌托斯也说了的。就此，有一些审判已经在一段时间前进行过了，还有一些正在进行中。[87] 好啊，当着宙斯，当着众神，要是说，他们也跟现在这个提马耳科斯还有他的辩护人一样，使用了同样的辩护方式，要求有人直截了当地就此罪行作证，否则就要求审判员们不予置信，那么，大约，依照这种说法，有人就必须作证说他行贿了，还有人就必须作证说他受贿了。可是，法律对其中每一个定下的惩罚都是死刑，和现在这件案子的情况里，对出钱买一个雅典人来轻侮的人，还有反过来对自愿出卖肉体遭受屈辱的雅典人定下来的都是一样的①。[88] 那么，会有人来作证吗？会有起诉人试着来这么做，来提供关于这种事的这类证据吗？当然没有。那么，然后呢？被告被开释了吗？赫拉克勒斯啊，他们都被判处了死刑，虽说，宙斯啊，阿波罗啊，那些人犯下的罪行远远不及这个家伙的，那些可怜人只不过是无法摆脱衰老和贫穷②——人类最大的不幸——就落到了这样的下场，而这个家伙却是不愿控制他自己的兽欲。

[89] 如果说，这次审判是在一个仲裁国中进行的，那么我就会请求你们为我担任证人，因为你们最清楚，我说的都是事实；而既然审判是在雅典进行的，你们既是审判员，同时也是我说了的这些的证人，那么，我需要做的就只是帮着你们回忆一下，你

---

① 此处说法似与前面不完全一致，也许死刑只适用于情节特别恶劣的情况，或者只是一种选项。
② 通过伪造公民身份可以享受一些社会福利。

们需要做的则是不要对我有所怀疑。在我看来，这个提马耳科斯，雅典人啊，他着急不单单是为了他自己，也是为了其他那些跟他干了同样勾当的人。[90] 如果说，这种勾当，和一直以来一样，还是在偏僻无人处、在私家住宅里偷偷摸摸地进行，而那些最清楚情况的人，同时也就是玷污了某些公民的人，一旦作证说出真相，就将遭受严重的惩罚，而被告虽然已由自己的生活、已由事实真相证明了有罪，却要求对他的审判不是根据这些尽人皆知的事实，而是根据证词来作出，那么，法律和事实就被摧毁了，一条犯下了最严重的罪行的人可以借而脱身的道路也就被清楚指出来了。[91] 如果做到了隐蔽行事，还有哪个强盗[①]、小偷[②]、奸夫、凶手，或者别的什么重罪犯会受到惩罚呢？其中当场被擒的那些，如若供认不讳，就会立即被处以死刑，而隐蔽行事、一口抵赖的那些，他们会在法庭接受审判，真相只有通过合理推断才能揭露。

[92] 再拿战神山议事会来打个比方请你们考虑一下，那是整个城邦之中最为明断的司法机构[③]了。很多次，我在那个会场里都看到，一些话说得很好、提供了证人的人却输了，而我还知道，一些话说得糟糕透顶、整件事上一个证人都没有的人却赢了。因为，他们不仅仅是依据言语，也不仅仅是依据证词，而是依据他们所知道的、所核查了的情况来投票的。所以，这个司法机构才

---

① λωποδυτῶν 本义"偷、抢衣服的人"，引申为"盗贼"。
② 洛布本无此词。
③ 战神山议事会有司法职能，这里根据语境把 συνέδριον（会议、议事会）译为"司法机构"，各译亦如此处理。

在城邦之中受人尊重。[93] 同样的方式，雅典人啊，你们也应该用于这一审判之中。首先，比起你们自己所知道的、所认定的这个提马耳科斯的种种来，请你们不要觉得会有任何东西更加可信；其次，请不要从当前出发，而是从过往出发，来审视整个案件。在过往的时间里说出来了的关于提马耳科斯和他的所作所为的话，乃是源自真相，而在今天将会说出来的话，乃是为了审判，为了欺骗你们。请将你们的票投给由更长的时间检验了的那些，投给真相，投给你们所知的种种。

[94] 可是有那么一个状子手[①]说了，就是帮他写了辩护词的那个，说我的说法是自相矛盾的。他说，在他看来，这是不可能的，这个人不可能既卖身，又吃空了祖业，因为，他说，对自己的身子干坏事，那是孩子做的事，而吃空祖业则是成人才能干的。他还说，那些玷污了自己的家伙做这种事是用来换钱的。他会摆出一副惊讶不已的样子，在广场上走来走去，装腔作势，道："这个人怎么竟能既卖身，又吃空了祖业？"

[95] 要是有人不明白是怎么一回事的话，我就来试着说说看，分辨得更清楚一些吧。当把他占着的赫革珊德洛斯娶的那个有钱女人的家产还有剩余的时候，还有他从跟提摩马科斯出国那次拿回来的银子[②]也还有剩余的时候，他们就放纵无度，奢华无度。而当这些都败光了、赌光了、吃光了之后，这个家伙年纪也不小了，

---

① 指德谟斯提尼。
② 参见本篇第 56 节。

显然没人会再给他什么了,而他的淫贱兽欲却还念念不忘那些东西,那种过分的放荡还在一个接一个地提出各种要求,他就一天一天地被引回到了那种习惯之中,[96] 由此就走上了吃空祖业的方向。他可不单单是"吃"空的啊,要是可以这么说的话,他是大口大口地吞空①了的啊。他把手头每件东西都卖了,还不是换得正常价钱,他根本就等不及更好的价钱了,甚至连成本价都等不及了,而是能卖到多少钱就卖多少钱,他就是这么急匆匆地催着自己去享乐。

[97] 他父亲给他留下的那份家业,别人拿到了都够为国奉献的标准②了,可他呢,却连保在自己手中都做不到。合计有:卫城背后③的房子,斯斐特托斯村里的边角庄子④,还有阿罗珀刻村的一片地产,九个或十个有做鞋子手艺的家奴,其中每一个每天会付给他两个角币的日头钱⑤,作坊的监工⑥则付三个角币,此外还有一个专门编锦葵⑦布到市场上去卖⑧的女奴,一个会纺花样的男奴,一些欠了他银子的人,还有家具。

---

① καταπίνω 本义"吞咽",其词源是 πίνω(喝),亚当斯、凯里、菲舍尔和德迪奥斯都译作"喝空"。此从奥热和弗罗洛夫的处理方式。
② 达到一定标准的富人"自愿"提供称为 λειτουργία 的公共服务。
③ ὄπισθεν,亚当斯译作"卫城南边",此从其余各译。
④ ἐσχατιά,照《希英词典》的说法是山脚下或海边的地产。
⑤ 亚当斯注云,奴隶可以在向主人按日交付 ἀποφορά(应缴纳的钱)之后在外边工作赚钱归己。
⑥ 也是奴隶。
⑦ 严格地说是欧锦葵(Malva silvestris)。古希腊人用其茎里的纤维织布。
⑧ 洛布本有"精细成品"一词组,托伊布纳本认为赘文。

[98] 为证明我说的这些都是事实,在此,当着宙斯,我将会向你们提供证人以作出非常清晰非常直接的证词。跟前面那种情况不一样,这里,如实作证的证人不会有任何危险,不会有任何耻辱。他在城里的那所房子卖给喜剧作家①瑙西克剌忒斯了,后来歌舞队教练克勒埃涅托斯又花二十个米那从瑙西克剌忒斯手里买了去;至于边角庄子,是密耳里努斯村人谟涅西忒俄斯从他那儿买走了,那片地方挺大的,但被他荒废得不成样子了。[99] 还有阿罗珀刻村的那片地产,离城墙大概有十一个或者十二个斯塔迪亚②的距离吧,他母亲求告着他——这是我听说的——不要卖这片地,不说别的,至少给她留块坟地,可是他连这片地也没有放过,而是卖了两千银币。还有女奴,还有家奴,也是一个都不剩了,通通卖掉。我说的这些都不是假话,我会提供证人,证明他父亲给他留下了这些,如果他说他没有卖的话,那么请他明白出示这些家奴本人。[100] 还有,以前出借给人的钱,他也都收来花掉了,为此我将提供斯斐特托斯村人墨塔革涅斯作为证人。墨塔革涅斯欠了他不止三十个米那,他父亲死去的时候还剩的金额是七个米那,墨塔革涅斯就付给了他。③请为我传召斯斐特托斯村人墨塔革涅斯。首先,请宣读买了房子的瑙西克剌忒斯的证词,然后请取来关于其余我就此回顾过的事情的证词。

---

① 亚当斯注云,一作"喜剧演员"。
② στάδια,古希腊长度单位,一斯塔迪亚约为一百八十五米。
③ 各译都认为欠款余额是七个米那,如数付清,但德迪奥斯似乎认为欠款余额不止七个米那,提马耳科斯急等钱用所以就同意七个米那结清了。

证词

[101] 他父亲手头有不少银子，到他手里就都不见了，这个我也将对你们展示。那位怕要提供公共服务①，就把家产，除我明确提到的那些之外，通通变卖了，包括刻菲西亚村的一片地产、安菲特洛珀村的另外一片，还有两处银矿里的工坊（一个在奥隆②，另一个在特刺西罗斯③的墓附近④）。

[102] 他是怎么发家的呢，我来说一说。以前总共是三兄弟：健身教练欧波勒摩斯，这个家伙的父亲阿里仄罗斯，还有一个是阿里格诺托斯，这个人现在还活着，已经老了，眼睛是彻底不行了。这里面，第一个死掉的是欧波勒摩斯，那时候家产还没有分呢，然后才是提马耳科斯的父亲阿里仄罗斯。在他还活着的时候，全部家产都由他经手，因为阿里格诺托斯身体不行，眼睛也有毛病，欧波勒摩斯又死了。他定期给阿里格诺托斯一笔生活费。[103] 等到这个提马耳科斯的父亲阿里仄罗斯死了，一开始的时候，他还是小孩，监护人们仍旧给了阿里格诺托斯一切的正当花销，而当提马耳科斯的名字列进了公民花名册之后，当他自己管理家产

---

① 参见本篇第 97 节注释。
② 位于优卑亚岛，今阿夫洛纳里村。
③ 不清楚是否就是前 406 年阿尔吉努萨伊海战后被处死的六名将领之一。
④ 此处地名 ἐπὶ Θρασύλλῳ 不容易理解，一般译作"特剌西罗斯的墓附近"。凯里根据铭文资料修正为"另一个在特剌西谟斯"（一个银矿区内的地名），菲舍尔也按此翻译。德迪奥斯译作"在特剌西罗斯的碑附近"，并加注说这里文本很难理解，无法确定这个特剌西罗斯是谁，并且德谟斯提尼《驳潘泰涅托斯》第 25 节也提到这个地名。

了之后，他就把这位不幸的老人——他的亲叔叔推到了一边，把家业全部弄没了，也不给阿里格诺托斯生活费了，而是眼睁睁地看着他从曾拥有如此多的家产落到了领取贫困救济①的境地。[104] 最后，最可怕的是，当这位老人在一次贫困救济资格审查中没能列上名之后，就为了这笔救济金向五百人议事会请愿，而他，当时正是五百人议事会的一员，那天还担任着主持工作，却懒得帮他说话，而是眼睁睁地看着他那个主席团任期②的救济金丢光了。为证明我说的这些都是事实，请为我传召斯斐特托斯村人阿里格诺托斯，并宣读其证词。

证词

[105] 不过，也许有人会这么说："他卖了祖上的房产，是到城里别处买一个去了，卖了边角庄子、阿罗珀刻村的地产、手艺奴隶以及其他那些，是投资到银矿里去了，跟他父亲以前干的是一样的。"可是，他手头已经不剩什么了，不剩房子，不剩公寓，

---

① 亚当斯注云，政府向贫困的残疾公民提供每天两个角币的救济金。木曾注云，参见亚里士多德《雅典政制》第49章，五百人议事会审查后，资产在三个米那以下无法劳动的残疾人，从公帑支付，每日一个角币。至前320年代乃两个角币。
② 雅典的十个部落轮流担任五百人议事会主席团，因此一个主席团任期就是一年的十分之一（有一种说法是前四个主席团任期在平年为三十六天，闰年为三十九天，后六个主席团任期在平年为三十五天，闰年为三十八天。）。亚当斯的处理有点模糊，可以理解为"他的按主席团任期发放的救济金丢光了"。另一种理解是，并不是从此全丢了，而是只丢了那一个主席团任期的，故译如此，接近凯里、奥热、德迪奥斯和弗罗洛夫的理解。菲舍尔的处理也比较模糊。

不剩地产，不剩家奴，不剩债权，只要是正派人①可以用来谋生的，全都不剩了。他没有了祖业，有的只是禽兽行径、讼棍手段、胆大妄为、穷奢极欲、贪生怕死、肆无忌惮、厚颜无耻，总之都是培养一个最最混账、最最无用的公民的东西。

[106] 他吃空了的还不只是祖业，连你们的公有财产也一样地吃了，只要是落到他手里的都吃了。他有多大年纪，你们都看见了，可是呢，就没有一个官职是他不曾担任过的②，还都不是抽签抽上的或者投票选出来的，而通通是违法买来的。其中大部分我都准备跳过去，就说两三件吧。[107] 他担任了审计员③，从当官干坏事的人手里收受贿赂，对国家造成了极其重大的伤害，不过他最擅长的还是去敲诈④那些清白的候审官员。然后他又花三十个米那买来了安德洛斯岛上的一个官职，这钱是借来的，利息是每个米那九个角币⑤，他就把你们的盟邦人民变成了他发泄兽欲的

---

① 原文 ἄνθρωποι μὴ κακοῦργοι 直译"不为非作歹之人"，凯里即如此翻译，菲舍尔译作"不是罪犯的人"，德迪奥斯译作"不是恶棍的人"，木曾译作"非重罪犯"。此从亚当斯、奥热和弗罗洛夫的译法。
② 参见本篇第49节。提马耳科斯实际已约四十五岁，并出任过官职。
③ 木曾注云，参见亚里士多德《雅典政制》第54章第2节。
④ ἐσυκοφάντησε 直译"耍讼棍手段"，在审计的语境中应从亚当斯译作"敲诈"，凯里和菲舍尔译作"起诉"，奥热译作"骚扰"，德迪奥斯译作"诬告"，弗罗洛夫译作"诬陷"。
⑤ 即月平息1.5%，年平息18%。凯里指出，当时的正常利息是年平息12%左右；木曾注云，通常利息在12—18%。

工具①。他对自由人的妻子们表现出来的那种放荡,真是以前从没有人做到过的。我不准备传召其中任何人来此当众为他选择保持沉默的不幸遭遇作证,就由你们去核查吧。[108] 你们还能指望什么呢?在雅典,这个人不单单粗暴对待其他人,甚至还粗暴对待自己的身体,这还是在有着法律,在你们都看着,在仇人们都关注着的情况下,等这个人给自己弄到了保障②,弄到了权力,弄到了官位,那谁还能指望他那种最为放浪的行为会有什么缺漏呢?宙斯啊,阿波罗啊,我常常思考你们国家的幸运,那表现在很多别的方面,但其中不小的一件就是这个——那时候,居然没有人来买下安德洛斯城。

[109] 不过,他一个人做官的时候很差劲,跟一群人一起的时候就过得去了,是吧?怎么会呢?这个人,雅典人啊,在尼科斐摩斯担任执政官那年③当上了五百人议事会成员。要把他在那一年里犯下的所有罪行过一遍,在一天之中这么短的一段时间里还是不要来试的好,至于与当前审判所据的罪名最为相关的那些,我就来简短说一下。[110] 在这个家伙担任五百人议事会成员的那

---

① εὐπορία,亚当斯、凯里、菲舍尔和奥热都理解为"财源",即作"……变成了用以满足他的兽欲的财源";按其本义理解为"手段"、"资源"亦说得通,此处与德迪奥斯和弗罗洛夫取此义项。
② 木曾译作"免责特权"。按凯里注是指提马耳科斯不必担心因他在安德洛斯岛的所作所为而受到起诉,但凯里认为法律规定并非如此,而是埃斯基涅斯故意含混其词。
③ 前361—前360年。

一年①里，圆髻先生的兄弟②赫革珊德洛斯担任了女神金库的出纳，他们就一起，嗯，特别有团队精神地，从国家手里偷了一千个银币。有一个正直的人发现了这个勾当，此人就是阿刻耳杜斯村人潘菲罗斯。他跟这个家伙本来就有过冲突，对其不满，在一次公民大会之中，他就站了起来，说道："雅典人啊，有一对夫妻③一起在偷你们的一千个银币呢。"[111] 你们都吃了一惊，这个什么"夫妻"是怎么回事呢？这话说的是什么呢？他停了一小会儿，又说了。他说："你们不明白我在说什么吗？做老公的，就是那个赫革珊德洛斯，现在是的，"他继续说，"不过他以前也做过勒俄达马斯的老婆；而做老婆的呢，就是这个提马耳科斯了。至于他们是怎么把银子偷走的，我就来说说吧。"然后他就详细叙述了整个事情，又详实④又清晰。解释完毕之后，"那么，"他说，"雅典人啊，我建议你们应该做什么呢？如果说五百人议事会控诉他犯罪，用叶子投票⑤将他驱逐出去，移交法庭，那么，就请向他们授予奖励⑥，而如果他们不惩罚他，就请不要授予，就请把这件事记到那一天⑦来等着他们。"[112] 然后，五百人议

---

① 原文 τοῦ αὐτοῦ ἄρχοντος 直译"那个执政官任期"，意即"那一年"。
② 参见本篇第 71 节。
③ 三种英译和西译都简单处理为"男女"，弗罗洛夫的用词有"夫妻"之意。此从弗罗洛夫的理解。
④ εἰδότως 直译"表现出了了解"。
⑤ 五百人议事会的一种投票方式。
⑥ 亚当斯注云，每年卸任的五百人议事会成员按惯例应被授予冠冕。
⑦ 公民大会讨论向卸任的五百人议事会成员授予冠冕的那一天。

事会成员们回到五百人议事会会场，首先是用叶子投票驱逐了他，而再次正式投票①的时候却又接纳了他。就因为他们没有把他移交法庭，也没有把他从五百人议事会会场驱逐出去——我说到这个很痛心，但我还是必须说——他们就没有能拿到奖励。所以，请不要展示这样一副奇观②，雅典人啊，不要一边对五百人议事会心怀不满，让五百位公民都没有能获得冠冕，只因为他们没有惩罚这个人，而另一边自己却开释了他，还把这个没有给五百人议事会带来好处的职业演说人保留给公民大会。

[113] 可是，他在抽签抽上了的官位上是这个样子，在投票选上了的官位上就会好些了，是吧？你们有谁不知道他被判定犯了盗窃罪这件众所周知的事呢？他被你们派去督察③驻在厄瑞特里亚的雇佣军，在所有督察员之中，只有他一个承认拿了银子，对这件事供认不讳，承认他犯下了罪行，立即就请求宽大处理④。你们对那些抵赖罪行的人每个处以一个塔兰同的罚款，而

---

① 亚当斯注云，五百人议事会驱逐成员似乎需要两次投票。
② φανῆτε 本义"展示"，此从亚当斯的处理，添译"奇观"，使语气更通顺。凯里译作"向五百人议事会展示不满"，菲舍尔译作"展示自己如下行事"，德迪奥斯译作"做出表现"，弗罗洛夫译作"展示这样的状况"，奥热的译文加工较多。
③ 亚当斯注云，负责监督军饷发放工作。
④ 审判之中双方首先就案情本身各有一次发言机会，如审判团判定被告有罪且法律未明确规定惩罚方式，则双方再各有一次关于惩罚方式的发言机会，此处是说提马耳科斯放弃了第一次发言辩护的机会，而直接进入了关于惩罚方式的发言。

对他则处以三十个米那①的罚款。按法律规定，那些对盗窃行为供认不讳的人应被处以死刑，而那些抵赖罪行的人则应接受审判。[114] 由此，他就极度蔑视你们，竟至立刻在公民身份甄别投票②之中拿了两千个银币。他说，有一个库达忒奈翁村人菲罗塔得斯，一位公民，是由他解放了的一个奴隶，他就说服了村里的人将他除名。他在法庭上主持了控诉工作③，手里拿着祭品，发誓说自己从来没有受过贿，以后也不会，还以誓言诸神④之名赌咒发誓愿让自己遭受彻底的毁灭。[115] 但他被坐实从菲罗塔得斯的姻亲⑤勒宇科尼得斯那里通过演员菲勒蒙拿了二十个米那，这笔钱他很快就在花魁菲罗克塞涅的身上花光了，他就卖了这个案子，违背了自己的誓言。为证明我说的这些都是事实，请为我传召向提马耳科斯⑥付了钱的菲勒蒙，还有菲罗塔得斯的姻亲勒宇科尼得斯，并请为我宣读他们之间合同书的副本，他就是根据这份合同卖了案子的。

证人

合同

[116] 他对公民们、对家人们是怎样的，他怎么可耻地耗尽了

---

① 等于半个塔兰同，显然提马耳科斯得到了"坦白从宽"的待遇。
② 参见本篇第 77 节。
③ 菲罗塔得斯被除名后向法庭申诉，提马耳科斯代表控方（即认定菲罗塔得斯无公民身份一方）出庭。
④ 亚当斯注云，《集注》说是阿波罗、得墨忒耳和宙斯。
⑤ κηδεστής 可以指任何辈分的姻亲，亚当斯认为是同辈姻亲。
⑥ 洛布本无"向提马耳科斯"。

祖业，他又怎样全然不把自己身体遭受的种种轻侮放在眼里，这些在我发言之前其实你们就都知道了，不过我说了的这些应该足够帮着你们回想起来了。我还剩下两条控诉内容要讲，我祈请上下四方男女神明能让我如我所计划的那样来为国家说出这些，也希望你们能用心听取、仔细理解我说的话。

[117] 我要说的第一点，就是预先讲述一下我听说将要出现的辩护内容，以防在我漏过了这些的情况下那个号称①是向年轻人传授语言技巧的人②会用某种诡计欺骗你们，夺走国家的机遇。我要说的第二点，则是呼吁公民们培养美德。我看见有很多比较年轻的人来到了法庭，也有很多比较年长的人，还有不少来自全希腊各地的人也聚集过来听着。[118] 不要以为他们是来看我的，不，他们更是来了解你们的，是要看看你们除了会立下好的法律，是否还能够分辨善恶，是要看看你们是否会奖励优秀的人，是否愿意惩罚那些以自己的生活方式为国家带来指责的人。我首先来对你们讲一下辩护内容。

[119] 这位语言水平极高的德谟斯提尼说了，你们要么就得把法律通通涂掉，要么就别听我说的话。他会特别惊讶，为什么你们大家都不记得了，每一年，五百人议事会都会把皮肉生意税外包出去，那些承包了这项税款的人不是靠猜测，而是清楚知道有谁在从事这项职业。所以呢，如今在我居然敢来指控提马耳科斯

---

① κατεπαγγελλόμενος 这个分词的现在时和过去时形式相同，译文把时态模糊处理。
② 指德谟斯提尼。

因操持过贱业而不能当众发言的时候,他就说,这件事情需要的不是控诉人的指控,而是从提马耳科斯那里收了这笔税的包税人的证词。[120] 针对这些,雅典人啊,请看,你们觉得我是不是作出了简明直率的答复。我真为国家感到羞耻,这个提马耳科斯,这个人民的顾问,这个曾经敢于出使希腊的人,却居然不来着手把整件事情洗刷干净,而是来反问他的营业地点到底在哪里,反问那些包税人有没有从他那里收过皮肉生意税! [121] 这种辩护,为你们起见,还是让他扔掉吧! 让我来建议另一份说法吧,又出色,又公正,你肯定会用的,假如说你自认平生无不可告人之事的话。壮起胆来,迎着审判员们的目光,说出一个端正的人应该为他这个年龄段说出的话吧:"雅典人啊,我的童年和青年都在你们之中成长,我如何度日并无不为人知之处,而是一向有人看见我在公民大会上与你们在一起。[122] 我想,要是说,我是要在别的什么人面前就这一审判所牵涉到的指控而发言的话,有你们的证词在,我就可以轻易驳倒控诉人的陈述了。而反过来,不单单是如果我真的干过这里面的任何一样,哪怕只是如果你们真的觉得我的生活方式是像这个人说的指控内容那样,那么,我觉得,我的余生也没有什么值得活下去的了,我宁愿接受惩罚,好让国家能在希腊人面前为自己辩护,我来不是要请求你们宽大处理,不,如果你们觉得我真是这样一个人的话,就请随意处置① 我吧。"

这才是,提马耳科斯啊,一个优秀、端正的人的辩护词,一

---

① καταχράομαι,凯里取"干掉"一义,此从其余各译取"尽情处置"一义。

个对自己的生活充满自信、对一切无耻谰言正确地不屑一顾的人的辩护词。[123] 而德谟斯提尼劝你使用的那些,并不是一个自由人用的,根本就是一个男妓用来在地点问题上挑事的。如今你跑去躲在各个寓所的名目后面,要求清点盘算每一所你经营那些生计的住家,等你听了我要说的话之后,如果你还有点脑子的话,接下来你就不会用这套说法了。因为,并不是寓所,并不是住家,为住在里面的人赋予了名目,而是住在里面的人将他们所操持的那一套的名目赋予了这些地点。[124] 有些时候,几个人一起买了一所住宅,把它分隔开来然后住在里面,我们就管这个叫做"公寓",有些时候是一个人住在里面,就叫"住家"。要是有一个医生住进了一所路边的店面房,这就叫"诊所",要是他搬出去了,一个铜匠住进了这个店面房,就叫"铜匠铺",如果是一个漂洗工,就叫"洗衣店",如果是一个木匠,就叫"木匠铺",如果是一个龟公还有一群婊子,那么,就随着他们的职业而叫做"窑子"。你现在,凭着你那套放荡的生计,已经造了很多个窑子了。所以,不要问你在哪里干了,要辩护说你从来都没有干过。

[125] 好像还有一种说法也会出现,也是那个诡辩家编出来的。他会说种种传言都是极不公平的,他会提供一份有着律师派头的论证①,一份与他的生平完全相配的论证。首先,他会说,科罗

---

① 原文 ἀγοραῖα τεκμήρια,亚当斯、凯里和菲舍尔译作"市场上找来的证据",也就是将 ἀγοραῖος 按本义理解为"广场上的,市场上的"。德迪奥斯的理解与之类似,译作"街上来的证据"。弗罗洛夫在这一理解上发挥,译作"粗俗笨拙的证据"。但 ἀγοραῖος 也有"充满法庭技巧的"之意,故译如此,也接近奥热的理解。

诺斯村里那个所谓"得蒙的公寓"名字是错的，不是得蒙的，然后，那个所谓"安多喀得斯的人像柱"①也不是安多喀得斯的，是埃伊革伊斯部落为完誓而立的。[126]他还会拿自己做例子开个玩笑，装出一副讨人喜欢、轻松幽默对待自己的生活方式的样子，"说真的，要是我得，"他会说，"听大家的说法的话，那我就不叫'德谟斯提尼'，该改叫'巴塔罗斯'②了，那就是我的保姆给我取的亲昵小名啊。"还有，要是提马耳科斯长到了风华正茂的年纪，却因为别人在这一点上的诋毁而被嘲笑，不是因为自己做了些什么，那么，他说了，他怎么也不应该因此而遭遇不幸吧。

[127]我呢，德谟斯提尼啊，说到敬献啦，住所啦，财物啦，说到所有这些不会说话的东西，我确实听到过很多各种各样的、从不重复的说法，但是，高尚或耻辱并不存在于这些东西本身之中，而是那些正巧与它们接触的人——不管是谁，由他的声誉的好坏而赋予了它们各种说法。关于一个人的生平种种，在全城之中自发蔓延的传言从来都是不会错的，会向众人宣告他的私下种

---

① ἑρμῆς是一种顶上安置有一个头像或胸像，下部有突出阳具形装饰的柱子，此处译成"人像柱"。在远征西西里之前遭到破坏的就是这种柱子。凯里认为这里的安多喀得斯就是十大演说家之一的那个，因为他与该破坏事件有一定的牵连。木曾注云，这种人像柱乃雅典城街角、公共建筑、私宅前立的赫耳墨斯柱。石柱用赫耳墨斯头像附以阳具，作为祖神或除厄物祭祀用。
② 德谟斯提尼的这个小名含义有很多种说法，普鲁塔克《德谟斯提尼传》第4章第4节中称此为一娘娘腔笛手之名，或一粗俗诗人之名，或身体某不雅部位之名。详细讨论可参见 Jan Bollansée, "Hermippos of Smyrna", *Die Fragmente der Griechischen Historiker Part IV* (Brill, 1999), pp. 420–423。

种，还会预言即将发生的事情。

[128] 我说的这些都是再明显不过的了，都不是编造出来的，你们会发现，我们的城邦，我们的祖先，曾经将传言视为一位伟大的神明，为之修建神坛①；还有，荷马在《伊利亚特》里曾多次说过，在一件事情还没有发生之前，"传言来到了军中"②；再有，欧里庇得斯宣称，这位神明不仅有能力揭示生者各是何等之人，甚至对死者也有同样的能力，他说：

"传言可展示于贤人③，即使深藏于地中。"④

[129] 赫西俄德也明确地宣称它是一位神明，他非常清楚地向那些愿意理解的人展示了这一点，他说：

"没有一则传言会彻底死去，若有很多

---

① 亚当斯注云，《集注》称，雅典将军喀蒙在远方取得重大胜利的同一天，雅典城内即听到传言，因而修建此神坛。
② 此行不见于今本《伊利亚特》（牛津本 1920 年）。亚当斯指出 φήμη（传言）一词从未在今本《伊利亚特》中出现过，仅在今本《奥德赛》中出现三次（第 2 卷第 35 行，第 20 卷第 100、105 行），且其义均为"随意出口竟成预兆之言"。但凯里在注中提到，《伊利亚特》第 2 卷第 93—94 行有"在他们之中，传言（ὄσσα）如野火蔓延／作为宙斯的信使，催促着他们前来；他们便聚集到一处"几句，只是用了另一个表示"传言"的词。
③ ἐσθλός 在描述人时意为"勇敢"、"高贵"，也可以指道德品质高尚，木曾译作"善人"，化译如此。
④ 出处已不可查考。

人将其称说，它实在也是某种神明。"①

你们将会发现，那些生活格调高雅之人，他们都赞同这些诗句的说法，所有那些在人民之中追求荣誉的人都认为声望应来自美好的传言，而那些生活方式可耻之人，他们才不尊重这位神明，他们觉得这等于有了一个永远死不掉的控诉人。

[130] 请回想一下吧，人们啊，关于提马耳科斯你们都听到过些什么样的传言。难道不是，每次这个名字被说起，你们就会问这个问题："哪个提马耳科斯？那个卖身的？"还有，如果我为什么事情提供了证人，你们就会相信我，而如果我提供的证人是一位神明，你们怎么就不相信了呢？居然指控它是作伪证，这也太不对头②了吧！

[131] 还有，说到德谟斯提尼的那个名头，那也是传言——真不赖！——而不是他的保姆把他叫做巴塔罗斯的啊，这个名字的来源嘛，就是他那种不像男人的样子、那种不正常的欲望了。③要是有谁剥掉你那套精致外袍，把里面那件软软的小衬衣——就是你穿着写文章控告你的朋友④的那件啦——交到审判员们的手

---

① 从《劳作与时日》第 763—764 行来看，此处似乎只是个比方，并无正式将传言列为神明之意。
② 原文 οὐδὲ... θέμις ἐστίν，亚当斯译作"亵渎神明"，但 θέμις 解释为"正常"、"合规矩"亦可，不一定要带宗教意味。凯里、德迪奥斯、木曾和弗罗洛夫的译法也带宗教意味，菲舍尔和奥热的译法则没有。
③ 埃斯基涅斯不曾解释"巴塔罗斯"这个名字为什么可以和这些拉上关系。
④ 亚当斯注云，指德谟斯提尼控告包括埃斯基涅斯在内的与他一同出使的人。

里传一传，我想，这些先生，要是没有人向他们预告过要这么做的话，都会搞不明白他们拿着的到底是男人的还是女人的衣服！

[132] 还有啊，我听说了，有一位将军会走上讲坛参与辩护，他会气势傲慢，自视甚高，就像是到了一个摔跤道场里或者一个哲学校园里一样，然后他会开始嘲讽整个这次审判，说什么我搞出来的这才不是一个法律程序，而是可怕的对教育①的破坏的第一步。他首先会提起你们的恩人，哈耳摩狄俄斯和阿里斯托革同②，会详细描述他们彼此之间的信义，以及这事如何造福了城邦。[133] 据说，他也不会略去荷马的诗句，不会略去英雄们的名字，而是赞美帕特洛克罗斯与阿喀琉斯之间如故事所称由爱恋而生的感情③，还会盛赞人之美貌，就好像它不是自古以来只要与节操④相伴便一向被视为福运一般。他还会说，如果有人攻击人身的俊美，把这变成一种拥有它的人的不幸，那么，你们公开投票的结果和你们私下祈祷的目标可就不一样了。[134] 照他看来，这很不正常，你们打算生孩子的时候全都会祈祷尚未出生的孩子能有一副优秀出色的形貌，配得上国家，而等他们出生了，如果他们能以出众的美丽与韶华倾倒众人，成为因爱而争的对象，国家本应为之自豪，可是，这些人，你们却好像要被埃斯基涅斯说服，

---

① 在雅典人的观念中，青年男子与成年男子之间的同性感情关系属于青年男子成长教育过程的一部分。
② 前 514 年刺杀僭主希帕尔霍斯的两人，一般认为他们之间是爱人关系。
③ φιλία，各译皆作"友谊"，此处译作"感情"似更符合语境。
④ σωφροσύνη 有"明智"、"审慎"、"自制"等义，亚当斯理解为"道德观念"，此从之。

要剥夺他们的公民权了。[135] 我还听说，他要在这一点上对我进行人身攻击，要问我，难道不害臊吗，我一直在健身房①里骚扰人，跟好多好多人谈过恋爱②，现在却来把这整个一套都指责起来，危害起来了？还有，最后，有人跟我说了，他想着要引你们发笑，促使你们说出傻话来，就会说，他要展示我对人写过的所有情诗作为证据，还会说他要为我身边由于这些种种而发生过的辱骂和打斗提供证人。

[136] 我才不会责备正当的恋爱，我才不会说美貌出众的人都是在卖身，我也不会抵赖说没有谈过恋爱，以前是有过的，现在也还有的，至于说由于这种种而发生的争风与打斗，我也不会否认说从来没有在我身上发生过。而那些诗，就是他们说我写了的那些，有些我承认是我写的，另一些，我不承认它们的内涵是像他们篡改③了以后拿出来的里面那样的。

[137] 我来区别一下，对美丽而有节操之人的爱恋，乃是仁爱之心、善良④之魂所能有的，而以银钱雇人放荡非为，我认为是

---

① 里面的人通常裸体锻炼。
② 原文 πλείστων ἐραστὴς γεγονώς 直译"当过很多人的爱者"，爱者（ἐραστὴς）是同性感情关系中成年的一方，化译如此。
③ διαφθείροντες 本义"毁灭"，此从亚当斯的理解，木曾的理解相近。凯里、菲舍尔和弗罗洛夫译作"扭曲"，德迪奥斯译作"为了毁掉我"，而不是对作品动手脚，奥热改动较大。
④ εὐγνώμονος，凯里、奥热和德迪奥斯取"明智"一义，而亚当斯和菲舍尔取"体贴"一义，考虑到前一个并列词 φιλανθρώπου 取"仁爱"之义，因而这里倾向于后者。弗罗洛夫译作"高尚"。

全无礼数、全无教养之人的所行。我要说，成为纯洁爱恋的对象是美好的事，受工钱所诱而卖身则实属可耻。这两者之间彼此相距有多远，相差有多大，我将会试着依次以言语向你们说明。

[138] 当我们的父辈为生活方式、为天性所必致的种种而立下法律时，那些他们认为自由人所应做的事，他们向奴隶宣布禁止了。"奴隶，"法律说，"不得参加健身活动，不得于摔跤道场中在身上涂油。"其中并没有再加上一句："自由人当在身上涂油，当参加健身活动。"当立法者看到了健身活动可以带来的好处，并禁止奴隶参与时，他们的想法是，他们以这条法律①禁止了那些人，也就是以同一条法律允许了自由人。[139] 立法者继续说道："奴隶不得与自由儿童建立恋爱关系，也不得跟踪之，否则处以鞭刑五十下②。"而他并没有禁止自由人与之建立这样的恋爱关系，与之交游，或跟踪之，他以为，这为儿童带来的并不是危害，而是对当事人的节操的一份证明。我想，当一个人还不能自己做主，还不能分辨真心与否之时，他便提醒心怀爱意之人规矩行事，便将表达感情的言语推后到更为成熟更为年长的年龄，而跟踪、关注，他则以为是对节操的最好的保卫与守护。

[140] 所以，说到那两位国家的恩人，那两位英伟出众之人，哈耳摩狄俄斯和阿里斯托革同，乃是贞洁的合法的爱情——不管

---

① 洛布本无"法律"，就是简单的"这个"。
② 原文 ἢ τύπτεσθαι τῇ δημοσίᾳ μάστιγι πεντήκοντα πληγάς 直译"否则用公有鞭子抽打五十下"，化译如此。

是叫爱情还是叫什么别的名字吧——培养了他们，直至于那些称道他们行为的人竟似乎不足以作出对他们功业的赞颂。

[141] 既然你们回顾了[①]阿喀琉斯与帕特洛克罗斯，还有荷马，还有其他诗人——就好像审判员们全都没有受过教育，而你们却摆出一副高雅人士、学识傲视大众的样子——为了让你们知道，我们也听说过学习过一些东西，我们就也来说说这些吧。既然他们着手引述智慧之人的话语，躲在那些带着格律说出的文字后面，那么，请仔细看看吧，雅典人啊，仔细看看这些公认的优秀有益的诗人们吧，在他们的心中，下面这两种人相距有多远，其中一种人具备节操，且爱恋同类之人，而另一种人则追求不当之人[②]，放纵无度。

[142] 我首先要来说一说荷马，我们将他列于最古老最明智的诗人之中。他很多次提起了帕特洛克罗斯与阿喀琉斯，却将他们之间的爱恋，以及他们之间感情的名目，都隐藏了起来。他是觉得，如此超凡的情意，对受过教育的那些听众而言，实在是再明显不过的了。

[143] 阿喀琉斯曾经在某处[③]说过，是在哀悼帕特洛克罗斯之

---

① 此处用了完成时（对比本篇第133节里大量使用将来时），故译如此。在法庭上，这时还没有轮到辩护方发言，但此文在发表时可能根据辩护方的实际发言修改过。
② 洛布本作"屈从于不正当的欲望"。
③ 参见下节引文。

死的时候，是当作回顾一件最为悲伤之事来说的，他说，他无心之中违背了对帕特洛克罗斯之父墨诺提俄斯作下的承诺，他曾经保证会将帕特洛克罗斯安然无恙地带回俄波厄斯①，如果墨诺提俄斯能将帕特洛克罗斯一同遣往特洛伊，托付给他的话。由此，就非常明显了，他承担起对帕特洛克罗斯的照顾，乃是出于爱恋②。

[144] 那些话，我现在就来诵读一下：

"可悲啊！多么空洞的话，我脱口而出在那一天，
鼓励着英雄墨诺提俄斯，在我家大厅③之中。　　325
我对他说，会带着他扬名的儿子回到俄波厄斯，
在他屠掠伊利昂，取得应获的那份战利品之后。
然而，宙斯并不为人们实现所有的愿望，
两人命中注定要将同一片土地染上红色。"④

[145] 他不单单在这里表现出了悲愤，而且，他哀痛如此之深，竟至于虽然他从母亲忒提斯那里事先听到过，如果他不去主动追击敌人，而是听任帕特洛克罗斯之死未得报仇，他就会回到家中，

---

① 帕特洛克罗斯的故乡。
② 此处逻辑跳跃有点令人费解，但当时的审判员们未必会细想。
③ 此处按照本纳（A. R. Benner）对《伊利亚特》的注释译出"我家"。
④ 《伊利亚特》第18卷第324—329行。最后一词"染上红色"与今本时态不同，另有一词拼写略变。凡引诗，右侧标出行号，以便查考，下同。

终老于父祖的故土，而如果他为之复仇，则将迅速终结生命[①]，他仍然选择了对死者的信义，而不是自身的安全。他如此高尚地催逼自己前去对杀害那个人的凶手复仇，乃至于虽然所有人都劝导他、催促他沐浴进食，他却发誓说，在他将赫克托耳的首级带到帕特洛克罗斯的坟头上之前，他决不会做这些。[②] [146] 当他在火葬堆边睡下时，诗人写道，帕特洛克罗斯的阴魂站到了他的面前，回顾了如此种种，向阿喀琉斯发出了如此的指示，人有见于此[③]，必当落泪而羡妒其人之美德与感情。他向他发出了指示，预言他离生命的终结已相去不远，因此当尽力所能，预作安排，正如他们曾一同成长、一同生活那样，在他们死后，骨殖也当一同安置于一瓮之中[④]。[147] 他一边悲泣，一边细述了他们彼此一同走过的生活，说道："我们再也不能为重大问题，像以前那样，单独坐在一起，远离其他朋友，进行商议了。"[⑤] 我想，这种信任[⑥]，这种情意，才是他们心中最为渴望的。为了让你们能在格律之中聆听到诗人的思想，书记员将向你们宣读荷马为这些而写下的诗句。

[148] 首先请宣读关于对赫克托耳复仇的那部分：

---

① 参见本篇第 150 节所引。
② 参见《伊利亚特》第 19 卷第 209—214 行。
③ 原文直译"人对此"。
④ 参见本篇第 149 节所引。
⑤ 参见本篇第 149 节所引，具体词句与原诗有所不同。
⑥ πίστις 本义"信任"，在前面第 132 节和第 145 节出现的时候，基于语境考虑，译为"信义"，此处仍译作"信任"。

> "可是,既然,亲爱的伙伴啊,我将在你之后走入地下,
> 那么,我不会先将你埋葬,不会在我将那杀害了你的心
> 　　胸高傲的凶手[①]
> 赫克托耳的甲胄与首级运至此处之前。"[②] 335

[149] 接下来请宣读帕特洛克罗斯在梦境之中为他们将来共同安葬所说的那些话,还有为他们彼此一同走过的生活所说的那些话:

> "我们不再能够在生命之中,远离其他友伴,
> 共坐商议决策了;可恨的死神已向我
> 张开大口,正如我一出生便得的定分。
> 连你,命运也已注定,天神一般的阿喀琉斯啊, 80
> 将在出身高贵的[③] 特洛伊人的城墙下被杀死,
> 于为秀发海伦而奋战之际[④]。
> 我还向你请求另一件事,请你将它铭入心灵,[⑤]

---

① 此从各译本,按 μεγαθύμου(心胸高傲的)修饰"凶手"理解,而某些《伊利亚特》译本认为修饰的是"你",即"那个杀害了心胸高傲的你的凶手"。"你"字原文与今本拼写略不同,不影响意义。
② 《伊利亚特》第 18 卷第 333—335 行,其中第 333 行今本作"现在,既然,帕特洛克罗斯啊,我将……"。
③ 今本作"富有的"。
④ 此行不见于今本。
⑤ 今本作"向你提出要求,啊,但愿你能够遵从"。

请不要让我的骨殖被安置远离你的,阿喀琉斯啊,

而让你我能被同一片大地掩覆,[①]   85

在那双耳金瓮中,它是你那女王气度的母亲所赠予你的,[②]

正如我们一同在你的家中成长,[③]

那时我还是个孩子,墨诺提俄斯从俄波厄斯

将我带到你处,缘由乃是可悲的杀戮,

那一天,我杀死了安菲达马斯的孩子,   90

全是孩子气,不是故意的,是为骰子[④]而动怒,

驱马的珀琉斯把我接纳进家中,

慈祥地抚养了我,将我唤做你的侍从,

就请让同一瓮包藏我们的骨殖。"[⑤]

[150] 再说到他本可保护自己,只要不去为帕特洛克罗斯之死复仇,就请宣读忒提斯所说的话:

"'近在眼前的死亡,我儿啊,将降临于你,如果你说
　　出了这种话,   95

---

① 此行不见于今本。
② 此行非常类似于今本第92行,个别词形由于上下文而不同,但主要意义基本没有出入。
③ 与今本第84行有一词不同,不影响意义。
④ 同本篇第59节的"(羊)拐骨"一词。
⑤ 《伊利亚特》第23卷第77—94行。此按埃斯基涅斯所引第一行为该卷第77行而标号。

就紧接在赫克托耳之后,劫数也已为你注定。'
对她,步履迅捷的天上人阿喀琉斯便回复道:①
'但愿我立刻死去,既然我竟不能在伙伴
被杀害时向他提供帮助,他乃是我最最亲爱之人。②"③

[151] 还有不比任何一位诗人逊色的欧里庇得斯,他认为有节操的爱恋乃是最美好的事物之一,便把爱恋当作一种祈祷的目标,而说道:

"那催人向贞、催人向善的爱啊,
是众人所当艳羡的,愿我也能拥有④。"⑤

[152] 他又一次在《福伊尼克斯》⑥剧中表达了这个观点,那是在针对由父亲提出的无端指控而进行辩护时,为了让人们不要依据猜疑、不要依据诬蔑,而要依据生平来作出裁决而说⑦的:

---

① 今本作"脚步敏捷的阿喀琉斯便在大怒之中说道"。
② 今本后半句作"他在远离故土之处"。
③ 《伊利亚特》第18卷第95—99行。
④ 菲舍尔、德迪奥斯和弗罗洛夫译作"愿我也是那众人之一",此从其余译本处理。
⑤ 亚当斯注云,引自今佚欧里庇得斯《斯特妮波伊娅》残篇第672号。
⑥ 亚当斯注云,今佚欧里庇得斯残篇812号。
⑦ 到底是自辩的角色所说,还是在自辩的场合下剧中其他角色(或合唱队)所说,这里的原文似乎可以有多种解释,故从各译文模糊处理。

"我曾在多次诉讼中担任裁判,

证人们多方相争,

言语相违于同一事,我都知晓。

我便如此,正如明智之人所为,

判断真相,乃是依靠对其人的本性

与生平的观察,看他如何度日。

若有人喜于与恶人为伍,

则我无需①加以讯问,因我已知

他与他喜爱的伙伴必是同类之人。"

[153] 请看吧,雅典人啊,诗人展示出了什么样的思想。他说,他曾经在很多事情中担任过裁判——正如你们现在是在担任审判员一样;他说,他不是凭着证词而作出裁决,而是凭生活方式和交游圈子;他所关注的是,被告每天是怎样生活的、以何种方式持家的,因为一个人处理自己的家事和处理国家的公事的方式必是相近的,还有,被告喜爱与何等之人亲近;最后,他也毫不犹豫地说出了想法,说一个人与他喜爱的伙伴必是同类之人。所以,对提马耳科斯,你们也当运用欧里庇得斯的逻辑。[154] 他是怎么持家的呢?他吃空了祖业,把他卖身所得、把他在公务之中受贿所得也通通弄没了,如今除了耻辱已经什么都不剩了。他喜

---

① 原文 οὐ πώποτ' 直译"从不"。此处译作"无需"语气更通顺,参见德谟斯提尼《为奉使无状事》第 245 节。

欢和谁在一起呢？是和赫革珊德洛斯。赫革珊德洛斯的生活方式是什么样的呢？是那种如果操持了就会被法律禁止公开发言的生活方式。我针对提马耳科斯说了些什么，我列了哪些起诉内容呢？就是提马耳科斯曾以身事人、曾荡尽祖业，而仍公开发言。你们立下了什么样的誓言呢？就是要对各项起诉内容本身作出裁决。

[155] 我不想说太多关于诗人的话了，我来给你说一些年纪比较大也为人熟知的人的名字吧，还有一些青年和儿童的名字，其中，有些人由于美貌而有过很多成熟的爱人①，另一些人如今还正当华年，而其中没有一个人曾遭到提马耳科斯这样的指控。作为对比，我还要对你们列举一下曾经可耻地公开卖身的人的名字，好让你们得到了这样的提醒之后能把提马耳科斯放到他该去的位置上。

[156] 我首先要说一下那些生活方式像一个自由人、像一个好人的人的名字。你们都知道，雅典人啊，阿斯堤俄科斯之子克里同、珀里托伊达伊村人珀里克勒得斯、波勒马革涅斯、克勒阿戈剌斯之子潘塔勒翁，还有跑步运动员②提墨西忒俄斯，他们不单单是所有公民之中，也是全希腊人之中最为俊美的人，他们都有过很多非常有节操的成熟爱人，但从没有人指责过他们。[157] 再说青年人和现在还是儿童的人，首先就是伊菲克剌忒斯的侄子、

---

① ἐραστής，参见本篇第135节注释。
② δρομεύς（跑步者）为与本篇第157节中的σταδιόδρομος（为取得奖项而参加竞技赛跑的人）区分，故译如此。

然努斯村人忒西阿斯的儿子——跟现在这个被告提马耳科斯[①]同名的那个人。他看上去是真漂亮，却如此远离耻辱，最近在乡村酒神庆典中，喜剧正在科吕托斯村上演的时候，喜剧演员帕耳墨农对着合唱队念了一句抑抑扬格的诗，里面有些人被称作"提马耳科斯式的大男娼"，没有人认为指的是这个年轻人，而通通认为指的是你，你就是这样一个独占了这种生活方式的头衔的人[②]。还有竞技赛跑选手安提克勒斯[③]，和墨勒西阿斯的兄弟斐狄阿斯。我还可以列举很多人，不过我还是停下来吧，我不想显得是在拿这些赞美的话去讨他们的欢心。

[158] 至于说那些与提马耳科斯习性相同之人，我怕得罪人，就只提那些我最不在乎的人吧。你们有谁不知道那个人称"孤儿"的狄俄丰托斯呢？他把一个外国人扭送到执政官[④]面前，当时阿仄尼亚村人阿里斯托丰[⑤]正为执政官担任副手[⑥]，他指控那个外国

---

① 洛布本无此人名。
② 原文 κληρονόμος… τοῦ ἐπιτηδεύματος 直译"成功地取得了这种生活方式的所有权的继承人"，此从亚当斯和凯里的理解，化译如此。
③ 显然不是本篇第 53 节里的那个。
④ 亚当斯和凯里注云，指名年执政官。凯里称其负责孤儿事务。
⑤ 参见本篇第 64 节。
⑥ 九位执政官中的前三名，即名年执政官、王者执政官（βασιλεύς）与军事执政官（πολέμαρχος），每人配备两名 πάρεδρος，此处译作"副手"。另，王者执政官，每年九位执政官中排名第二者，其主要职务为主持王政时期由国王主持的各种祭祀活动，故名；军事执政官，每年九位执政官中排名第三者，迟至马拉松战役（前 490 年）时，这一职位仍有军事指挥权，至前 4 世纪，才基本与军事无关。

人在这事上差了他四个银币的钱①,还引述了那些要求执政官照顾孤儿的法律,而他自己却践踏了为节操而立下的那些法律。还有,哪位公民不觉得恶心呢?那个人称"摩隆之子"的刻菲索多洛斯,他把他那看着是真漂亮不过的相貌用最难听的方式给彻底糟蹋掉。或者,那个人称"屠夫之子"的谟涅西忒俄斯?或者,还有很多别的人,那些我都宁愿想不起来的人?

[159] 我不想恶狠狠地挨个名字攻击这些人了,出于对国家的热爱,我是真心希望我说话的时候找不到这类人才好。既然我们已经在两种人中各自选了一些过了一遍,一边是受到了有节操的爱恋的人,一边是对自己为非作歹的人,那么,我要问你们一声,请你们回答我:你们要把提马耳科斯分配到哪个队伍之中?是分配到那些被爱的人之中呢,还是分配到那些卖身的人之中呢?对此,提马耳科斯,你可不能抛下你的团队,脱逃到自由人的生活方式之中去啊。

[160] 如果他们要说,一个人没有卖身的合同②又怎么能说是操持贱业,还要求我为此出示字据和证人,那么,首先,请回忆一下关于操持贱业的法律,里面立法者没有一处提到过合同。不,他不单单惩罚那些依照字据而对自己做出了可耻的事的人,而且一点都不放过,不管这个事情是怎么样做了的,他都禁止做了这

---

① 最低级的性工作者一般每次收费三个角币至一个银币不等,四个银币如果是一次的费用,说明狄俄丰托斯的档次比较高,或提供了其他特别服务。
② 原文 μὴ κατὰ συγγραφὰς ἐμισθώθη 直译"不是根据合同而雇出自己",化译如此。

种事的人参与国家的公共事务。这很对！如果说，有一个人在年轻的时候由于可耻的享乐而抛弃了对高尚荣誉的追求，那么，他也就不认为这个人在长大了以后还配享有公民权。[161] 而且，也很容易揭示，这套说法有多蠢。大家的意见都是一致的，就是说立合同是因为彼此之间不信任，是为了让没有违背字据的人可以通过投票判决而从违背了字据的人那里讨到公道。那么，如果说这种事情也用得着来讨个公道，那些遵照字据操持贱业的人，要是遭受了不公对待，照这些人的说法，法律也给他们留下了一条救济途径。他们各自又会拿出什么样的说法来呢？想象一下吧，不是我在描述，而是这么一个案子就在你们眼前发生。[162] 假定说，买春的人在这件事里做得端端正正，而卖身的人做得不对，站不住脚，要么反过来，卖身的人中规中矩地做了双方达成了一致的事情，而那个买春的人先享用了对方的青春，然后却食言了，想象一下你们就坐在这儿担任审判员。接下来，那个年纪大一点的人，等水钟①和发言权交到他手里的时候②，就会认真地提起控诉，直视着你们，说道：[163]"我出钱雇了，雅典人啊，提马耳科斯来向我提供性服务，其条款都写在字据上、存放在德谟斯提尼那里了，"没有什么会阻止他这么说吧，"而他却拒绝向我提

---

① 雅典法庭上使用称为 κλεψύδρα 的水钟计时，这个设备大体是两个等大的缸，底部均有一个可以打开的出水口，使用时将其中一个注满水，放在上面一层，出水口对着放在下面一层的另一个没有水的缸，然后打开出水口，水流完后再将两个缸对调，即可继续使用。

② 意即"到了他发言的时间"。诉讼中先由原告方发言，再由被告方发言。

供议定的服务。"然后他还直截了当地对着审判员们过了一遍,讲对方应该提供什么样的服务。然后呢?这个违法从一个雅典人那里买春的人不是会被处以石刑吗?他走出法庭的时候,不是不单单会被罚六分之一的罚金①,而且还会被定性为犯了严重的轻侮罪吗?[164]哦,不是这样的,是卖身的那个来提起诉讼了。让他走上来发言吧,要不,让这位聪明的巴塔罗斯②来替他发言吧,我们就知道他都会说些什么了。"审判团的先生们啊,某人花银子雇了我向他提供性服务"——是谁不重要吧——"我已履行字据内容,且仍在履行,包括所有应提供的性服务,而此人违反了合同。"然后呢?他不是立刻会面对来自审判员们的吼声吗?有谁不会这么说呢:"接下来,你就去了广场,戴了花环③,或是做了别的那些我们所做的事吗?"所以说,那个合同是一点用都没有的。

[165]这种某些人立了字据卖身的说法是怎么流行起来的,怎么成了习惯的,我现在就来说一下。以前有一个公民(名字我就不说了,我怕得罪人),他没有能预见到我刚才跟你们讲了的那些,有人说,他就是订了个合同,还存放在安提克勒斯④那里,照着

---

① 亚当斯注云,私事诉讼之中,如原告不能得到五分之一的判决票数,则向被告支付诉讼标的六分之一的金额作为罚款。
② 参见本篇第126节。
③ 参见本篇第21节及注释。
④ 凯里认为就是本篇第53节里的那个。

合同来卖身的。这人还不是一个自己过日子的人[①]，而是参与公共事务，经常被人辱骂，他就这样搞得整个城邦都习惯于这种说法了，因此，有些人才会问这个事情是不是照着字据来的。而立法者，他才不关心这种事情是怎么来的，只要有这种卖身的事，不管怎么样发生了，他就判决做了这种事的人应遭受羞辱。

[166] 虽然这些事情已经如此清晰明确，却还会有很多话被德谟斯提尼造出来、塞进来。对于他关于案情本身而说出了的那些坏话，还可以不那么气愤，而对于他硬加进来伤害国家的司法体系[②]的无关案情的那些，那真是令人出离愤怒。腓力[③]会出现很多次，还有那个孩子[④]亚历山大的名字也会被搞进来。因为，除别的坏品质之外，这个家伙还是一个没有文化、没有教养的人。[167] 他骂腓力的那些话，虽说愚蠢且不合时宜，比起我下面要说的这个来，还只是个比较轻的错误。大家都明白，虽说他自己实在算不上个男人，对男人恶言相加，这个他倒是做得出来的，[⑤]可是，当他精心编排了那一大堆双关的名目来对付一个孩子，含沙射影

[①] ἰδιώτης 本义"私人"、"不参加公共政治活动的人"，此处及本篇第195节为配合整节语气，不译作比较正式的"无公职之人"。
[②] τὰ τῆς πόλεως δίκαια 这个词组本义"属于国家的正义"，此从凯里和奥热的理解。亚当斯和菲舍尔将 δίκαια 译作"权益"，德迪奥斯译作"正当规范"，弗罗洛夫译作"声誉"，木曾译作"国家的正义"。
[③] 马其顿国王腓力二世，德谟斯提尼心中雅典最大的敌人。
[④] 当时十一岁左右。
[⑤] 原文 εἰς ἄνδρα... τὰς βλασφημίας ποιήσεται 直译"他将会对男人恶言相加"，化译如此。

地往坏处引①的时候，他就是把国家弄成笑柄了。[168] 他想着要让我通不过我即将为奉使情形而接受的审查②，他说了：前不久，他叙述到亚历山大那个孩子的事情，说起在③一次酒会上他④如何一边弹着西塔拉琴⑤一边念念有词地跟另一个孩子斗了几句诗⑥，他把他所知的情况向五百人议会报告的时候，我表现得不像一个与他一同出使的人，而是像那孩子的一个亲人一样，竟对他开孩子玩笑的那些话感到大为愤怒。[169] 我当然没有跟亚历山大有过什么攀谈，他的年龄摆在那里不是？⑦至于腓力，我现在要赞扬他，因为他的话说得真漂亮，再说了，如果在牵涉到

---

① 原文 αἰσχρὰς ὑποψίας παρεμβάλλῃ 直译"挑动起与可耻行为相关的猜疑"，化译如此。
② 关于奉使无状案始末，详见另两篇《为奉使无状事》。
③ 洛布本有"我们的"一词，托伊布纳本认为赘文。
④ 亚历山大。
⑤ κιθάρα，一种形似竖琴的乐器。
⑥ ἀντίκρουσις 在《希英词典》、《希法词典》（*Dictionnaire Grec-Français*）、《希西词典》（*Diccionario Griego-Español*）、《希俄词典》（*Древнегреческо-русский словарь*）中有"斗嘴"之意，《集注》认为是"带韵律的话"（所以可以配着西塔拉琴说），故译如此。亚当斯译作"念了的几段话里面有对另一个孩子不客气的地方"，奥热译作"对着另一个孩子吟了些诗句"，凯里译作"背诵了几段文辞，与另一个孩子辩论"，菲舍尔译作"背诵了几段文辞，攻击了另一个孩子"，德迪奥斯译作"朗诵了几段文辞和应答，与另一个孩子斗嘴"，弗罗洛夫译作"与另一个孩子交换了几句言辞和语句"。
⑦ 凯里认为，本篇第168节里德谟斯提尼的话有暗指埃斯基涅斯追求亚历山大的意思，又认为这里关于"攀谈"和"年龄"的说法是埃斯基涅斯自称他在可以成为追求对象的少年面前表现得很节制的意思。此理解有过度发挥之嫌。

我们的事务中，他将来真能实现他许诺了的那些话，那么，对他大加赞扬岂不是很安全、很容易的事？我在五百人议事会会场里批评了德谟斯提尼，才不是因为我要讨好那个孩子，而是因为，如果你们竟然接受了这种发言，那么我觉得，整个国家就会表现得跟这个发言人一样地乱七八糟了。

[170] 总之，雅典人啊，无关案情的那些辩护词，你们千万不要接受，首先这是为了你们立下的誓言着想，其次则是为了你们不要被这个善于玩弄辞藻的家伙引入歧途。我要再回过头来稍微开导你们一下。这个德谟斯提尼，他把祖业败光了以后，就在城里四处跑，是在捕猎有钱的年轻孤儿[①]呢，都是父亲不在了、由母亲在管家的那些，好多我都跳过去算了，就来回顾一下遭到了可怕对待的那些人中的一个吧。

[171] 德谟斯提尼看中了一户富裕人家，没人好好管，家主是一个女人，心气很高，却没有头脑，管着家业的是一个半痴半蠢的年轻孤儿——摩斯科斯之子阿里斯塔耳科斯。德谟斯提尼装作跟他谈恋爱，引诱这个青年跟他搞关系，往这个青年心里装满空洞的希望，让他以为自己立刻就会成为职业演说人之翘楚，还给他看了一份名单[②]。[172] 德谟斯提尼挑唆他、教导他干了的事的结果呢，就是弄得这个人从祖国逃亡了出去；而德谟斯提尼自己

[①] 洛布本无"孤儿"，相当于将"年轻"理解为"年轻人"。
[②] 亚当斯注云，《集注》说是通过向德谟斯提尼学习而成为演说人的人的名单。

呢，预先拿到了这个人流亡路上用的钱，就从里面搞走了三个塔兰同。还有阿菲德那村人尼科得摩斯①，他横死在阿里斯塔耳科斯手里了，这个可怜人的两只眼睛都被挖了出来，舌头也被切下来了，他本来是用那条舌头畅所欲言，心中充满对法律和对你们的信任。

[173] 那么，你们，雅典人啊，处死了诡辩家②苏格拉底，就因为他被证实教导了克里提阿斯，那摧毁了民主制度的三十僭主之一，而现在，德谟斯提尼，他却要把他的同伙③从你们手里救走，他却对那些无公职的民主人士施以如此报复，只因为他们也平等参政发言？他还号召一些他的门徒过来旁听审判，并向他们打了包票，是想着靠搞你们来搞生意呢——这是我听说的，说他肯定会在你们不知不觉之中改变审判内容，骗过你们的耳朵。[174] 他还说，一旦他走到这里，事情就会整个翻转过来，被告就会充满信心，而原告则会完全震惊，为自己而惶恐不已，他会把我在公民大会的发言拖进来，会指责经由我和菲罗克拉忒斯而达成的和平④，由此而从审判员那里激起如此热烈的喝彩声，弄得我为奉使情形接受审查之时根本不会与他在法庭照面为自己辩护，只要能被处以一份合理的罚款而不是死刑我就会庆幸了。

---

① 亚当斯注云，此人是德谟斯提尼的政敌，曾参与起诉德谟斯提尼临阵脱逃。
② σοφιστής（智术师）在这个贬义语境中似译作"诡辩家"为好，参见本篇第 175 节。木曾亦如此处理。
③ 参见埃斯基涅斯《为奉使无状事》第 19 节注释。
④ 关于和谈的具体细节，详见另两篇《为奉使无状事》。

[175] 不要！绝对不要让这个诡辩家得到笑话你们、拿你们取乐的机会！想象一下吧，想着你们看见他从法庭走回家中，跟那些青年讨论起来，自吹自擂，描述他是怎么在这个案子上漂亮地欺骗了审判员们的："我把他们从对提马耳科斯的指控上拉开了，我引着他们转而对付起诉人，对付腓力，对付福基斯人①了，我把听众吓成了那样②，弄得被告变成了原告，原告变成了接受审判的人，而那些审判员们，他们把本来要审判什么通通忘掉了，听起了那些本来不是审判内容的东西。"[176] 而你们的任务，就是与他针锋相对，就是紧紧追踪着他，绝不允许他有一点偏离，绝不允许他求助于无关的话题③，而是如同在赛马里面那样，将他逼到案情的轨道上。如果你们这么做了，那么你们就不会受到蔑视，你们在立法和司法之中就会秉承同一种思想；而如果你们不这么做，那么就显得是：在罪行还没有发生之前，你们预见到了，为之愤怒了，而发生了之后，你们却反而不在乎了。

---

① 关于福基斯人与奉使无状案的关系，详见另两篇《为奉使无状事》。德谟斯提尼显然倾向于同情福基斯人（参见他在《为奉使无状事》里的叙述），但这里是埃斯基涅斯在模仿他说话，故意使用"对付"一词，嘲讽他得意忘形、乱用并列语。
② 原文 φόβους ἐπήρτησα τοῖς ἀκροωμένοις 直译"我给听众眼前放上了恐惧"，化译如此。
③ 原文 τοῖς ἐξαγωνίοις λόγοις διισχυρίζεσθαι 直译"靠无关的话题做支撑"，化译如此，类似于德迪奥斯的译法；另外，διισχυρίζομαι 也有"坚称"一义，三种英译都作"坚持无关话题"，奥热则译作"跳进"，弗罗洛夫译作"使用无关论据"。

[177] 总而言之，如果你们惩罚了那些作恶的人，那么法律对你们来说，就会既是很好的法律，又是有效的法律；而如果你们放过了他们，那么法律仍旧是很好的法律，但不再是有效的法律了。① 我为什么要这样说呢，我要毫不迟疑地对你们敞开来讲。我来打个比方说说吧。为什么，你们觉得，雅典人啊，现有的法律都很好，而决议②却配不上国家的水准③，至于法庭之中的判决，则有时更是④遭受非议？我来解释一下这里的原因吧。[178] 这是因为，你们进行立法工作的时候，整个的目标只有正义，不是为了不当的获益，不是为了讨好什么人，不是为了仇恨什么人，而是仅仅关注正义，关注公益，这样，我想，既然你们天生比其余的人更为明智，所以很自然地，你们也就立下了最优秀的法律。而在公民大会会场里，在法庭上，你们却经常抛开就事论事的讨论，被诡计、被骗术牵着乱走，还把最最糟糕的一种习惯引入了法庭，就是你们竟然允许被告转过头来攻击控诉人。[179] 当你们从辩护上被拉开，你们的心思都到了别处之后，你们就忘掉了起诉的内容。你们走出法庭，并未将正义的惩罚施于任何一方⑤：未施于起诉方，是因为你们并未得到对他投票判决的机会；未施

---

① 这句话除少了一个虚词外，与本篇第36节里的一模一样。
② 亚当斯注云，前403年恢复民主制度以后，法律需经复杂的特殊手续在特定的时间才能立出，而决议可随时经五百人议事会提出并在公民大会通过。
③ 洛布本作"国家的决议却差了一些"。
④ 此词是为了表达递进语气添译的。
⑤ 直译是"并未从任何一方取得公道"，考虑到"你们"是陪审团，化译如此。

于辩护方，则是因为他凭借着与案情无关的指控而抹去了对他的本有控诉内容，逃出了法庭。法律就这样被废弃了，民主制度就这样被动摇了，而这种习惯则越来越为人们所接受，于是你们有时便会毫不在乎地接纳那些并无有益人生作支持的言论。

[180] 而拉栖代梦人①却不是这样的。外国的优秀做法也一样值得效仿。曾经有一个人在拉栖代梦人的公民大会中当众发言，这是一个生活方式可耻、发言水平却非常之高的人。据说，拉栖代梦人已准备投票赞同此人的想法，而有一名元老院成员②——他们都对这些人敬畏有加，以这些人的年龄所命名的官职也是他们心中最崇高的，选任的都是自幼至老品行端正之人——走上前来，这其中的一个人，据说，他走上前来，狠狠地责骂了拉栖代梦人，对他们下了个诅咒③，说他们再能居住在未被劫掠过的斯巴达城④的日子是长不了的了，如果他们竟然在公民大会中听取这种人的意见的话。[181] 他同时还将另一位拉栖代梦人召上前来，那是一个不善言辞，而在战争之中却骁勇出众、公义与自制均为翘楚的人，他指示他尽力表述前一个演说人说过的同样想法。"这是为了，"他说，"拉栖代梦人能够在优秀的人发声之后再进行

---

① 即斯巴达人。
② γέροντες，元老院（γερουσία）中的二十八名经选举产生的成员（另两名成员由国王兼之），终身任职，需年满六十岁方可任此职。
③ ἐβλασφήμησεν，此处按《希英词典》的解释译作"诅咒"，各译一般作"严厉责骂"。
④ 自多利安人征服至此，斯巴达城尚未遭外敌攻入过。

投票，而不将那些懦夫、那些无耻之徒的声音接纳入耳。"这位元老，这位自幼至老品行端正之人就是这样规劝他的国民的。他大概也会迅速批准提马耳科斯、批准这个下流胚子①德谟斯提尼参政的吧？

[182] 为了不显得是在讨好拉栖代梦人，我再来回顾一下我们的祖先。他们对待耻辱之事是如此严厉，对他们子女的端正品行是如此看重。曾有一位公民，他发现他的女儿被诱骗失身了，未能好好地将贞洁紧守至成婚，他便将她与一匹马一起用墙封在了一处荒宅之中，她被一同封在其中后便显然必将被它杀死。此宅的基址如今尚存于你们的城中，这个地方就叫做"马与少女之地"。

[183] 还有梭伦，那位立法者中声誉最高之人，他以古雅庄重的词句为妇女的操守写下了规定。若有女子与人通奸而奸夫当场被执，则他不允许她有所装饰，也不允许她进入公共庆典②，这是以免她与那些未曾犯错的妇女交往而腐蚀她们。如若她进入了，或有所装饰，则他命令遇见她之人破毁其衣着，取走其饰品，并殴打她，只除不得杀死或致残，他就是这样向这种女人施加耻辱，为她们准备了一份不值得活下去的生活。[184] 还有，对于淫媒，

---

① κίναιδος 本义"娈童"，引申为"卑贱淫荡之人"。埃斯基涅斯在《控诉克忒西丰》第 167 节中称德谟斯提尼为"狐狸"（κίναδος，德谟斯提尼在《金冠辞》第 162 节和第 242 节中同样如此回骂），两者词形非常相近。考虑到埃斯基涅斯在前文未明确指控德谟斯提尼卖身，此处的 κίναιδος 有可能是 κίναδος 之误。不过所有校勘本对此均无异议，且本篇第 131 节里用到了 κιναιδία 的字样，所以大约还是以 κίναιδος 为正。
② 参见本篇第 21 节及注释。

无论男女，他都命令加以起诉，如若定罪则当处以死刑，这是因为，那些有心作奸之人，或会迟疑退缩而羞于彼此相逢，而这些人，他们为了钱财而寡廉鲜耻，将此等行为导入讨论与实践[①]。

[185] 你们的父辈就是如此对丑恶与美好分别定性的，而你们呢，却要开释这个犯下了操持最为丑恶的生活方式之罪的提马耳科斯，这个身体上是男性，却犯下了种种属于女性的罪恶的人吗？那么，你们之中还有谁抓住了作奸的妇女会去惩罚她呢？还有哪一个人不会显得全无教养呢，他对一个犯下了天性所致的过错的女子动怒，却会去听取一个违背天性而暴虐自身的男子的意见？[186] 你们各自离开法庭回到家中之时又会是带着什么样的心灵？这个被告并不是默默无闻之人，而是广为人知，关于演说人资格审查的法律也不是一条随随便便的法律，而是一条极其优秀的法律。可想而知，儿童和青年会问各自的家人案件的判决结果是怎样的。[187] 你们如今掌控着投票结果，以后你们的孩子会问你们，是定罪了，还是开释了，届时你们又会怎样回答？如果你们承认说是开释了提马耳科斯，那么，你们不也就是同时颠覆了公共教育体系吗？还有什么用呢，给孩子养书童、找健身教练、找教师还有什么用呢，当你们接受了法律的托付，在可耻的案情面前却被扭偏了[②]？

[188] 我真为你们感到奇怪，雅典人啊，就是，你们一方面憎

---

① 原文作"实践与讨论"，此从亚当斯和凯里调整语序使语气更为通顺。
② 此从凯里、奥热、德迪奥斯和弗罗洛夫的理解，亚当斯和菲舍尔译作"却被扭曲走上了可耻的方向"。

恨开妓院的，一方面却要开释自愿卖身的人。看起来，这个人，他不能被选派为任何一位神明的祭司，他的身子已由法律定性为不干净，他却要在你们的决议案中替国家写下对尊贵的女神们[①]的祈祷。那么，我们为何还要对公事不获成功而感到奇怪呢，既然人民决议的开头写下的是这样一群职业演说人的名字[②]？我们还要派一个在家中过着可耻生活的人去国外担任使节，把最重大的事务交托给他？一个连自己的身子都拿来卖、拿来遭孽[③]的人，还有什么不会出卖的呢？一个连自己都不怜惜的人，还会怜惜谁呢？

[189] 你们有谁不清楚提马耳科斯的禽兽行径呢？就好比，那些经常健身的人，就算我们不在健身房现场，我们看见了他们的良好身体状态，就能认出来，也一样的，那些卖身的人，就算我们不在他们做工的现场，从他们的厚颜无耻，从他们的胆大妄为，从他们的生活习性，我们也能认出来。一个在最最重大的事务之中蔑视法律、蔑视道德的人，他会有着这样的一种心灵，从他生活方式的混乱不堪之中便可以清楚显现出来。

[190] 你们可以找到很多这样的人，他们颠覆了国家，让自己也落入了最最可怕的灾难之中。[④] 不要以为，雅典人啊，罪恶之

---

① 即复仇女神。木曾注云，战神山脚下奉有复仇三女神之庙。
② 作为提案人。
③ 原文 τὴν τοῦ σώματος ὕβριν πεπρακώς 直译"出售身体所遭受的暴虐对待"，化译如此。
④ 此从亚当斯、奥热、德迪奥斯和木曾的理解。

源头来自神明，不，那都来自人类的放纵，也不要以为，那些丧尽天良的[①]人，就像戏文里面写的那样，是有复仇女神拿着火把在后面赶着、逼着[②]。[191] 不，是不受控制的肉体欲望，是不知餍足，是这些充盈着盗匪的团伙，是这些让人们登上海贼的小艇，是这些做了每一个人的复仇女神，是这些激励着他们去杀死同胞，去向暴君效劳，去帮着摧毁民主制度。他们没有考虑过耻辱，没有考虑过下场，而是被成功之后便可享受的愉悦所迷惑。所以，雅典人啊，把有着这种天性的人清除出去吧！这样你们就能将年轻人的追求转而引向美德了。[③]

[192] 请确切地相信吧，特别请仔细记住我要说的话吧，如果提马耳科斯为他的生活方式受到了惩罚，那么，你们就为国家奠立了良好秩序的开端，而如果他被开释了，那么，还不如从来没有进行过这一审判为好。在提马耳科斯走入法庭之前，法律，还有法庭的名字，还是能让一些人有所畏惧的，而如果说，这个禽兽行径的魁首，这个最臭名昭著之人，他居然在走进来了之后得胜而去，这就会激发很多人前去犯罪，最终将不是言辞，而是危机，导致你们的愤怒了。[193] 所以，不要等着对一群人，而是现在[④]对一个人发泄你们的怒火吧。仔细提防着他们的布置，提防着他

---

① ἀσεβέω 本义"渎神的"，化译如此。
② κολάζω 本义"惩戒"，化译如此。
③ 两句动词的不同语态、时态似表示后一句是前一句的结果，此从亚当斯的理解。其余各译都将这后一句也译作祈使句，与前一句并列。
④ "等着……现在……"的连接词是根据原文语气参考亚当斯和凯里的处理而添译的。

们的辩护人吧。我不准备提其中任何一个人的名字，免得他们发言时可以有这么个开头，就是说，如果没有人提起他们的名字，他们本来是不会来的。我准备这么做：我把名字跳过去，只描述一下生活方式，由此让他们的身份为人所知。这样一来，他们每个人就只有自己可以责怪，如果他走上这里来，做出无耻的表现的话。

[194] 有三种人会来为他辩护。一种是那些以一天天的挥霍荡尽了祖业的人；另一种是那些可耻地消费了青春、消费了自己的肉体，现在担心他们有朝一日，不是为了提马耳科斯，而会是为了他们自己、为了他们的生活方式而面临审判的人；再有一种，就是那些毫无拘束的人、毫无顾忌地享用着这类人的人，他们想的是，有着他们的帮助可以倚仗，某些人就会更放肆地胡作非为了。① [195] 在你们听到他们的辩护词之前，先好好回顾一下他们的生活吧。那些对自己的身子作了孽的人，请命令他们不要烦扰你们，停止当众发言吧，法律管的不是过着自己日子的人，而是那些参与政治生活的人。那些吃空了祖业的人，请命令他们去工作，去找一条别的生计吧。至于那些捕猎最容易得手的年轻人的

---

① 亚当斯的理解是，第三种人是放纵无度的人或者与放纵无度的人交游的人，指望有人倚仗着他们的帮助可以肆意作恶，但当中的逻辑很奇怪。此处根据本篇第 195 节的内容，参考《集注》的说法，并参考各译的理解翻译，即前两种人是被告的同类，而第三种人则更糟糕，是利用（按菲舍尔的注解，可以说是"包养"）前两种人的人，来法庭给前两种人辩护是为了让前两种人更放心地乱来，他们则可从中牟利，或得到更多的满足欲望的机会。此处用了"享用"一词，是为兼顾第三种人经济和欲望两方面的动机。

猎手，请命令他们转去对付外国人，对付移民[①]吧，这样，他们不用丢掉他们的那种取向，你们也不会受到伤害了。

[196] 你们从我这里已然取得了我应该提供的一切，我解释了法律，我检视了被告的生活。现在，你们就要对我的言辞作出裁决了，我很快也将成为你们的观众了。整个案件已然交到你们的手中[②]。一旦你们作出公正有益的裁决，我们必将随你们的心愿而更为积极地审查违法之人。

---

① μέτοικος，有定居权的外国人。
② 原文 ἐν... ταῖς... γνώμαις 直译"心灵中"，化译如此。

作品第2号

为奉使无状事

[1] 我请求你们，雅典人啊，能够有心带着好意听取我的发言，请考虑到我必须面对何等严重的危险、何等数量的指控而进行辩护，请考虑到起诉方的技巧程度、准备程度与恶毒程度——他竟敢向你们这些立下了誓言要同样听取两造陈辞的人建议，让你们不要容忍处于险境之中的人出声①。[2] 他这么说，甚至都不是出于愤怒。一个说谎的人，不会对一个遭受了不公正的诬蔑的人感到愤怒；一个说实话的人，不会去阻止被告拥有说话的机会。控辞让听众为之折服，不是一上来就能成立的，而是要在被告方已经有过申辩的机会，却不能驳倒前述的种种罪名之后。[3] 不过呢，我想，德谟斯提尼并不喜欢公平的发言，他也不是这么准备的，他想着的是要挑起你们的怒火。他来控诉什么受贿行为，可是，由他来提这种猜疑哪能让人相信呢。一个人要呼唤你们憎恨受贿行为的话，首先他自己就必须远离这类行为才是啊。

[4] 我呢，雅典人啊，当我听着德谟斯提尼的指控的时候，就进入了这样一个状态：我从来没有像这一天一样感到过恐惧，也没有感到过比现在更大的愤怒，却也没有过如此极度的开心。我恐惧的是，我到现在还在惊惧的是，你们中有些人会对我产生错误的认识，心思被这些恶毒地精心编排的攻击言论牵着走。让我控制不住自己，根本无法忍受的，是这一项罪名，就是他居然指控我粗暴对待一位自由人家出生的俄林托斯妇女，弄出了酒后乱性。② 而我开心的是，他说着这项罪名的时候，你们就把他赶开

---

① φωνή，可能是指德谟斯提尼《为奉使无状事》第337—340节中关于埃斯基涅斯的嗓门的讨论。
② 参见德谟斯提尼《为奉使无状事》第196—198节。

去^①了，我想，这就是我生平节操所应得的回报了。[5] 真的，我称颂你们，非常地热爱你们，因为你们更为信任受审之人的生平，而不是他们的敌人提出的控诉，但我还是不会逃避对此辩护。如果说，外面四周的观众——差不多全体国民都在场了吧——之中有哪个人竟被说动了，或者说，你们审判员之中有哪一位竟被说动了，相信我会干出这种事，别说是对一位自由人的人身，就算是对一个随随便便什么生灵，那我也会觉得我的余生没有活下去的意义了。如果说，在辩护的过程中，我竟然不能证明这条罪名是谎言，不能证实厚着脸皮说出这些的人完全就是个渎神的讼棍，那么，就算我能证明自己在其余一切事情上都是无辜的，我仍会给自己判处死刑。

[6] 还有，他的那一种说法，在我看来真是奇谈怪论，真是不公得可怕，就是他跑来问你们：这合适吗？在同一个城邦里，菲罗克拉忒斯被判了死刑，因为他不敢出席审判，就此证实了自己犯下了罪行，而却要把我开释？^② 就凭这一点，在我想来，我就可以最为公平地脱罪：如果说，一个人不到审判现场来，就是证实了自己的罪名，犯下了罪行，那么，一个不承认罪名，而是把人身交到了法律和国民手中的人，就是无辜的了。

[7] 关于其余指控，我请求你们，雅典人啊，如果我遗漏了什么，

---

① ἐξεβάλλετε 本义"赶走"，也有"拒绝"的意思，亚当斯译作"拒绝听"，凯里译作"喊话盖过"，德迪奥斯译作"打断"，诺沃萨德斯基译作"迫使他中止"，奥热和木曾译作"让他闭嘴"。
② 现存的德谟斯提尼《为奉使无状事》中似无这样的原话，但确实经常将两人并列为卖国罪魁。

没有提起什么，就向我提问，表明你们想要听到我说些什么，不要预先就认定我有罪，而是以同等的好意听取双方的话。我真不知道应该从何说起才好，因为指控内容实在混乱不堪。就请看看你们觉得我的遭遇是否合理吧。[8] 处在险境之中的是我，是我的人身安全，可是他却把大部分控诉内容都指向了菲罗克拉忒斯、佛律农和其余一同出使的人，还有腓力、和约以及欧部罗斯的政策，我呢，就被塞到这一大堆里面的什么地方去了。在那篇说辞里，唯一一个看上去是个国家卫士的人也就德谟斯提尼了，其余的通通是卖国贼。他一直在凌辱我们，说着诋毁人的假话，不单单骂了我一个，也骂了其余所有人。[9] 他这么轻蔑地侮辱了一个人之后，突然又回过头来，随随便便地找了个时候，摆出一副在控诉一个亚西比德或是地米斯托克利①这些希腊人中最声名远播之人一样的架势，来控诉这个人毁掉了福基斯各城镇，让你们丧失了色雷斯那边的据点，把刻耳索布勒普忒斯②——国家的一位友人与盟友——推下了王座。[10] 他还把我比作西西里的僭主狄俄倪西俄斯③，激动地连声大喊，呼吁你们提高警惕，还详细叙述

---

① 木曾注云，此处被认为是埃斯基涅斯在事后书面发表时的有意补笔。
② 参见德谟斯提尼《为奉使无状事》第 174 节及注释。
③ 叙拉古僭主狄俄倪西俄斯一世（前 405—前 367 年在位）。现存的德谟斯提尼《为奉使无状事》中并无此类比。木曾指出，狄俄倪西俄斯二世（前 367—前 356 年、前 346—前 344 年在位）也是僭主，不过此处指一世的可能性较大。按德谟斯提尼《驳勒普提涅斯》第 161 节中将狄俄倪西俄斯一世称为"一个书手，一个小吏"，而《为奉使无状事》第 249 节中嘲讽埃斯基涅斯的类似职业生涯，如果原来有类比的话，可能是从这一点上来的。

了西西里岛上女祭司的梦[①]。把事情夸张到这个地步之后，他又连他那些诽谤的内容都不肯归功于我了，没有把事态归因于我的发言，而是归因于腓力的武装。

[11] 面对这人如此厚颜无耻、大言不惭，要一个一个话头来回顾实在是很困难的事，在险境之中针对这种全然无法预料的谰言来作答，也是很困难的。我就从在我看来发言可以做到最清晰明了，易于你们理解，同时也公允平和的那些地方来起头吧，就是从讨论和约与挑选使节说起，这样我回忆得最清楚，说起来最方便，你们也最容易领会。

[12] 我想，你们自己全都记得这个，就是优卑亚人的使节当着公民大会讨论了与他们之间的和约的事之后，就说了，腓力要求他们通知你们说，他也想和你们结束敌对状态，达成和平。此后不久，然努斯村人佛律农在奥林匹亚赛会休战期间[②]被私掠队[③]抓走了，对此他自己提过指控的。等他赎了出来，回到这里

---

① 现存的德谟斯提尼《为奉使无状事》中无此内容。《集注》（古代作品传抄时，常带有行间或页边的注释，一般称为scholia。埃斯基涅斯作品集注已有现代编校版问世。）认为原文 ἱερείας（女祭司的）是 Ἱμεραίας（希墨剌城女子的）之误，并引述提迈俄斯《历史》（今佚）的记载称：有希墨剌城女子梦中升天，见宙斯面前有一火色巨灵身披镣铐，问而得知此乃"西西里与意大利之灾星，一旦释放必毁该二地"，醒后不久她见到狄俄倪西俄斯，即称此人正是梦中所见之灾星，话方出口她便被投入牢中，三月后被秘密处死。

② 奥林匹亚赛会期间希腊各国为表示尊敬神明会彼此休战。此处指前348年夏天。

③ λῃστῶν 本义"海盗"，各译皆按本义处理，此处不从，因为从上下文看，佛律农认为抓走他的人是腓力能控制的私掠队，而不是随便什么海盗，所以相当于腓力违反了休战惯例，应该退还赎金。

之后,他就请求你们为此选派一个使节去到腓力那边,以便尽可能地弄回一点赎金。你们被说服了,就为此选派了克忒西丰担任使节。[13] 等克忒西丰出使完毕回到这儿来了,他便向你们就受差遣事项作了汇报,此外,他又报告说,腓力说了,与你们作战本非他所愿,现如今他想要从战争中脱身了。克忒西丰说了这些,除此之外还汇报了好多后者的友善①表现,公民大会便非常热切地接纳了这些,表彰了克忒西丰,没有一个人发言反对,于是哈格努斯村人菲罗克拉忒斯彼时提出了一份议案,公民大会一致同意,投票通过,允许腓力派遣传令官和使团过来议和。在此之前,连这一点都是被某些人所阻止的,而且是全心全意当作目标来阻止的,这是由事实本身揭示出来了的。[14] 这些人当即起诉此提案违宪②,列了吕喀诺斯作为起诉人,要求罚款额为一百个塔兰

---

① φιλανθρωπίαν 本义"仁慈",化译如此。
② 在雅典,在一条议案或法律通过之前或之后,普通公民都可以向法庭提出违宪诉讼,指控这一议案或法律在程序上或内容上不合法,用现在的说法就是"违宪"。有学者认为这种诉讼也可以只是指控这一议案或法律不合适,但一般意见是,仅仅"不合适"是不够的,必须是违宪。如果审判团同意原告的意见,那么这条议案或法律立即作废,而且,如果此时离议案或法律通过不足一年,提议者会受到惩罚(不限于罚款,在极端情况下甚至可以判处死刑)。如果一个人共计三次有提议在违宪诉讼中被推翻,则不论是否受过惩罚或受何种惩罚,从此再也不能在公民大会上提出议案。反过来,如果原告不能得到审判团五分之一的票数,则会被罚款一千个银币,且从此不能再提出违宪诉讼(凯里认为这一点不是一定的)。这里的起诉理由应该是原先有一条决议禁止接待腓力所派的任何使节。

同①。之后,这个案子进到了法庭,菲罗克拉忒斯当时生病了,就叫德谟斯提尼来给他做辩护人,而没有叫我。②于是这位与腓力不共戴天的德谟斯提尼走了上来,花了一整天的时间来辩护,最后菲罗克拉忒斯被开释了,而起诉人没有能得到五分之一的票数。这些你们全都是知道的。

[15] 就在这同一段时间③里,俄林托斯陷落了,我国很多国民在那里被俘,其中包括了厄耳戈卡瑞斯之兄弟伊阿特洛克勒斯与斯特戎比科斯之子欧厄剌托斯。他们的家人为他们请愿,④请求你们为他们出力。走上前来发言支持他们的是菲罗克拉忒斯和德谟斯提尼,而不是我埃斯基涅斯。他们就派了演员阿里斯托得

---

① 木曾注云,对于违宪的公共诉讼,因是未定量刑的审判,起诉人可以提出罚款金额,一百个塔兰同的巨额可能只是埃斯基涅斯的夸张,但也并非没有类似重罚的事例。
② 木曾注云,德谟斯提尼在《为奉使无状事》的演说中,并未否认自己与菲罗克拉忒斯有联系,但又反复强调埃斯基涅斯与他关系亲密。得那耳科斯《控诉德谟斯提尼》第 28 节可以确认德谟斯提尼确实替菲罗克拉忒斯辩护了。而埃斯基涅斯在此诉讼三年前的演说《控诉提马耳科斯》第 174 节中明言了自己联系过菲罗克拉忒斯,却在本篇中的第 14、19、20 节中予以撇清,推测是因为适值菲罗克拉忒斯因卖国嫌疑接受死刑判决的前夕。按,《控诉提马耳科斯》第 174 节其实也没有说埃斯基涅斯和菲罗克拉忒斯有多密切的合作,只是把名字并列在一起,或许是发表该演说时和约虽已遭到德谟斯提尼一派的抨击,但总体尚被雅典人认可(参见《控诉提马耳科斯》第 169 节里对腓力的描述,显然当时雅典人仍对腓力怀有期待),因而埃斯基涅斯主动把自己的名字列上。
③ 前 348 年秋。
④ 木曾注云,个人或集体请愿在各市政厅第二次的普通公民大会中申请,公民通过将橄榄枝放在祭坛里或以其他既定形式就不论公私的问题进行请愿。

摩斯担任使节去到腓力那边，因为他们以前认识，这是考虑到腓力了解并喜爱他的技艺①。[16] 等阿里斯托得摩斯出使完毕回到这里的时候，他有些事情耽搁了，就没有来到五百人议事会面前，而是伊阿特洛克勒斯先从马其顿来了，他在被俘之后②被腓力免了赎金释放了，于是很多人生气了，因为阿里斯托得摩斯没有汇报奉使情状，而是他们从伊阿特洛克勒斯那里听到了关于腓力的同样说法。③[17] 最后是阿菲德那村人得摩克剌忒斯走进五百人议事会，说服了五百人议事会传召阿里斯托得摩斯，而五百人议事会成员之中的一位就是控诉我的这位德谟斯提尼。阿里斯托得摩斯走上前来，汇报了腓力对我国表现出的诸多善意，还补充说腓力想要与我国结盟。这个他不单单在五百人议事会里说了，也在公民大会里说了。当时德谟斯提尼不仅没有说任何反对的话，而且还提议给阿里斯托得摩斯授予冠冕。

[18] 这些话都说过了之后，菲罗克拉忒斯就起草了一份议案，要选出十个人担任去腓力那边的使节，去与腓力商讨和平问题，商讨雅典人与腓力的共同利益。在选举这十个人的时候，我是由瑙西克勒斯提名的，而德谟斯提尼则是由菲罗克拉忒斯本人提名的，他现在倒控诉起菲罗克拉忒斯来了。

[19] 他对这件事情如此热心，竟至于在五百人议事会里提交

---

① 木曾注云，腓力喜好戏剧，参见德谟斯提尼《俄林托斯辞乙》第 19 节。
② 洛布本无"被俘之后"。
③ 亚当斯注云，指本篇第 13 节里提到的腓力有意议和的说法。

了一个议案，好让阿里斯托得摩斯可以不受经济损失而跟我们一同出使，内容就是，我们选派一些使节到阿里斯托得摩斯需要参加表演比赛的各个城市去，代他请求免去不出场的罚金[①]。为证明我说的这些都是事实，请为我取来相关决议，并宣读阿里斯托得摩斯的庭外证词，[②] 并传召该庭外证词的见证人[③]，以便让审判员们可以知道，谁才是菲罗克拉忒斯的同伙[④]，谁才是说过要劝导人民向阿里斯托得摩斯授予奖励的人。

决议

庭外证词

[20] 所以，整件事的发端，不在我，而在德谟斯提尼与菲罗克拉忒斯。在出使过程中，他很积极地要和我们一同进餐，我没有听他的，但那些跟我一起的人，忒涅多斯[⑤]人阿格拉俄克瑞翁——是你们从盟邦人士中选出的——还有伊阿特洛克勒斯，听了他的。他说，在旅途中，我建议他一起紧盯那个"畜生"[⑥]——就是菲罗克拉忒斯了。这整段话就是编造出来的。我怎么可能去

---

① 原文 τὰς ζημίας 意为"损失"、"罚金"，此从凯里和德迪奥斯所附注释的理解，作"不出场的罚金"。
② 实际上是当着证人的面宣誓并交与法庭官员的。
③ 木曾注云，证人因病或身处国外而无法出庭的情况下，需一名以上见证人保证证人书面证词的真实性。
④ 木曾注云，ἑταῖρος 这个词在公元前 5 世纪末民主制颠覆时期是寡头派用以称呼同伴的，这里显然带有暗讽德谟斯提尼的意味。
⑤ 今土耳其博兹贾岛。
⑥ 参见德谟斯提尼《为奉使无状事》第 13 节。

呼吁德谟斯提尼反对菲罗克拉忒斯呢？我知道他在菲罗克拉忒斯被起诉提案违宪的时候是帮他辩护了的，而且他还是由菲罗克拉忒斯提名才加入了使团的啊！

[21] 此外，我们根本没有谈及这种话题，在整个旅途中，我们都不得不忍受着德谟斯提尼这个烦人累人的家伙①啊！当我们从各方面审视应该如何发言，喀蒙说他担心腓力会在辩论中胜过我们的时候，他就宣布了，说他会发出滔滔不绝的充沛言语②，说关于安菲波利权属的问题③、关于战争起源的问题，他能讲出这样的内容来，连腓力的嘴都能拿莞草④缝起来——甚至不必用泡过水的，⑤还能说服雅典人重新接纳勒俄斯忒涅斯⑥，说服腓力

---

① 原文 ἀφόρητον καὶ βαρὺν ἄνθρωπον 直译"难以忍受，重得受不了的家伙"，化译如此。
② 原文 πηγὰς... λόγων 意为"言语汇成的水流"，以水来比喻多，故译如此。
③ 木曾注云，雅典三层桨战舰用材的输入地，也是战略要冲的安菲波利，在前 357 年被腓力占领。第一次出使马其顿，要解决的十分重要的问题之一就是安菲波利权属。
④ 这种植物在《希英词典》里的英文名是 club-rush（拟莞属植物），其拉丁学名为 *Scirpus holoschoenus*，但近来植物分类学似乎已将此属从蘸草属（*Scirpus*）中分离出去，因此暂译"莞草"（*Schoenoplectus validus*）。
⑤ 泡水是为了将韧皮纤维部分从植物的茎中分离出来，以便使用。不泡水云云是说缝起来非常容易，直接拿草茎来缝都可以。
⑥ 亚当斯注云，雅典将军，因前 361 年海战败北而被判死刑、没收财产，流亡马其顿。这里的意思是雅典得到安菲波利后便会有意接回勒俄斯忒涅斯。奥热的理解是德谟斯提尼打算安排雅典以接回勒俄斯忒涅斯为条件换取腓力交还安菲波利。

把安菲波利交还给雅典人。

[22] 我就不多花时间来过一遍这个家伙有多狂了吧。等我们最后到达马其顿，我们就内部安排好了，在与腓力会面的时候，由年龄最大的那一位首先发言，其余也按年龄顺序发言，我们之中年纪最轻的——他自己也说了的——刚好就是德谟斯提尼了。等我们被传进去之后——听我说，现在请特别留心这几点！从中你们就可以一目了然地看到这个家伙过分的嫉妒之心，他极度的胆怯之状，同时还有他邪恶的本性，再看到他对与他一同进餐、一同出使的人做出了什么样的暗中布置——别人就连对死敌也是做不出来的。什么国家的盐啦，人民的餐桌①啦，他说，那才是他最看重的，对吧，可他根本就不是我国的一员啊，嗯，就直说了吧，根本就不是我们的同种②啊！[23] 而我们，在祖国之中有着我们的神龛、我们列祖的窀穸，有着——作为自由人——与你们的一同度日、一同交往，有着合法的婚姻、姻亲、子女。我们在雅典得到了你们的信任，不然你们绝不会选派我们，等我们到了马其顿，倒突然都成了卖国贼！而他呢，身上就没有一块是不

---

① 参见德谟斯提尼《为奉使无状事》第189—191节及第189节注释。
② 木曾注云，揪着论敌的出身和血统攻击是法庭斗争的常套。此处暗示德谟斯提尼非雅典人，在《控诉克忒西丰》第172节中说德谟斯提尼外祖母是西徐亚人，虽然是侮蔑，但不算否定其公民权。前451/450年其父母双方须为雅典人才享公民权的法律，在伯罗奔尼撒战争后期已名存实亡，至前403年民主政治重建以后才恢复效力。而德谟斯提尼母亲生年在前403年之前，其公民权当不被否定。

曾拿出来卖过的①,倒摆出一副那位为希腊人制定了贡金标准的②阿里斯提德的样子,说他看见受贿行为就觉得恶心,就想吐口水了!

[24] 请听一下我们代表你们而说出的话,再请听一下这位"国家的大功臣"德谟斯提尼说出的话,这样我才好依次就每一项控诉内容作出详尽的答辩。我要盛赞你们所有人,审判团的先生们啊,因为你们保持了沉默,公正地听我们的发言,所以,如果我有哪一条控诉内容没能驳倒,那我不会怪你们,只会怪我自己。

[25] 等年纪比较大的那几位就出使事宜发言完毕,轮到我们③发言的时候,我在那边就每一项内容说了些什么,腓力对此又回答了些什么,这些,我都在公民大会中当着全体雅典人的面清楚汇报过了,现在我就试着要向你们回顾一遍吧。

[26] 我首先对腓力详细讲述了你们祖祖辈辈的善意,讲述了你们对腓力的父亲阿明塔斯④做过的善举⑤,一件都没有漏掉,而

---

① 有的版本在这后面还有一句"连他发声的部位也卖了",洛布本和托伊布纳本都认为赘文。
② 洛布本无"为希腊人制定了贡金标准的",而加上了"人称'公正者'的"一词组,后者托伊布纳本认为赘文。提洛同盟的成员国贡金标准是阿里斯提德制定的。
③ 埃斯基涅斯与德谟斯提尼是使团中年纪最轻的两个。
④ 马其顿国王阿明塔斯三世,前392—前370/369年在位(此前也曾有一段在位时间)。各国王即位的年份对应的公历年份不完全确定。
⑤ 《集注》称雅典在阿明塔斯与色萨利人的战争中援助过阿明塔斯。按狄奥多罗斯《史库》第14卷第92章第3节的说法,则是色萨利人站在阿明塔斯一边并助其复位。

是依次回顾了所有事项；其次，我讲述的是腓力自己见证了的、自己得到了的好处。在阿明塔斯以及他的长兄亚历山大[①]刚去世不久的时候，佩尔狄卡斯[②]与腓力都还是孩子，他们的母亲欧律狄刻[③]也被那些装作朋友的人出卖了，[27] 而保撒尼阿斯也回来争夺王位，虽是一名流亡者，却乘时而称强，有大批人与他合作，还带着一支希腊人的部队，占领了安忒穆斯、忒耳马、斯特瑞普萨等地。马其顿人内部人心不一，大部分都倾向于保撒尼阿斯。在这个时候，雅典人决定派遣将军伊菲克剌忒斯前去攻打安菲波

---

① 马其顿国王亚历山大二世，前370/369—前369/368年在位。参见德谟斯提尼《为奉使无状事》第195节及注释。
② 马其顿国王佩尔狄卡斯三世，前369/368—前359年在位。
③ 关于欧律狄刻在前370/369—前365年马其顿宫廷动乱中所扮演的角色，存在不同说法。根据狄奥多罗斯《史库》第15卷第71章第77节记载，她的女婿托勒密（原文说他是阿明塔斯的儿子［ὁ Ἀμύντου υἱὸς］，还说亚历山大是他的兄弟［ἀδελφός］，但《史库》的英译者奥尔德法瑟［C. H. Oldfather］注说阿明塔斯这个名字在马其顿很常见，托勒密的父亲也许凑巧与阿明塔斯三世同名，而 ἀδελφός 一词也可指内兄弟。根据此文以及查士丁的描述并给出的阿明塔斯三世所有子女的列表，托勒密确实也不像是阿明塔斯三世的儿子）谋害了亚历山大二世，然后在三年，再被佩尔狄卡斯三世所杀；后世罗马史家查士丁《腓力史纲目》第7卷第4章第5节中，则直称欧律狄刻在阿明塔斯三世生前便与其女婿（当指托勒密）通奸并有婚约，遂有谋反之举，被阿明塔斯发觉但未遭惩罚，在阿明塔斯死后更是谋害了亚历山大二世与佩尔狄卡斯三世。按，查士丁的说法令人难以置信，特别是在狄奥多罗斯明确了佩尔狄卡斯三世是战死的的情况下。而本篇第29节《集注》说托勒密谋害了亚历山大，控制住了欧律狄刻，与之结婚，成为佩尔狄卡斯与腓力的监护人，称王五年，被佩尔狄卡斯策划杀死。本篇第29节只说托勒密摄政，并没有说他称王。另，《集注》未提及托勒密与阿明塔斯的关系。

利,当时,安菲波利人控制着自己的城市,享用着本土的出产。[28]他抵达该地区的时候,一开始只带着不多的几艘船,主要是为了侦察形势,而不是为了围攻该城。

"当时,"我说,"你的母亲找了他来,按当时所有在场的人的说法,她把你哥哥佩尔狄卡斯放到了伊菲克刺忒斯的手里,把你放到了他的膝上,你那时候还是个孩子呢,她说道:'这些孩子的父亲阿明塔斯还活着的时候,收你做了养子①,对雅典人的国家如同家人一般,②所以,你如今于私便是这些孩子的兄长,于公便是我们的友人。'[29] 在此之后,她为了自己,为了你们,为了王位,总之就是为了保平安,作了强烈的吁求。伊菲克刺忒斯听了这些以后,便将保撒尼阿斯逐出了马其顿,保住了你们的统治。"

在此之后,我又说起了托勒密③,说他摄政之后,做出了令人很不愉快、很糟糕的事,我讲述了他首先在安菲波利的事上与我国为敌,然后又跟正与雅典人不和的忒拜人结盟,再是佩尔狄卡斯掌权后又为了安菲波利而对我国作战。[30] 我也讲述了你们虽遭到如此不公对待,却还表现出了善意,说到了你们在卡利斯

---

① 亚当斯注云,阿明塔斯三世曾被逐出马其顿,依靠斯巴达与雅典的帮助而复位,约于此时将伊菲克剌忒斯收为养子。
② 亚当斯译作"从雅典人的国家得到了家人一般的待遇",凯里译作"乃是雅典人的国家的友人",奥热译作"一心与雅典人相连",德迪奥斯译作"与雅典人的国家有着家人一般的关系",诺沃萨德斯基译作"友好对待雅典人的国家",木曾译作"与雅典结下鱼水之交"。
③ 参见本篇第26节注释。

忒涅斯率领下战胜了佩尔狄卡斯之后，与他签订了停战协议，[①]一向都是希望能够得到某种公平待遇的。我也试着反驳那条污蔑[②]，我说，人民处死卡利斯忒涅斯，不是因为他与佩尔狄卡斯签订的停战协议，而是因为别的缘故。我也毫不客气地直接针对腓力本人说了一些话，指责他延续了对我国的战争。

[31] 作为我说了的那些内容的证据，我提供了那些人的书信、公民大会的决议以及卡利斯忒涅斯签订的停战协定。然后，关于我国最初取得该地区及称为"九路"[③]的地方的情况，关于忒修斯诸子——其中之一的阿卡马斯据说取得了该地区作为其妻的嫁妆，这些内容在那个时候来说是合适的，而且也是尽可能精准地说了出来的，不过现在我似乎有必要缩减一下发言内容。至于那些不是来自上古传说，而是发生在我们这个时代的证据性事件，这些，我现在来回顾一下。

[32] 在拉栖代梦人与其余希腊人聚集召开同盟大会[④]的时候，其中的一方就是腓力的父亲阿明塔斯，他派了代表过来，在投票这件事上是由他完全做主的，当时他投的票就是要与其他希腊人一同将属于雅典人的安菲波利夺回给雅典人。[⑤] 关于此事的希腊

---

① 此事在狄奥多罗斯和查士丁笔下都没有记载，细节无从查考。
② 此从德迪奥斯和诺沃萨德斯基的理解，亚当斯译作"化解那份敌意"，凯里译作"消除那份疑虑"，奥热译作"粉碎那份责难"。
③ 附近地区在前 437—前 436 年被雅典占领并建立安菲波利城之前的地名。
④ 亚当斯注云，指前 371 年全希腊的和平大会，此后不久便有留克特拉之战。
⑤ 亚当斯注云，安菲波利本为雅典殖民地，在伯罗奔尼撒战争中被斯巴达占领，战争结束后该地宣布独立，但雅典从未承认。

人共同决议，以及投票人员名单，我都从公共记录中取出且作为证据提供了。[33]"那么，阿明塔斯对着希腊人声明放弃了的那些，不仅仅是通过言语，而且也是通过投票而声明放弃了的那些，"我说，"你作为他的儿子，不应该对之再提要求。也许你的回答是，你可以正当拥有自己通过战争取得的地方，然而，如果你是对我们作战，占领了这座城市作为你的战利品，那么，你是可以根据战争惯例法而合法地取得此地的，但既然你是从安菲波利人手中夺走了一座雅典人的城市，那么你就不是占据他们的领土，而是占据雅典人的领土了。"

[34] 在我说了这些，还有其他一些话之后，终于轮到德谟斯提尼在这次出使工作中发言了，所有人都一心想听听其语言中有着何等超凡脱俗的力量。我们后来听说，当时已经有人向腓力本人及其伙伴①通报过他宣布的那些夸张的内容了。大家都这么准备好要听了，这畜生就先出声说了个开场白，那真是含混不清，已经被吓死了的那种，等再稍微多讲了一点点，他就突然闭嘴了，不知该干什么才好，最后连一个字都说不出来了。[35] 腓力看见他那个样子，就鼓励他大胆一点，别把这当作是在戏台子上，别一上来就要倒霉了那样，而是静一静，一点点地回想起来，再按照准备好的来发言就是了。可是他呢，遇到这一次麻烦，就已经把写下来的那些都搅乱了，没有办法再捡起来②了，又试了一把，

---

① 马其顿贵族团平时参与政务，战时担任亲卫，常伴侍国王左右，故此处按 ἑταῖρος 本义译作"伙伴"。亚当斯译作"宫廷成员"。

② ἀναλαμβάνω 此处按本义译出，各译皆取引申义"让（自己）恢复"。

还是同一个下场。然后就是一片寂静，传令官吩咐我们离场。

[36] 等到只剩我们自己，这位表现"出色"的德谟斯提尼就怒容满面，说我已经把国家、把盟友都毁掉了。不单单是我，还有其他所有使节，都震惊了，就问他，他这么说，是出于什么理由呢。他就问我是不是已经忘了雅典那边是什么样子了，是不是已经不记得人民已疲惫不堪，极度渴望和平了？[37] "还是，你心里指望的①，"他说，"就是那决了要造的五十艘船？其实它们永远也是装不满人②的！你那样去激怒腓力，说了那样的话，最后就不是从战争状态进入和平，而是从和平状态陷入殊死之战③了！"我开口想要反驳这些，这个时候，执事④过来叫我们了。

[38] 等我们进去坐下，腓力便开始从头就提到过的每一点说几句，其主要着力之处，很自然地，就是针对我的发言内容，因为，但凡应该说的，在我看来，我大体一件都没有落下。谈话中我的名字也多次被提起；至于对这位下场如此可笑的德谟斯提尼嘛，我觉得，就是一个字都没有说到的了。这真是把他憋死了、痛死了。

---

① 原文 μέγα φρονεῖς ἐπί 直译"靠着……而有信心"，化译如此。
② πληρωθησομέναις 本义"装满"，亚当斯、凯里和诺沃萨德斯基都认为是"装满人（军队）"，此从之，奥热和德迪奥斯则认为是"装备齐全"。
③ 原文 πόλεμος ἀκήρυκτος，指双方不遵守希腊城邦间常规战争习惯法（如派遣使节进行交涉），不择手段而以置对方于死地为目的的战争，化译如此。
④ 因为不确定是奴隶还是小官吏，且译如此。凯里、德迪奥斯和诺沃萨德斯基都认为是腓力的"侍从"。

[39] 等腓力把话头转到了友好收场[1]上，这位先生之前当着其他使节的面攻击我的那套讼棍式棍式言论，我会带来战争与不和什么的，也都落空了，很明显，他当场就彻底地失心疯了，一直到我们被叫去接受款待时他的表现仍然无礼得可怕。

[40] 我们刚一动身从出使返回，他便突然在路上跟每一个人以不可思议的、最最友好的态度交谈起来。说到"猴子怪"，所谓的"精细鬼"、"两面派"，[2]还有其他这类的话吧，我以前是从来都不懂的，如今，有了这位先生来向我们现身说法，讲解各种各样的邪恶本性，我算是弄明白了。

[41] 他依次把我们单独拉到一边，对其中之一，他保证说会给他筹到一份无息贷款，帮着他解决一些个人问题；对另一个，则是说会把他放到将军的位置上；对我呢，他围着我转，祝贺我的天分，称道我说过的话，夸得那是真多真重[3]。我们大家一起在拉里萨吃饭的时候，他就取笑起他自己来，还取笑他那在说话

---

[1] καταστρέφω 本义"引导转向"，《希英词典》引了本句为例，认为是将话题"引导转向以到达一个友好的终结"，故译如此。各译皆作"转而表达起友谊来"云云。

[2] 原文 ὁ κέρκωψ、τὸ καλούμενον παιπάλημα 和 τὸ παλίμβολον 这三个词直译分别是"半人半猴"、"精巧的货色"、"翻了面的东西"，亚当斯注说其具体的骂人含义已无法确知，且译如此。

[3] ἐπαχθής 本义"重的"，引申出"令人难以忍受的"之义。亚当斯译作"夸得那个多啊，我都要烦死了"，奥热译作"对我的夸赞让我受不了"，凯里译作"真过分真烦人"，德迪奥斯译作"坚持不懈地夸，都沉重起来了"，诺沃萨德斯基译作"大唱赞歌"。

的时候怎么就不知所措了的样子,又说腓力真是日头底下的所有人中最最厉害的。[42]我也附和了几句这样的话,说他跟我们谈话的时候记性真是不错,还有克忒西丰,他是我们中年龄最大的一个,就先说他自己年纪是真的好大了,年头是真的好多了,又加了一句,说这么长时间,这么长的一辈子里,他还从来没有见过性子这么好、这么讨人喜欢的一个人呢。这个西绪福斯①就鼓起掌来了,[43]"可是,这些,"他说,"克忒西丰啊,你是没法当着人民的面说的,他也是,"——这说的就是我了——"不好意思②对着雅典人说什么腓力说话真厉害、记性真好的。"我们那时候都没感觉③,都没有预见到这里面的诡计——不过你们马上就会听到了——他就把我们陷到里面去了,搞得我们商定要对你们说这些了。④他还恳求我不要忘记提及他,德谟斯提尼在安菲波利的问题上也讲了点什么。

[44]到此为止的事,一同出使的那些人,就是这个家伙在他的控诉里一刻不停地抹黑攻击的那些人,都可以为我见证。至于他在讲坛上当着你们的面说的那些话,你们都听过了,我是不可能就此撒谎的。我请求你们再坚持一下,听听剩下的陈述。我知

---

① 神话中曾欺骗死神的人,此处取其"诡计多端"的意思。
② τολμήσειεν 本义"没胆量",化译如此,各译大多作"不敢"。
③ ἀναίσθητος 直译如此,实际的情感色彩可能更强,类似于"非常愚蠢"。亚当斯和木曾译作"天真",奥热译作"不提防",凯里译作"思维缓慢",德迪奥斯译作"没明白",诺沃萨德斯基译作"没留意"。
④ 亚当斯注云,即德谟斯提尼用了激将法,使得大家决定要说腓力的好话。

道你们每个人都一心想要听听刻耳索布勒普忒斯①的事，听听有关福基斯人的控诉内容，这个我很清楚，我也在朝这个方向努力，不过呢，要是你们不在那些之前听听这些，你们就不大容易把那些理顺。要是你们能让我这个处于险境之中的人按我的心愿发言，那么，要是我确实没有犯罪的话，你们就可以把我给保下来了，理由会是很充分的，而且，你们审视那些双方各执一词的事件的时候，也会是基于无争议的事件。

[45] 等我们回到这儿，对着五百人议事会择要汇报了奉使情状，提交了腓力的来函之后，德谟斯提尼就对着他在五百人议事会里的同僚表扬起我们来了，还当着五百人议事会里的灶神②起誓，来祝贺国家竟能选派出如此之人担当出使重任，其人之言辞与信义均可与国家相配。[46] 关于我，他说了这样的话，说我的行动没有让那些选举我担任使节的人的希望落空。末了，他还提了个议案，要向我们各人授予橄榄枝冠冕③，以表彰我们对人民的忠诚，并邀请我们于次日前往市政厅就餐④。为证明我没有对你们说谎，请书记员为我取来该决议，并宣读与我一同出使诸人

---

① 参见本篇第 9 节。
② 木曾注云，灶神赫斯提亚作为家庭守护神，各家都有其祭坛；议事会会堂也有，不过是作为国家守护神而安奉的。
③ 奥林匹亚赛会上的获胜选手戴的就是这种用野生橄榄枝条编成的冠，不过要从宙斯神庙边上的神圣野生橄榄树取材。
④ 参见德谟斯提尼《为奉使无状事》第 234 节及注释。德谟斯提尼《为奉使无状事》中有时会预设埃斯基涅斯提到的内容并预先驳斥，这些很有可能都是在书面发表时加进去的，未必就是实际发言内容。

的证词。

决议

证词

[47] 等到我们在公民大会里汇报奉使情状的时候，我们之中首先是依年龄排序由①克忒西丰上场发言，说了一些其他的话，也说了他跟德谟斯提尼商定好要说的那些，就是腓力的举止啦仪表啦还有在酒席上的风趣啦什么的。在此之后，菲罗克拉忒斯和得耳库罗斯作了简短发言，就轮到我上场了。[48] 在我过了一遍其余奉使情状之后，我就接着说起了一同出使诸人一致同意要说的那些内容，提到了腓力说话的时候记性真好、水平真高。我也没有忘掉德谟斯提尼的请求，便说了当初的安排是，在安菲波利的问题上，如果我们漏掉点什么，就由他来讲。②

[49] 在我们所有人之后，最后轮到德谟斯提尼起身了，他摆出平时那种夸张劲儿，擦擦脑袋，看着人民赞同且满意我说的话的样子，就说两边都让他感到奇怪，一边是听众，一边是使团，居然都在浪费时间，一边是听建议的时间，一边是给建议的时间，就这么有滋有味地聊着异国怪谈来消磨光阴，自家还有一堆事情呢，③再说了，哪还有什么比汇报奉使情状更容易的事呢。[50]"我想对你们，"他就说了，"展示一下，这件事应该怎么来做。"

---

① 洛布本无"依年龄排序由"。
② 参见德谟斯提尼《为奉使无状事》第253—254节及注释。
③ 原文 ἐν τοῖς οἰκείοις πράγμασιν 直译"在自家的一堆事情中间"，化译如此。

马上他就吩咐宣读公民大会的决议，等宣读完了，他又说："我们就是根据这个被派遣出去的，我们完成了里面所写的内容。请为我取来我们从腓力处带回的信件。"然后那个也宣读了，"你们已经收到答复了，"他说，"接下来就该由你们来讨论了。"

[51] 就有人对着他叫起来了，有的呢，说他真厉害真简洁，更多的呢，说他这是低劣是嫉妒。"也请看，"他又说了，"其余种种，我也会十分简洁地汇报。在埃斯基涅斯眼里，腓力说话好厉害啊，在我眼里就不是这样的。说真的，要是有人把他那份运气拿走放到别人头上，那也不会跟他差得了多少的。[52] 在克忒西丰眼里，他的外貌好光彩照人啊，在我眼里呢，其实演员阿里斯托得摩斯也不比他差啊。"——他也是跟我们一起出使的一员——"还有人说，他记性真好，可别人也一样啊。他在酒桌上①很厉害是吧，跟我们在一起的菲罗克拉忒斯还更厉害。哦，有人说了，安菲波利的事是留了点等我来讲一讲的，可是这位演说家既没给你们也没给我留一份话头啊。②所以说，这些都是，"[53] 他说，"空话罢了。我呢，要起草一份议案，向从腓力那里来的传令官提供安全通行保障③，向将要从他那里过来的使团也一样；还有，在使团到达之后，主席团当安排召开为期两天的公民大会，

---

① 洛布本作"喝酒"，托伊布纳本作"共饮"。
② 参见德谟斯提尼《为奉使无状事》第253—254节及注释。
③ σπείσασθαι直译"举行奠酒仪式"，奥热处理为"与……谈判"。此从亚当斯、凯里和木曾的理解。木曾注云，马其顿自前357年以来与雅典是名义上的交战国关系，要议和，须先出传令，休战，确保了路途安全，方得出使。

不单单是讨论和平问题，也讨论结盟问题；同时，对我们这些使团成员，如果你们觉得我们配得上这个荣誉的话，当发布表彰，并邀请于明日前往市政厅就餐。"

[54] 为证明我说的这些都是事实，请为我取来这些决议，以便让你们知道，审判团的先生们啊，这个人是多么反复无常①，是多么妒火中烧，还有，在整件事上他是怎么和菲罗克拉忒斯联手的，再有，他那份心肠，真是充满了阴谋，一点都信不得。也请为我传召一同出使诸人，并宣读其证词。

决议

[55] 他不单单起草了这些议案，在此之后，他还在五百人议事会里提议，要在腓力的使团来了之后为他们在酒神庆典里安排观礼席。也请宣读此决议。

决议

再请宣读一同出使诸人的证词，你们就可以了解到，雅典人啊，这个德谟斯提尼，他代表人民发言的时候说不出话来，对付跟他一同进餐、一同奠酒的人的时候，可真是练得炉火纯青啊。

证词

[56] 所以，为这和平所做的种种，不是我和菲罗克拉忒斯在联手，而是德谟斯提尼和菲罗克拉忒斯在联手，这个你们已经看出来了，我这些说法的充分证据嘛，我想，我也已经向你们提供了，

---

① ἀνωμαλία 有"不规律"、"不一致"、"不正常"等意思，亚当斯由最后一个义项引申为"邪恶的"，诺沃萨德斯基译作"诡计多端的"。此从凯里、奥热和德迪奥斯的理解。

你们本身就可以为我就汇报内容作见证，至于在马其顿的说话内容，在旅途上我们中间发生了的事情，我也向你们提供了一同出使诸人作为证人。德谟斯提尼刚刚控诉的时候说的那些，你们都听见了、都记住了，他是从我为和平事项而在公民大会中所作的发言开头的。①[57] 他在那段控诉里说的全都是假话，他还就那个时间点狠狠地抱怨了一通呢，说什么，我这些话是对着希腊人派到你们这儿来的使节们说了的，那些使节是经人民召唤前来的，为的是如有必要的话他们就可以与雅典人②一并对腓力作战，而如果和平明显有利的话，他们也可以共同参与。请看吧，这个人是怎样在如此重大的事情上骗人的，他的无耻已经到了多么可怕的地步。[58] 那些使节，你们与腓力之间仍处于战争状态时所派往希腊各地的使节，他们是什么时候被选派的，出使之人的名字又是什么，这些都记录在公共档案之中，他们本人也不是在马其顿，而是在雅典。至于外国使团，他们前往公民大会是要由五百人议事会做出决议批准的③。这个家伙说了，从希腊各地来的使节当时都在场。④[59] 那么，上来吧，德谟斯提尼，上到讲坛来吧，就在我发言的时间里好了，说吧，随你的便找一个希腊国家，只要是你说那个时候有使团从它那边到了这边的，说出它的名字来吧。再把关于他们的五百人议事会决议从五百人议事会会场里⑤

---

① 参见德谟斯提尼《为奉使无状事》第13—16节。
② 洛布本无"与雅典人"一词组。
③ 参见亚里士多德《雅典政制》第43章第6节。
④ 参见德谟斯提尼《为奉使无状事》第16节。
⑤ 五百人议事会决议的档案记录保存在五百人议事会会场里。

交出来宣读吧,再传召我国派往各国的使节作为证人吧。如果说,他们的证词是,我国签订和约的时候,他们①在这里,不在国外,或者说,如果你拿出他们曾进见五百人议事会的证据,拿出你说的那个时间点上的相关决议,那么我就下台去好了,就判处自己死刑好了。

[60] 也请宣读盟邦公议②,听听里面说的到底是什么。里面是这么明确写了的:"今雅典人民正为与腓力缔和一事进行商议,且人民遣往希腊诸国呼吁其集合商议希腊人自由事宜之使节尚未返还③,诸盟邦议定,于使节归国并向雅典人及其盟邦汇报奉使情状之后,主席团当依法定下两次公民大会之日期,雅典人当于其中商议和平事宜,凡人民所议决者,亦当视为盟邦之公议。"请为我宣读该盟邦公议。

盟邦公议

[61] 作为对比,也请为我宣读德谟斯提尼所提的议案,其中要求主席团在城中酒神庆典之后,在酒神庆典场公民大会④之中,

---

① 从上文和本篇第61节看,这里的"他们"似乎应指外国派来的使节,与作证的"他们"(派往外国的使节)不同,但下面第60节却又在讨论派往外国的使节是否已经返回,要么是外国来的使节必须和原先派去邀请的使节一起返还,要么就是这里在含混其词。各译都没有区分两个"他们"。
② 原文 τὸ τῶν συμμάχων δόγμα 直译"盟邦代表会议所作决定",在各篇中均采用此简化译法。
③ πάρεισιν 本义"在场",这个词与上一节的"在这里"是同一个词,但此处主语很明确,就是派出去的使节,所以译成"返还"。
④ 亚当斯注云,每年酒神庆典后,在庆典场召开例行公民大会,讨论庆典时发生的事项。

确定召集两次公民大会，一次在十八日①，另一次在十九日，定了这么个时间，就是要预先召开公民大会，不等希腊各国的使团到来。而且，盟邦公议的要求——我承认我是发言赞同了的——是你们只就和平事宜进行讨论，而德谟斯提尼的要求却是也要就结盟事宜进行讨论。请向大家宣读该决议。

决议

[62] 这两个决议，雅典人啊，你们都听到了，由此便坐实了，那些在国外的使团，德谟斯提尼却说是在这里，你们有心听从盟邦公议，他却将其弄得全无效力。他宣布的是要等候希腊各国的使团，德谟斯提尼却不仅仅以言论阻止了此事，而且，这个所有人中最无耻、变脸最快的人，还以行动、以决议命令立即进行讨论②。

[63] 他又说了，在第一场公民大会上，菲罗克拉忒斯当众发言完毕之后，我随后走了上来，指责了那个人所提交的和约条款，说那是可耻的与国家不般配的条款，而在下一场上，却转过来发言支持菲罗克拉忒斯了，走的时候已经成功把公民大会拉到这一边去了，还劝服了你们，不要留心于那些谈论着祖先的战争和胜利纪念碑的人，也不要用心于援助希腊人。③ [64] 他的这些控诉，

---

① 酒神庆典是在九月初九开始举行，因此这个日子也是在九月，相当于前346年4月15日，下一句的"十九日"则对应4月16日。按，这里使用文斯兄弟的日期换算方法，诺沃萨德斯基的注也是用4月15和16日来对应的，凯里注认为是在公历3月但未给出日期。
② 洛布本词形不同，作"立即做出决定"。
③ 参见德谟斯提尼《为奉使无状事》第14—16节。

不仅仅是谎言,而且还是根本不可能发生的。他自己就提供了第一份不利于自己的证据;所有的雅典人,还有你们,通过回忆,也都能提供第二份证据;第三份,是由这整个指控的荒谬本质提供的;第四份,则是由一位重要①人士,一位政界人士,阿明托耳提供的,德谟斯提尼曾向他展示了某份②议案,还征询了他的意见,问是否应该将其提交给书记员,其中的内容,与菲罗克拉忒斯起草的那些,并非相反,而是完全相同的。

[65] 再请为我取来德谟斯提尼所提的议案③并宣读,其中他清楚写了,在前一场公民大会之中,有意向之人当参与讨论,而在后一场之中,主持人团④当将各议题交付表决,不设发言时间,这就是他说我发言支持菲罗克拉忒斯的那一场了。

决议

[66] 就是这样,这些决议留在了最初起草的那个状态,而讼棍们的言论呢,是凑着每一天不同的场合而说出来的。我的当众发言内容,这个控诉人把它分成了两次,而决议和真相却把它统

---

① ἀξιόλογος 此处按本义"值得一提的,重要的"译出,与德迪奥斯的处理相似,其余各译皆作"高尚的,值得尊重的"。
② 此处洛布本把定冠词删除,作"某一份"理解,似与下文第65节更连贯(因为第65节提到的并非这议案)。托伊布纳本有定冠词,但为了避免和第65节之间的跳跃感,仍处理为"某份"(如凯里那样译为"他的"也可以)。
③ 亚当斯注云,应是本篇第61节提到的同一份(可能两次分别宣读了不同部分),而不是第64节提到的议案。
④ 前面的"主席团"是五百人议事会主席团,每部落轮流担任,可以安排召集公民大会;此处"主持人团"是在公民大会现场主持秩序的团队。两者原文不是同一个词。参见《控诉克忒西丰》第2节注释。

一了起来。既然主持人团在后一场公民大会中没有安排发言时间，那么，就不可能发言的啊。[1] 就算我真的发自内心地赞同菲罗克拉忒斯的选择，那我是怀着什么心思，才会当着同一批听众的面在前一场里发言指责，然后过了一个晚上再来发言支持呢？是想着要成名呢，还是要帮助那个人呢？可这两个都是办不到的啊，我只会招所有人的恨，什么都完不成的啊。

[67] 请为我传召赫耳喀亚村人阿明托耳并宣读其证词。这个里面是怎么写的呢，我想先跟你们过一下："阿明托耳为埃斯基涅斯一方作证称，在公民大会为与腓力结盟一事依据德谟斯提尼所提的议案而进行讨论的时候，当时，在两场公民大会的后一场中，并无当众发言机会，而是就缔和与结盟事宜在进行表决，[68] 在这一场公民大会中，德谟斯提尼就坐在那里，向该证人展示了一份议案，其上标出了德谟斯提尼的名字，并征询他的意见，问是否应该将其提交予主持人团进行表决，其中写出了缔和与结盟的条款，与菲罗克拉忒斯所起草的诸条款完全相同。"请为我传召赫耳喀亚村人阿明托耳，如他不愿前来出庭，则正式传唤他。[2]

证词

[69] 你们都听到证词了，雅典人啊，好好看看吧，你们觉得，

---

[1] 凯里指出，埃斯基涅斯在《控诉克忒西丰》第71—72节中的描述与此不同。
[2] 此处预先宣读证词的做法，以及正式传唤（违者罚款）的威胁，似乎都暗示这份证词实际上是埃斯基涅斯起草的，未必代表阿明托耳本人的意思。参见《控诉提马耳科斯》第50与68节的类似做法。但凯里指出，本篇第69节的说法表明阿明托耳确实前来作证了，那么这里种种可能只是一种表示阿明托耳并非完全站在自己一边，因此证词更为可信的手段。

德谟斯提尼是在控诉我呢,还是借着我的名字在控诉他自己呢?既然他来抹黑我的当众发言内容,把说过的话丑化了再来过一遍,那么我也不会逃避,不会抵赖任何我说过的话,我才不会为那些话感到耻辱,不,只会感到自豪。

[70] 我想给你们回顾一下你们是在什么场合下进行讨论的。我们一开始投入战争是为了安菲波利,这场战争的结果,就是我们的将军①丢掉了七十五个加盟城邦,②都是科农之子提摩忒俄斯已取得、已纳入盟邦公会的。(我主动选择畅所欲言,要通过坦率发言、说出真相来得救,如果说在你们看来不是这样的,那就随你们怎么处置我吧,我不会退缩。)[71] 他带了一百五十艘三层桨战舰从港口出去,就没能再带回来,这个在对卡瑞斯的各次审判期间控方已经不断地对你们提及,还有一千五百个③塔兰同的钱,都花光了,不是花到士兵身上,而是花在那些将领的骗局④上(这还没有算上花在讲坛上、公民大会里受雇于他的那些人⑤身上的),就是得伊阿瑞斯、得伊皮洛斯还有波吕丰忒斯那

---

① 指德谟斯提尼《为奉使无状事》第332节提到的卡瑞斯。
② 亚当斯注云,这里把同盟战争与对腓力的战争当作同一场战争来处理了。
③ 凯里译作"一百个",但未给出修正理由。一千五百个塔兰同确实是一笔巨款,且仍按原文翻译,其余各译也都作"一千五百个"。
④ ἀλαζονεία本义"伪装",此处参照《集注》和亚当斯的理解翻译,指空饷一类。凯里、奥热和德迪奥斯译作"奢豪表演",诺沃萨德斯基译作"酒会"。
⑤ 木曾注云,指挥官和将军为得到公民大会的支持,收买演说家在公民大会上吹嘘他们的功绩,著名的例子,参见阿忒奈俄斯《进餐哲人》第12卷第43节532c,卡瑞斯将钱花在演讲、公民大会通过决议上。按,此处有暗指德谟斯提尼的可能。

些了，通通是从希腊各地搜罗来的逃犯，这帮人还从可怜的岛民那里压榨出了每年六十个塔兰同的贡金，在公海上俘获商船和希腊人。[72] 我们国家得到的，不是荣誉，不是希腊的领导地位，而是鼠岛①的名声、海盗的名声。而腓力，以马其顿为出发基地，不再是为安菲波利②而跟我们作战，而是已经在为勒姆诺斯③、因布洛斯④、斯库洛斯⑤这些我们的属地而作战，我们的国民也在逃离公认为雅典人领土的半岛地区⑥了，你们出于恐慌和喧嚣而不得不召开的特别公民大会的次数比法定大会的次数还要多。[73] 形势已经如此不稳、如此危险，连派阿尼亚村人刻菲索丰——虽说他是卡瑞斯的友人与伙伴之中的一员——也不得不提了这么个议案，要小艇⑦队长安提俄科斯尽快出航，寻找到这位被任命来统帅部队的将军，如能在任何地方遇见，便当指出雅典人民已处于震惊之中，当腓力正在进攻雅典人的半岛地区的时候，雅典人却不知道他们的将军、他们派遣的部队究竟是在什么地方。为证明我说的都是事实，请听取该决议，并请回顾此次战争，然后就

---

① 亚当斯注云，色萨利地区的海岛，有名的海盗窝。
② 当时已经陷落。
③ 今希腊利姆诺斯岛。
④ 今土耳其格克切岛。
⑤ 今仍名。
⑥ 加里波利半岛，参见德谟斯提尼《为奉使无状事》第78节。
⑦ ὑπηρετικός 按《集注》的说法是跟着大舰为之服务的小艇，亚当斯译作"传令艇"，凯里译作"补给艇"，奥热和诺沃萨德斯基译作"轻型舰艇"，德迪奥斯和木曾译作"附属船队"。

请把和平的责任放到将领们的头上,而不是使节们的头上。①

[74] 国家的形势就是如此,和平言论就是在这种场合下产生的。而那些已经商量一致的职业演说人却站了起来,不去讨论如何拯救国家,而是呼吁你们把眼光转向卫城门楼②,回忆起在萨拉米斯对波斯人进行的海战,回忆起祖先的坟茔与胜利纪念碑来。

[75] 我呢,就说了,是该回忆起这一切,但也该效仿祖先的正确思维,而当心他们犯过的错误,当心那种不合时宜的好战情绪。在普拉泰亚对波斯人进行的陆战、萨拉米斯岛周围的战斗、马拉松之战、阿耳忒弥西翁的海战,还有带领着一千名雅典选锋无畏地从敌人手里的伯罗奔尼撒正中穿行③的托尔弥得斯的统帅才能,都是我呼吁要发扬光大的。[76] 反过来要当心的一个例子,就是西西里远征了,远征军被派去援助勒翁提诺伊人,而彼时敌人已经进到我国领土,在得刻勒亚④建起要塞了;还有,最后的那种乱来,战况已然不利⑤,拉栖代梦人向他们提议,可以在阿

---

① 德谟斯提尼《为奉使无状事》中有几处提到他不是为发起和议或为战争中的挫折指控埃斯基涅斯,可能就是对这几段的(也许是事后的)回应了。
② 门楼处集中展示了能让人回想起光荣历史的纪念物。
③ 前 455 年,托尔弥得斯在伯罗奔尼撒的军事行动似乎是沿海岸线展开的,不是直接穿越,但确实攻击了斯巴达本土。一千人是最初他挑选的人数,另外还有三千名志愿者加入。参见狄奥多罗斯《史库》第 11 卷第 84 章。
④ 在阿提卡。斯巴达人于前 413 年在此建造要塞,对雅典形成了持久的压力。
⑤ 凯里把 ἡττημένοι τῷ πολέμῳ 理解为"战败",然后认为埃斯基涅斯是在扭曲史实,因为斯巴达给出优惠议和条件时雅典还没有"战败"。此处从亚当斯的理解作"战况不利",也说得通。

提卡之外还保有勒姆诺斯、因布洛斯与斯库洛斯,并能在法律之下维持民主制度,就此议和,可是他们却不愿意接受,虽然没有能力却还选择了进行战争;还有那个造竖琴的克勒俄丰①,很多人都记得他脚上绑过镣②,他以可耻的方式把自己的名字塞进了公民花名册,靠着发钱③腐化了人民,也跑来声称要是有谁提起和平一事,就要拿刀剐那人的脖子。[77] 终于他们致使国家走到了这样的地步,只能老老实实地缔和了,一切都丢光了,城墙也被拆掉了,接了驻军和拉栖代梦人派的总督④进来,把民主政权交到三十僭主手里,⑤后者不经审判就处死了一千五百名公民。我承认,我就号召大家要当心这种乱来,要效仿不久之前我提到过的那些行为。这些都不是从别的什么人那里,而是从所有人之中与我最最亲近之人那里听来的。[78] 那就是我的父亲阿特洛墨托斯,你还出口辱骂了他⑥,你根本就不认识他,也没有看

---

① 伯罗奔尼撒战争后期的雅典政治人物。木曾注云,参见亚里士多德《雅典政制》第 28 章第 3 节。所谓"造竖琴"是以喜剧揶揄的名字。
② 意即当过奴隶。德谟斯提尼后来也拿类似的话来骂埃斯基涅斯的父亲,参见《金冠辞》第 129 节。
③ 亚当斯注云,据说公共娱乐资金是由克勒俄丰倡议成立的。参见德谟斯提尼《为奉使无状事》第 291 节及注释。
④ ἁρμοστής,斯巴达派驻属地的全权代表。
⑤ 以上都是雅典在伯罗奔尼撒战争最后投降(前 404 年)的条款。
⑥ 德谟斯提尼在现存《为奉使无状事》第 249、281 节中也就提了两句埃斯基涅斯父亲的职业,没有像后来在《金冠辞》里那样把他骂成是奴隶,不过其语气确实是非常轻蔑的。

到过他在盛年的时候是一个什么样的人。这种话![①] 德谟斯提尼啊! 你从你母亲那边算就是个西徐亚游牧人的种啊![②] 我的父亲在三十僭主时期流亡了,后来也是率领人民夺回政权的人[③]中的一员。还有我母亲的兄弟,就是我的舅舅,阿耳卡奈村人格劳科斯之子克勒俄部罗斯,他帮助部匋该宗族[④]的得迈涅托斯[⑤]一同[⑥]在海上战胜了拉栖代梦人的舰队统帅刻隆。所以说,国家的不幸,对于我来说,就跟家事一样,耳熟能详。

[79] 你还指责我在阿耳卡狄亚万人大会上的当众发言[⑦],指责我的那次出使,说什么我转变阵营了,你自己呢,整个一副奴才样,就差刺上个逃兵[⑧]的印记了。我在战争之中尽可能地去把

---

① 原文καὶ ταῦτα,用于加强语气。
② 参见《控诉克忒西丰》第172节。
③ 参见德谟斯提尼《为奉使无状事》第277节及注释。
④ 一个祭司宗族。
⑤ 舍费尔(A. D. Schaefer)的《德谟斯提尼与他的时代》指出,色诺芬《希腊史》第5卷第1章第10节与第26节提到前388—前387年有一个叫这个名字的雅典将领,也许就是这个人。
⑥ 原文如此,有夸张之嫌,亚当斯、奥热和诺沃萨德斯基亦是如此直译,而凯里把μετὰ译作"在……手下服役",德迪奥斯译作"与……一同参与了海战胜利",似乎也有意缩小夸张成分。另外,凯里在注中提到这整件事可能都是埃斯基涅斯的夸张说法,原本似乎只是一艘舰艇成功避开斯巴达舰队的航行而已。
⑦ 参见德谟斯提尼《为奉使无状事》第11节。
⑧ 亚当斯、奥热和凯里将αὐτόμολος译作"逃奴",应是受前文"奴才"(ἀνδραποδώδης)的影响,此处参考本篇第148节里关于临阵脱逃的指控翻译,类似于德迪奥斯和诺沃萨德斯基的处理。

阿耳卡狄亚人和其余希腊人集结起来反对腓力，但没有一个人前来帮助我国，而是有的在冷眼旁观到底会发生什么，有的加入了对我国的①战争。我们国内的职业演说人还拿着战争来供养每天的挥霍，于是，我承认，我就向人民建议，要结束与腓力的敌对状态，缔结和平条约。你现在倒觉得这个和平很可耻了，你这个从来没有沾过武器的边的家伙！我要说，这个比起那场战争来，对国家而言要光荣得多呢。

[80] 你们应该，雅典人啊，对照出使的时机而考量使节，对照所率的兵力而考量将军。你们竖立塑像，授予前排贵宾席、冠冕、市政厅就餐等奖励，从来都不是给那些宣布了和平的人，而是给那些取得了战斗胜利的人。如果说，对战争表现的审查是落到使节头上，而奖励是落到将军头上，那么，你们的战争就都会是从无休战、从无通使②的那种了，因为没有人会愿意担任使节了。

[81] 剩下要说的，就是关于刻耳索布勒普忒斯、关于福基斯人、关于其他种种他拿来抹黑我的事了。我，雅典人啊，无论是在前一次还是在后一次出使中，凡我所见，如我所见，凡我所闻，如我所闻，就是我向你们汇报过的内容了。那么，在这两次之中，我关于刻耳索布勒普忒斯所见所闻的各是些什么呢？我看见了，一同出使诸人也都看见了，刻耳索布勒普忒斯的儿子在腓力那儿

---

① "对我国的"是根据上下文及亚当斯、凯里和诺沃萨德斯基的处理而添译的。
② 意即毫不留情死战到底，参见本篇第 37 节注释。

当着人质呢,直到如今也还是这个样子。[82] 情况是这样的,在我们前一次的出使之中,正当我和其余一同出使诸人动身返回这里的时候,腓力也出发去攻打色雷斯了,不过在此之前他已经当着我们的面保证,在你们讨论和平事宜期间,他是不会武装侵入半岛地区的。在你们表决缔和的那一天①,没有一个字提到刻耳索布勒普忒斯。等我们已经被选出来去办理盟誓事宜,但还没有出发进行后一次的出使的时候,就召开了一场公民大会,②而这位如今控诉我的德谟斯提尼中签担任了那次会议的主持人③。[83] 在那一场公民大会上,兰普萨库斯人克瑞托部罗斯走上来发言,说他是刻耳索布勒普忒斯派来的,要求向腓力的使节进行宣誓,并要求将刻耳索布勒普忒斯列入你们的盟友名单之中④。这些话说过了之后,珀勒刻斯村人阿勒克西马科斯就提交了一份议案给主持人团宣读,其中写道:刻耳索布勒普忒斯派遣前来之人当与其余盟友一同向腓力进行宣誓。[84] 这一提案宣读了之后——我想,你们都还记得这个的——主持人团中的德谟斯提尼站了起来,拒绝将此提案交付表决,说他不想毁掉与腓力的和约,也不觉得

---

① 前346年4月16日(雅典历九月十九)。这个日子就是德谟斯提尼《为奉使无状事》第15节的"第二次会议"的日子,以及第57节里"和约达成"的那一天。
② 前346年4月22日(雅典历九月二十五)。
③ 即列席该次会议的主持人团,参见本篇第65节注释。
④ 双方已经订立了和约,其中所涵盖的雅典一方的盟友名单已经确定了,并未包括刻耳索布勒普忒斯,所以刻耳索布勒普忒斯要求加入,并要求由他的代表对腓力的使节宣誓(表示他批准了和约)。

这种就来伸一把手参加别人在典礼上的奠酒仪式①的人算是什么盟友,已经有一次公民大会给过他们机会②了。但你们叫嚷了起来,叫主持人团走上讲坛来,就这样,虽然他不情不愿,提案还是交付表决了。[85] 为证明我说的是事实,请为我传召起草了这份决议的阿勒克西马科斯以及与德谟斯提尼一同担任主持人的诸人,并宣读其证词。

证词

所以呢,正是这位刚才一提到刻耳索布勒普忒斯就在这里嚎啕大哭的德谟斯提尼,分明把他排除在盟约之外了。等到那一场公民大会散场之后,腓力的使团就在你们的军务处③里接受了各个盟邦的宣誓。[86] 而这位控诉人居然有脸对着你们说,是我把刻耳索布勒普忒斯派来的使节克瑞托部罗斯从典礼上赶走的,④还是在盟邦都在场,公民大会已经做出了决议,将军们也都坐在旁边的情况之下!我哪来这么大的能力?这种事怎么可能掩盖得住?如果说,我真的有胆干出了这种事,你会不管吗,德谟斯提尼啊?如果说,你真的看到了我——就跟你刚刚说的那样——把那位使节从典礼上面推开去了,你的喊声叫声不会充斥广场吗?请传令官为我传召诸位将军与诸位盟列会代表,请你们听取其证词。

---

① 意即不参与此前的谈判讨论,就想挤进和约。
② 参与和约谈判讨论。
③ στρατήγιον,每年选出的十名将军议事的场所。
④ 不见于现存的德谟斯提尼《为奉使无状事》。

证词

[87] 这不是很可怕吗？雅典人啊，有人竟然，针对一位他的同邦公民——不该说是他的，该说是你们的，我还是纠正一下吧——能有脸说出这等谎言来，还是在对方处于人身危险之中的情况下？我们的祖先为帕拉斯神像前法庭①中的杀人案审判立下的规矩不是很合适吗？规矩就是，在审判表决中胜出的一方要切碎祭肉且立下誓言——这既是你们祖辈的传统，也是现在的情况——保证说，那些投下了有利于他的一票的审判员乃是投下了符合事实情况的公正的一票，他也没有说过任何谎言，还要立一个咒，说，如若不然，则其自身及家室均将彻底毁灭，再有，他还要为审判员祈求诸多福报。这是非常正确的，非常有公民精神的，雅典人啊！[88] 既然，就算是有正当理由的杀人，你们也没有人会愿意让自己被这种行为玷污，那么，至少也该当心，别做出什么不正当的事情来，去夺走别人的生命、财产或者尊严什么的，由于这类的行为，有些人就自杀了，也有些人被公开处死了。那么，接下来，雅典人啊，你们可否容忍我些许，让我先把他叫做"下流胚子"、"身子不干净的人"——连他发出声音的那部分都不干净呢——然后再来证明，关于刻耳索布勒普忒斯的那些

---

① 审判过失杀人、杀死奴隶、杀死外国人等这类案件的法庭。"帕拉斯"即雅典娜，"帕拉斯神像"特指雅典卫城中一神殿所供奉的一尊木像。木曾注云，参见亚里士多德《雅典政制》第57章第3节。法庭位置，参见保撒尼阿斯《希腊地理志》第1卷第28章第8节。

控诉内容里剩下的部分,本身就可以看出明显是谎言?

[89] 在我想来,你们建立起来的一套制度,真的是最最好的,是对那些受了诬蔑的人最最有帮助的,那就是,你们把日期、决议内容和交付表决的官员名单都放到公共档案里永久保管了。这个家伙对你们说,刻耳索布勒普忒斯的种种是由于以下情形而毁掉的,就是,我担任着使团的领导,而且在你们之中颇有影响力,他曾呼吁我们前去色雷斯,在刻耳索布勒普忒斯还被围攻的当口,对腓力提出抗议,要求他不得如此,但我却不愿意去照做,而是在俄瑞俄斯静坐,[1] 一同出使诸人也一样,此外,我们还都汲汲营营于"国际友人"[2] 的头衔。

[90] 请听来自卡瑞斯的信件,是他当时发给公民大会的,里面说了,刻耳索布勒普忒斯丢掉了王国,腓力占领了圣山[3],是在九月的倒数第七日[4]。而德谟斯提尼当月曾担任公民大会主持

---

① 参见德谟斯提尼《为奉使无状事》第155节。
② 城邦可以通过决议宣布某个外国人为 πρόξενος,意即"国家的友人"。通常,甲城邦宣布乙城邦的某个公民为 πρόξενος 的理由是此人在乙城邦中负责照看、维护甲城邦的利益,类似于常驻使节(当时没有将本城邦公民派往外邦常驻的习惯,而是通过这种方式进行,与现代正好相反);但有时这纯粹是荣誉称号,比如雅典就曾经向亚历山大授予此称号。在贬义语境中,这就是"外国代理人"的意思了。亚当斯注云,这里就是说使团诸人都在找别的城邦雇他们在雅典当代理人。
③ 参见德谟斯提尼《为奉使无状事》第156节及注释。
④ 前346年4月21日。此处两个事件是否同日发生从上下文不能完全确定,亚当斯、奥热、诺沃萨德斯基和凯里是把日期放在后一个事件上的,译文模糊处理,类似于德迪奥斯的处理方式。

人，同时还兼着使团一员的职位，那是在倒数第六日。

信件

[91] 我们不仅"耽搁"掉那个月里剩下的日子，而且还是"拖到"了十月才出发。我将向你们提供五百人议事会作为此事的证人。现有一份他们的决议，命令使团出发，前去处理盟誓事宜。请为我宣读该五百人议事会决议。

决议

再请宣读其具体日期。

日期

[92] 你们听见了，表决通过的日子是十月初三[①]。刻耳索布勒普忒斯是在我出发前多少天丢掉了王国的呢？照将军卡瑞斯和信件[②]的说法，那是在前一个月了，只要九月真是十月的前面一个月就对了。我又怎么能保得住刻耳索布勒普忒斯呢？他在我从家出发之前就已经完了啊。那么，你们以为，德谟斯提尼关于在马其顿发生的事、关于在色萨利发生的事，说出来的能有几句真话？这个家伙连五百人议事会、公共档案、日期，还有公民大会这些内容都能编造的啊。

[93] 还有，在雅典，你以主持人的身份[③]要把刻耳索布勒普忒斯排除在和约之外，在俄瑞俄斯，你倒怜悯起他来了？还有，

---

① 前346年4月30日。
② 洛布本无"和信件"一词组。
③ 洛布本无"以主持人的身份"一词组。

如今你来控诉起什么受贿来了？以前你可是认了战神山议事会①做出的罚款的，因为你在那桩人身伤害的案子里没有去上庭②，就是你起诉派阿尼亚村人、你的堂兄弟得摩墨勒斯的那件案子，③你还在自己脑袋上划了一道呢。④你还摆出一副庄严的样子来，真以为大家不知道你这个"德谟斯提尼的儿子"其实是个刀具匠的杂种⑤吗？

[94] 你又开始说，我先是宣誓请辞派往德尔斐周边城邦议事会⑥的出使任务，然后又去了，而且还奉使无状⑦，你还宣读了一份决议⑧，却把另一份跳过去了。我是被选上要去德尔斐周边城

---

① 参见《控诉提马耳科斯》第 81 节及注释。
② 埃斯基涅斯显然是暗指德谟斯提尼拿了钱才这么做的。
③ 德谟斯提尼年幼失怙，由几个叔伯辈的亲戚担任监护人，他后来控告他们对家财经管不善，要求赔偿。在诉讼期间，得摩墨勒斯曾出手攻击德谟斯提尼，于是德谟斯提尼控告他故意伤害（此类罪行由战神山议事会审判），但据说德谟斯提尼收了一笔钱之后就放弃了控告，为此还被法庭罚款了。不清楚这个得摩墨勒斯是否就是后来提议向德谟斯提尼授予冠冕（不是那一次著名的金冠授予，而是另一次，参见《金冠辞》第 222—223 节）的同一个人，凯里注认为是同一人。
④ 意思是德谟斯提尼自伤然后栽赃给得摩墨勒斯。
⑤ 亚当斯注云，德谟斯提尼的父亲也叫德谟斯提尼，按普鲁塔克的说法是刀具作坊老板，这里的"杂种"当是在攻击德谟斯提尼的母亲有西徐亚血统。亦可参见本篇第 22 节及注释、第 78 节。
⑥ 亚当斯注云，是去腓力那边出使，但主要是关于德尔斐周边城邦议事会的一些事情。
⑦ 参见德谟斯提尼《为奉使无状事》第 121—131 节。
⑧ 参见德谟斯提尼《为奉使无状事》第 129—130 节。

邦议事会出使，虽说我当时身体不好，但我一方面非常积极地向你们汇报了我刚从中返回的那次出使的情况，另一方面也没有宣誓请辞出使任务，而是保证说，如有能力一定出使。在使节出行的时候，我让我的兄弟和侄子及医生到五百人议事会，不是去宣誓请辞的，[95] 法律也不允许为公民大会所选派的任务在五百人议事会里做宣誓请辞手续，① 让他们去是为解释一下我的病情。

等一同出使诸人听说了福基斯人的遭遇，回来了，就又召开了一次公民大会，我身体已经好了，出席了，人民逼令我们这些最初选上了的人仍要全部去出使，不得懈怠②，我当时想，我应该向雅典人说出实情③。[96] 就这次奉使情状，在我接受述职审查的时候，你没有来提控诉，你来控诉的是去处理盟事宜的那一次，关于那一次，我会做出清晰公正的辩护。对你而言，就跟对所有撒谎的人一样，合适的做法是把日期全部打乱；而对我而言，合适的做法则是按顺序陈述，从去接受宣誓的旅途开始拾起话头。

[97] 先说我们使团一共十个人，还有第十一个是盟邦派来跟我们一起的，在我们这后一次奉使出行的时候，没有一个人跟德谟斯提尼一起吃饭，在路上，只要有可能，也没有一个人愿意跟

---

① 亚当斯和木曾都译作"不允许公民大会选出的人在五百人议事会里宣誓请辞"。此处直译，与凯里、德迪奥斯和诺沃萨德斯基的处理较为接近。
② 原文 μηδὲν ἧττον 直译"与以前相比并无减少"，当是要求使团以同等的努力程度出使，化译如此。
③ 亚当斯注云，这里的意思是身体已经好了，可以出行了，就应该如实说出来。

他在同一个客栈歇脚，因为我们都看见了，在前一次出使过程中，他是怎么对所有人耍了阴谋的。[98] 沿着色雷斯海边①的那条走法，根本就没人提起过，决议又没指示我们这么做，只指示了我们去接受宣誓，以及处理其他一些事务，再说，就算我们真这么走了，也不可能办成什么的，刻耳索布勒普忒斯的那些事已经发生了，这个你们刚才听到了。这个人说的话里没有一句是真的，他没有什么事实可以拿出来指控，就只能说谎，只能夸大其词了。

[99] 他有几个跟班抬着两个寝具包②，其中之一，照他说，里面有一个塔兰同的银子③。这一来就提醒了一同出使的诸位他那些古老的外号。他在孩子们中间，因为某种无耻行径，还有不正常的欲望，就被叫做"巴塔罗斯"④；等脱离儿童期，告起他的监护人来了，每个要价十个塔兰同，就叫"银蛇"⑤；等成人了，

---

① 此从亚当斯的理解，其余各译作"去色雷斯"，德迪奥斯认为当时腓力在色雷斯，所以"去色雷斯"是指直接去找腓力。亚当斯注说这就是德谟斯提尼《为奉使无状事》里说使节本来应该走的路，疑似指那里第164、181节所说的海路。
② 原文"两个"的位置在两个词之间，译作"两个跟班"或"两个包"都可以，亚当斯和木曾译作"两个跟班"，诺沃萨德斯基译作"两个包"。后一种译法似更合理，一是因为后面用了 ἕτερος（两个中的一个）这个词，二是因为一塔兰同的银子重约二十六千克，如果跟班只有两个，而一个包就这么重，那么不好安排抬。凯里和德迪奥斯处理成"两个跟班抬着两个包"，德迪奥斯认为一个是寝具包，另一个是一包银子，奥热未译出"两个"的字样。
③ 参见德谟斯提尼《为奉使无状事》第40节。
④ 参见《控诉提马耳科斯》第131节。
⑤ ἀργᾶς, 据亚当斯注说是一种毒蛇，从上下文看似乎应该和银子有点关系，又因该词与 ἀργός（闪闪发亮的）相近，故译如此。凯里认为词源是 ἀργός 的另一个义项"闲汉"，与"讼棍"相近。

就得到了卑劣之徒所共享的别名,那就是"讼棍"。

[100] 哦,他去解救战俘了①是吧,他是这么说的,刚才对着你们也说了的,可他明明知道,腓力在战争期间从来没有收过任何一名雅典人的赎金,他还从那人的所有朋友那里听说了,其余的人,只要和平达成了,也会释放的,嗯,他就为着好多不幸的人带了一个塔兰同的钱去了,这钱就够一个人的赎金啊,还得不是特别有钱的那种呢!②

[101] 我们到了马其顿,在那儿开了个会,当时我们已经知道腓力从色雷斯回来了。会上宣读了我们据之出使的决议,我们也过了一遍关于接受宣誓的各项指示,但没有人提起最重要的那些,而是都在小事情上耍嘴皮子,我就说了一些话,这些我现在有必要对你们重复一下。[102] 当着众神,雅典人啊,你们既然在听取那位控诉人发言时能让他随心所欲,那么,也请在听取辩护词时同样保持秩序吧,请对我继续保持这种态度,这种你们从一开始就保持着来听取我发言的态度。我刚才提起了这个话头,雅典人啊,就是,在使团开会的时候,我说了,我觉得人民最重要的一项指示被可怕地③忽略掉了。

[103] "接受宣誓啦,讨论其他问题啦,还有为战俘的事发言

---

① 参见德谟斯提尼《为奉使无状事》第 40 节、第 168—171 节。
② 此处埃斯基涅斯有夸大其词之嫌,赎金应该没有这么贵。
③ δεινῶς,亚当斯、凯里和木曾译作"奇怪地",奥热按本义译作"可怕地",德迪奥斯译作"危险地",诺沃萨德斯基译作"令人愤怒地"。

啦，这些，就算我国派了些小吏①出来，将信任托付给他们，我想，也是全部都能办到的吧。而就全局考量，在我们和腓力的能力范围之内，达成最有效的解决方案，②这才是明智的使节的任务。我说的是，"我说，"出征关口的事，这个你们都看见已经在准备了。对于这件事情，我不是在乱猜，我会给你们看重要的证据。[104] 忒拜人的使团已经在这里了，拉栖代梦人的也来了，我们也到了这里，带着人民的决议，其中写着'诸使节亦当尽力实现其余美事'。所有希腊人都在观望未来。如果人民以为，好的做法是，向腓力毫无保留地宣示，要打消忒拜人的气焰，要重建彼奥提亚人的城墙，③那么他们就会预先在决议里提出这些要求。如今，他们以这种隐晦的方式给自己留了一条退路，以防说服不了他，而他们心里是要让我们来承担这一风险。[105] 热心国事的人不应该只死守着那种随随便便别的什么雅典人完全可以派出来代替我们使节的岗位，也不应该逃避对忒拜人表现出敌意。有一个忒拜人，伊巴密浓达④，他就没有匍匐在雅典人的威名之前，而是直率地在忒拜人的大会上说了，应该把雅典卫城门

---

① ὑπηρέτης，亚当斯和木曾译作"小仆役"，凯里译作"奴隶"，奥热译作"执行人"，德迪奥斯和诺沃萨德斯基译作"给官员打下手的小官吏"。考虑到这个词可以指小办事员，故译如此。
② 此从凯里、亚当斯和木曾的理解，但亚当斯把 ὑπὲρ τῶν ὅλων 理解为"在至关重要的事情上"而不是"在全局上"，奥热、德迪奥斯和诺沃萨德斯基作"就关系到我们与腓力的所有事务进行正确的讨论"。
③ 参见德谟斯提尼《为奉使无状事》第21节等处。
④ 带领忒拜建立霸权的著名领袖。

楼整个搬到卡德米亚①前面来。"

[106] 我说这些正说到一半,德谟斯提尼就极力狂吼起来了,我们所有一起出使的人都是知道的,他除别的那些恶行之外,还是一个彼奥提亚派②。反正他说出来的就是这些内容了:"这位先生真是个麻烦头冒失鬼,我呢,我承认我胆子小,我老远地就躲着各种危险,可是我坚决反对由我们去挑起各国之间的不和,我们这些使节别去多管闲事,这才是我认为比较好的做法。[107] 腓力在出征关口了,我把脸捂上好了③。没有人会为腓力的军事行动来审判我,而是会因为我说了不该说的话,做了不在指示范围之内的事。"事情的末了,一同出使诸人在征询了每个人的意见之后投票决定,我们各人应对各自认为合适的内容发言。为证明我说的是事实,请为我传召一同出使诸人,并宣读其证词。

证词

[108] 接下来,就这样,雅典人啊,使节在佩拉④集合了,腓力到场了,传令官召唤雅典人的使节,我们走上前去,但居然不是像前一次出使时那样按照年龄顺序——这个在有些人看来是非常值得尊重的做法,似乎也是体现了国家良好秩序的做法——而

---

① 忒拜卫城。
② 指站在忒拜(整个彼奥提亚地区的宗主)一边,不是指支持彼奥提亚小邦独立而反对忒拜。
③ 亚当斯、德迪奥斯、诺沃萨德斯基和凯里处理作"闭上眼睛去不看",奥热处理作"与我何干"。
④ 马其顿首都。

是按照由德谟斯提尼的无耻行径所定下的顺序。他说了,他是大家中间最年轻的一个,但他又说了,他不能让出率先发言的位置,不能听任有人——这就是在暗指我了——先抓住腓力的耳朵且不把话留给别人。[109] 他就第一个发言了,首先就说了一堆针对一同出使诸人的隐晦的诬蔑之词,说什么大家不是为了同一个目标,也不是带着相似的想法而来的,然后就过了一遍他为腓力提供了的服务:第一件是他为菲罗克拉忒斯的提案所作的辩护,当时后者提议允许腓力向雅典人派遣使节商议和平事宜,被控提案违宪;① 第二件,他逐项朗读了他自己起草的那个提案,就是要向腓力派来的传令官与使节提供安全通行保障;② 第三件,就是将公民大会关于和平事宜的讨论限定在指定日期之内。③ [110] 他又给他的话加了这么一个总结,就是说,他是第一个来制止那些阻挠和平的人的,不是通过发言,而是通过指定日期。然后他又拿出了另外一份决议,就是要求人民也讨论结盟事宜的那份,④ 在此之后,又是关于在酒神庆典中为腓力的使节分配前排贵宾席的决议。⑤ [111] 他还外加提了他表现出的关心,什么安放靠垫⑥ 啦,警戒与不眠啦(据说是因为有些人心怀不轨,要粗暴破坏他的光

---

① 参见本篇第 14 节。
② 参见本篇第 53 节。
③ 参见本篇第 61 节。
④ 参见本篇第 61 节。
⑤ 参见本篇第 55 节。
⑥ 谄媚行为,可参忒奥弗拉斯图《论品行》第 2 章第 11—12 节。

荣表现），还有，那些彻头彻尾的笑话——听到这些，一同出使诸人都把脸捂上了①——什么他款待了腓力的使节啦，还有他在他们离开时帮他们雇了几对②骡子，还骑着马在边上跟了一程啦，③他可不像某些人一样躲在暗处，而是明白地展示出了他在这些事上如何效劳的啊。[112] 他还狠狠纠正起那些话④来："我没说你漂亮，因为女人才是最最漂亮的；没说你酒桌上⑤厉害，因为我觉得这是用来夸奖一块海绵的；没说你记性好，因为我以为这是用来恭维那种收钱干活的诡辩家的。"我就不多说了，总之，他说了这些，是当着使节们的面的，可以说是来自全希腊的使节吧，对这些的回应嘛，就是一阵哄笑，还不是随随便便就能有的那种。

[113] 等他消停了，安静了，我就只好接着这种没教养的内容、这种过分的无耻谄媚说下去了。我先是不得不说了个简短的开场白，来回应他此前针对一同出使诸人说的诬蔑之词，我说，雅典人派遣我们出使，不是到马其顿为我们自己道歉来的，而是因为在我们家那里，凭着我们的生活方式，我们被评判为配得上国家的人。[114] 我为宣誓的事简短说了几句，那就是我们来此要接受的，还有其余你们指示了的事情，也都过了一遍，这位超凡脱俗、语言功夫好厉害的德谟斯提尼呢，在这些必要问题上，是一个字

---

① 意即感到羞耻。
② ζεῦγος 本义"一轭"、"一对"，也可以理解为"一组"。
③ 参见《控诉克忒西丰》第 76 节。
④ 参见本篇第 47—48 节。
⑤ 洛布本作"喝酒"。参见本篇第 52 节注释。

都没有提。然后就说到了出征关口的事，说到了神殿、德尔斐和周边城邦议事会，我就极力请求腓力，不要以武力，而是要以投票和审判①的方式，处置那边的事务，但如果做不到的话——这个很明显了，军队已经在场了，已经集结了——那么，一位将要为希腊的神殿做出决策的人，应该心怀虔敬预作思量，应该留心听取来讲解祖辈传统的人的话。[115] 我同时又从头讲述了神殿的奠立，讲述了周边城邦议事会最初的会议，宣读了他们立下的誓言。这些古人宣誓，决不摧毁议事会的任何一个与会城邦，也不在战争期间或和平期间将其与流水隔绝，如若有人违背于此，则当攻打此人，摧毁其城，②如若有人侵夺神产，或同谋于此，或起意不利于神殿，则当以手、以脚、以声音、以一切力量来惩戒，他们还在誓言后面加上了一份强有力的诅文。[116] 宣读完毕这些之后，我就宣布说，在我看来，不应该坐视彼奥提亚的城镇已被拆毁的现状。它们也是德尔斐周边城邦议事会中的与会城邦，也是誓言所涵盖的了。我就一一数出了参与神殿事务的十二个族群：色萨利人、彼奥提亚人（不仅仅是忒拜人）、多利安人、爱奥尼亚人、珀赖比亚人③、马格涅西亚人④、多罗庇亚人、罗克里斯人、

---

① 应是指下面第117节提到的对有罪人员的审判。
② 亚当斯注云，如果违反了誓言，则不再受誓言保护，因此可以摧毁。
③ 来自色萨利北部。
④ 来自色萨利的马格涅西亚地区。

俄伊忒人①、佛提俄提斯人②、马利安人③、福基斯人。我展示了，这里面每一个族群都有着相同的票数，最强的和最弱的都一样，来自多利翁④和库提尼翁⑤的人与拉栖代梦人有着相同的权利，每个族群是两票，再说爱奥尼亚人中间，厄瑞特里亚⑥人和普里厄涅⑦人也和雅典人一样，其余也如此。

[117] 这次军事行动的发端，我指出，是虔敬的，是正当的，等到德尔斐周边城邦议事会在神殿中召集会议，安全及投票权利得到确保，就应判定那些要为一开始窃据神殿的行为负责的人受到惩罚——不是他们的国家，而是那些动手与起意之人——至于将罪人交出接受审判的城邦，则不应受罚。"而如果你发兵，以武力认可了忒拜人的不义之行，⑧那么你从你援助了的人那里是得不到感激的，你对他们施加的恩惠是不可能比得上以前雅典人施与的那么大的，那些他们已经不记得了。而那些你抛下不管的人，你将是在施恶于他们，你将会得到的是更大的敌人，而不是朋友。"

---

① 来自色萨利南部。
② 来自希腊中部佛提俄提斯地区（阿喀琉斯的故乡）。
③ 来自马利安湾附近。
④ 在美塞尼亚地区，其居民属于多利安人。
⑤ 在佛提俄提斯地区，其居民属于多利安人。
⑥ 在优卑亚岛上。
⑦ 在小亚细亚。
⑧ 亚当斯注认为是指他们摧毁彼奥提亚城镇（参见本篇第115节），德谟斯提尼《为奉使无状事》第21节则说埃斯基涅斯指责他们才是起意占据神殿的人。

[118] 我不想现在浪费时间对你们详细叙述在那边说过的话了,择要总结一下全部情况就可以收尾了。在最后的结果上,是命运与腓力做了主,但是,在对你们的忠诚上、在言论上,是我做了主。真的,从我这里说出的,都是公正的话,都是对你们有利的话,只不过最后并非如你们所祈求的那样,而是如腓力所操作的那样发生了。那么,是一个没心思去干任何好事的人应该受到尊重呢,还是一个凡力所能及的一切都没有忽略的人呢?① 现如今,由于时间关系,很多话我都不说了吧。

[119] 德谟斯提尼又说了,说是我撒了谎,说什么几天之内忒拜人就要受打击②了,说什么我吓住了优卑亚人,他说,我把你们引入了虚幻的希望之中③。他到底是在做些什么呢,请仔细看看吧,雅典人啊。我在腓力那边的时候提过要求,等回到你们这边的时候我就这么汇报了,那个要求的内容是:我认为忒拜应该属于彼奥提亚,而不是彼奥提亚属于忒拜。他说,我不是汇报了这个,而是许诺了这个。[120] 我还对你们说了,说卡尔喀斯人克勒俄卡瑞斯说,他震惊于你们与腓力之间突然的和谐关系,尤其是因为我们得到了指示,要尽我等所能达成美事,④还说,像他那样的小国人民,是害怕大国之间的秘密交易的。德谟斯提尼

---

① 德谟斯提尼《金冠辞》第 303 节的逻辑与这里的很像。
② 原文 ἔσεσθαι ταπεινάς 大意是"被打消气焰,蒙受屈辱",化译如此。
③ 参见德谟斯提尼《为奉使无状事》第 20—22 节。
④ 参见本篇第 104 节,但具体词序及词形略有不同。

就说，我不是详细叙述了这些，而是承诺①说要把优卑亚交到你们手里。②我是以为，国家正要就全局③做出决策的时候，是不应该对希腊人的任何一份言论不知情的。

[121] 他又来攻击我，还把那当成一份重头内容④，说什么他想要汇报真相，却被我和菲罗克拉忒斯阻止了。⑤那么，我很想问一问你们，以前有过哪位雅典人的使节被派了出去，然后却被阻止向人民汇报奉使情状的吗，并且，在遭受了这种待遇之后，在被一同出使人羞辱了之后，还去起草一份议案来表彰他们、邀请他们进餐⑥的吗？那好，德谟斯提尼从后一次出使返回之后，

---

① ἐπηγγέλθαι 本义"宣告"，此处从各译作"承诺"。
② 如果本节和上一节中对汇报内容的描述属实，那么很可能是埃斯基涅斯为了掩饰出使总体失败的结果而故意用一些模棱两可的话来吹嘘自己的成就，在一心希望有好消息的雅典人耳中就成了如德谟斯提尼所指的虚假承诺了。德谟斯提尼说他受贿而故意来误导人民也许是深文周纳，但他应该知道自己这种汇报内容可能产生什么样的影响，往轻点说一个"不负责任"的名头似乎还是逃不掉。另外，埃斯基涅斯在汇报内容问题上的回应如此简短，也很值得玩味。至于说这一汇报是否如德谟斯提尼所说的那样造成了实质性的破坏，那就是另一个问题了。
③ 亚当斯仍译作"至关重大的事"，参见本篇第103节注释。此处从其余各译。
④ 此从凯里的理解，奥热和德迪奥斯的理解与凯里的相近，皆将 διαιρέω 理解为"着重"。亚当斯把 διαιρέω 理解为"分割"，因此译作"他把责任分割开了"。诺沃萨德斯基则译作"提到不同的内容"。
⑤ 参见德谟斯提尼《为奉使无状事》第23节。
⑥ 德谟斯提尼说第二次出使返回之后没有这类表彰决议（德谟斯提尼《为奉使无状事》第31—32节），第一次出使返回之后是有的（德谟斯提尼《为奉使无状事》第234节）。

就是他说希腊的形势都从中被颠覆了的那一次，不单单在决议中表彰了我们，[122] 而且，在我向人民汇报了我关于德尔斐周边城邦议事会与彼奥提亚人的发言内容之后——不是像现在这样简化了地急匆匆地，而是尽我所能地使用了最清晰的词语——以及在人民完全接纳了之后，我就叫他和其余一同出使诸人上来，问他们，我对雅典人汇报的这些是否属实，是否与我对着腓力说的完全一致，所有一同出使诸人都为此作了证，都表扬了我，最后，他也站起来，说我当时的发言说得不是跟在那边的一样，而是比在那边的还要好上一倍。你们这些将要投下判决票的人也都可以就此为我作证。[123] 说真的，如果说我在哪点上欺骗了国家的话，哪还会有比在当时立刻揭穿我更好的时机呢？你说我在前一次出使过程中瞒过了你，参与了危害国家的阴谋，而在后一次出使中被你看穿了，可是在这一次的事情上你却出面来赞同我了啊。你一边控诉着我在那一次里的行为，一边却说你控诉的不是那一次，①而是在控诉关于盟誓事宜的这一次。再有，你一边指责和平，一边却起草了盟约。还有，如果说，腓力确实欺骗了我国，那么他撒谎是有目的的，是为了能得到对他有利的一份和约。这样的话，做这个的时机应该是在第一次出使的时候啊，后一次是在已经有了既成事实的情况下才派出的啊。

---

① 严格地说第一次出使不是本次审判的内容（参见德谟斯提尼《为奉使无状事》第 211 节），因此德谟斯提尼说了他不控诉第一次出使中的行为，但他还是暗示埃斯基涅斯在第一次出使时把自己出卖给了腓力（参见德谟斯提尼《为奉使无状事》第 13、16 节）。

[124] 这套把戏是什么样的，这个术士的手段是什么样的，从他说过的话里，你们就可以看出来了。他说，我坐了一条独木舟沿着罗伊狄阿斯河①乘夜去到腓力那里，帮着腓力写下后来到了这里的那封信。②嗯，被讼棍们逼得从这里流亡了的勒俄斯忒涅斯③，他写不出这么巧妙的一封信来，对吧，有些人可是会毫不犹豫地说，在阿菲德那村人卡利斯特剌托斯④之后，他是所有人中最出色的演说人呢！[125] 还有，腓力自己，对着他，德谟斯提尼可是连代表你们回话都回不上来，⑤也写不出来，是吧？再有，拜占庭人皮同⑥，一位对自己的写作能力非常自豪的人，也写不出来，是吧？好像这个事非得拉上我不可，是吧？你自己也说了，我跟腓力多次在白天的时候私下彼此交流，然后你又来指控我夜里在河上航行，这事儿就真这么地非得有一封乘夜起草的信才行啊！

[126] 为证明你说的一句实话都没有，现有与我一同进餐的人前来作证，就是忒涅多斯人阿格拉俄克瑞翁与帕西丰之子伊阿特

---

① 在佩拉附近。
② 参见德谟斯提尼《为奉使无状事》第36—39节，但那里没有这里这么多的细节。木曾注云，渡河的细节，或是德谟斯提尼在演说辞书面公开时删除了，或是埃斯基涅斯事后润色补充的。
③ 流亡到了马其顿。参见本篇第21节及注释。
④ 著名演说家，据说德谟斯提尼年少时听了他的演说后便立志要成为演说家，参见普鲁塔克《德谟斯提尼传》第5章。
⑤ 参见本篇第34—35节。
⑥ 著名演说家，伊索克拉底的高徒。前343年代表腓力与雅典交涉修改《菲罗克拉忒斯和约》。

洛克勒斯，我从头到尾所有时间里都跟他们在夜间睡在一起，他们都知道，我从来没有在哪个晚上离开过他们，连哪段不到一整夜的时间也没有过。我们还带来了奴隶，现将他们提交刑讯[1]。若起诉方同意的话，我这就打住话头，只要你们一声令下，就会有公有奴隶[2]上来当着你们的面接受刑讯。今天剩下的时间还够干这个，我在这次审判里分配到的时间有十一罐水[3]那么长呢。[127] 如果他们说，我在任何一个时候没有跟这几位共同进餐之人睡在一起，那么就别饶过我吧，雅典人啊，站起来杀了我吧。而如果德谟斯提尼被坐实撒了谎，那么就给他这样的惩罚吧：让他当着大家的面承认自己是个阴阳人、不是一个自由人好了。请为我传召这些奴隶到讲坛上来，并宣读与我一同进餐之人的证词。

证词

挑战[4]

[128] 那么，既然德谟斯提尼不愿意接受挑战，[5]说这事才不

---

[1] 有学者认为提供奴隶接受刑讯以获得可靠证词可能只是一种修辞策略，因并无史料可以确证在任何一次审判中使用过来自奴隶的证词。
[2] 参见《控诉提马耳科斯》第54节与德谟斯提尼《为奉使无状事》第129节中同一词 δημόσιος 的处理方法。《控诉提马耳科斯》第54节里的是词组 δημόσιος οἰκέτης，可知是公有奴隶无疑，但这里与德谟斯提尼《为奉使无状事》第129节中都是单独出现，并无明确的"奴隶"字样，各译大多作"国家的行刑人"，此处仍译作"公有奴隶"。
[3] 参见《控诉提马耳科斯》第162节及注释，十一罐水到底共计多长时间已无从查考。
[4] 即挑战对方是否敢于接受奴隶证词的一份文书。
[5] 中间德谟斯提尼一方显然表示了不愿意进行刑讯的态度。

靠什么对奴隶的刑讯，就请为我取来该信件——腓力寄来的信件。很显然，这么一封我们在不眠之夜里写出来的信件，肯定严重地欺骗了我国。

书信[1]

[129] 你们听见了，各位啊，里面说了"孤已向贵使提交誓言"，还一一列出了当时在场的各个盟国代表[2]的名字——个人的名字与所属国家的名字，还说他会将迟到的盟国代表派到你们这边来。那好，这些，你们以为腓力在白天没有我的帮忙就写不出来了吗？

[130] 不过呢，在我看来，众神啊，这个家伙唯一算计的，就是要在发言的当下得到赞扬，至于说不久之后他就要被看做希腊人中最混账透顶的一个人了，那个他才一点儿都不在乎呢。说起来，有谁能相信这么一个人呢？他居然开始说，腓力不是靠着他自己的军事才能，而是靠着我的当众发言，才进到了关内。[3]他还当着你们的面一天一天地算起了日子，说是在那些日子里，我汇报了奉使情状，福基斯人的僭主法拉伊科斯[4]手下跑腿的就从

---

[1] 这封信德谟斯提尼也宣读了（《为奉使无状事》第36、38节），但双方的解读截然不同。

[2] 添译"代表"。

[3] 参见德谟斯提尼《为奉使无状事》第53—54节。

[4] 福基斯人的将领。埃斯基涅斯把他称作"僭主"（τύραννος），应是指他当时掌控着福基斯的政务。另外，上下文中流露出以他为代表的这些福基斯统治乃是依靠战争来夺权，并非"合法"统治者的意思，且显然对他持贬低态度，故如此翻译。狄奥多罗斯一直称他为"将军"（στρατηγός），参见《史库》第16卷第38章第56节。

这里往他那里通报，福基斯人就信任了我，将他接纳到关内，并把他们的城镇都交给了他。

[131] 这些全都是这位控诉人编造出来的。福基斯人的沦亡，首先是由于掌控着一切的命运，其次则是由于漫长的十年之久的战争。先是培植了、而后又摧毁了福基斯内部各个僭主的势力的，乃是同一个因素。他们一开始依靠肆意大胆地劫夺神殿财物而建立起统治，依靠雇佣兵而改变了政体，最后则是当把手头的钱财全部花光在军饷上之后就因缺钱而被推翻了。[132] 第三个毁灭了他们的因素，则是物资窘困的军队中惯常有的哗变。第四个，就是法拉伊科斯对未来形势的一无所知。色萨利人和腓力已经很明显要发起军事行动，在你们签订和约之前不久，就有使节从福基斯人那里过到你们这儿来，呼吁你们援助他们，承诺说会把控制着入关通道的阿尔波诺斯、特洛尼翁和尼开亚都交给你们。[133] 等到你们表决议定，福基斯人当向将军普洛克塞诺斯① 移交上述诸地，五十艘三层桨战舰当装备满员②，所有年龄不超过四十岁的人当出征之后，僭主们非但没有将这些地方交给普洛克塞诺斯，③ 还把那些向你们承诺说要交出这些防所的使节抓了起来；

---

① 参见德谟斯提尼《为奉使无状事》第 50 节及注释。
② 对 πληροῦν，参见本篇第 37 节注释，此处结合"装备齐全"和"装满人"两种理解译出。
③ 参见德谟斯提尼《为奉使无状事》第 73 节及注释。希勒托对那篇演说辞的注释认为，求援的与拒绝交出要塞的实际上是两批不同的人，所以才会前后矛盾。

对于你们派出发布秘仪休战通知①的传令官,在全希腊人之中也只有福基斯人未接受此休战。后来,拉科尼亚人阿基达马斯②准备好要接受并把守这些地区,而他们又拒绝了,并回答他说他们惧怕的是来自斯巴达的危险,而不是身边的危险。[134] 这个时候你们还没有与腓力结束敌对状态,而就在你们讨论和平事宜的那一天里,你们也听到了普洛克塞诺斯的来信,里面说福基斯人不将各地移交给他,发布秘仪休战通知的传令官也向你们通报,全希腊人之中唯独福基斯人宣布不接受休战,并逮捕了曾前来此处的使节。为证明我说的都是事实,请为我传召诸位发布秘仪休战通知的传令官,以及将军普洛克塞诺斯派往福基斯人处的使节卡利克刺忒斯及墨塔革涅斯,也请听普洛克塞诺斯的来信。

证词

书信

[135] 你们听到了,雅典人啊,日期已经从公共档案中检出一并宣读比较过了,证人们也已向你们进一步证实了,在我被选派为使节之前,福基斯人的僭主法拉伊科斯就已经不信任我们与拉栖代梦人了,他信任的是腓力。

[136] 可是,只有他一个人对即将发生的事一无所知吗?你们自己在国务之中有着什么样的想法?不是全都期盼着腓力在看到忒拜人的嚣张气焰之后,会不愿意增长这些不可信任之人的势

---

① 雅典每年举办厄琉息斯秘仪之前向希腊各国派遣传令官,要求他们为参加秘仪的来客提供安全通行保障。
② 斯巴达国王阿基达马斯三世(前360—前338年在位)。

力,会打击他们吗?拉栖代梦人不是和我们一起派出使节对抗忒拜人,最后还在马其顿明明白白地跟他们干上了,还对着忒拜人的使节们发出了威胁吗?忒拜人的使节们自己,不是不知所措、陷入恐惧了吗?色萨利人不是嘲笑了其他人,说出征全都是为了他们自己吗?[137]腓力的某些伙伴①,不是明确对我们之中的某些人说腓力要重建彼奥提亚各城镇吗?忒拜人不是全体出征了,就因为对形势缺乏信心吗?不是在你们已经看见这些之后,腓力就给你们送来一封信,要你们全军出征援助正义一方②吗?如今叫嚣着要战争、把和平说成是怯懦的那些人,他们不是阻止了你们在已经订立了和约和盟约的情况下出征,说是担心腓力会把你们的士兵拿去当人质吗?

[138]那么,到底是我阻止了人民效法祖先的所作所为呢,还是你和跟你合伙来破坏国事的那些人呢?雅典人在什么时候出征更安全、更光荣呢?是在福基斯人的疯狂达到了顶峰,他们正与腓力作战,还占据着阿尔波诺斯和尼开亚,法拉伊科斯还没有将这些地方交给马其顿人,那些我们想要援助的人也不愿意接受秘仪休战,我们后方还有着忒拜人的时候呢,还是在腓力召唤了我们,已经对我们举行了宣誓,与我们结成了同盟,色萨利人与其余德尔斐周边城邦议事会成员国也出征的时候呢?[139]这个时机不是比那个要好得多吗?可是,在这个时候,由于你的那种怯

---

① 参见本篇第34节注释,此处亚当斯也改译成"伙伴"。
② 参见德谟斯提尼《为奉使无状事》第51—52节。德谟斯提尼在那里暗示是埃斯基涅斯一派的人阻止了雅典人出兵,与这里说的正好相反。

懦和嫉妒，雅典人却把浮财都从乡下搬运进城了，①我当时则是第三次担任出使任务，去往德尔斐周边城邦议事会公共大会，就是你居然有胆来说我没有被选派就出发去了的那一次，不过呢，虽说你跟我有仇，你倒是一直到今天都没心思来告发我，来说我那一次也是奉使无状，这大概不是因为你不想让我受到人身惩罚吧？

[140] 所以呢，是在忒拜人坐在边上、提着要求的情况下；在我们国家托了你的福而躁动不安，雅典人的军队不在场的情况下；在色萨利人站到了忒拜人一边的情况下——这一方面是由于你们的行事乖张，另一方面则是由于色萨利人自古就有的对福基斯人的敌意，②因为从前福基斯人抓了他们一些人质去打成了肉泥；③在我、斯忒法诺斯、得耳库罗斯，以及赴德尔斐周边城邦议事会使节④都还没有到场之前，法拉伊科斯就已经缔约休战而离开了⑤的情况下；[141] 在俄耳科墨诺斯⑥人极度恐惧，请求休战，只求

---

① 参见德谟斯提尼《为奉使无状事》第 86、125 节与《金冠辞》第 36 节，以及参见《控诉克忒西丰》第 80 节。
② 这里和本篇第 136 节里的暗示（即出征只为了保卫色萨利）显然不太符合。
③ κατηλόησαν 本义"压碎"、"毁灭"。亚当斯和凯里译作"笞打"，奥热译作"割了喉咙"，德迪奥斯译作"打烂"，诺沃萨德斯基译作"杀死"。此处本义稍作发挥。按，《集注》认为应作 'ἁλοᾶν，指人质被以木棍击打或其他方法处死。普鲁塔克《道德小品·女子美德录》第 244b 节的说法与这里的相反，说是色萨利人将福基斯的二百五十名人质打成了肉泥。
④ 洛布本作"其余使节"。
⑤ 法拉伊科斯向腓力投降，交出了关隘，得以带领雇佣军离开。
⑥ 参见德谟斯提尼《为奉使无状事》第 112 节及注释。

保证人身安全，得以迁出彼奥提亚的情况下；在忒拜人的使节就站在边上的情况下；在腓力明显面对着忒拜人与色萨利人尚存的敌意①的情况下：就在那个时候，一切都毁了，不是由于我，而是由于你的出卖，由于你为忒拜人提供的代理服务。②我想，事实本身可以为这一切提供强有力的证据。

[142] 如果你说的那些有那么一点点是真的，那么就该有彼奥提亚和福基斯的流亡人士来控告我了，一批来控告我将他们逐出了家园，另一批来控告我阻止了他们返回③。然而，如今，他们并没有在意他们的遭遇，而是认可了我的善意，彼奥提亚的流亡人士还开了个会选派出前来帮我说话④的人；从福基斯各城镇也有使节前来，都是我在第三次出使到德尔斐周边城邦议事会的时候救下来的，那个时候，俄伊忒人说应该将其中成年男子都从悬

---

① 亚当斯译作"忒拜人和色萨利人的敌意威胁着腓力"，可能是依据德谟斯提尼《反腓力辞乙》第14节中，埃斯基涅斯一派的政治人物曾经提及腓力受到了忒拜人与色萨利人的逼迫；凯里译作"腓力面对着忒拜人与色萨利人公开翻脸的前景"，似乎有过度发挥之嫌；奥热译作"忒拜人和色萨利人表现出了对腓力宽大态度的不满"，其中"宽大态度"似乎是加工的结果；德迪奥斯和诺沃萨德斯基作"腓力明显存在着对忒拜人和色萨利人的敌意"，则是理解为本来形势很好，都被德谟斯提尼毁了的意思。考虑到《反腓力辞乙》里面的说法，此处还是处理成忒拜人与色萨利人表现出敌意，即形势本来就很差（而且还可能是被德谟斯提尼搞差了）的意思。
② 参见本篇第 89 节及注释。
③ 亚当斯和凯里认为前一句讲的是彼奥提亚人，后一句讲的是福基斯人，奥热的处理则与之相反。此处模糊处理。
④ συνηγόρους，本义"辩护"。

崖上扔下去,① 是我把他们带进了德尔斐周边城邦议事会,让他们有了辩解的机会。法拉伊科斯已经缔约休战且离开,而那些无辜的人本来都要被处死,是我的辩护让他们得救了。[143] 为证明我说的是事实,请为我传召福基斯人谟那宋以及与他一同前来的使节,还有彼奥提亚流亡人士所选派诸人。上到这儿来吧,利帕洛斯和皮提翁,向我的人身安全施以恩惠,如同我曾向你们的人身安全施以恩惠那样。

彼奥提亚人与福基斯人支持辩护方的发言

我的遭遇怎么会不可怕呢,如果说,德谟斯提尼,这个忒拜人的代理人,全希腊人中最卑劣之人,控诉了我,而福基斯人与彼奥提亚人在为我辩护,我却还被定罪了?

[144] 他居然还有胆来说我掉进自己曾说过的话里了。他说,我在控诉提马耳科斯的时候说了的,所有人都听说过关于他卖身行为的传言,而优秀的诗人赫西俄德说过:

"没有一则传言会彻底死去,若有很多

人将其称说,它实在也是某种神明。"②

---

① 作为对渎神行为的惩罚。木曾注云,参见保撒尼阿斯《希腊地理志》第10卷第2章第4节。
② 参见《控诉提马耳科斯》第129节及注释。德谟斯提尼的引用见《为奉使无状事》第243节。

他说，这同一位神明现在来指控我了，因为所有人都说我从腓力那儿拿了钱。

[145] 你们都很清楚，雅典人啊，传言与讼棍言论差得是再不过了。传言从不与诬蔑相通，而诬蔑却是讼棍言论的弟兄①。我来清楚区分一下它们彼此吧。传言，是公民群体自发地、没有任何目的地说有一件什么事情发生了②；而讼棍言论，则是有一个人当着大众的面扣罪名，是在全体公民大会之中、在五百人议事会面前抹黑别人。我们视传言为神明而进行公祭③，视讼棍则为罪犯而以人民的名义提起控诉④。所以，请不要把最美好的事物与最卑劣的事物混为一谈了。

[146] 控诉内容之中，有很多让我感到愤怒的地方，但最甚的是这一条，就是他指控我是卖国贼。有了这一条罪名，我必然也就会同时被认定为一个畜生、一个全无心肝之人、一个在此之前就有着诸多劣迹的人。关于我的人生、我每天的生活方式，我想，你们都完全够格来做审查，至于那些不为大众所轻易知晓的方面，对于品格优秀的人来说最为重要的那些，我将让我的家人上来给

---

① ἀδελφόν，各译都作"姐妹"。
② 凯里、德迪奥斯和诺沃萨德斯基译作"把一件事说成和真的一样"。
③ 参见《控诉提马耳科斯》第128节。
④ προβολή，指在公民大会中提起控诉的法律程序，且此处按亚当斯的理解将δημοσίᾳ译成"以人民的名义"，而不是像其余各译那样译作"公开"，德迪奥斯进一步展开成"公开提起公民大会之中的控诉"。

你们看看其中众多美好的内容,^① 以便让你们知道,我在前去马其顿出使的时候,在家中留下了一份什么样的担保^②。

[147] 你,德谟斯提尼,编造出这些来攻击我,而我却会以与我受的教养相符的公正的方式进行陈述。这位就是我的父亲阿特洛墨托斯,一位年纪最大的公民,他如今已是九十四岁高龄了。在他还年轻的时候,在他的财产还没有毁于战争之前,他曾经参加过体育比赛;③ 后来,他被三十僭主驱逐了出去,就在亚细亚从军,屡次在危难之中有着出色的表现。他的家族出身,是可以与厄忒俄部塔代宗族④ 的人共用同一个祭坛的,那可是出波利阿斯雅典娜的女祭司的宗族⑤ 呢!他还是率领人民夺回政权的人中的一员,这个我不久之前说过了的。[148] 还有,我很幸运,母亲那边的所有亲戚也都是自由人出身,如今她还出现在我的眼前,为我的安全而担忧,心神不安。而且,德谟斯提尼啊,我的母亲和她的丈夫一起流亡去了科林斯,共度了国民的患难。⑥ 而你呢,声称自己是个男人,我却不好意思说你是个男人了,你可是被控

---

① 洛布本作"我将让人上来让你们看看其中从法律角度而言有正面意义的众多内容"。
② παρακαταθήκας 本义"抵押金",化译如此。
③ 凯里在注中指出这是说埃斯基涅斯的父亲曾经属于有闲阶级的意思。
④ 亚当斯注云,宗族(φράτρα)是比部落(φυλή)小、比家族(γένος)大的一个单位,每个宗族都有自己的祭坛。
⑤ "波利阿斯"是雅典娜的别名,意为"国家守护神",其神殿的女祭司必须出自厄忒俄部塔代宗族。
⑥ 应是在被三十僭主驱逐的时候。

告过开小差①的啊，得救全靠花钱买通了控诉人阿菲德那村人尼科得摩斯②，后来你还跟阿里斯塔耳科斯③一起谋害了他呢，身上这么不干净，④还往广场里面跑！

[149] 再说这位菲罗卡瑞斯⑤，我们兄弟中年龄最大的一个，他才不是做着那种你抹黑他说的下等人行当呢，而是常在体育馆里花时间，还和伊菲克剌忒斯一起出征过，这三年连着担任将军。他也来请求你们保住我。接下来，这位阿福柏托斯，我们兄弟中年龄最小的一个，他曾代表你们出使到波斯国王那儿去，其表现完全配得上国家；他管理你们的财政收入也做得很好很公正，那是在你们选派了他去负责国家财政事务部门的时候；他生儿育女也符合法律规定，⑥不像你那样靠着把自己的妻子送到克诺西翁的床上去。他现在也在场，对你的谰言不屑一顾，虚假的指控听过了也就到此为止了。

[150] 你竟然还敢议论我的姻亲，⑦你真是如此不知廉耻，真

---

① 亚当斯注云，前348年，德谟斯提尼参与出征优卑亚，但在酒神庆典时回国担任合唱队出资人，因此被政敌控告临阵脱逃。木曾注云，参见德谟斯提尼《控诉墨狄阿斯》第103节。
② 参见《控诉提马耳科斯》第172节及注释。
③ 参见《控诉提马耳科斯》第171—172节及注释。
④ 指他有谋杀嫌疑。木曾注云，广场作为政治、经济和宗教等公民生活的中心，入口处有洒圣水的"洁净处"，不允许沾染杀人的血这样不净的人闯入。
⑤ 参见德谟斯提尼《为奉使无状事》第237节。
⑥ 即娶了雅典公民的女儿为妻而生儿育女。
⑦ 参见德谟斯提尼《为奉使无状事》第287节及注释。

是丝毫不知礼数，居然对菲隆和厄庇克剌忒斯的父亲菲罗得摩斯[①]既不表示友好，也不表示尊重[②]，你可是靠了他才列到公民花名册里的呢，此事派阿尼亚村的老人都是知道的。我真是惊呆了，你居然有胆毁谤起菲隆来了，还是在最有理性的一群雅典人中间这么做，他们进到这儿来是为代表国家的最佳利益作出裁决的，他们更注重的是我们的生平，而不是言辞。[151] 那么，你以为，他们是会祈愿得到一万名像菲隆这样体格强健、品格端正的士兵呢，还是三万个像你这样的下流胚子呢？还有，厄庇克剌忒斯，菲隆的兄弟，他受过的良好教育[③]，你也拿来谩骂。有谁在什么时候看见过他举止不端，无论是白天——如你所说——在酒神游行里，[④]还是晚上？你也不能说什么没人留心，他可不是个不起眼的人啊。

[152] 我，各位啊，与菲罗得摩斯的女儿，也就是菲隆和厄庇克剌忒斯的姐妹，养育了三个孩子，一个是女儿，两个是儿子，我都把他们跟其余家人一起带到这儿来了，就为了向诸位审判员

---

① 埃斯基涅斯的岳父，参见本篇第152节。
② προσκυνεῖς 本义"伏地顶礼膜拜"，木曾指出这是东方国家的做法。而在信仰人本质上平等的希腊，并不行此跪拜之礼，埃斯基涅斯这么说只在于揶揄有着西徐亚血统的德谟斯提尼。
③ εὐαγωγία，此从亚当斯、德迪奥斯和木曾的理解，凯里、诺沃萨德斯基和奥热取的都是"随和性格"的义项，凯里另在注中说"随和性格"可能也有"易被引导"的意思，或许透露出了德谟斯提尼《为奉使无状事》第287节里的攻击并非全无依据。
④ 参见德谟斯提尼《为奉使无状事》第287节及注释。

问一个问题，提一份证据，我现在就来问吧。我要问，雅典人啊，你们以为，除了祖国，除了朋友的亲密交谊，除了父祖礼典、窆穸，①我还会把这些人，这些所有人中我最最亲爱之人，也一并出卖给腓力吗？我会把某人的友情看得比这些人的安全更重要吗？我曾被什么样的享受战胜过吗？我曾经为了钱财做出过什么见不得人的事吗？决定一个人是邪恶还是优秀的，不是马其顿，而是他的本性。我们出使返回的时候不是变成了另外的人，而仍旧是你们派出去的那样的人。

[153] 只叹在政治事务中我跟一个混账术士纠缠过深，此人从不会主动说一句真话，每当他撒谎的时候，起话头之前还得拿那双无耻的眼睛起个誓，不光是把没有发生过的事说成真事，还会说出个事情发生的日子来，再编出几个人的名字加进去，说他们就在现场，装出一副说真话的人的样子。不过，我们这些从不作恶的人，在某一方面还算是幸运的，就是，除了这种大言凿凿的说话方式，除了这种拼凑名字的本事，他就没什么头脑了。请看，这个人是何等愚蠢、何等没有教养，居然编造出那个俄林托斯女子的谎言②来对付我，正说到一半就被你们嘘下去了。③他诬蔑的可以说是一个与这种事距离最远的人了，还是在熟悉情况的人们面前诬蔑的。[154] 就请看吧，他是怎么在很久很久以前就着手

---

① 原文有 μετουσία（分享、参与）一词，即参加父祖祭礼和葬礼，此处为行文方便，不译出。
② 参见德谟斯提尼《为奉使无状事》第 196—198 节。
③ 参见本篇第 4 节。

准备这份罪名了的。有一个俄林托斯人阿里斯托法涅斯安家在城里，德谟斯提尼通过什么人介绍跟他交往了，发现他说话挺有本事的，就拼命讨好他，跟他打成了一片，然后就试图说动他在你们面前用谎言指控我：如果他愿意走上前来发出愤怒的控诉声，说在他家里的女人成了俘虏之后我对她做出了酒后乱性的事，德谟斯提尼就答应当场付他五百个银币，作证完毕后再付五百个。[155] 阿里斯托法涅斯就回答德谟斯提尼说——这是他自己讲述的——他自己的流亡、他当前的困窘，对这些，德谟斯提尼瞄得是一点儿也不差，简直就是准得不能再准了，可是瞄到他的作风嘛，那就是偏得一塌糊涂了，他才不会去干这种事呢。为证明我说的是事实，我将提供阿里斯托法涅斯本人作证。请为我传召俄林托斯人阿里斯托法涅斯，并宣读其证词，以及传召那些听到过他的话并通报给我的人，就是哈格努斯村人奥托克勒斯之子得耳库罗斯和刻菲西亚村人欧菲勒托斯之子阿里斯忒得斯。

证词

[156] 你们都听到了证人们宣誓提供的证词。这种肮脏的[①]手段，这个家伙拿来传授给年轻人，现在又来用到我头上。你们也都记得吧，他一边流泪悲叹希腊，一边又赞扬起喜剧演员萨堤洛斯[②]来了，说他在酒桌上求告腓力释放他的几个友人——他们

---

① 洛布本有"语言"一词，托伊布纳本认为赘文。
② 关于此人和本节所提及之事，参见德谟斯提尼《为奉使无状事》第193—195节。"葡萄园"等细节不见于现存德谟斯提尼《为奉使无状事》。

当时都成了俘虏，戴着锁链在腓力的葡萄园里挖地呢。[157] 提了这个话头之后，他就拉高了他那把尖尖的、肮脏的嗓子，说：① 好可怕啊，一个演卡瑞翁、演克珊提阿斯②的人能这么高贵、这么宽宏，而我，这个最伟大的城邦的一名顾问，在阿耳卡狄亚的万人大会上发表了意见③的人，居然无法控制自己的狂暴，在腓力的伙伴之一克塞诺多科斯款待我们的时候，喝热乎了，就抓着一个女俘虏的头发，拿着皮条抽打起来了！[158] 说真的，要是你们相信了他，或者阿里斯托法涅斯帮着他来说谎对付我的话，我就会枉④死在这种可耻的罪名上了。那么，你们还要容忍这个如此玷污了他自己——但愿不是玷污了国家！——的人⑤留在你们中间吗？你们会一边为公民大会进行祓除，一边发布这个家伙所提的议案中所含的祷词，派出陆军和海军吗？赫西俄德可是这

---

① 托伊布纳本给本节余下部分打了引号，但考虑到里面的人称代词用法，此处仍按间接引语翻译。
② 亚当斯注云，这两个都是当时喜剧中常见的奴隶角色的名字。
③ 参见德谟斯提尼《为奉使无状事》第11节。
④ 洛布本无"枉"字。
⑤ 原文 τὸ τοιοῦτον αὑτοῦ προστρόπαιον，起头的 τὸ 若与 προστρόπαιον 相配，那么 προστρόπαιον 就是中性形式，指"事情"、"罪行"，因此亚当斯理解为"如此……的罪行"，但这么解释十分拗口（因为"罪行"不能"玷污自己"）。如果把 προστρόπαιον 看做是阳性形式，指德谟斯提尼，似乎更通顺，那样的话要么认为 τὸ 是和 τοιοῦτον 配合的（但语法上有点不顺），要么认为 τὸ 应该是 τὸν。此处取 προστρόπαιον 阳性形式，从凯里、奥热、德迪奥斯和木曾的理解。诺沃萨德斯基前面译作"如此的肮脏行径"，但后面改成"落到他自己而不是落到国家的头上"。

么说过的：

> "很多时候，一整个城邦却只因一人而遭殃，那个人罪孽深重，心思邪恶。"①

[159] 在我说了的这些之外，我还想再提一点。如果说，人类之中不管存在于哪里的一份什么邪恶，我竟不能证明德谟斯提尼乃是个中翘楚，那我就判处自己死刑好了。可是，我想，被告这边是有着很多艰巨任务的，险境会使他的心思从愤怒上移开，转到确保自身平安的言辞上来，逼着他做精密的算计，不要漏过任何一桩②。所以，我想带你们，同时也带自己，回顾一遍控诉内容。

[160] 就请一桩一桩地仔细看一下，雅典人啊，我被控诉的，是起草了什么议案呢，是废除了什么法律呢，是阻止了什么发生呢，是代表国家缔结了什么协议呢，是把哪个投票通过的和约条款抹去了呢，还是添加了哪个你们没有投票通过的条款呢？[161] 这个和平没能称某些职业演说人的心，那么，他们不是应该当时就发言反对，而不是现在才来控诉我吗？有些人靠着战争，从你们的财产税③中，从国库的收入中，发了财，如今弄不下去了——和平是不养懒人的，那么，这些人，又没有受到什么不公正的对待，

---

① 赫西俄德《劳作与时日》第240—241行。
② 洛布本此处有"控诉内容"一词组，托伊布纳本认为赘文。
③ 参见德谟斯提尼《为奉使无状事》第291节及注释。

倒是转而不公正地对待国家，要来惩罚那个主张和平的人了吗？你们，得到了好处的你们，却要抛弃掉为国家事务做出了优秀贡献的人们吗？

[162] 嗯，我跟腓力一起唱了赞歌，[1] 就是在福基斯各城镇都被拆毁的时候，是吧，这位控诉人是这么说的。凭什么证据能清楚证实这一点呢？我是跟一同出使诸人一起被邀请去接受款待了，可是接受了邀请、参加了接待来自全希腊各个使团的宴会的，总共不少于两百人啊。这里面，看起来就我特别突出，倒不是因为我保持了沉默，而是因为我一起唱歌了，是吧，德谟斯提尼就是这么说的啊，可他又不在现场，也没有提供任何在现场的人作证啊。[2] [163] 再怎么说，除非我是在合唱队里领唱的那个样子，又有谁能注意到我呢？所以，如果我当时保持了沉默，那你就是对我作出了虚假控诉；而如果说，我们的祖国安然无恙，我们的国民于国务之中未遭不幸，我跟其余使节一起唱了首赞歌，彼时众神获敬，雅典人亦未受辱，那么，我乃是行虔敬之事，而非不义之举，恰该当脱罪才对啊。总之，难道因为这个，我就成了个铁石心肠的人，而你这个跑来控诉一同奠酒、一同进餐的同伴的人，倒成了个虔敬之人了？

---

[1] 参见德谟斯提尼《为奉使无状事》第 128 节。
[2] 此处不在场即无发言权的辩护被古德温拿出来作为本篇中强词夺理的代表性例证。奥热指出，德谟斯提尼《为奉使无状事》第 129 节里是说了有一同出使的人为证的。

[164] 你还指责说我的政策选择反复无常,^① 先是去号召希腊人反对腓力,然后又出使到他那儿去了。可是,只要你想的话,你可以一并对其余雅典人民提起这同一份控诉。雅典人民,你们曾与拉栖代梦人作战,但在留克特拉的灾难^②之后你们援助了他们。你们曾将流亡的忒拜人带回了他们的祖国,^③ 随后又在曼丁尼亚与同一批人作战。^④ 你们曾与厄瑞特里亚人以及忒弥宋^⑤ 作战,^⑥ 随后又拯救了他们。^⑦ 还有其他无数的希腊人,你们也都如此对待他们。无论个人还是国家,都必须顺应时势,择优而从^⑧。[165] 那么,一位优秀的顾问,应该怎么做呢?难道不是为国家提出当前情况下最好的建议?一个卑劣的控诉人,又应该怎么说呢?难道不是掩过不提具体事由,而只控诉行为?一个天生的叛徒,应该怎么辨别出来呢?他难道不是像你一样对待便哪个碰到的人、信任了他的人,拿了钱为他写文书送到法庭里,再把这些拿给他的对手去看?你收了钱,帮钱庄老板福耳弥翁写了状子,然

---

① 参见德谟斯提尼《为奉使无状事》第 9、307、311 节等处。
② 前 371 年 7 月,斯巴达在留克特拉之战中惨败于忒拜,自此霸权消亡。
③ 前 382 年,斯巴达未经宣战而占领忒拜卫城,忒拜民主派人士流亡雅典,在雅典支持下于前 379 年突袭夺回忒拜。
④ 前 362 年 7 月,雅典站在斯巴达一方参与了曼丁尼亚之战,忒拜惨胜,其名将伊巴密浓达阵亡,忒拜自此无力干涉伯罗奔尼撒事务。
⑤ 厄瑞特里亚的僭主。
⑥ 前 366 年,忒弥宋占领俄洛波斯,遭到雅典进攻,遂将该城移交给忒拜。
⑦ 前 357 年,忒拜入侵优卑亚,雅典出兵将其击退。
⑧ 原文 πρὸς τὸ κράτιστον 似乎也可以理解为"择强而从"。各译大多理解为"为了自己最大的利益着想"。

后就拿给正起诉福耳弥翁要让他受到人身伤害的阿波罗多罗斯去看了。①[166] 你又进到了摩斯科斯之子阿里斯塔耳科斯②的富裕家庭里，把它毁掉了。等阿里斯塔耳科斯即将流亡的时候，你从他那里预先收下三个塔兰同，就这么把他流亡路上用的钱给夺走了。而你当初包揽下了那么个名头，号称是爱慕这个年轻人的韶华，现在居然不害臊。那个名头肯定不是真的，正当的爱恋是容不下卑劣行径的。这种，以及类似的种种，就是叛徒的所作所为了。

[167] 他还提起什么打仗的事来了，把我叫做一位优秀战士。③我呢，倒不是因为他的脏话，而是想着目前的险境，觉得我应该就此说几句不得罪人的话。如果我把这个日子放过去了，那么，我还能在哪里，还能有什么时机，还能对谁，来回顾这些呢？我

---

① 阿波罗多罗斯是妮艾拉一案（参见德谟斯提尼《控诉妮艾拉》，但一般认为非其所作）的共同起诉人（而且很可能就是该篇起诉词的实际作者），德谟斯提尼其余作品中也有不少牵涉到他的。他父亲去世后，依据其遗嘱，钱庄由其被释奴福耳弥翁管理，福耳弥翁应娶阿波罗多罗斯的母亲为妻，并担任阿波罗多罗斯的监护人。阿波罗多罗斯在很久之后起诉福耳弥翁，德谟斯提尼为福耳弥翁写了辩护词（今尚存），埃斯基涅斯所谓拿给阿波罗多罗斯看了的应该就是这一篇。亚当斯、凯里、凯迪奥斯和木曾都把 περὶ τοῦ σώματος 译成"起诉死罪"（凯里提出也许指的是另一次诉讼），诺沃萨德斯基译为"提起刑事诉讼"，但从辩护词看，诉讼标的是二十个塔兰同，与各译的说法似有出入，故此处译作"要让他受到人身伤害"，仍有夸张之嫌，可能是埃斯基涅斯故意所为。普鲁塔克说德谟斯提尼是为双方同时写了法庭发言，并打比方说这就好像刀具厂（德谟斯提尼祖传的产业）向打斗的双方同时出售武器一样。普鲁塔克的说法可能更接近事实一些。
② 关于此人和本节所提及之事，参见《控诉提马耳科斯》第171—172节。
③ 参见德谟斯提尼《为奉使无状事》第113节及注释。

一脱离了孩童时代，就为这片土地担任了两年卫兵，①这些，我将会提供与我一同参加军训的人以及我们的长官向你们作证。[168] 我首次参加的在外军事行动，是一次部分征召行动②，我与同年龄的人以及亚西比德③的雇佣军一同护送粮队前往佛利乌斯④。我们在叫做涅美亚峡谷⑤的地方遇到了危险，我的作战表现受到了将领的赞扬。后来我又接连参加了所有⑥全员征召⑦的在外军事行动。[169] 我也参加了在曼丁尼亚的战斗⑧，不曾有可耻的、配不上国家的表现，我还参加了进军优卑亚的历次军事行动⑨，在塔密奈的战斗⑩中作为特选部队的一员在险境里表现出色，当场被授予冠冕，在回国之后又一次被人民授予冠冕，当时我通报了战争胜利的消息，潘狄翁尼斯部落军队的将领⑪墨尼忒斯⑫也与

---

① 参见《控诉提马耳科斯》第 49 节及注释。
② 亚当斯注云，只征召某兵役年龄段内部分预备役人员的军事行动。
③ 也许是伯罗奔尼撒战争期间的著名将领亚西比德的儿子。
④ 伯罗奔尼撒东北部城市。凯里与木曾注都认为随后发生的就是色诺芬《希腊史》第 7 卷第 2 章第 17—23 节里提到的前 366 年的那次战役。
⑤ 也在伯罗奔尼撒东北部。
⑥ 洛布本无"所有"一词。
⑦ 亚当斯注云，征召某兵役年龄段内所有预备役人员的军事行动。另，洛布本在这后面有"与部分征召"一词组，托伊布纳本认为赘文。
⑧ 参见本篇第 164 节及注释。
⑨ 亚当斯注云，前 357 与前 349—前 348 年。
⑩ 亚当斯注云，前 349—前 348 年。
⑪ 亚当斯注云，雅典公民兵出征时，每个部落的士兵设一员将领，称为 ταξίαρχος。
⑫ 洛布本作"忒墨尼得斯"。

我一同从军前奉派至此,通报了我在险境中的表现。[170] 为证明我说的是事实,请为我取来该决议,并传召墨尼忒斯①以及与我一同为国出征的同袍,还有将军福基翁②,现在不是让他作为辩护人出场③——这个恐怕不合诸位的意④——而是作为一名如有虚言则必将遭受讼棍攻击的证人出场。

决议

证词

[171] 所以,既然我是第一个向你们通报了战争胜利、通报了你们孩子的成功的人,我首先就向你们请求一个恩惠作为回报,就是我的人身安全。我不是一个如这位控诉人所说的憎恨人民的人,而是一个憎恨恶棍的人,我是没让你们⑤去效法这个德谟斯提尼的祖宗⑥——根本就不存在⑦的嘛——而是呼吁你们去将那些出色的、保护了国家的政策发扬光大。现在,我就从很久以前开始,一点一点地把这些政策过一遍,说说清楚。

---

① 洛布本作"忒墨尼得斯"。
② 雅典政治人物与将领,塔密奈之战的指挥者。
③ 亚当斯注云,福基翁随后会作为埃斯基涅斯的辩护人出场,参见本篇第184节。
④ 洛布本去掉了一个否定词,遂作"如果合诸位的意的话",意即希望审判团同意福基翁随后前来担任辩护人。不管有没有否定词,都只是法庭套话而已。
⑤ 洛布本多一个否定词,于是成了"我也没不让你们"。凯里认为洛布本的读法更好。
⑥ 参见德谟斯提尼《为奉使无状事》第16、307节等处。
⑦ 也可以理解为"不可能",但各译都作"不存在"。

[172]① 从前，我们的国家在对波斯人进行的萨拉米斯海战之后备受尊敬，虽然城墙已被蛮族人推倒，但我们与拉栖代梦人之间处于和平状态，民主制度的政体就在我们中间延续。在某些人挑起事端，招致与拉栖代梦人的战争之后，我们就遭遇了很多坏事，也做了很多坏事，然后弥尔提阿得斯之子喀蒙②就与拉栖代梦人议和——他是他们的代理人③——并达成了五十年的停战，我们实际享受到的是十三年④。[173] 在这段时间里，我们建起了庇里尤斯的城墙⑤，建造了北侧长墙⑥，在已有的三层桨战舰之外又增造了一百艘，组建⑦了三百人的骑兵⑧部队，又购买了三百名

---

① 亚当斯注云，本篇第172—176节系抄袭改编自安多喀得斯《为与拉栖代梦人议和事》第3—12节，原作史实错误不胜枚举，此处全盘照搬。
② 洛布本作"喀蒙之子弥尔提阿得斯"，与《为与拉栖代梦人议和事》第3节同误。托伊布纳本的写法符合史实。
③ 参见本篇第89节及注释。
④ 亚当斯注云，喀蒙缔约停战是在前450年，且仅有五年（实际持续时间不到五年）。下一次缔约停战是在前446—前445年，当时喀蒙已死，且此次停战协定时长是三十年而非五十年（即本篇第174节提到的三十年和平）。
⑤ 安多喀得斯《为与拉栖代梦人议和事》英译者梅德门特（K. J. Maidment）注云，前480年就建造了。
⑥ 长墙是连接雅典本城与庇里尤斯港的城墙，有南北两条，中间形成一个通道。原文没有"长"字，根据本篇第174节的说法与中文习惯而添加。梅德门特注云，北侧长墙在前457年也已经建好了。
⑦ 洛布本作"装备"。托伊布纳本用词与安多喀得斯《为与拉栖代梦人议和事》第5节同。
⑧ 梅德门特注云，新的战舰和骑兵也都是在前450年之前很久就有了。

西徐亚人[①],我们的民主制度安如磐石。

在一些并非自由人出身、作风不端正的人渗透进我国的宪政体系之后,我们便又为埃癸那而[②]发起了战争[③]。[174] 我们在其中遭受了不小的损失,就一心想要和平,于是派遣安多喀得斯[④]及其余使节前往拉栖代梦人处,缔结了三十年的和平协定,[⑤]民主政治便达到了高峰。我们在卫城中存放了一千个塔兰同的现钱[⑥],新造了一百艘三层桨战舰,建造了码头,[⑦]组建了一千两百人的骑兵部队以及同样数目的弓手部队,修建了南侧的长墙[⑧],并且没有人意图破坏民主政治。

[175] 我们又被麦加拉人说动,发起了战争[⑨],交出了土地任人蹂躏,损失了很多财产,便又渴求和平,于是通过尼刻剌托斯之子尼喀阿斯而缔和[⑩]。在这段时间里,托和平的福,我们又在卫城中存放了七千个塔兰同[⑪],得到了适航且装备齐全的三层桨

---

① 亚当斯注云,作为弓手,维持秩序和治安。
② 洛布本有"对拉栖代梦人"一词组。
③ 梅德门特注云,前457年就发生了。
④ 演说家安多喀得斯的祖父。
⑤ 梅德门特注云,前446年,但和埃癸那的事对不上。
⑥ 梅德门特注云,修昔底德说存了六千个塔兰同,其中一千个特别保留给紧急情况使用。
⑦ 梅德门特注云,码头早已造好了。
⑧ 梅德门特注云,这个确实是三十年和平期间修建的。
⑨ 即伯罗奔尼撒战争,前431年。
⑩ 即五十年和约,前421年。
⑪ 梅德门特注云,这绝对不可能是在五十年和约持续时间内(实际仅持续约三年)新存放进去的数目。

战舰不下三百艘[①]，每年的贡金收入超过一千二百个塔兰同[②]，拥有着半岛地区、纳克索斯和优卑亚，在此期间派出大量[③]殖民团。[176] 我们拥有着如此的佳境，却[④]被阿耳戈斯人说动与拉栖代梦人交战[⑤]，最终，由于职业演说人的纷争[⑥]，我们便落入了如下的境地：城里有了驻军[⑦]、四百人[⑧]，还有无恶不作的三十僭主；我们也不是缔结了和平协定，而是俯首听命。我们又重新明智地进行政治活动，从费莱返回的人民得以夺回政权，阿耳喀诺斯与色雷西布洛斯成为民主政治的领导人，为我们立下了"彼此既往不咎"的誓言[⑨]，由此而使所有人认定我国乃是最明智的。

[177] 然后，民主政治便重获新生，复归强盛。可是，有一些靠着非法手段列进了花名册成为公民的人，惯常聚拢国家的病

---

① 梅德门特和木曾都指出，安多喀得斯《为与拉栖代梦人议和事》第9节说是四百艘，但多根据修昔底德《伯罗奔尼撒战争史》第2卷第13章第8节的三百艘校改。
② 梅德门特注云，实际上不大可能超过九百塔兰同。
③ 此处对 πλεῖστος 按亚当斯、德迪奥斯、诺沃萨德斯基和奥热的理解处理成原级，凯里处理成最高级（"最大数量的"）。
④ 洛布本有"又一次"一词。
⑤ 前418年。
⑥ ἀψιμαχίας 本义"争斗"，在这里也许是指克勒俄丰的行为（参见本篇第76节）。亚当斯、凯里、诺沃萨德斯基和木曾译作"好战"。
⑦ 斯巴达在投降后的雅典设置驻军。此事在下一小句的"四百人"一事之前，因此凯里认为或许应处理为"紧守城池"。
⑧ 前411年雅典发生政治变动，四百人寡头政府成立，不久倒台。
⑨ 三十僭主被推翻后，新建的民主政府发布大赦。

灶①，为政无非从战争走向战争，在和平时期以言辞预报危险，挑起醉心光荣、极易激动之人的心灵怒火，在战争中则从不沾手武器，当起了账目审计员与海军督察员②，跟花魁生儿育女，玩弄讼棍手段而致声名狼藉③，令国家陷入最严重的危难境地，不是以品行，而是以谄媚来迎合民主制度之名，摧毁着保护民主制度的和平，催动着毁灭民主政治的战争。

[178] 这帮人如今便来合谋对付我，说什么腓力花钱买了和平，在协定中占了我们一切的先机，还违背了他设计的对自己有利的这一和约。他们不是把我作为一名使节来审判，而是当作腓力与和平的一名保人，从我这个只能在言辞上做主的人这里索要他们期盼的事功。这一位我已指出在决议中表彰了我的人④，却成了在法庭上控诉我的人。我只是出使的十人之一，却要独自来接受述职审查。

[179] 与我一同在场向你们祈请的，还有我的父亲，请不要夺走他老年的希望吧；还有我的兄弟，他们如果被迫与我分开，也就没有活下去的意思了；还有我的姻亲；还有这些小孩子们，⑤

---

① 亚当斯和凯里译作"聚拢国民之中腐化的部分"，奥热译作"凭借国家之中最为邪恶之人的支持"。德迪奥斯和诺沃萨德斯基都将 τὸ νοσοῦν 译为"生病"、"不健康"一类的词，此从之。
② ἀποστολεύς，负责检查海军装备维修工作的官员，每年选派十人。
③ 亚当斯和凯里都把 ἄτιμος 处理成"被取消公民权"，此从奥热、德迪奥斯和诺沃萨德斯基模糊处理。
④ 参见本篇第 121 节及注释。
⑤ 木曾注云，在陪审员前拉出骨肉至亲、把小孩子弄哭等，以博取怜悯，是法庭斗争的常见手段。

他们还不理解这种险境，如果我们遭遇了什么，他们又是多么可怜。为了他们，我请求，我祈求你们，细细提前思量，不要将他们交到敌人们的手里，交到一个算不上男人、①完全就是个女人的家伙手里。

[180] 首先，我向众神呼吁祈求，请众神救下我；其次，我向掌握着判决票的你们——我已经尽我的回忆所能，对着你们为每一条控诉内容作出了辩护——提出请求，请你们救下我，不要将我交到那个状子手、那个西徐亚人②的手里。你们中间那些是孩子们的父亲的，珍视自己的幼弟的，请回忆起我为提马耳科斯的事发起的控诉，那是一份何等经久不衰的、追求端正生活的号召。[181] 其余众人，我从来没有得罪过你们，我的命数无非是一介普通人，与你们正派的诸位相似，还是唯一在政治斗争之中未曾参与合谋来对付你们的人，我请求你们救下我，我满怀对国家的忠诚而出使，却要独自承受讼棍们的诽谤——至今为止很多在战争中气概耀眼出众之人都无法忍受的那种诽谤。可怕的不是死亡，而是临终之时的屈辱。[182] 看着敌人开怀大笑的脸，耳中听着斥骂，不是很可怜吗？然而，我还是勇敢前来面对，将自己置于险境。我在你们之中成长，以你们的作风生活。你们之中没有一个人家道中落是因为我追求享受，没有一个人被逐出父母之邦是

---

① 洛布本有"脾气"一词。
② 参见本篇第 78 节及注释。

因为我在公民身份核查①中发起控诉,也没有一个人在为任官接受述职审查之时落入险境(是因为我发起控诉的缘故)。

[183] 再说一点点我就下去。我,雅典人啊,要说不对你们作恶,这我是能做主的,至于不遭指控,那是由命运做主的,是命运将我跟一个讼棍蛮子②纠缠到了一起,他不在乎祭礼,不在乎奠酒,不在乎餐桌,而是为了吓住会在将来某时发言反对他的人,就来编造了一通谎言控诉我们。所以,如果你们有心救下一批为了和平、为了你们的平安而一同努力奋斗的人,国家的利益就会得到大量的捍卫者——众多随时准备为你们的利益而直面危险的人。

[184] 从热心国务、正直体面的人中,我呼唤欧部罗斯③前来为我辩护;从将军中,我呼唤福基翁,他同时也是一位有着出众的正直表现的人;从我的友人和我的同龄人中,我呼唤瑙西克勒斯以及其余所有我往来过、交游过的人。

我的话说完了。现在,我,还有法律,已经将我的人身交到你们的手里了。

---

① 参见《控诉提马耳科斯》第77节及注释。
② 参见本篇第78节及注释。
③ 参见德谟斯提尼《为奉使无状事》第290节及注释。

作品第3号

控诉克忒西丰

[1] 看哪，雅典人啊，看看那布置，看看那排出的阵势，看看那市集之上的游说，有些人凭着这些就想要让公义和传统从我国消失。而我带着信心前来，首先是对诸神的信心，其次是对法律的信心，对你们的信心，在我看来，无论怎样的布置，都不可能在你们中间战胜法律，战胜公义。

[2] 我真希望，雅典人啊，五百人议事会和公民大会是由负责人[①]好好地维持着秩序，真希望梭伦所立下的种种关于发言人的良好秩序[②]的法律还在生效。这样的话，首先，公民中年事最高的父老们可以按法律规定的方式庄重地走上讲台，没有喧嚣，没有骚动，为国家的福祉作出他们的经验之谈，然后，其余公民中有意发言的各位可以根据年龄井然有序地为各项事务发表意见。这样，我想，国家一定会被管理得尽善尽美，而诉讼也会大大减少。[3] 而现在，我们曾经认为美好的这一切，已经被抛弃了。

---

① 不同于 πρόεδροι（主持人团）和 πρυτάνεις（主席团），τῶν ἐφεστηκότων 这个词所指和 ἐπιστάτης τῶν προέδρων（轮值的首席主持人，参见本篇第 39 节）有点类似，但并不一样，为避免混淆，将其译为"负责人"。格沃特金和舒克伯格（以下简称"格 – 舒"）注云：最初由主席团主持会议，而在这个时代则由主持人团主持；在这个时代，五百人议事会和公民大会开会时，每天由除担任主席团的部落之外的九个部落各自抽签产生九个主持人，再从中抽签产生当日首席主持人，但主持人们并不负责维持会场秩序。按，参见《控诉提马耳科斯》第 23 节及注释。
② εὐκοσμίας，参见《控诉提马耳科斯》第 34 节的注释。考虑到这里所提的法律应该就是《控诉提马耳科斯》第 22—24 节描述的那条，故译为"良好秩序"，与德迪奥斯和格卢斯金娜的处理相同。亚当斯译作"有秩序的行为"，凯里译作"良好行为"。

有些人随随便便地提出违宪的议案,还有些人就拿来表决,这些人也不是以最为正当的方式抽签成为主持人,而是依靠不正当的手段才取得了这一席位。而要是有那么一个五百人议事会成员,按照规矩成为主持人,忠实地宣读了你们的表决结果,那些不把管理国家当作全体公民的公共事务,却直接当作他们的私业的人就会威胁要起诉他,他们就这样奴役着大众,将权势据为己有。[4] 他们抛弃了按照法律程序举行的审判,而是在公民大会诉诸民众的激愤来裁决①。就这样,那最美好最理性的宣告之声——"有哪位年满五十的先生想要对公民发言?其余雅典人请依次排序。"——已不再响起,对那些职业演说人带来的骚动,无论是法律,还是主席团,还是主持人团,还是那首席部落②——全体公民的十分之一——都已无力制止。[5] 情况就是这样,国家之中的形势到底是什么样的,你们自己都很清楚,宪政之中只有一项现在还保留着,那就是关于违宪的诉讼了——如果我可以说还有那么一点眼力的话。如果你们连这个都废弃了,或者把这个拱手送给想要废弃它的人们,那么我把话跟你们说在前头,你们就会在不知不觉中一点一点地把全部政治权利都送到一小撮人手里。

[6] 说起来,你们都很清楚,雅典人啊,全人类一共有三种政体,即君主制度、寡头制度和民主制度;在君主制度和寡头制度

---

① 格-舒注云,即不走法庭程序,将各种案件都送到公民大会进行裁决。
② 格-舒注云,负责协助主席团和主持人团维持秩序的部落。按,参见《控诉提马耳科斯》第 33 节。

之下，是随在位者的意愿而统治的，而在采取了民主制度的国家之中，是依据已经立下的法律而管理的。[1] 你们当中不要有人看不出来，每一个都应该明白，当他走进法庭，担任违宪案件的审判员时，在这一天，他是要为他自己的言论自由投下他的一票的。正因如此，立法者在审判员誓词的开头就写下了这么一句："我将依法投票。"因为他很清楚，只要任何时候法律还在国家之中得到遵守，民主制度也就得到了维护。[7] 你们一定要牢牢记住，要憎恨那些提出了违宪的议案的人，不要把这类罪行中的任何一件看成小事，而是要认为其中每一件都极其严重。你们也一定不要让任何人剥夺你们的这一权利，不管是将军们的声援[2]——这些人长期以来一直在和一小撮职业演说人合作，践踏宪政，还是外邦人的呼吁——有那么一些人就是靠把这些人领上来作证才逃脱了法律的制裁，虽说他们的政治生涯就是一直在违反宪法。不，就像你们每一个人都会羞于逃离在战场上被指派的岗位一样，你们现在也一定要像这样羞于擅离法律为各人指派的岗位，要在这一天担任民主制度的卫兵。[3][8] 你们也一定要牢牢记住，现在，全体公民，无论是在场亲聆审判的那些人，还是忙于工作而不能

---

① 这句话与《控诉提马耳科斯》第 4 节里的完全一样。
② 每年选出十名将军（στρατηγοί）负责军事事务，在这个时期将军们经常会为政治人物辩护，比如福基翁就曾为埃斯基涅斯本人辩护，参见埃斯基涅斯《为奉使无状事》第 184 节。
③ 直译是"要羞于逃离法律指派的在这一天担任民主制度的卫兵的岗位"，化译如此。

到场的人，都已经将国家交托给了你们，将宪政托付给了你们。对他们保持敬畏之心[1]吧！记住你们立下的誓言，记住法律！如果我证实克忒西丰提出了违宪的、虚假的、有害于国家的议案，那么，废除吧，雅典人啊，废除掉这些违宪的议案吧！为国家巩固民主制度吧！惩罚那些在政治生涯中对抗法律、对抗你们的福祉的人们吧！如果你们带着这样的心意来听取我接下来说的话，我知道，你们就一定会作出公正的、符合誓言的，有利于你们自身、有利于整个国家的裁决。

[9] 关于整个控诉的内容，我一上来说了这么些，希望还算是公允平和[2]吧；至于那条与尚未通过审查的官员[3]有关的法律，就是克忒西丰提的议案所违反的那一条[4]，我想要简短说几句。

以前，有那么一些官员，担任了很高的职位，管理了财务，在各项事务之中都接受了贿赂，然后他们就会寻求五百人议事会和公民大会之中的职业演说人的帮助，预先用表彰、冠冕[5]和宣告来应付述职审查，这样一来，在对这些官员的[6]述职审查中，那些控诉人就会陷入极大的困境，而审判员们的情况则更糟糕。

---

① αἰσχυνόμενοι 本义"在……面前感到羞耻/保持羞耻之心"，化译如此，各译大体也都如此处理。
② μετρίως 此处按本义翻译，接近凯里的处理。其余各译选了"足够"这一义项。
③ 官员卸任之后需要接受述职审查（εὐθῦναι），尚未通过这一审查的官员称为 ὑπεύθυνος，从离职到通过审查期间不得担任公职。
④ 参见《控诉提马耳科斯》第 6 节注释。
⑤ 洛布本无"冠冕"。
⑥ 洛布本无"对这些官员的"。

[10] 说起来，有很多尚未通过审查的官员，明明白白地被揭露盗用了属于人民的财产，却逃脱了法庭的制裁，其实很简单，在我想来，那些审判员们大约是觉得，同一个人，在同一个国家里，刚刚才在庆典集会上被公开宣告表彰，由于他的杰出贡献和公正品质而被授予金冠，而同样这个人，不久之后却在述职审查中被法庭判定为贪污犯，这会让人感到羞耻。于是，审判员们在投票的时候，只好不按照罪行的情节，而是考虑到民众的羞耻而作出裁决。

[11] 有一位立法者看到了这些，便立下了一条法律，一条非常优秀的法律，明文禁止向任何尚未通过审查的官员授予冠冕。可是，虽然立法者已经如此完善地准备了预防措施，却还是有人设计出了一些可以绕过法律的说法，要是没有人向你们指出来的话，你们就会懵懵懂懂地被骗过去了。说起来，在那些违法向尚未通过审查的官员授予冠冕的人之中，是有那么一些人本心还算端正——要是说那些提出违宪议案的人之中也有那么几个可以称得上端正的话——因为他们出于羞耻之心便加上了个前提条件。他们在向尚未通过审查的官员授予冠冕时写上了一条①："仅当此人已为其任职行为提供自述并接受审查之后"。[12] 其实，国家受到的伤害还是一样的：述职审查还是被这些表彰和冠冕所预先挫败了。不过，提出了这种议案的人，至少还是明显地向听众展

---

① 洛布本作"他们在向尚未通过审查的官员授予冠冕的议案中又加上了一条"，托伊布纳本认为"议案"及其后的小词赘文。

示了一点，即虽然他提出了违宪的议案，他还是为自己的罪行感到羞耻的。可是这个克忒西丰，雅典人啊，他公然践踏了这条为尚未通过审查的官员立下的法律，他连我跟你们刚说过的这点掩饰也彻底抛弃了，竟然提出一个议案，要在当时正担任着公职的德谟斯提尼还没有提供自述、没有接受审查之前就授予其冠冕。

[13] 可是，雅典人啊，他们会用别的说法来对抗我详细列出了的这些，他们会说要是一个人只是由于一条特别决议而被选派出来从事一项任务①，那么这不能说是一种职位，只能说是一种差遣或服务，还会说所谓的职位只包括以下这些，就是立法执政官们在忒修斯神庙中抽签选出的那些②，还有通常由人民在选举中投票选出的那些将军、骑兵将领和其他相关职位③，至于其余所有，那只不过是由于特别决议而指派的任务。

[14] 针对这些人的言辞，我将引用你们的法律，这条法律是你们立下的、专门用来粉碎这一类狡辩的，这条法律明文规定的是"所有投票选出的"——里面是这么写的——"职位"。立法者④用一个名词包括了所有这一切，首先将"职位"定义成包括所有由人民投票选出的那些，"还包括那些负责监督"——里面继续写到——"公共工程的人"，德谟斯提尼当时是负责监督修

---

① 当时有一条决议要求修缮城墙，德谟斯提尼所属的部落便选派他作为部落代表，负责监督本部落在这项任务中的工作。参见本篇第27—31节。
② 每年的执政官、五百人议事会成员和其他一些民政官员都是这样选出的。
③ 每年的将军等负责军事的官员都是这样选出的。
④ 洛布本省略此主语。

缮城墙工程的人，他监督着至关重要的一项工程；"还包括所有那些负责任何国家事务超过三十天的人，以及那些有权主持审判的人"——那些负责监督工程的人都是有权主持审判的[①]。这条法律要求他们做什么？[15] 不是"提供服务"，而是"在法庭中通过就职审查之后担任职位"。那些抽签选出的官员也一样不能免于审查，而是要在通过审查之后担任职位，"并向[②] 审计员提供书面自述"——和其他官员一样。为证明我说的这些都是事实，将会有人向你们宣读法律条文。

法律

[16] 所以，雅典人啊，如果说立法者称为"职位"的这些东西，这些人却非要叫做什么"事务"或者"差遣"，那么你们的任务就是要在心中回诵法律，以法律来对抗这些人的无耻，让这些人明确知道，你们是不会接纳这种邪恶的诡辩者，是不会接纳这种想要用话术来摧毁法律的人的，正相反，提出违宪议案的人言辞越漂亮，就会面对你们越加高涨的怒火。其实，雅典人啊，职业演说人和法律所发出的声音本应是完全一致的，若是法律发出了一种声音，而职业演说人却发出了另一种，那么你们就应该将你们的判决票投给法律的正当内容，而不是投给发言人的无耻行径。

[17] 接下来，针对那个所谓的"无可辩驳的论点"——德谟

---

① 格-舒注云，类似于现代的行政法庭，由一项行政事务的负责人主持审判因该行政事务而产生的诉讼。
② 洛布本有"书记员与"。

斯提尼就是这么宣扬的——我也想要简短先讲几句。他打算这么说：“我确实担任了修缮城墙工程的监督负责人，我承认。可是，我向国家捐献了一百个米那，我把工程完成得更为宏大。我到底要在什么方面等候接受审查呢？除非是说，爱国情操需要遭受审查？”请听一听我针对这种巧言的回答，一份不仅公正而且有利于你们的回答。

在这个如此悠久、如此伟大的国家里，只要一个人曾以任何方式参与了公共事务的管理，他就逃避不了审查。

[18] 首先，我要向你们举一些初听难以置信的例子来说明这一点。法律规定，男女祭司们都必须接受审查，不仅仅必须作为一个整体接受审查，也必须每个人单独地接受审查，这些人唯一能得到的就是荣誉性质的些许小礼①，他们负责为你们向诸神祈祷，可是，他们不仅仅每一个人，而且还要以整个家族为单位一起接受审查，比如欧摩尔庇代家族和刻律刻斯家族，还有其他所有这类家族②。[19] 还有，法律也规定三层桨战舰舰长们③必须接受审查，这些人并不管理公共财产，不是从你们的手中取走很多

---

① γέρα 本义"荣誉性质的赠礼"，《希英词典》认为在这里是这个意思，奥热也是这样翻译的，此从之，按本义译出。亚当斯用英文 perquisite 对应，即指祭司在举办祭礼之后可以得到的祭肉，引申为"职务福利"，德迪奥斯和格卢斯金娜也认为是指祭肉，凯里理解为"特别权益"。
② 有一些祭司职位按规定必须由某个特定家族的人担任。
③ 这个职位由自愿出资的富人担任，其原本职责为平时负责维护战舰（资金自负），战时指挥战舰。

却支出很少[1]的人，也不是自称作出了奉献其实却只是把你们原来所拥有的又交还给你们的人，而实实在在地是被公认为将祖先传下的家产慷慨地花费在了服务于你们的公益事业上的人。

也不仅仅是三层桨战舰舰长们，还有国家之中最为尊贵的议事会，也必须接受法庭判决的管辖。[20] 首先，法律规定战神山议事会[2]必须向审计员团队提供书面陈述，接受审查，就这样将那边的面容严峻、掌管最重要事务的先生[3]置于你们的判决管辖之下。难道他们[4]不应该得到冠冕吗？可是他们的传统不是这样的。难道他们并不追求荣耀？答案是毫无疑问的，但是，他们不会只因为他们中的一员没有罪行就欢欣喜悦，要是有成员犯下错误，他们也会施以惩戒；而你们的那些职业演说人，却被娇惯得像孩子一样。其次，除了战神山议事会，还有五百人议事会，立法者也规定必须接受审查。

[21] 立法者对尚未通过审查的官员实在是毫不信任，在法律的开头就这么写了："尚未通过审查的官员"——是这么写的——"不得离境"。"啊，赫拉克勒斯啊，"也许有人会这么想，"只因为当了个官，就出不了国了吗？"没错，就是要防着你挪用了

---

[1] 格–舒注云，战舰上的士兵工资来自国库，但不经舰长之手发放。
[2] 参见《控诉提马耳科斯》第 81 节及注释。
[3] 洛布本的代词词性不同，因此作"那边的严肃而掌管最为重要事务的议事会"，按托伊布纳本的写法，代词就不会是指战神山议事会，而似乎指听众中有某特定人物。
[4] 各译都认为这里的主语是战神山议事会，洛布本明确写了"战神山议事会"，但托伊布纳本认为赘文。此处用"他们"指代战神山议事会成员。

国家的财产、从公共事务中获了利，然后逃之夭夭。还有，尚未通过审查的官员也不可以把财物奉献为神产，不可以献出祭礼，不可以被人收养①，不可以通过遗嘱处置自己的财产，以及其他种种。一句话：立法者将尚未通过审查的官员的财产全部收作了抵押，直到官员向国家提供自述为止。[22] 还有呢，有一些人，既没有领取过也没有支出过公共财产，只是经手了一件什么公共事务，可是连这些人也一样，法律命令他们要向审计员团队提供自述。那么，一个既没有领取过什么，也没有支出过什么的人又怎么能向国家提供自述呢？法律本身已经列出了，已经指示了他们要写什么，其中规定了，他们要给出如下字句："我既没有领取过国家的财产，也没有支出过。"在这个国家之中，没有任何一个职务②可以不接受审查，不接受检验，不接受询问。为证明我说的是事实，请听取法律本身。

法律

[23] 所以说，如果德谟斯提尼竟然厚颜无耻到了这种地步，说什么因为他的自愿奉献他就不必接受审查，你们就这么回答他吧："你难道不应该，德谟斯提尼啊，给审计员团队的传令官一个机会？让他发出那祖辈相传的合乎法律的传唤：'有谁想要作出指控？'你难道不应该给那些想要驳斥你的公民一个机会？让

---

① 格-舒注云，防止有官员通过被收养进一个穷困家庭而逃避经济责任。
② 此从凯里和奥热的理解翻译。οὐδέν 意为"没有任何一样东西"，亚当斯和德迪奥斯就是这样直译的，格卢斯金娜译作"没有任何一项公共事务"。

他们说：'你并不是作出了自愿奉献，而是从你所掌管的大笔资金之中只把很少一些用在了修缮城墙的工程上，你可是从国家领取了十个塔兰同的。'不要急着攫取荣誉，不要将判决票从审判员们的手中夺走，也不要把自己的政治生涯放在法律前面，而是要放在后面。民主制度就是这样得到支撑的。"

[24] 针对这些人将要提出的空洞的借口，我就说到这里为止。不过我还要加上一点：在那个人提出议案的时候，德谟斯提尼实实在在地是一个尚未通过审查的官员，他当时一方面担任着公共娱乐资金管理委员会的成员，另一方面负责着修缮城墙的工程，而他还没有为这两个职位中的任何一个向你们提供过自述，接受过审查；我会试着通过公共记录来向你们展示这些事实。请为我宣读，是在哪一位执政官任内①、哪一个月份、哪一个日子、哪一场会议上，德谟斯提尼被选举为公共娱乐资金管理委员会成员的。

逐日纪要

就算我什么都不再说，也已经有足够给克忒西丰定罪的基础，他不是被我的指控，而是被公共记录定罪的。

[25] 从前，一开始，雅典人啊，国家之中通过选举产生一位国库账目管理员，他在每个主席团任期之内②会提交一份关于国家收入的账目。后来，由于欧部罗斯③得到了你们的信任，经选

---

① 即"哪一年"。
② 参见《控诉提马耳科斯》第104节及注释。
③ 参见德谟斯提尼《为奉使无状事》第290节及注释。他曾立法禁止将公共娱乐资金用于军事用途。

举产生的公共娱乐资金管理委员会成员们便有了以下权责，直到赫革蒙[1]提出的法律被通过为止[2]：国库账目管理员的权责，国库出纳员的权责[3]，管理船坞事务，负责修建海军军械库[4]，还负责检查道路状况，简直就是掌管着一切的国家日常事务。[26] 我说这些不是要指控他们，不是要评判他们，只不过是想要向你们展示这一点，就是说，一方面，立法者规定了，如果一位官员还没有为哪怕是最最微小的一份职责通过审查，那么他在提供自述并接受审查之前是不可以被授予冠冕的，而另一方面，克忒西丰却毫不犹豫地提出一份议案，要向德谟斯提尼，这个将整个雅典所有事务的管理权集于一身的人，授予冠冕。

[27] 关于以下事实，就是说在这个议案提出期间，他正担任着负责修缮城墙工作的职位，经手着公共资金，罚没着各种款项，和其他官员们一样，还主持着审判，关于这些，我将向你们提供德谟斯提尼本人为证。说起来，是在开戎达斯担任执政官的那一

---

[1] 被德谟斯提尼归为埃斯基涅斯一党的一名政治人物。参见德谟斯提尼《金冠辞》第285节。

[2] 凯里和德迪奥斯认为"直到赫革蒙提出的法律被通过为止"公共娱乐资金管理委员会拥有国库账目管理员的权责，其余权责则是一直都还拥有，并未受到赫革蒙法律的影响；亚当斯和格卢斯金娜则认为"直到赫革蒙提出的法律被通过为止"拥有所有这些权责，此从之。奥热的译法似乎有些问题。

[3] 格－舒注云，原有一个十人委员会负责具体的国库出纳事务，经欧部罗斯提议，公共娱乐资金管理委员会在一段时间内接管了此项工作。

[4] σκευοθήκην，此从亚当斯的翻译及格－舒注理解为"海军"的军械库。凯里简单译成"军需仓库"，奥热、德迪奥斯、木曾和格卢斯金娜都直接译成"军械库"。

年①，在十一月的倒数第二天②，当时正举行着公民大会，德谟斯提尼便提出一个议案，要求在十二月初二和初三举行各部落会议，并在议案中规定，每个部落应该为修缮城墙工程选派出一些监督负责人和资金出纳人，这个要求是非常正当的，因为这样，国家就可以找到负责人来接受审查，陈述资金是怎样使用的。请为我宣读这一议案③。

议案

[28] 哦，对这个，他们立刻会辩解说他不是被抽签选为修缮城墙工程负责人的，也不是由公民大会选出的。德谟斯提尼和克忒西丰会围绕着这一点说上好多好多。可是，法律会简单明了而迅捷地粉碎掉这一切。关于这些，我想要先简短地对你们说几句。

[29] 是这样的，雅典人啊，总共有三种职位：第一种，也是最常见的一种，是通过抽签或者投票选出的官员；第二种是那些负责国家事务超过三十天、监督公共工程的人；第三种则是在法律中写明了的那种，就是里面说到的，如果有人被选派④得到了审判主持权，那么"这些人也应在通过就职审查之后担任此职位"。[30] 也就是说，要是你们略掉那些由公民大会投票选出的或是通

---

① 前338—前337年。
② 格-舒注云，这个日子应该是在公历前337年5月底或6月初。按，当时喀罗尼亚战役已过去了九个多月，普鲁塔克《德谟斯提尼传》第24章第2节记载说金冠案是在喀罗尼亚战役之前启动的，纪年似乎有误。
③ 原文"议案"有时是单数有时是复数，有的版本将其统一为单数，此处也全部按单数翻译。
④ 洛布本无"被选派"。

过抽签选出的官员不算，剩下的就是那些由各部落或各三分区①或各村社②从自身成员之中选派出来经手公共资金的人了。举个这种情况的例子，就比如说现在，有些部落就被指派进行挖掘壕沟或建造战舰的工作。为证明我说的这些都是事实，请从法律本身了解情况。

法律

[31] 请回想一下我前面说过的内容，即，立法者规定了由各部落选派出来的那些人要在法庭中通过就职审查之后担任职位；潘狄翁尼斯部落③选派了德谟斯提尼来负责修缮城墙的工程，他从国库领取了将近十塔兰同的数额；还有，法律禁止向任何尚未通过审查的官员授予冠冕，你们也都立下了誓言要依法投票；再有，那个职业演说人提了议案要向一个尚未通过审查的官员授予冠冕，甚至都没有加上"仅当此人已提供自述并接受审查之后"这个前提。我已经论证了这个议案实属违宪，我提供的证言来自法律，来自议案，也来自被告本身。还有谁能更清楚地证实有人提出了违宪的议案呢？

[32] 另外，这个议案之中提请的宣告授予冠冕的方式也是违宪的，我将向你们展示这一点。法律明文规定了，如果五百人议事会授予某人冠冕，那么必须在五百人议事会会场发布宣告，如果是公民大会授予，那么必须在公民大会会场发布宣告，"而不

---

① τριττύς，一个部落的三分之一。
② δῆμος，比三分区更小。
③ 德谟斯提尼所属的部落。

可在其他任何地方"。请为我宣读法律。

法律

[33] 这条法律，雅典人啊，也是一条非常优秀的法律。在我想来，立法者的意思是，职业演说人不应该在有外国人在场的情况下被授予荣耀，而是应该满足于在这座城邦之中从人民手中得到尊崇，也不应该从这种表彰中获利①。立法者是这么想的，可是克忒西丰呢？他是怎么想的呢？请宣读议案内容。

议案

[34] 请听，雅典人啊，立法者是这么规定的：若有人被公民大会授予冠冕，应在聚集在普倪克斯山头②的人民面前，在公民大会发布宣告，"而不可在其他任何地方"。可是，克忒西丰，他的提案却是在剧场之中，这不仅违反了法律，而且也改变了场所，他的提案不是在雅典人召开公民大会的时间，而是在最新悲剧上演的时间③，不是在雅典人民面前，而是在所有希腊人面前，要公开展示你们是要向怎样的一个人授予荣誉。[35] 他就是这样提出了公然违宪的议案，还跟德谟斯提尼一起排开了阵势，要使出手段来对抗法律。我现在就先说几句，来为你们揭露这些，免

---

① 格-舒注云，按《集注》的说法，是说如果有人被当众公开授予荣誉，那么别人就会觉得他在城邦之中有权势名望，因而向他送礼。
② Πνύξ，雅典公民大会的会场所在地，在卫城以西约一公里处。会场大体呈半圆形，半径约为七十米，圆心处为讲坛。参见《控诉提马耳科斯》第81节及注释。
③ 在每年九月初九至十三日举行的酒神庆典中上演最新悲剧。

得你们不知不觉地被他们骗过去了。

这些人啊,要想抵赖说法律并没有禁止在公民大会会场以外宣告有人由公民大会授予冠冕,那是找不到什么说法的[①],可是呢,他们会拿那条"酒神庆典相关法律"[②]来辩护,从里面摘出一个片段来用,来欺骗你们的耳朵。[36]他们会向你们展示一份与这一控诉无关的法律,还会说在这个国家之中存在着两条关于这类宣告的法律,其中一条,就是我向你们展示了的,明文禁止在公民大会会场以外宣告有人由公民大会授予冠冕,而另一条法律,他们会说,正好与此相反,授权将有关冠冕的宣告在上演悲剧之时于剧场之中发布,"若公民大会决议如此"。他们会说,克忒西丰就是根据这条法律提出议案的。

[37]针对这种手段,我将援引你们的法律作为我的共同发言人,我将会在整场控诉中努力做到这一点。如果这些都是真的,如果这样的一种习惯竟然渗入了你们的宪政之中,竟至于无效的法律被夹杂在有效的法律之中一同铭刻在案,关于同一个内容却有着两条自相矛盾的法律,那么,谁还能把这叫做一种"宪政"呢,这种同一件事竟然同时被法律所要求和所禁止的情况?[38]不,不是这样的。但愿你们永远也不会落入法律一片混乱的这种状况!这些情况并没有逃脱为民主制度奠基的立法者的注意,他

---

① 格–舒注指出,本篇第10节提到有人"在庆典集会上"被授予冠冕,似乎与以上说法矛盾,并给出了两种可能的解释:一、"在庆典集会上"是舛入的赘文;二、第10节提到的前例发生在本篇第32节提到的法律通过之前。
② 木曾注云,部分法律参见德谟斯提尼《金冠辞》第120—121节。

明文规定了，立法执政官的职责包括每年在公民大会之中整理法律，先是仔细检查、审视法律，看看是否有哪一条铭刻在案的法律与另外一条相冲突，或者有哪一条无效的法律混入了有效的法律之中，或者关于哪项事务有多于一条的法律铭刻在案。[39] 如果他们发现了这类情况，就规定他们要在木简[①]上刻下说明，陈列在部落守护英雄塑像[②]的前方，并规定五百人议事会主席团当召集公民大会，并记录下："为立法委员会[③]事宜"，而当日轮值首席主持人则需向人民[④]提交选择，要废除掉哪些法律，留下另外哪些，最终目的是每一项事务上都存在且仅仅存在一条法律。请为我宣读相关法律。

法律

[40] 所以说，雅典人啊，要是那些人的话是真的，要是真的有两条关于发布宣告的法律，那么，我想，立法执政官肯定会发现这种情况，五百人议事会主席团肯定会委托立法委员会作出选择，来决定废除其中哪一条法律，到底是授权宣布的那一条呢，还是禁止宣布的那一条。既然这个事情并没有发生，那么，显然地，他们的言论已经被定性了，不单单是虚假言论，而且还是彻头彻尾的无稽之谈。

---

① σανίς，覆盖有石膏的木条，用以书写各种告示。
② 格-舒注云，ἐπώνυμοι，与雅典十个部落同名的十位传说中的英雄，其塑像在穹顶屋（θόλος，参见德谟斯提尼《为奉使无状事》第 249 节及注释）附近。
③ 格-舒注云，νομοθέται，共五百人。
④ 洛布本无"向人民"。格-舒注云，指立法委员会（作为人民的代表）。

[41] 他们的这套虚假言论是从哪里拿来的呢？我来给你们解释清楚。我先来说一下，那些关于在剧场中发布宣告的法律是为了什么而立下的。从前，在城里正开始上演悲剧的时候，就有些人发布宣告，并不是由公民大会授权了的，有的是宣告被所属部落授予冠冕，还有的是宣告被所属村社授予，更有一些是通过喊话人宣告他把自己的奴隶解放了，并让所有希腊人作见证。[42] 最最可恶的一种情况，就是有一些人在某个外国弄来了个什么"国际友人"①的称号，就想方设法来宣布他们是被某个国家的人民——看情况，可以是罗得岛的，或者希俄斯的，或者其他什么国家的人民——授予了冠冕，还说这是由于他们的杰出贡献和英勇气概而授予的。他们这么做，并不是照着由你们的五百人议事会或者公民大会授予冠冕的那些人的样子，那些人是你们先批准了的，由决议授权了的，是先投入了很多值得感激的行为才得到的，而这些人却是自己搞出来的②，跟你们的意见没有一点关系。[43] 由于以上种种行为，剧场里的观众、歌舞队出资人和演员都被搞得很烦，而这些在剧场里发布宣告的人也竟取得了比那些由公民大会授予冠冕的人更大的荣耀。对后者，公民大会会场已经被指定为接受冠冕的场所，并规定"不可在其他任何地方"发布宣告，而前者却在全希腊人的面前发布宣告；后者是依据决

---

① 参见埃斯基涅斯《为奉使无状事》第 89 节及注释。
② 这处对比的原文是说前者是"投资"（καταθέμενοι）了很多很好的行为然后得到了荣誉作为回报，而后者是"从库存中取出"（προελόμενοι）荣誉。

议的，是由你们先批准了的，而前者却没有决议作为依据。

[44] 有一位立法者注意到了这些，便立下一条法律，与那条关于由公民大会依法授予冠冕的人的法律并不相干，并不废除那一条，因为，出了麻烦的并不是公民大会会场，而是剧场。这条法律的通过也不是为了与先已立下的那些①背道而驰，那是不可以的；它覆盖的对象是那些未经你们的决议授权而由部落或村社授予冠冕的人，那些解放了奴隶的人，还有那些从外国拿到冠冕的人。它明文禁止在剧场之中解放奴隶，也禁止宣告有人由部落或村社授予冠冕，"或由其他任何来源，"它写到，"凡实际喊话宣告者应丧失公民权。"

[45] 所以，为那些被五百人议事会授予冠冕的人，立法者指定了五百人议事会会场为发布宣告的场所，而为那些被公民大会授予冠冕的人，则指定了公民大会会场，而对于那些被所属村社或部落授予冠冕的人，则禁止他们在上演悲剧的场合发布宣告，这样，就不会有人通过求得冠冕和发布宣告的手段来获得虚假的荣誉。他在法律之中还禁止了发布来自任何其他来源的宣告，那么，五百人议事会、公民大会、部落、村社等都排除了以后，还能剩下什么呢？还不就是来自外国的冠冕？

[46] 为证明我说的这些都是事实，我将向你们展示法律之中的有力证据。金冠这个东西，如果是在城中的剧场里宣告的，那么法律规定必须奉献给雅典娜，必须从被授予冠冕的人那里收

---

① 洛布本有"法律"一词。

走①。你们中间，有谁会敢于指控雅典人民竟然如此悭吝呢？别说是一个国家了，就算是一个普通人，也不会这样下作，竟然一边给出冠冕，一边发布宣告，同时却一边没收回来奉献②吧。不，在我想来，只是因为这个冠冕来自外国，所以才有了这个关于奉献的规定，这样，才不至于会有人把来自外国的奖励看得比来自祖国的更为重要，从而败坏了心灵。[47] 而那些在公民大会会场之中宣告授予的冠冕，是不会被拿来奉献的，是可以保有的，不仅仅是本人，后人也可以，可以把它放在家中作为纪念，提醒自己不要有对不起人民的坏念头。所以，那条法律禁止在剧场之中宣告来自外国的冠冕，"除若公民大会决议如此之外"，是出于这样的目的，也就是，如果有国家想向我们③之中某个人授予冠冕，它应该先派出使节向人民提出请求，这样一来，那个被授予冠冕的人也就会对你们存有比对授予他冠冕的那些人更大的感激之情，因为是你们决定发布宣告的。为证明我说的是事实，请听取法律本身。

法律

[48] 所以，等到这些人向你们撒谎，说什么法律中间加进了一条，允许这样授予冠冕，"若公民大会决议如此"，就请你们一定要记得这样驳斥他们："不，这只适用于另一个国家对你授

---

① 凯里指出这一做法（相当于将金冠公开陈列）实际上增加了获得金冠者的荣誉。
② 洛布本无"奉献"。
③ 洛布本作"你们"。

予冠冕的情况，如果是雅典人民授予的话，已经向你指出了应该在哪个地点进行，已经向你宣布禁止在公民大会会场以外发布宣告。那句话'而不可在其他任何地方'到底是什么意思，就随你说上个一整天吧，你也无法证明那个议案是合乎宪法的。"

[49] 接下来，我最后还剩下的那部分控诉，就是我最最重视的一部分了，这部分是关于克忒西丰给出的那个人为什么值得授予冠冕的借口。他在议案之中是这么写的："应由传令官在剧场之中向全希腊发布宣告，宣称雅典人民向此人授予冠冕，以表彰他的杰出贡献与英勇气概。"还有更厉害的呢："因为他一向为人民发表最佳言论、采取最佳行动。"

[50] 我接下来的发言会是十分清晰简明的，你们听了之后肯定会很容易作出裁决。我作为控诉人，大致首先必须向你们展示，这些对德谟斯提尼的阿谀之辞通通都是谎言，他从来没有哪怕开始过①"发表最佳言论"，也从来没有过"为人民采取最佳行动"。当我展示了这些之后，克忒西丰就会理所应当地被定为有罪了，因为所有法律都禁止在公开的决议之中写入虚假内容②。被告方必须为此作出答辩。你们需要为我们作出裁决。就是这样。

[51] 我觉得，要把德谟斯提尼的生活仔细回顾一下，实在会是一件很漫长的语言工程。我现在又何必说这些呢？比如说，他在控诉那个伤害案件的时候发生了什么，就是他向战神山议事会

---

① 凯里理解为"他从政的起点才不是"。
② 洛布本作"虚假词语"，托伊布纳本认为"词语"赘文。

控诉他的堂兄弟派阿尼亚村人得摩墨勒斯的那个案件，那个头上的伤口①？又比如说，刻菲索多托斯担任将军的时候，海军远征赫勒斯滂的事②？那时候，德谟斯提尼是三层桨战舰舰长中的一员，[52] 而且他的船上就载着将军，还一同进餐、一同献祭、一同奠酒，这么看得起他，是因为他们两家祖祖辈辈都是朋友③；可是，当将军被起诉，面临死刑的时候，他竟毫不迟疑地前来参与控诉。还有，墨狄阿斯的那些事④，那些他担任歌舞队出资人的时候，在歌舞剧场里领受了的老拳，他又是怎么把他本人的耻辱，把人民的起诉表决，人民在酒神剧场里对墨狄阿斯作出的起诉表决，只卖了三十个米那？⑤

[53] 我觉得这些事情，还有别的类似的事情，还是略过不提

---

① 参见埃斯基涅斯《为奉使无状事》第93节及注释。
② 格-舒注云，前359年，刻菲索多托斯率海军出征赫勒斯滂，遭到挫败，回国之后被罚款五个塔兰同，仅以三票之差逃脱死刑。
③ 此从奥热和德迪奥斯的理解。亚当斯和格卢斯金娜译作"将军跟他父亲是朋友"，凯里译作"他们的父亲（也可以指'祖辈'）是朋友"。
④ 参见德谟斯提尼《控诉墨狄阿斯》。
⑤ 格-舒注云，德谟斯提尼担任歌舞队出资人时，他的仇人墨狄阿斯在剧场中当众打了他的脸。在酒神庆典结束时的公民大会（参见埃斯基涅斯《为奉使无状事》第61节注释）上，德谟斯提尼为此提出了控诉，公民大会通过了正式起诉墨狄阿斯（将此事移交法庭）的决议，但德谟斯提尼在收到三十个米那（合三千个银币）之后放弃了进一步的法律行动。普鲁塔克说他放弃控诉是出于害怕墨狄阿斯的权势，而不是像埃斯基涅斯说的那样简单地"贱卖"了这个案子。再后来的伊西多尔则进一步宣称这是出于德谟斯提尼的宽宏大量。按，该案诉词参见德谟斯提尼《控诉墨狄阿斯》，对德谟斯提尼是否真的放弃了控诉，其实也一直有不同说法。

算了,这不是要对不起你们,也不是要为了什么目的而故意放弃这个案子,而是因为我害怕你们会批评说:你讲的这些虽然是事实,却是人尽皆知的陈年老账。不过呢,克忒西丰啊,这么一个人,他的无耻行径是这么地不容置疑,是这么地广为听众所知,连控诉人都会被人批评,不是因为他说了假话,而是因为他唱了实在是人人都一致认定了的老调,那么你觉得,这个人是应该被授予金冠呢,还是应该被谴责呢?你这个竟敢提出虚假的、违宪的议案的人,是应该能藐视法庭呢,还是应该接受国家的惩罚呢?

[54] 我想要说得更仔细一些的,是德谟斯提尼对人民犯下的罪行。我听说,他想要这么干,在轮到他发言的时候,他想要对你们列举我国历史上他参与政事的四个时期。所有这些中的一个,第一个,我听说,他会列出来说是我们与腓力为安菲波利城而作战的时期①,他会说这个时期的结束标志是和平②与盟约③,就是哈格努斯村人菲罗克拉忒斯所起草④的那个盟约,他自己也跟那人一起参与了的,我会向你们展示这一点。[55] 他会说,第二个来的⑤,就是我们享有和平的那个时期⑥,很明显,是直到这同一个职业演说人提出了战争的议案,摧毁了国家原本拥有的和平的

---

① 前357—前346年。
② 洛布本有"成立"一词,托伊布纳本认为赘文。
③ 前346年的《菲罗克拉忒斯和约》。
④ 原文和上下文的"提出(议案)"其实是同一个字,在接"和约"、"盟约"之类的宾语时如此翻译。
⑤ 洛布本有"时期"一词。
⑥ 前346—前340年。

那一天。至于第三个时期，那就是我们进行战争的时期[①]，直到喀罗尼亚的种种[②]为止。然后，第四个时期[③]，就是现在这个时期了。等他列举完这些之后，照我听说的，他就要传唤我，问我，这四个时期之中，到底我控告他的是哪一个，我说的是在哪个时期他没有为人民采取最佳政治行动。要是我不愿意回答，而是掩面逃走，那么，照他的说法，他就会走上前来揭开我的遮掩，将我揪到讲坛之上，迫使我回答。

[56] 为了不让他猖狂，为了让你们预先了解情况，为了让我能好好应答，当着审判员们，德谟斯提尼啊，当着所有其他正站在外面的公民，也当着所有专程前来旁听本次审判的希腊人——我看见，这些人绝不在少数，说实话，在人们的记忆中，从来没有什么时候有过这么多人来参与公开审判——我要回答你：我控告你，是控告你在所有这四个你列举了的时期中的行为。

[57] 如果众神庇佑，如果审判团公正地听取我们的发言，如果我能够回忆起我对你的所有了解[④]，那么我相当有信心，可以向审判团揭示这一点，就是说，国家的平安乃是拜众神、拜在国家的种种境遇之中处事仁慈而公正的人们所赐，而国家的一切不幸则是拜德谟斯提尼所赐。我将按照据我所知他想要使用的结构顺序来组织我的发言，首先是就第一个时期进行论述，其次是就第

---

① 前340—前338年。
② 前338年8月，腓力在喀罗尼亚击败雅典与忒拜联军。
③ 前338—前330年。
④ 德迪奥斯理解为"我和你共同了解的内容"。

二个时期，再其次是就接下来的那个时期，第四则是就如今所处的形势。我现在就来讨论一下那个和约，就是德谟斯提尼和菲罗克拉忒斯起草的那个。

[58] 本来，你们可以，雅典人啊，在一个全希腊人的共同大会支持之下达成上次那个和约的。你们当时已经派出使团前往全希腊，号召大家抵抗腓力，再有一点时间的话，你们就会在全希腊人的一致同意之下取得领导地位了，但是某些人不让你们等待使团返回。这一切都毁在德谟斯提尼和菲罗克拉忒斯的手中，都毁在他们收下的贿赂上，他们收了这些，就合谋破坏了你们的国家利益。

[59] 你们之中有些人突然听到这个说法可能会觉得不可思议，那么呢，就请这样来听一下下面的内容，就好比我们要坐下来结算一下很久以前的花销①，有时一开头免不了会从家里带一些错误的先入之见过来，但是等到账目都结算清楚了之后，你们之中就不会有人固执到走的时候还不肯接受、不肯点头认同②账目所展示的具体事实的地步。[60] 就也请这样听一下吧。要是你们之中有些人从家里来的时候是带着以前就有的老观念，就是觉得德谟斯提尼从来都没有和菲罗克拉忒斯同谋，帮着腓力说话，要是有人是带着这样的态度，那么请他不要现在就投下"有罪"的票，也不要投下"无罪"的票，先听完再说，没听完就投票是不对的。

---

① 参见德谟斯提尼《金冠辞》第227节及注释。
② 洛布本无"不肯点头认同"。

如果你们听到①我简短地回顾了那些个时期，展示了德谟斯提尼和菲罗克拉忒斯一起起草的议案，如果②真真确确的总账本身给德谟斯提尼挖下了一个他逃不出去的坑③，展示出了，关于这最初的和约与盟约，德谟斯提尼比起菲罗克拉忒斯来，提出的议案还要更多一些。[61] 还有，他用一种已非"无耻"所能形容的方式拼命地讨好腓力和他派来的使团，一手造成了人民在没有希腊人大会的支持的情况之下订立和约，将色雷斯国王刻耳索布勒普忒斯④，一位国家的友人、国家的盟友，出卖给了腓力。如果我能够清楚地向你们揭示这一切，那么我向你们提一个分内的请求：请你们当着神明向我点头表示同意，同意在这四个时期中的第一个里，他的政治表现并不优秀。我将用一种让你们最容易听得懂的方式来讲述这些。

[62] 菲罗克拉忒斯提了个议案，要准许腓力派传令官和使团过来议和。这个议案被指控违宪。⑤审判的时候到了，先是起诉人吕喀诺斯发言控诉，然后是菲罗克拉忒斯作辩护，再然后是德谟斯提尼一同辩护。菲罗克拉忒斯被开释了。这些之后，就是地

---

① 洛布本无"你们听到"。
② 洛布本无"如果"。
③ καταλάβῃ，格-舒注作"像在一个陷阱里面一样抓住"，此处化译，亚当斯、奥热和格卢斯金娜译作"坐实"，凯里译作"证实"，德迪奥斯译作"抓住"。
④ 参见德谟斯提尼《为奉使无状事》第174节及注释。
⑤ 当时有一条法律，禁止接纳腓力派遣的使节。参见埃斯基涅斯《为奉使无状事》第14节及注释。

米斯托克利担任执政官的时候①了。这一年,德谟斯提尼以五百人议事会成员的身份走进了五百人议事会会场。他不是抽签当选的,也不是抽签成为候补然后转正②的,而是通过不正当的手段买来这个位置的,目的就是要用言语和行动来在各方面支持菲罗克拉忒斯,事实本身会展示这一点。[63] 菲罗克拉忒斯又成功通过一个提案,其中要求选出十名使节,前往腓力那里,请求他派来全权使团商讨和平事项。其中之一就是德谟斯提尼。从那儿回来以后,他就成了和平的鼓吹手,报告内容也跟其余使团成员一样,而且,在五百人议事会所有成员之中,只有他一个人提了议案,要求向腓力派遣的传令官和使团提供安全通行保障,这个是紧跟着菲罗克拉忒斯的提案来的,前一个提议允许腓力派传令官和使团过来,后一个就向使团提供安全通行保障。

[64] 我请你们仔细思考接下来发生的事情。是有过商量的,但不是跟其余使团成员商量——后来德谟斯提尼变了一个人之后多次诬告其余使团成员——而是菲罗克拉忒斯和德谟斯提尼商量的③,这也是很正常的,因为这两个人既是使团成员,又同时是相关议案的提出人。商量要达成的目标,首先就是要让你们不要等待你们已经派出去号召大家团结起来反抗腓力的使团返回,让你们没有希腊人的支持,而是独自议和。[65] 其次,就是要让你

---

① 前347—前346年。洛布本无"的时候"。
② 格-舒注云,每年抽签选出正式官员时同时抽签选出候补官员,如果当选正式官员不能通过就职审查,则候补官员转正。
③ 原文直译"当时商量的对象不是……而是……",为行文方便调整如此。

们不单单投票议定跟腓力签订一份和约，还签订一份盟约，这样一来，那些观望你们舆情的人就会陷入极度的沮丧，因为他们会看见，你们一边号召大家投入战争，一边却在自己家里，不仅投票议定签订和约，还签订了盟约。再则，就是要让色雷斯国王刻耳索布勒普忒斯不能列席于宣誓之中，不包括在和约与盟约之中。当时针对他的军事行动①已经在集结了。

[66] 腓力花钱买了这些结果，也没什么不对的，在宣誓之前，在签约之前，为自己寻求利益是无可指责的。但那些出卖了、拱手让出国家形要②的人，才是最应该被你们憎恨的。他这个人，现在一说起来就是跟亚历山大势不两立，以前是说跟腓力势不两立，这个德谟斯提尼，这个总是抨击我与亚历山大的宾友之情的人，正是他起草了议案，偷偷夺走了国家的机遇。[67] 他的提案是五百人议事会主席团要在九月初八③那一天召集公民大会，就是阿斯克勒庇俄斯④的献祭日那天，就是庆典准备日那天⑤，在这

---

① 腓力进攻色雷斯的军事行动。
② κατακοινωνήσαντες 本义"与人分享"，亚当斯译作"接纳（腓力）合伙分享"，凯里译作"合谋破坏"，德迪奥斯译作"与敌人联手而出卖"，格卢斯金娜简单译作"出卖"（并将前一个词处理成"卖了自己"），此从奥热的理解。它的宾语 ἰσχυρά，亚当斯和格卢斯金娜译作"要塞"，凯里和德迪奥斯译作"实力"，奥热译作"资源"，此处按本义"强大之处"引申译成"形要"。
③ 洛布本注云，前346年4月5日。
④ 医神。格-舒注云，每年九月初八举行对他的献祭。
⑤ 格-舒注云，每年九月初九开始举行酒神庆典，因此初八是"庆典准备日"。

个神圣的日子①里召集，在人们的记忆里从来没有过这样的事，他是给了个什么借口呢？"这是为了，"他说，"等腓力的使团到达的时候，人民可以尽快讨论决定与腓力的邦交事务。"他就这样为还没有抵达的使团抢占了公民大会，切短了你们的时间，加快了事件的进程，这都是为了让你们在没有其余希腊人支持的情况之下，在你们的使节返回之前，就独自签订和约。

[68] 在此之后，雅典人啊，腓力的使团就来了，而你们的却还在外面，还在号召希腊人团结起来反抗腓力。这时德谟斯提尼又成功通过一项提案，要求商议内容不只是和平一项，还包括结盟，而且不要等你们的使团返回，而是在城中酒神庆典一结束之后就立刻于同月十八日与十九日②两天进行商议。为证明我说的是事实，请听取议案本身。

议案

[69] 然后，雅典人啊，酒神庆典就举办完了，这两次公民大会也就召开了。在其中第一场公民大会里，宣读了盟邦的公议结论，其中要点我会简短地先说一下。首先，他们提议，你们只应该商讨和平事项，连"结盟"的字样都略掉了，这不是他们忘了，而是因为他们觉得和平与其说是美好的，还不如说是必要的；其次，他们以一剂正确的药方应对德谟斯提尼的贪贿行为，[70] 在里面加上了这么一条，就是说任何有此意向的希腊人都可以在三

---

① 格－舒注云，所以正常情况下暂停公务。
② 按洛布本的日子推算，是前346年4月15与16日。

个月之内和雅典人一起把名字刻到同一块碑上①，一起加入盟誓，一起加入条约。他们这样是做了两个很重要的预防措施，一是给了三个月的时间，足够让希腊人的使团来一同参与此事，二是通过召开共同大会来争取希腊人对我国的善意，这样呢，万一条约被撕毁了，我们不会是只靠自己而且毫无准备地投入战争，就像托德谟斯提尼的福我们后来真的落入的情况那样。为证明我说的是事实，请听取盟邦公议结论以便了解。

盟邦公议结论

[71] 我承认，我当时是发言支持了这一公议结论的，所有在第一次公民大会之中发言的人也都是一样的。公民大会散场时，所带的大体意向就是要达成和平，但是最好不要讨论结盟的事，因为我们已经对希腊人发过号召了，而这一和平也应该是有全希腊人一同参与的。一个夜晚过去了，我们在次日又回到了公民大会会场。德谟斯提尼抢先占据了讲坛，别人没有一个再有机会发言。他说，前一天提过的那些都是没有用的，除非能说服腓力的使团才行。他还说，他看不出来，要是不结盟，怎么会有和平。[72] 他说，我们不可以——我还记得他用的说法，这说出来的话跟说话的人一样让人恶心——"破开"和平与结盟，我们不应该等待希腊人的拖沓行动，而是要么就独自作战，要么就独自签订和约。他最后把安提帕特②召到讲坛上来，问了个问题，其实他已经预

---

① 此处的"希腊人"和"雅典人"显然不是指单个人，而是指城邦。
② 马其顿使节之一，后来在马其顿摄政。

先通知了他会问什么问题，也预先传授了对方应该怎样答复才能不利于我国。最后的结果，就是这些议案通过了，德谟斯提尼的角色是说了一通话把你们逼到这个结果，菲罗克忒斯的，则是提了议案。

[73] 他们剩下来还要做的，就是出卖掉刻耳索布勒普忒斯和色雷斯地区，他们在九月的倒数第六天^①成功做到了，这是在德谟斯提尼作为后来那次为盟誓事宜的使团的一员而离开之前。这位与亚历山大势不两立、与腓力势不两立的先生，这位我们的职业演说人，去马其顿出使了两次，本来他一次也不用去的，现在他倒来号召大家唾弃马其顿人了。这位用不正当手段当上五百人议事会成员的先生出席了那个月倒数第六天召开的公民大会，就和菲罗克拉忒斯一起把刻耳索布勒普忒斯出卖了。[74] 菲罗克拉忒斯偷偷地在议案各条后面加上了一条，德谟斯提尼就拿来让大家投票了，这一条里面写的是"盟邦代表应于本日向腓力的使团宣誓"。当时刻耳索布勒普忒斯没有派代表出席盟邦会议^②，所以，这里要求盟邦会议列席代表宣誓，就是把没有派代表来的刻耳索布勒普忒斯排除在宣誓仪式之外了。

[75] 为证明我说的是事实，请为我宣读，是谁提了这些议案，又是谁把它们拿来表决的。

---

① 九月二十五（九月三十是"倒数第一天"），前346年4月22日。
② 此处和下一小句，亚当斯、德迪奥斯、凯里、格卢斯金娜、木曾及格-舒注都理解为出席前面提到的盟邦会议的代表，奥热似理解成出席当日公民大会的代表，但理解为出席盟邦会议更合理，故此处明确译出"盟邦会议"。

议案

真好啊，雅典人啊，将公共事务的记录保存下来的这个做法真好啊，这些记录是无法改变的，是不会与那些政治上变节的人一起改变的，而是会允许人民在他们随时想要的时候就能看清楚那些很久以前是卑劣之徒、现在却摇身一变自称是优秀人士的家伙。

[76] 我还要说的就是他的谄媚行为。这个德谟斯提尼，雅典人啊，可以证实的是，他在担任五百人议事会成员的一年期间，从来没有邀请过哪个使团到酒神庆典的贵宾席入座，就只有这唯一的第一次，他邀请了使团到贵宾席入座，还在上面搁了靠垫，还铺上了红毯子①，还在天刚亮的时候就把使团领进了剧场，大家看不过他的无耻谄媚行为，都对他吹口哨了。等使团要离开去忒拜②的时候，他又帮他们雇了三对③骡子，还一路送了出去，④让国家蒙羞。就不偏题了，⑤请为我宣读关于贵宾席的那个议案。

议案

[77] 然后呢，雅典人啊，这位如此精于谄媚之人，刚第一个

---

① φοινικίς 本义"红色或紫色的帘子、毯子"，格–舒注说是在座位边上挂了紫挂毯，亚当斯和凯里都只译成"铺了毯子"，德迪奥斯译作"四周挂了紫色的布"，奥热和格卢斯金娜译出了"紫"字，木曾则译为"铺着红布"。
② 洛布本无"去忒拜"。
③ 参见埃斯基涅斯《为奉使无状事》第 111 节注释。
④ 洛布本作"还一路把使团送去了忒拜"。
⑤ 原文 ἵνα δ' ἐπὶ τῆς ὑποθέσεως μείνω 直译"为了留在正题里"。

从卡里得摩斯①那边的眼线②听说腓力死掉了③，就拿诸神来撒谎，给自己编造了一个梦中看到的场景，不说是从卡里得摩斯那边得到的消息，却说是得到了宙斯和雅典娜的通知，就这么在光天化日之下以伪誓冒犯神明，说这些神明在晚上跟他交流，向他预言即将发生的事情。就这样，在他自己的女儿死了还不过七天的时候，在他还没有按传统习俗完成哀悼的时候④，竟就头戴花环，穿上光艳的白衣，杀牛献祭，如此不知廉耻⑤，这个可怜人，刚刚失去了第一个也是唯一一个称他为父亲的人！

[78] 我不是在嘲笑他的不幸，而是要审查他的本质。因为一个憎恶自己孩子的人，一个糟糕的父亲，是永远不会成为一位优秀的人民领袖的；一个连自己最亲密最血脉相连的人都不爱的人，是永远不会把你们这些外人放在心上的；一个私下如此卑劣的人，是永远不会在公事中有所助益的；一个在家中如此不堪的人，是永远不会在出使马其顿的时候表现得优秀出色的。他改变的不是

---

① 木曾注云，前357/356年获得雅典公民权、优卑亚出身的雇佣军统领。他活跃于爱琴海，渐次换了主人，以其战略才能得到重用。且与色雷斯王家族第二代结姻，前336年腓力遭暗杀时，作为雅典将军正在北方前线。前335年亚历山大大帝要求引渡的十或八名雅典要人当中，包括了他在内。
② 亚当斯、凯里、格卢斯金娜和木曾皆译作"卡里得摩斯派出的哨探"，奥热译作"卡里得摩斯派来的信使"，德迪奥斯译作"卡里得摩斯那边来的间谍"。
③ 在前336年。
④ 格–舒注云，传统上需为家人服丧，着黑衣三十日。
⑤ παρενόμει 本义"违法乱纪"，此从格–舒翻译，亚当斯和凯里的处理也类似，奥热译作"干犯天纪"，德迪奥斯译作"违背规范"，格卢斯金娜和木曾译作"玷污传统"。

本质，而是立场。

[79] 他改变了他的政治立场，这就是那第二个时期了，那么，这到底是由于什么呢？为什么菲罗克拉忒斯因为采取了跟德谟斯提尼一样的政治立场，就被控告了，然后只好流亡①，可是这个德谟斯提尼却突然冲上来控诉别人来了？这个双手沾满鲜血的家伙又是怎么把你们带进种种灾难之中的？这些值得你们特别留意倾听。

[80] 当时，腓力甫一越过关口②，在大家全无思想准备的情况下摧毁了福基斯诸城，还帮着忒拜变得特别强大——至少当时在你们看来是这样——强大得太出格，太不利于你们，你们便在恐慌之中从郊野各处匆忙把浮财搬运进来，被派去处理和平事宜的使团则被严厉指责，其中特别是菲罗克拉忒斯和德谟斯提尼，因为他们不单单是使团成员，还是提案人。[81] 就在这个时候，发生了德谟斯提尼跟菲罗克拉忒斯的决裂。其实呢，他们决裂的原因你们大概也能猜到：大体在这种混乱情形之中，他出于自身的卑劣，出于胆怯，出于对菲罗克拉忒斯拿到的贿赂的嫉妒③，就开始考虑未来了；他是这么想的，要是他突然跳出来控告跟他一起出使的人，控告腓力，那么肯定地，菲罗克拉忒斯就完了，其他一起出使的人也就危险了，而他自己却能博得个好名声，他

---

① 前343年（在奉使无状案审理之前），菲罗克拉忒斯被控受贿卖国，主动选择流亡。
② 前346年6月，腓力进占温泉关。
③ ζηλοτυπίας，各译本按本义处理，凯里译作"竞争"。

这个出卖朋友的无耻之徒却能装成忠诚于人民的人了。

[82] 那些与国家的安宁为敌的人把他看得清清楚楚，很高兴地召唤他走上讲坛，还给他加上了一个什么"城邦之中唯一不可腐化之人"的名头，而他则走上前来回报他们，挑起战争与不和的事端。是他，雅典人啊，是他首先发现了塞里翁的堡垒，发现了多里斯科斯，发现了厄耳癸斯刻、密耳提斯刻、伽诺斯，还有伽尼阿斯，这些地方以前我们连名字都没有听说过。① 他狠命把事情搅得七颠八倒，要是腓力不派使节来，他就说这是看不起我们，要是派了呢，他就说派来的是间谍，不是使节。[83] 要是腓力提出要把争执交给一个客观公正的国家来仲裁，那么他就说在我们与腓力之间不存在什么客观公正的裁判。要是腓力提出给我们哈隆涅索斯岛②，他就来反对，不让我们接受，"除非他说的不是'交给'，而是'还给'"，就这么为一个字③争论不休。最后，他还去向那些违反和约而跟着阿里斯托得摩斯出使色萨利及马格涅西亚的人授予冠冕，就这么摧毁了和平，制造了灾难与战争。

---

① 德谟斯提尼指责埃斯基涅斯在与腓力谈判时拖延时间，导致腓力在签订和约之前有时间占领色雷斯地区的多里斯科斯、塞里翁、密耳忒农与厄耳癸斯刻等城，参见德谟斯提尼《为奉使无状事》第 156 节，《金冠辞》第 27、70 节。埃斯基涅斯在这里故意多加了，还故意弄错了几个城镇的名称，以示嘲讽。
② 今希腊阿罗尼索斯岛，当时被腓力占领。
③ 所争议的两个单词是 δίδωσιν（给）与 ἀποδίδωσι（还给），有两个音节之差，所以原文说"为几个音节"争论不休，这里按中文语境改译成"为一个字"。德谟斯提尼的意思是腓力必须承认这个岛原本属于雅典，只是被他非法占领，否则雅典就拒绝接受。

[84] 哦,他用"一道坚如青铜、坚如钢铁①的城墙"——这是他的说法——保卫了我们的领土,就是和优卑亚人以及忒拜人的同盟,对吧。哈,雅典人啊,这个事情才是他对你们最严重的罪行,才是你们最没弄明白的地方。我倒是很想讲讲那个跟忒拜人极佳的同盟,不过呢,我还是按顺序来吧,首先来回忆一下和优卑亚人的那个②。

[85] 其实你们,雅典人啊,从卡尔喀斯人谟涅萨耳科斯③手中受过很多很严重的伤害,那个人就是卡利阿斯与陶洛斯忒涅斯的父亲,而这位先生拿了工钱之后居然厚着脸皮提议授予这两个人雅典公民权。还有,你们也受了厄瑞特里亚人忒弥宋④的伤害,那个人在和平时期夺走了我们的俄洛波斯⑤。不过你们是有心不提这些罢了,不仅如此,当忒拜人侵入优卑亚,打算奴役那里的各个城邦的时候⑥,我们在五天之内就派出了海军和陆军去援助

---

① ἀδάμας 本义"坚不可摧的物质",带有某种神话性质,在古典时代逐渐转为指某种铁合金,到后来特别是在中世纪进一步转为指金刚石。此处译作"钢铁",是因为当时这个词在比喻意义上应该是指某种特别坚固的铁合金(也就是理想的"钢"),不牵涉到当时希腊是否已有现代意义上的"钢"的问题。
② 木曾注云,关于优卑亚同盟,参见《金冠辞》第95—101节。
③ 卡尔喀斯僭主。
④ 参见埃斯基涅斯《为奉使无状事》第164节及注释。
⑤ 雅典与彼奥提亚边境上的军事据点,前366年被忒弥宋占领而后交给忒拜。参见德谟斯提尼《为奉使无状事》第22节、埃斯基涅斯《为奉使无状事》第164节及注释。
⑥ 前357年。

他们，不到三十天就迫使忒拜人求和退走①。我们当时控制了整个优卑亚，却公正合理地把都保留着原有政治制度的城邦归还给了将它们托付出来的人，那是因为我们觉得我们不应该对信任我们的人怀恨在心。

[86] 卡尔喀斯人从你们这里领受了这样的照顾，却并不同样奉还好意，后来，你们去优卑亚援助普路塔耳科斯②的时候③，他们一开始倒是佯装对你们友好，可是后来我们刚一到达塔密奈，刚一翻过科堤莱翁山，那时，卡尔喀斯人卡利阿斯④，就是那个德谟斯提尼领了工钱来夸赞的人，[87] 他看见我国的军营扎在了一片狭小的危险地带，要是我们不能打一个胜仗，就无法从那里撤退，也不可能从陆上或海上取得援助，他就从整个优卑亚召集军队，去向腓力请求增援，而他的兄弟陶洛斯忒涅斯，就是那个现在对每个人都笑脸相迎的人，则带了福基斯的雇佣兵，一起过来要消灭我们。[88] 要不是首先托蒙神明庇佑了这支军队，其次托蒙你们的步兵与骑兵战士都奋勇顽强，在塔密奈的赛马场边上排开了阵势，取得了战斗的胜利，迫使敌人求和离开的话，国家就很有可能惨败蒙羞。在战争之中失利本来也不一定是了不得的坏事，但为了对付一些配不上自己的对手冒上风险然后还一击不

---

① 原文 διελθεῖν ὑποσπόνδους... ἀφήκατε, 指击败敌人之后立下休战协定，迫使失败的敌人依据该协定放弃战场而退走，化译如此。
② 厄瑞特里亚僭主，统治时期在忒弥宋之后。
③ 凯里注云，前348年。
④ 此时已继位，成为卡尔喀斯僭主。

中，那才真叫双倍的灾难。

可是，你们经受过如此种种之后，却又回头跟他们和解了①。

[89] 卡尔喀斯人卡利阿斯得到了你们的宽恕，没过多久，又回到他的老路上，说要在卡尔喀斯召开一个全优卑亚大会，其实呢，是要把优卑亚搞得强大起来，来对付你们，再顺便弄一个王位②给自己当特别犒赏。彼时，他想要得到腓力的帮助，就去了马其顿，跟着腓力四处跑，成了腓力"伙伴"③之中的一员。[90] 然后他又得罪了腓力，就从那儿逃走，匆匆跑去甸在忒拜人面前。他又抛开了他们，掉头的次数比他以前住在边上的欧瑞波斯海峡还要多④，结果就是他落到忒拜人和腓力两头敌意的正中间。他不知道该怎么办才好，征讨他的命令已经发出，他能看见的得救的希望就只剩下一条，就是让雅典人民与他宣誓成为同盟，在有人过来攻打他的时候援助他，很明显，除非你们出手阻止，这事马上就会发生。

[91] 他这么盘算着，就派了格劳刻忒斯、安珀冬和长跑运动

---

① 在前348年。
② τυραννίς 本义"僭主的位置"，但卡利阿斯当时已是卡尔喀斯的僭主，他所谋的应是优卑亚共主的位置，仍按"僭主"翻译不妥，故取"不受法律限制的统治者、君主"义项，译为"王位"。
③ 腓力所建的亲卫骑兵队。
④ 格－舒注云，欧瑞波斯海峡（今仍名）是分开优卑亚岛与大陆的海峡，以水流频繁改变方向而闻名，19世纪的学者曾观测到水流在二十四小时内改变流向十四次。木曾注云，揶揄变节的常用修辞。按，参见许佩里得斯《控诉德谟斯提尼》残篇第5号。

员狄俄多洛斯出使前来，他们给雅典人民带来的只有空头许诺，给德谟斯提尼和他的党羽带来的则是银子。他同时要买的是三样东西。第一，在与你们结盟这件事上不能失败，他已经没有别的出路了，要是雅典人民记起了他以前的罪行，不接受这个盟约的话，他要么就得从卡尔喀斯逃跑，要么就会被抓住杀掉，当时腓力和忒拜人派来攻打他的兵力就是这么厉害。第二，那个拿了钱的家伙要在盟约里写下一条，就是卡尔喀斯不必派代表到雅典列席盟邦会议。第三，他也不必缴纳盟邦贡金。①[92] 卡利阿斯的这些目标一个都没有落空，这位俨然跟各种僭主都势不两立的德谟斯提尼，这位克忒西丰说是"为国家发表最佳言论"的先生，把国家的机遇全部拱手出让，在盟约里写下我们必须援助卡尔喀斯人，而这些换来的只有一句空话，说得倒是好听②，他写的是"同时，卡尔喀斯人必须在雅典人遭受攻击时提供援助"。[93] 至于盟邦会议的席位，至于贡金，这些都是我们在战争中取得成功的保障，他整个都出卖了，还用一堆特别漂亮的字眼来写下最最可耻的内容，用言语说服你们，说什么我国应该首先在任何希腊人需要援助的时候提供援助，在干了好事之后再来考虑要求他们加盟的事。为了让你们清楚我说的这些都是事实，请为我取出维护卡利阿斯利益的盟约议案。请宣读这一议案。

---

① 按亚当斯和凯里的解释，如果需要派代表列席、缴纳贡金，即把卡尔喀斯的地位降到类似于属国的地位，必须接受雅典的领导；而不派代表列席、不缴纳贡金，就意味着卡尔喀斯与雅典是以平等地位单独结盟。
② 原文 εὐφημίας ἕνεκα 直译"为了好听"，化译如此。

议案

[94] 这已经够可怕的,这么好的机会、盟邦会议的席位、贡金,这些通通都被出卖掉,可是接下来我要说的还要更可怕。卡尔喀斯人卡利阿斯竟然变得如此狂妄、如此贪婪,而这个德谟斯提尼,这位克忒西丰极力吹捧的先生,竟然如此贪贿无度,他们居然把俄瑞俄斯和厄瑞特里亚缴纳的贡金,十个塔兰同之多的贡金,在你们还活着还弄得明白还看得清楚的情况下,就偷偷摸摸地从你们这儿拿走,把这些城邦派来列席盟邦会议的代表也拉走,转过头来送到卡尔喀斯城里,送去一起参加那个所谓的全优卑亚大会。他们是怎么做到的?是通过什么样的欺诈手段做到的?你们现在该好好听一听了。

[95] 这个卡利阿斯,他不再通过信使来跟你们联系,而是自己来了①,到公民大会会场里发言来了,说了一通话,其实都是德谟斯提尼预先帮他准备好的。他说他刚从伯罗奔尼撒过来,他已经做好布置,总共可以弄到一百个塔兰同的钱来对付腓力②,还过了一遍账,说了每个城邦该付多少,亚该亚联盟和麦加拉总共付六十个,而优卑亚城邦联盟付四十个。[96] 他说,有了这笔钱,就可以组建海军和陆军,还说还有很多别的希腊人愿意共同参与出资,所以既不会缺钱,也不会缺人。总之这些就是可以公开说

---

① 凯里注云,前340年。
② 格–舒注云,《十大演说家传》的记载说是五百个塔兰同,可能五百个塔兰同是反腓力联盟的总资金,而一百个是其中卡利阿斯经手的部分。按,本节下面的内容似乎也支持这种说法。

的情况了,他说他还做了很多秘密布置,我们国家里有人可以做见证,最后,他指名召唤了德谟斯提尼,请他作支持发言。

[97] 德谟斯提尼就庄严肃穆地走上台来,极口称赞了卡利阿斯,装作知道这些秘密事项的样子,然后就说他想向你们报告一下他出使伯罗奔尼撒和阿卡耳那尼亚的情况。他发言的主旨就是,整个伯罗奔尼撒都已经准备好了,整个阿卡耳那尼亚都已经被他团结起来反对腓力了,① 现有资金足够装备一百条快船的人手,还足够招募一万名步兵和一千名骑兵②。[98] 除了这些③,还有公民兵也准备好了,从伯罗奔尼撒就可以派出两万④人以上的重装步兵,从阿卡耳那尼亚也可派出这么多,这些的指挥权则是交给你们了。这些不用等很久,在八月十六日⑤那天就可以实现。他已经在各城邦发了通知,召集大家派代表来雅典于月圆之日⑥列席会议。这个家伙与众不同、独一无二的做事方式就是这样。[99] 别的骗子在说谎时,会想办法说一些模棱两可、含混不清的话,

---

① 这里两句显然是互文性质,即伯罗奔尼撒和阿卡耳那尼亚都准备好要反对腓力了,德迪奥斯便是这么处理的。
② 德谟斯提尼自己说是一万五千名步兵和两千名骑兵,参见《金冠辞》第 237 节。格-舒注认为德谟斯提尼说的是各国承诺派出的兵力,而埃斯基涅斯说的是实际参战的兵力。另一种观点认为德谟斯提尼加上了忒拜(当时未加入反腓力联盟,后来才加入)的兵力。
③ 前面说的是雇佣兵。
④ 洛布本作"两千"。
⑤ 洛布本注云,前 340 年 3 月 9 日。
⑥ 洛布本注云,前 340 年 3 月 7 日。但德迪奥斯认为应该是八月十五,则是 3 月 6 日。

会担心被别人揭穿，而德谟斯提尼吹牛时，在撒谎之前还会先赌个咒，立誓愿让自己遭受彻底的毁灭，然后呢，哪怕是明知永远不可能发生的事，他也敢信口开河，说在某个特定时刻就会发生，哪怕是他从没见过的人，他也会列出他们的名字，他就这样欺骗你们的耳朵，装成一个说真话的人的样子。就凭这一点，这个人实在是特别地应该被大家记恨，因为他不单单是个混蛋，还把各种诚实人的标志都毁掉了。

[100] 德谟斯提尼说了这些之后，就把一份议案交给书记员宣读，这份东西比《伊利亚特》还要长，比他平常一贯说的那些话、比他过着的那种生活方式还要空洞，满是不可能实现的希望，满是永远不会集结的军队。他就这样把你们的注意力引离他的骗局①，用那些希望吊着你们，然后就突然蜷缩起来②，提出了这么个议案，要你们选出使团派往厄瑞特里亚，去请求厄瑞特里亚人——是啊，是该请求他们啊！——不要再向你们缴纳五个塔兰同的贡金，而是向卡利阿斯缴纳，另外再派一个使团去俄瑞俄斯，请求他们与雅典友敌相共。[101] 然后，他就暴露了他在这个议

---

① κλέμματος 本义"赃物"、"欺诈手段"，各译多译作"诈骗"，但奥热译作"恶行"，德迪奥斯译作"贪污"。

② 格－舒注认为 συστρέψας（卷起）这个词是形容德谟斯提尼像毒蛇一样在出击之间突然蜷缩起来蓄力，亚当斯、德迪奥斯、格卢斯金娜和木曾认为这个词是说最后的议案稿把前面的长篇大论"收缩"起来变得简短，凯里处理为"集聚起信心"，奥热加工成"达成了目标"。

案中的目标，围绕着一切的，就是盗窃[①]。他在里面还写了，要让我们的使团请求俄瑞俄斯不要把五个塔兰同的钱给你们，而是交给卡利阿斯。为证明我说的是事实，请略过那些吹嘘、那些三层桨战舰、那些大话不去宣读，而请着重提一下那个双手沾满鲜血的亵渎神明的人偷偷摸摸拿走了的那些赃物[②]，说的就是克忒西丰在提案中说成"一向为雅典人民发表最佳言论、采取最佳行动"的那位先生。

议案

[102] 所以说，那些三层桨战舰啦，陆军啦，月圆之日啦，会议代表啦，都是说给你们听罢了，实际上呢，盟邦的贡金，十个塔兰同的钱，你们可是真的丢掉了。

[103] 我剩下要说的，就是德谟斯提尼是拿了三个塔兰同的工钱才提了这么个议案，其中一个塔兰同是卡尔喀斯通过卡利阿斯付的，一个是厄瑞特里亚通过僭主克勒塔耳科斯付的，还有一个是俄瑞俄斯付的[③]，就是由于这最后一个，这件事才被清楚揭露出来，因为俄瑞俄斯采取的是民主制度，他们的一切事务都是通

---

① κλέμμα，亚当斯译作"盗窃"，凯里译作"欺诈"，奥热译作"贪欲"，德迪奥斯译作"贪污"，格卢斯金娜译作"劫掠"。考虑到这里指的是把钱挪给卡利阿斯，而不是德谟斯提尼本人取得钱，因此从亚当斯处理为"盗窃"。
② κλέμμα，亚当斯译作"骗局"（ὑφείλετο 也相应处理为"实施"而不是"偷偷拿走"），奥热译作"贪欲"（且对本句其余部分改动较大），其余各译一般都按照"盗窃"之意翻译。
③ 埃斯基涅斯并没有解释为什么厄瑞特里亚和俄瑞俄斯会主动付钱要求服属于卡尔喀斯。

过决议来执行的。他们当时已经被战争拖垮了，彻底没钱了，就派了格诺西得摩斯——此人是曾经在俄瑞俄斯极有地位的卡瑞革涅斯的儿子——去找德谟斯提尼，请求他为他们城邦免了这一个塔兰同的钱，并提出愿意为他在俄瑞俄斯立一座青铜塑像。[104] 德谟斯提尼一口回绝了格诺西得摩斯，说他最不缺的就是塑像，然后就通过卡利阿斯去收那一个塔兰同。俄瑞俄斯人被逼得没办法，就把他们城邦的收入抵押给了德谟斯提尼，算是从他那儿先借了这一个塔兰同，[①] 每个月为这笔贿赂向他付百分之一的利息，[②] 直到付清本金为止。[105] 他们这么做是通过公民大会立下了决议的。为证明我说的是事实，请为我取来俄瑞俄斯人的议案。

议案

这就是那份议案，雅典人啊，就是我国的耻辱，就是关于德谟斯提尼从政行为方式的强有力的证据，就是对克忒西丰的明显指控。如此无耻受贿的人，不可能变成一个优秀的人，不可能变成克忒西丰厚着脸皮在议案中[③] 描述的那样的人。

[106] 现在该轮到那第三个时期了，或者应该说是最最悲惨的那个时期，就是德谟斯提尼毁掉了全希腊人的一切、毁掉了我们

---

① 原文直译"拿公共财政的收入当成了这一个塔兰同的抵押给他"。此处在原文的基础稍作扩展，以便把里面的财务情况解释得清楚些。
② 原文直译"每个月为每个米那付一个银币的利息"，一个米那等于一百个银币，所以就是百分之一的月息。古希腊一般不计复利，所以这等于年平息百分之十二。格-舒注云，这在当时属于正常放贷利息。
③ 洛布本无"在议案中"。

国家的一切的那个时期,这都是因为他亵渎了德尔斐的神殿,还提出了那个与忒拜人的不公正的并且完全不平等的盟约。我将先从他对神明的罪行讲起。

[107] 说来话长,雅典人啊,从前那块①喀耳剌的平原和港湾,现在被叫做"不祥的②、被诅咒的地方"③。当时,那块土地上居住着喀耳剌人和克剌伽利代人,都是无法无天④的人,他们经常亵渎德尔斐的神殿,亵渎祭品,冒犯周边城邦议事会成员国。对这种情形最为愤怒的,说起来,就是你们的祖先,还有其他议事会成员国里的人,他们就向神明寻求了神谕,询问应该如何惩罚这些人。[108] 皮提娅⑤便降下神谕答复他们,指示他们对喀耳剌人和克剌伽利代人整日整夜地作战,残毁他们的乡村与城市⑥,奴役他们的人民,将那里奉献给阿波罗、阿耳忒弥斯、勒托与前殿的雅典娜⑦,永远抛荒,他们自己不得耕作这片土地,也不得

---

① 洛布本有"叫做"一词。
② ἐξάγιστος,亚当斯和凯里处理为"奉献给了神明的",其余各译按本义翻译似更通顺。
③ 格-舒注云,喀耳剌是通往德尔斐的港口,当地居民向前来祭拜的香客收取大量过境费,导致周边城邦不满,遂于前595年发动第一次神圣战争,摧毁喀耳剌,宣布其附近平原为被诅咒的地区,从此不得耕作。
④ 此处用的是 παράνομος(也就是描述议案"违宪"的那个词)的最高级形式,埃斯基涅斯这样遣词或许是为了让人联想到本案主题。
⑤ Πυθία,主持德尔斐阿波罗神殿的女祭司。
⑥ 洛布本无"与城市",则 χώρα 一词也可理解为"土地"、"领土",此处有"与城市"一词组,因此译为"乡村"。
⑦ 格-舒注云,德尔斐阿波罗神殿的前面有一座雅典娜神殿。

允许其他人耕作。周边城邦议事会取得这份神谕，便经既善于立法、也精于诗歌与哲学的雅典人梭伦提议而立下决议，遵照神谕，进军攻打这些被诅咒的人。

[109] 他们便从周边城邦议事会成员国聚集了大量兵力，彻底奴役了那些人，铲平了他们的港口和村社，奉献了那片土地，如神谕所令。他们还就此立下强有力的誓言，自己决不耕作这块奉献给了神明的土地，也不允许其他人耕作，而是一定会以手，以脚，以声音，以一切能力为神明、为这块奉献给了神明的土地提供帮助。[110] 他们不单单满足于立下这样的誓言，还为此写下了祷文，写下了强有力的诅辞。在诅辞中是这么写的："若有——"它写道，"城邦，若有个人，若有族群，有违于此，则——"它继续写道，"必遭[①]阿波罗、阿耳忒弥斯、勒托与前殿的雅典娜的诅咒。"[111] 并且它诅咒：这些人的土地必不得结出果实，其妇女产子必不似生父而类妖孽，其牲畜必不自然繁衍，其人在战场上、法庭上、会场上必遭失败，其人自身、其家室、其族群必遭彻底的毁灭。"其必永不能，"它写道，"如式祭拜阿波罗、阿耳忒弥斯、勒托或前殿的雅典娜，这些神明必不接受他们的祭品。"

[112] 为证明我说的是事实，请宣读来自神明的谕示。请听那份诅辞。请回忆起你们的祖先与其他德尔斐周边城邦议事会成员国共同立下的誓言。

---

① 原文 ἐναγής... ἔστω 直译"愿其遭受诅咒"，此处仿效中文诅咒的语气，本篇第 111 节亦如此处理。

神谕：

在尔等不得夷平该城、不得占据城楼之前，
神之禁地当先由黑眼① 安菲特丽特②
以波涛洗濯，于属神之堤岸激荡流水之声。③

誓言

诅辞

[113] 这份诅辞、这些誓言、这则神谕都勒石保存至今。而安菲萨④的罗克里斯人，或者说他们的头领，都是一群无法无天的人，他们在这片原野上耕作，为这个不祥的、被诅咒的港口重新建起城墙，在里面居住，对航海前来的人征收费用，通过贿赂腐蚀了一些前来德尔斐的周边城邦议事会常务代表⑤，其中之一就是德

---

① κυανῶπις 是对安菲特丽特的常见形容词，有译作"黑眼"，也有译作"面色阴郁"的。凯里译作"蓝眼"，似与各词典不符。
② 海中女神，波塞冬之妻。
③ 这份神谕的文字是后来混入的，与前面的内容不相符。托伊布纳本标记为赘文。木曾更指出，后世的编者或抄写员引用的，可能出自波桑尼阿斯《希腊志》第10卷第37章第6节。
④ 在德尔斐西边，属于罗克里斯地区。
⑤ 格–舒注引《希腊罗马古典辞典》（William Smith, William Wayte, and G. E. Marindin, *A Dictionary of Greek and Roman Antiquities*）中的 Amphictyones 词条云，德尔斐周边城邦议事会各成员国所派代表分为两种，大使（ἱερομνήμων）和常务代表（πυλαγόρος），雅典每年投票选出三名常务代表，另抽签选出一名大使（任期可能不止一年），大使和常务代表的分工不是非常清楚。亚当斯注云，常务代表参与议事会讨论，但最终投票权属于大使。按，官职的名称乃根据描述试译。

谟斯提尼。[114] 他被你们投票选举成了常务代表，就从安菲萨人手里收下了两千个银币，为的就是不要在议事会上有人提起他们。他们还跟他约定好了，以后每年往雅典给他送二十个米那的不祥的、被诅咒的钱，作为回报他就要在雅典以一切方式帮助安菲萨人。从那以后，有件事情就比以前还要厉害，就是不管他跟谁纠缠上，不管对方是普通人，是君王①，还是一个民主制度的国家，他就会把那个对象送入无可救药的灾难之中。

[115] 看哪，神明和命运是何等地强于安菲萨人的亵渎啊。在忒俄佛剌斯托斯担任执政官之年②，阿纳佛吕斯托斯村人狄俄格涅托斯担任着驻德尔斐周边城邦议事会大使，至于常务代表，你们选举出了那个著名的阿纳古儒斯村人墨狄阿斯③——我真希望，我有很多理由希望，他现在还活着——也选出了俄伊翁村人特剌绪克勒斯，还有第三个嘛，那就是我了。当我们刚到达德尔斐的时候，大使狄俄格涅托斯就发烧病倒，墨狄阿斯也落到同样的境地。其余议事会成员国代表则就座了。[116] 有想要对我国展示善意的人通知我们，说安菲萨人——当时他们服属于忒拜人，非常奴颜婢膝地为他们效劳——正要提出一条针对我国的议案，要向雅典人民处以五十个塔兰同的罚金，原因是我们在新神殿前陈列

---

① δυνάστου 本义"统治者"，化译如此。
② 前340—前339年。
③ 本篇第52节提到的那个德谟斯提尼的仇人。

了金盾，而当时神殿还没有正式祝圣，[1] 我们还在上面刻下了与之相称的铭文："此系雅典人从米底人与忒拜人处缴获，其时彼等对希腊人作战。"[2] 大使就召我前来，请求我去议事会里对成员国代表为我国发言，我本人也早已有此心意。

[117] 我刚开始发言——我当时有那么点过于急切地走入会场，其余常务代表都已经离席了[3]——这时候，一个安菲萨人喊了起来。这人是一个混蛋，在我看来根本就是没有受过教养的，大约是哪位神明在引导他走向错误。"根本不应该啊，"他说，"希腊人啊，你们要是还有那么点理智，你们就根本不应该在这些日子里哪怕说出'雅典人'这个名称啊，你们应该把他们按照被诅咒了的人处置，从这座神殿里赶出去啊。"[118] 他还提起了那个和福基斯的同盟[4]，就是那位著名的圆髻先生[5]发起的那个，还详

---

[1] 这里的金盾是敷了金的从战场缴获的盾牌，奉献给了神明作为祭品。格－舒注云，所谓陈列在新神殿有两种解释，一种是指最早的德尔斐神殿于前548年毁于火灾，其后重建，但工期漫长，在希波战争结束时尚未正式祝圣，陈列一事系发生于重建之时；另一种是指神殿建筑群中最近新增一建筑，而金盾也最近重新敷金，陈列一事就是将金盾放在这个新建筑中，系发生在最近。
[2] 希波战争中，忒拜投降了波斯，并作为仆从国与其余希腊城邦作战。这是忒拜最忌讳提起的事情，也是与忒拜不睦的城邦最喜欢拿来嘲笑忒拜的事情。希腊人说"米底人"时一般即指波斯人。
[3] 格－舒注认为虽然这句话从字面上说可以指当时讨论已经结束，只有各国大使还在场准备投票，但也许理解为"其余常务代表都起身给我让道"更合适一些。
[4] 在第三次神圣战争中，雅典与福基斯结成同盟。福基斯在此战中劫掠德尔斐神殿财物充作军费，因此雅典被其敌方指为亵渎神明的同犯。
[5] 参见《控诉提马尔科斯》第64节。

细列出了好多好多对我国的可恶的攻击之词,我当时就完全听不下去,现在也不想去回忆这些。我听着听着,就越来越受刺激,我一辈子都没有受过这样的刺激。我就不提其他的那些话了,当时,我突然有了这么个想法,要提起安菲萨人对神之禁地的亵渎行为,就从我站着①的地方,我向议事会指了出来,喀耳剌的原野就在神殿下面,可以清楚看到。

[119]"看哪,"我说,"议事会的先生们啊,看看那片原野,已经被安菲萨人在上面耕作,陶器工场和农庄都已经造好,睁大眼睛看看,那不祥的、被诅咒的港口已经建起了城墙,你们自己都能明白,不需要什么别的证人,他们已经连税款外包都做好了②,已经从这个属神的港口取得了钱财。"我同时让人向他们宣读了那份神谕、那份祖先的誓言,还有后来的那份诅辞。我就明确宣布说:[120]"我,代表雅典人民,代表我自己、我的孩子们、我的家室,现在要依据这份誓言向神明,向属神的土地,以我的手、我的脚、我的声音、我的一切力量提供帮助,要当着神明被除我的城邦,③你们则请自便。祭祀用的篮子已经准备好了,牺牲已经站在祭坛前面,你们正要向神明祈求为公为私降下福祉。

---

① 原文 αὐτόθεν ἑστηκὼς,此从亚当斯、奥热、格卢斯金娜及格-舒注的理解。凯里、德迪奥斯和木曾译作"我就从那里站了起来,并从同一个地方(向议事会指了出来)"。
② 原文 τέλη πεπρακότας 的本义就是把收税的工作承包出去,此从亚当斯和格卢斯金娜,尽量按本义翻译,奥热、凯里和德迪奥斯都简单译作"收税"。
③ 原文 τὴν πόλιν τὴν ἡμετέραν τὰ πρὸς τοὺς θεοὺς ἀφοσιῶ 直译"我要被除我们的城邦对神明所做的一切",化译如此,类似格卢斯金娜的处理。

[121] 好好想想吧,要以什么样的声音,什么样的心灵,什么样的表情,带着什么样的厚颜无耻,你们去向神明祈愿,如果说你们居然不惩罚你们面前的这些受了诅咒的人。那里面没有打哑谜,而是在诅辞里① 清清楚楚地写了,对亵渎神明的人应该如何处置,还有对那些听之任之的人,最后② 是:'其必永不能,'它写道,'如式祭拜阿波罗、阿耳忒弥斯、勒托或前殿的雅典娜,这些神明必不接受他们的祭品。'"

[122] 我详细说了这些,还有很多其他的话,在我离席退场之后,议事会场里响起了巨大的喊声与躁动,再也没有一个字提到我们陈列的盾牌,而是全都在提惩罚安菲萨人的事。天色已晚的时候,传令官走上前来发布宣告,所有发育已满两年③ 的德尔斐人,无论奴隶还是自由人,次日一早必须携带铲子和双股叉④ 到那个叫做"献祭之地"的地点⑤ 集合;同一位传令官继续宣告说,各位大使与常务代表必须前往同一地点向神明与属神之地提供帮助,"凡有城邦不出席者,必被禁止进入神殿,必受诅辞所诅咒"。

[123] 第二天一早,我们到了预定的地点,就下到喀耳刺的平

---

① 洛布本无"在诅辞里"。
② 洛布本有"在诅辞里写的"一词组,托伊布纳本认为赘文。
③ 格–舒注认为是指已度过人生的第十六与第十七年(即按现代周岁算法年满十七岁),也有认为是年满十六岁的。
④ δίκελλα 在《希英词典》的解释就是"有两个头的叉子",故译如此,亚当斯译作"鹤嘴锄",凯里和格卢斯金娜译作"镐",德迪奥斯译作"锄头",奥热译作"镰刀"。
⑤ 格–舒注云,具体地点不详。

原上，铲平了港口，烧掉了房屋，然后就往回走。我们做这些事情的时候，安菲萨的罗克里斯人——他们住在离德尔斐六十斯塔迪亚[1]的地方——就全副武装地集结了所有兵力，向我们冲了过来；要不是我们一路狂奔刚刚好逃进了德尔斐，会被他们杀光的[2]。

[124] 第二天，担任议事会主席[3]的科特堤福斯召集周边城邦议事会全员大会。所谓全员大会，就是不单单有常务代表和大使列席，所有前来献祭和向神明求祷的人也一并参加。在会议上，提出了很多针对安菲萨人的指控，对我国则多有赞美，讨论的最终结果，就是表决宣布，在下一次会议之前[4]，各国大使应于指定时间前往温泉关，并携带一份关于如何惩罚安菲萨人对神明、对属神之土地、对议事会成员所犯罪行的决议。为证明我说的是事实，法庭书记员将会对你们宣读这份决议。

决议

[125] 我们将这一决议传达回了五百人议事会，也传达回了公民大会，公民大会也核准了我们的行为，全国上下都倾向于采取虔敬的行动。而德谟斯提尼，他为了从安菲萨人那里来的、已经

---

[1] 约合十一公里，参见《控诉提马耳科斯》第 99 节注释。
[2] 原文 ἐκινδυνεύσαμεν ἂν ἀπολέσθαι 直译"就有被杀掉的危险了"，化译如此。
[3] 原文 ὁ τὰς γνώμας ἐπιψηφίξων 直译"负责将议案提交表决"。此处从亚当斯和格卢斯金娜的加工方式。
[4] 亚当斯注云，每年议事会召开两次会议，春秋各一次，会议开幕之前所有与会代表在温泉关集结，然后一同前往德尔斐。格–舒注云，当时已是秋季，不适合开展军事行动，因此将行动时间推迟了。

寄放到了掮客手里①的那笔钱，就发言反对，我则当着你们的面清清楚楚地驳倒②了他，然后呢，这个家伙，没有办法明着跟国家作对③，就走进了五百人议事会会场，赶走了听众，搞了一个决议案送到公民大会，这完全是利用了提案人没有经验这一点。[126] 他就成功地把这个在公民大会里提交表决，决议案通过了，成了公民大会的决议。当时公民大会正要散场，我已经走掉——我是决不会听任这种事发生的——大部分人也一样已经走了。这份东西的主题就是："雅典人派出的大使，"它写道，"与在职常务代表④当于祖辈所指定的时间前往温泉关及德尔斐。"听着很不错是吧，实际上呢，可耻之极，它的意思就是不让他们去参加将在温泉关召开的特别会议，这个特别会议是必然要在通常时间之前召开的。[127] 还有，就在这同一份议案里，他还写了更清楚得多、更伤人得多的一条呢。"雅典人派出的大使，"它写道，"与在职常务代表不得加入该地与会诸人，不得以语言、行动、决议或其他任何方式加入。"这个"不得加入"是什么意思？我是应该说实话，还是说一些听着顺耳的话？我要说的是实话，

---

① μεσεγγυήματος，此从《希英词典》及格-舒注翻译，类似德迪奥斯的处理方法，其余各译都处理成"商量好的钱"、"约定好的钱"之类。
② 亚当斯译作"坐实"，凯里和格卢斯金娜译作"揭露"，奥热译作"震惊"，木曾译作"诘问"。因此词也有"驳倒"的意思，似更通顺，此从德迪奥斯的处理方式。
③ 凯里、德迪奥斯和奥热都译作"欺骗国家"，格卢斯金娜译作"撼动国家"，木曾译作"误国"。此从亚当斯的处理，译得笼统一些。
④ 格-舒注云，即不再选派特别代表的意思。

因为正是那些一直以来取悦于人的话，才把国家弄成了现在这个样子。它的意思就是：不得回忆起你们祖先立下的那些誓言，也不得回忆起那份诅辞，或是那份神明降下的神谕。

[128] 于是我们，雅典人啊，就根据这份决议留下，其余周边城邦议事会成员国则在关口集会，只除了一个城邦[①]，至于这个城邦的名字嘛，我就不说了，但愿它所遭到的那种灾难[②]不要落到任何一个希腊人的头上。他们集结之后，就作出了进军攻打安菲萨人的决议，并选出了担任议事会主席的法萨卢斯[③]人科特堤福斯作为将领。当时腓力并不在其本国马其顿，而是[④]根本不在希腊，是在西徐亚，就是这么的远，而德谟斯提尼现在倒会觍着脸说是我把他引来对付希腊人的。[129] 他们就入关[⑤]进行首次讨伐，然后对安菲萨人实行了非常宽大的处置：针对其最为严重的罪行处以罚款，并命令他们在指定时间奉献到神明之前，迁移[⑥]了那些遭咒的[⑦]、应对已发生的一切负责的人，而召回了那些由

---

① 指忒拜。
② 前335年，亚历山大摧毁忒拜城。
③ 参见德谟斯提尼《为奉使无状事》第36节注释。
④ 洛布本少一连词，作"也不在希腊，而是在西徐亚"。
⑤ 对παρελθόντες（通过），这里按亚当斯和格卢斯金娜的译法处理为"入关"，凯里和德迪奥斯认为是"到达（安菲萨）"，奥热没有明确译出。《希英词典》认为在这句话是"得胜"的意思，而格–舒注认为是"出兵"的意思。
⑥ 格–舒注指出这只不过是"放逐"的文雅说法。
⑦ 凯里的处理有"加上一个诅咒而流放了"的意思，其余各译的处理方式与此处基本相同。

于虔敬而流亡的人。但后来安菲萨人并不如数向神明交付罚金，而召回了那些遭咒的人，放逐了那些由周边城邦议事会召回的虔诚的人，因此就有了第二次针对安菲萨人①的讨伐行动，那是在很久以后了②，那时腓力已经从西徐亚的军事行动中返回。这一虔敬行为的领导权本来已经由众神交到我们手里，却由于德谟斯提尼的受贿行为而落空。

[130] 可是，难道神明没有向我们预言吗，没有预先提醒我们要提高警惕吗？除没有发出人类的声音之外，不是都做了吗？从来没有，真的，我以前从来没有见过哪一个国家，从神明那里得到了如此的庇佑，却还毁在某些职业演说人的手中。在秘仪之上发生的那件事——那些初入仪者的死亡，③难道够不上一个清清楚楚的预兆吗？难道阿墨尼阿得斯④没有就此预先警告你们要多加小心，要派人去德尔斐向神明卜问应该如何行事吗？而德谟斯提尼不是发言反对，说什么皮提娅是腓力一伙的吗？这个没有教养的，享用着、饱餐着你们给他的放任的家伙！[131] 最后，在献祭并不成功⑤、并不为神明所歆享的情况下，他不是还把军队

---

① 洛布本无"针对安菲萨人"。
② 其实隔了大概一年不到。
③ 格－舒注云，据《集注》说，在喀罗尼亚之战前不久，一些厄琉息斯秘仪的初入仪者在参加海中沐浴仪式时被鲨鱼拖走。
④ 格－舒注云，据《集注》说，是当时的著名卜者。
⑤ 原文 ἀθύτων... ὄντων τῶν ἱερῶν，此从《希英词典》的理解翻译，类似于德迪奥斯的处理。亚当斯和木曾译作"祭品冒烟"，凯里译作"祭品不见"，格卢斯金娜译作"献祭得到凶兆"，奥热模糊处理。

送进了显而易见的危险之中吗?而且就在前不久,他居然还厚着脸皮说,腓力之所以没有入侵我国领土,[①]就是因为在献祭时没有得到吉兆。什么样的惩罚才配得上你,你这个希腊之祸害?既然胜利者只因为在献祭时没有得到吉兆就不入侵失败者的领土,而你,根本没有看清楚未来的走向,却在没有取得吉兆的情况之下派出了军队,那么,你是应该为国家的不幸获得冠冕呢,还是应该被投尸荒裔[②]呢?

[132] 总而言之,有哪一桩想象之外的事,哪一桩预料之外的事,不曾在我们这一代发生呢?我们经历的真不是正常的人类的生涯,我们生来就注定要成为后人的奇谈。波斯国王,那个曾经挖通了阿托斯山[③]、曾经连贯[④]了赫勒斯滂[⑤]、曾经要求希腊人向他奉上土与水、曾经敢于在书信中说他是从日出之地到日落之地所有人类的君主的国王,现在难道不是不再为了对他人的统治权,而只是为了他自己的性命[⑥]在努力挣扎?我们难道没有看见,那

---

① 喀罗尼亚之战后,雅典已门户洞开,而腓力出于政治等方面的考虑未加入侵。
② ὑπερορίζω 一般都理解为"放逐",各译也都这样处理。此处翻译据格–舒注,即"杀死并将尸体扔到境外以免污浊国土"的意思,同时参见本篇第252节注释。凯里在注里也认为可能是这个意思。
③ 薛西斯入侵希腊时挖掘运河以贯通阿托斯山所处半岛。
④ ζεύξας 也有"制服"、"役使"一类的意思,此从亚当斯、格卢斯金娜(此二译者都译作"架桥")和木曾的理解翻译,其余各译似都取"制服"、"役使"的义项。
⑤ 薛西斯建造浮桥以越过赫勒斯滂海峡。
⑥ 大流士三世已于此演说前不久被杀,但消息尚未传到雅典。

些得到了如此光荣，得到了征讨波斯的领导权的人①，他们正是解放了德尔斐神殿的那些人吗②？

[133] 还有忒拜，啊忒拜，我们的邻邦，它在一天之内就从希腊人之中被抹去了。也许这是它应得的，因为它在重要决策之中毫无正当可言，而是带着一种已非人类所能达到、只可能是由神明降下的疯狂与愚昧。还有可怜的拉栖代梦人，他们只在一开始跟占据神殿的行为沾了点边，③这些曾经自封过希腊领袖的人，现在难道不是要派人上到④亚历山大那里去做人质，要清楚地展示他们的不幸，要为自己为国家承受他准备施加的任何惩罚，只能指望那个得胜的、遭到过他们伤害的人的仁慈⑤？

[134] 还有我们的城邦，这个全希腊人共同的避难所，以前全希腊的使团代表各个城邦依次来到我们这里寻求避难所，现在，我们已不再参与希腊领导权的竞争，而只是在为祖先的土地尽力。而这一切都是在德谟斯提尼参政以后才落到我们头上的。关于这种人，诗人赫西俄德已经说得很清楚。他曾经在某处说过，在教育人民、建议城邦不要接纳那些无耻的所谓人民领袖⑥的时候说

---

① 腓力与亚历山大。
② 腓力在第三次神圣战争中是击败福基斯、收复德尔斐的主力。
③ 格-舒注云，第三次神圣战争初起之时，斯巴达曾向福基斯提供十五个塔兰同的资金与少量雇佣兵，其后不久福基斯占据德尔斐神殿。
④ 格-舒注云，雅典人习惯认为亚洲是在"上面"的方位。
⑤ 亚当斯注云，斯巴达国王阿基斯三世起兵反抗马其顿（前331年），兵败身死，作为惩罚的一部分，斯巴达向亚历山大派出五十名人质。
⑥ 原文 τοὺς πονηροὺς τῶν δημαγωγῶν 直译"引领民众的人中无耻的那些"，化译如此。

过。[135] 我现在就来诵读一下这首诗。我想，我们小时候好好学习诗人的思想，就是为了长大以后可以用上。

> 很多时候，一整个城邦却只因一人而遭殃，　　　　240
> 那个人罪孽深重，心思①邪恶。
> 于是，针对他们，克洛诺斯之子②便从天上降下灾难，
> 有饥荒同时也有疾疫，人民就这样死亡；③
> 他消灭他们广布的军队，还有城墙，
> 他们的船只在海中被大眼的④宙斯惩罚。⑤

[136] 要是你们把诗人的格律剥开，仔细观察其中的思想，我想，你们就会感觉到，这不是一首赫西俄德的诗，而分明就是一份谴责德谟斯提尼政治生涯的神谕。海军、陆军还有各个城邦，就是彻彻底底地毁在他的政策之上。

[137] 可是我想，就连佛律农达斯⑥，就连欧律巴托斯⑦，就

---

① 洛布本的这个词与赫西俄德今本不同，甚至与该本埃斯基涅斯《为奉使无状事》第 158 节同一引文中的同一个词也不同，显误。托伊布纳本的用词与赫西俄德今本同。
② 指宙斯。
③ 埃斯基涅斯引用的时候略去了第 244—245 两行。
④ εὐρύοπα 也可译成"目力及远的"或"雷声远震的"。
⑤ 赫西俄德《劳作与时日》第 240—243 行、第 246—247 行。
⑥ 格 – 舒注云，雅典古代一个有名的道德败坏、为钱财可以出卖一切的人。
⑦ 格 – 舒注云，吕底亚国王克洛伊索斯派欧律巴托斯前往伯罗奔尼撒招募雇佣军以对抗波斯国王居鲁士，欧律巴托斯卷款潜逃，投靠了居鲁士。

连古代一切的人渣,都从来没有表现得这么像一个巫师、一个术士①。这个人,啊,大地啊,神明啊,英灵②啊,有心听一听事实真相的众人啊,这个人竟敢正眼看着你们的脸,说什么忒拜人跟你们签了那个盟约,不是因为时势所迫,不是因为恐惧包围了他们,也不是因为你们的名声,而全是因为他德谟斯提尼的雄辩!

[138] 在这个人之前③,也有过很多跟那边的人关系特别亲密的人去忒拜出使,首先是科吕托斯村人特刺绪部罗斯,忒拜人从来没有像信任他那样信任过别人,然后是赫耳喀亚村人特刺宋,他是忒拜的代理人④,[139] 还有阿卡耳奈村人勒俄达马斯,他的辩才不在德谟斯提尼之下,还更合我的口味。再有:珀勒刻斯村人阿耳刻得摩斯,他也善于演讲,在他的政治生涯之中因为忒拜人的关系冒过不少风险;阿仄尼亚村人阿里斯托丰,他长久以来⑤都顶了个"彼奥提亚派"⑥的名声;阿纳佛吕斯托斯村人皮然德洛斯,他如今还在世。可是,这些人中没有一个——从来没有过——能够说服他们与你们缔结友好关系。我知道这是为什么,

---

① 意即"善于骗人"。
② δαίμονες 可译作"神灵"、"精灵"或"神力"。亚当斯译作"神明"且前面的 θεοί 译作"上苍",凯里译作"力量",德迪奥斯和格卢斯金娜译作"鬼神",奥热模糊处理。
③ 洛布本无"这个人",即作"以前"。
④ 参见埃斯基涅斯《为奉使无状事》第89节注释。
⑤ 原文 πλεῖστον χρόνον,凯里译作"比别人都久",此从其余诸译的理解。
⑥ 参见埃斯基涅斯《为奉使无状事》第106节及注释。

但考虑到他们的不幸境遇,我还是不说了①。

[140] 不过呢,我想,在腓力从他们手里夺走尼开亚②、交给色萨利人之后,然后在他将他上次从彼奥提亚的领土上驱走的战火③经由福基斯带回忒拜之后④,最后,在他占领了厄拉忒亚、建起工事、安置戍卒之后⑤,到了那个时候,危难已经靠上了他们,他们便来找雅典人。你们即出兵,全副武装摆开阵势往忒拜进发,有步兵也有骑兵,这都是在德谟斯提尼为盟约这件事提出哪怕一个字之前的事情。⑥[141] 所以,引导你们进入忒拜的,是时势,是恐惧,是对盟约的需要,而不是德谟斯提尼。

说到这些事情,德谟斯提尼在其中对你们犯下了三条极为严重的罪行。首先,腓力虽然说起来是在和你们交战⑦,但实际上

---

① 意思是说这都是因为忒拜的态度问题,但是既然忒拜现在已经因此被灭掉了,就不用再说了。
② 格-舒注云,尼开亚是温泉关以东(按,对于从北方来的军队,就是"以内")约七公里的一座要塞,前346年,腓力占领尼开亚,随后将其交给色萨利人把守。前339年初,忒拜占领了尼开亚以图阻止腓力通过温泉关。
③ 指第三次神圣战争。
④ 腓力接手对安菲萨的战争(第四次神圣战争)之后,福基斯与彼奥提亚地区便又陷入战争。
⑤ 前339年,腓力从山后小道(薛西斯绕过温泉关的同一条道路)进入福基斯,重建福基斯诸城镇,驻军于厄拉忒亚,距雅典边境不过三天路程,雅典大为震恐。
⑥ 一般认为这里关于雅典在德谟斯提尼发言之前即正式出兵忒拜的描述是埃斯基涅斯编造出来的,但格-舒注指出,如果没有一丝一毫的事实基础,很难想象埃斯基涅斯会敢于公开胡编不到十年之前发生的事还指望得到听众接受,所以可能雅典确实紧急征召了部队,但没有他说的这么正规就是了。
⑦ 腓力在南下干预安菲萨事件之前已出于其他原因而与雅典处于战争状态。

他更憎恨的是忒拜人，这一点已经由事实本身证明，我还需要再多说什么吗？而这一点，这么重要的一点，他却掩盖下来，还谎称结盟这件事不是出于时势，而全是归功于他的出使。

[142] 他先是说服了公民大会不要讨论这个盟约的具体内容，而是庆幸能有一个盟约可缔结，在这一点上成功了之后，他就把整个彼奥提亚出卖给了忒拜，在议案中写道："若有城邦离弃忒拜人，则雅典人当援助在忒拜的彼奥提亚人。"① 他就用这些话来做掩饰，把事情搅浑，就像他一直干的那样，就好像那些实际上遭受了不公待遇的彼奥提亚人有了德谟斯提尼的这一套话就会开心了，而不是会由于他们遭受的不公待遇而感到愤怒。[143] 其次，他把军费开销的三分之二放到了你们头上，尽管你们承担的风险其实要小一些，而只让忒拜人分担了三分之一，这一切自然都是收了贿赂的结果。他又把海军指挥权平分了，虽说那里面的开销都是你们负担的，而陆军指挥权嘛，就明白地说吧，他整个拿去送给了忒拜人，结果呢，在接下来的战争之中，你们选出来担任将军的斯特剌托克勒斯对于部队的安全连一点发言权都没有。②

---

① 雅典一向的政策是与忒拜相抵触，并且不承认忒拜对彼奥提亚的控制。格－舒注认为，德谟斯提尼的这个写法也许一方面是为了满足雅典方面不愿意直接写"援助忒拜人"的词语，一方面是为了满足忒拜方面自称"彼奥提亚人"的愿望（因为这样表示忒拜人可以代表整个彼奥提亚），未必像埃斯基涅斯说的那样等于是承认了忒拜拥有整个彼奥提亚。

② 其实就算有，估计一样糟糕，因为据记载可知这位将军表现得不怎么样。波吕埃诺斯《战略》第4卷第2章第2节："腓力在喀罗尼亚对着雅典人摆开阵形，作势退却。雅典将军斯特剌托克勒斯便大喊道：'冲啊，不要停，直到把敌人赶回马其顿去。'腓力说：'雅典人不知道如何取得胜利。'"

[144] 并且，不是只有我在控诉他，而其他人置身事外。事实上，我在说，所有人也都在指责，你们也都清楚，然而你们却不生气。你们对德谟斯提尼的态度就是这样，你们已经习惯于听到这个人的各种罪行，已经毫不惊讶。不应该这样啊，你们应该暴怒，应该报复他，国家的未来才能有指望。

[145] 他犯下的第二个、严重得多的罪行，就是他把整套参政议政的机构、整套民主政府的机构，都偷偷摸摸地搬走了，搬去了忒拜，搬去了卡德米亚①，这就是他跟彼奥提亚联盟公会常务委员们②那个"在所有事情上都共同商议"的约定的结果。他用阴谋诡计给自己弄到了如此大的权势，竟然走到讲坛上来，说什么他想去哪里就要去哪里出使，[146] 哪怕没有你们的派遣也一样。要是有哪位将军发言反对他——他把你们的官员都当作奴隶来对待，要让他们养成不再发言反对他的习惯——他就说他要搞一件案子来审一审，看看到底是讲坛还是军务处③更有权威，④还说什

---

① 即忒拜卫城，参见埃斯基涅斯《为奉使无状事》第 105 节及注释。
② 这个联盟公会设在忒拜城，是忒拜控制彼奥提亚的工具。格–舒注云，常务委员人数一说十一人，一说十三人，其中两人来自忒拜，其余来自彼奥提亚地区其他各城邦。凯里说总共七人，忒拜占了四人。
③ 参见埃斯基涅斯《为奉使无状事》第 85 节及注释。
④ 此从亚当斯、奥热、德迪奥斯及格–舒注的理解。凯里理解为"代表讲坛向军务处提起诉讼"，并在注中说这里的诉讼要么是指对 διαδικασία（一种特别的诉讼，确定多个参与方在同一事或同一物上的权利和义务，类似于现代的确定竞合权利诉讼，原文用的就是这个专有名词）的一种扩展，用来确定政治决策上各方的权利，要么把 διαδικασία 用作修辞类比，指通过某种公事诉讼来威胁反对他的人。格卢斯金娜也简单译作"他要发起讲坛和军务处之间的诉讼"。

么他在讲坛上的所作所为给你们带来的好处远比将军们在军务处的作为给你们带来的要多得多。于是，他就吃雇佣兵里的空饷，贪污军费，把一万名雇佣兵转雇给了安菲萨人——当时我在公民大会里大声疾呼，发言指责，然而呢——就这样，把这批雇佣兵挪走了，弄没了①，把危险直接引到毫无准备的城邦大门之前。②

[147] 你们觉得，在这个关头，腓力祈祷的会是什么？难道不是希望能在一个地方跟公民兵交战，在另一个地方，在安菲萨，跟雇佣兵交战，在希腊人由于如此严重的打击而灰心丧气之后，一把抓住他们？如此巨大的灾难的责任人，德谟斯提尼，他居然不满足于不必为此受到惩罚，却还因为拿不到一顶金冠，就发起脾气来。甚至，仅仅因为这个只是在你们面前宣布授予他，而不是当着全希腊人的面宣告，他也要马上发脾气。就是这样，很正常的，一个品质败坏的人，一旦掌握了巨大的权力③，就会造成人民的灾难。

[148] 还有第三个罪行，是我前面提到的那些罪行之中最为严重的一个，我现在要说一下。腓力并非全然不把希腊人放在眼里，他不缺乏眼力，他也不缺乏智力，他很明白，接下来将要发生的，将是在一天之中很短的一段时间里将他所拥有的全部都投入一场

---

① 凯里译作"毁灭了"，此处从其他各译的理解。
② 格-舒注云，有记载说雅典派了一支部队去支援安菲萨，结果这支部队的将领上了腓力故意丢给他们的假情报的当，让开了隘道，随后被腓力轻易击败，没有起到丝毫作用，徒然分散了雅典手头的兵力。
③ 此处把 ἐξουσία 按本义理解为"权力"，与奥热、德迪奥斯和格卢斯金娜的理解相同。亚当斯和凯里都译作"得到了巨大的纵容"。

决战，于是他就有意议和，准备派出使团。忒拜的官员们也害怕正临近的危险——这很正常，因为并没有一个从没见过战阵的职业演说人[①]、一个逃兵[②] 在向他们给出建议，而是由十年之久的福基斯战争[③] 给他们上了印象无法磨灭的一课。[149] 德谟斯提尼看到了这样的情况，他怀疑彼奥提亚联盟公会常务委员们要单独议和，要从腓力那儿拿到钱财，而他自己却没有份。要是有哪份贿赂把他给落下了，在他看来还不如不活了，于是他就在公民大会会场里跳了起来，当时并没有谁在讨论是应该与腓力议和还是不应该，而他，想要借着这样向彼奥提亚联盟公会常务委员们宣告一下，一定要从拿到的东西里面给他送一份过来，他就当着雅典娜起了个誓，[150] 就好像菲迪亚斯[④] 造了这尊神像本来就是要让他德谟斯提尼拿来获利、拿来起伪誓一样，说道：要是有人说我们应该与腓力和谈，他一定会揪着那个人的头发把他当场擒住并送进监狱，他这样是在效仿克勒俄丰的政治主张，就是那个照一般说法在与拉栖代梦人的战争中毁掉了国家的家伙[⑤]。但忒拜

---

① ἀστράτευτος，各译一般都解释为"逃避兵役的"，此处理解为"没有服过兵役的"，类似于格卢斯金娜的处理方式。

② 原文 ῥήτωρ ἀστράτευτος καὶ λιπὼν τὴν τάξιν 直译"一个没有服过兵役（或逃避兵役）的、逃离了战阵的演说人"。

③ 第三次神圣战争起于前 356 年，止于前 346 年。

④ 著名雕塑家，帕特农神庙中的雅典娜像是他的作品。

⑤ 伯罗奔尼撒战争晚期，雅典虽已因叙拉古远征军全军覆没而元气大伤，但仍取得了对斯巴达方的几次海战胜利，据说斯巴达方曾有意议和，但克勒俄丰坚决反对与斯巴达方进行和谈，雅典因而丧失了体面终战的机会。参见埃斯基涅斯《为奉使无状事》第 76 节及注释。

的官员们不理会他，还让你们已经出发的部队掉头返回，这样你们也可以讨论一下和谈的事。[151]他就当场彻底地疯狂①了，走上讲坛，指名谴责彼奥提亚联盟公会常务委员们是出卖了全希腊人的叛徒，还说他要提一份议案，他这个从来没有在战场上跟敌人打过照面的家伙，倒要提议你们派使团去忒拜请求他们放开一条道路让你们通过，好去攻打腓力。忒拜的官员们心存廉耻②，怕被视为真的出卖了希腊人的叛徒，于是就改变了议和的想法，开始准备投入战争了。

[152]现在正应该来好好回想一下那些优秀的人们，那些被这个人在献祭并不成功、并不为神明所歆享的情况下送进了显而易见的危险之中的人们，而这个人竟然还厚颜无耻地将他那双逃兵的脚、那双开了小差的脚踩到阵亡将士们的坟茔上来，称赞起他们的英勇来了。③啊，你这个全人类之中在伟大光荣的事迹方面最最没有贡献的家伙，在说话不知羞耻这方面倒是最最让人惊叹的家伙，你，现在居然一心要④来直截了当地正眼看着大家的脸，说你应该由于国家的灾难而被授予冠冕吗？要是这个家伙真的这

---

① 此处同德迪奥斯、格卢斯金娜和木曾的处理。亚当斯处理作"狂暴"，奥热处理作"失态"，而凯里处理作"恐慌"似偏离原义。
② ὑπεραισχυνθέντες 直译"甚觉羞耻"，化译如此。
③ 现存的德谟斯提尼《葬礼演说》即为喀罗尼亚阵亡将士葬礼发表的演说，但其真伪众说不一。按德谟斯提尼《驳勒普提涅斯》第141节的说法，葬礼演说的习惯是雅典所特有的。雅典最为知名的葬礼演说就是伯里克利的那一篇，参见修昔底德《伯罗奔尼撒战争史》第2卷第43章。
④ 洛布本作"将要"。

么说了,你们居然会忍受吗?难道你们的记忆也与阵亡将士们一同死去了吗?

[153] 请为我假想那么一会儿,你们不是在法庭里,而是在剧场里,请想象一下,你们看见传令官正走上前来,正要依据决议发布宣告,请思考一下,阵亡将士们的家属,是会为即将上演的悲剧——即将上演的英雄的遭遇而流更多的泪呢,还是为国家的愚蠢?[154] 有哪一个希腊人,哪一个受过与自由人身份相符的教养的希腊人,就在这个剧场里,回忆起来的时候,不会感到痛心?不必回忆更多,只要忆起曾经在这个日子①里,和现在一样,悲剧正要开演,只不过那个时候,国家还有着更好的法制,还有着最优秀的领袖,在那个时候,传令官走上来,身边领着在战争中为国捐躯的将士留下的遗孤——都是穿戴着全副武装的年轻人,然后,他发布一份最为美好的宣告,一份对优秀行为的激励,他会说这些年轻人的父亲都是在战争之中为国捐躯的英烈,人民在他们成人之前养育了他们,②如今在为他们穿戴上了全副武装之后,将他们送出,在神明庇佑之下走向各自的生活,然后,他就召唤他们到前排贵宾席入座。

---

① 酒神庆典之日。
② 格-舒注云,雅典古时所有阵亡将士的遗孤由国家负责抚养至十八岁,然后在酒神庆典之中公开宣布成人。当时这一风俗是否尚存,不能确定。木曾注云,关于遗孤待遇问题,参见修昔底德《伯罗奔尼撒战争史》第 2 卷第 46 章,柏拉图《美内克索斯篇》248e,伊索克拉底《论和平》第 82 节,亚里士多德《雅典政制》第 24 章第 3 节和《政治学》第 2 卷第 8 章 1268a。

[155]那个时候,传令官宣告的是这样的话,然而,现在不是了。现在,他领上来的人,却是制造了所有这些遗孤的罪魁,他会喊出什么话?他会发出什么声音?就算他仅仅是照着决议里面的那些词句过一遍,那些来自真相的耻辱也不会保持沉默,而是会在人们的耳中发出与传令官的喉舌所发出的完全相反的声音①,就像这样:"此人"——如果说他还能算得上一个人的话——"现由雅典人民授予冠冕,以表彰他的杰出贡献"——一个最最卑劣的恶棍——"与英勇气概"——一个懦夫,一个逃兵!

[156] 不要!当着宙斯,当着众神,我祈求你们,雅典人啊,不要在酒神剧场的合唱队席中为你们自己的失败竖立起一座纪念碑,不要当着全希腊人的面证实雅典人民丧失了理智,也不要提醒那些悲惨的忒拜人他们遭遇了何等无可挽回的致命灾难!在他们由于这个家伙而流亡了的时候,我们的城邦接纳了他们,但他们的神龛、他们的子女、他们的坟茔,都已经毁在德谟斯提尼收下的贿赂之上,都已经毁在波斯国王的黄金②之上。[157] 既然你们的身体并不在现场,就请在脑海之中仔细看一看他们的灾难吧,想象一下,你们看见了,那座城市被征服,墙垣被夷平,家室被焚烧,妇女儿童被掳掠奴役,长者老妪在迟暮之年却还要忘掉自

---

① 原文 ἀλλὰ τἀναντία δόξει τῇ τοῦ κήρυκος φωνῇ φθέγγεσθαι 直译"而是会显得在发出与传令官的声音完全相反的声音",化译如此。
② 埃斯基涅斯将德谟斯提尼的反马其顿政策归因于收了波斯国王的贿赂。木曾注云,埃斯基涅斯在本篇第173 节重提此事。参见得纳耳科斯《控诉德谟斯提尼》第10、18 节,狄奥多罗斯《史库》第17 卷第4 章第8 节。

由的滋味，他们悲号着，他们求告着你们，不要憎恨那些报复他们的人①，而是一定要憎恨那些对此负责的人②，他们呼吁着你们，千万不要向这个希腊的祸害授予冠冕，而是要时刻警惕与这个家伙紧紧相伴的灾星和祸根。

[158] 从来没有，没有一个城邦，没有一个人，听从了德谟斯提尼的建议，却还能全身而退的。你们曾经为操控来往萨拉米斯的渡船的船夫立下一条法律，如果其中哪一个在摆渡过程中因无心之失导致船只倾覆，那么此人从此以后不得再替人摆渡，这是为了不要有人对希腊人的人身安全疏忽大意；可是，对于这个彻彻底底倾覆了希腊、倾覆了国家的人，你们竟然又让他来操控公共事务，你们，雅典人啊，你们不感到羞耻吗？

[159] 为了陈述那第四个时期以及现在的情况，我想要先提醒一下你们，德谟斯提尼，他不仅仅从战场的岗位上开小差，还从城邦的岗位上开小差，拿了一条你们的三层桨战舰，跑去向希腊人收钱去了，③等到大家都没有预料到的脱险④把他带回了城邦之后，在最初的一段时间里，这个家伙浑身颤抖，半死不活地走上讲坛，要你们选他做什么"和平守护者"。而你们根本不将德谟

---

① 亚历山大与马其顿人。
② 德谟斯提尼与其他反马其顿派的政治人物。
③ 格-舒注云，喀罗尼亚之战后，雅典一片恐慌，向四周各城邦派出使节请求人员与物质援助，当时德谟斯提尼当选为粮食委员，可能参与了求援工作，埃斯基涅斯暗示这属于临阵脱逃。
④ 指腓力决定不进攻雅典城。

斯提尼之名列在决议里,而是把这项荣誉交给了瑙西克勒斯,①现在,他倒是要求你们向他授予冠冕来了。[160] 然后,等到腓力死了,亚历山大即位了②,他马上恢复原貌,装腔作势,为保撒尼阿斯③立了一个神龛,把五百人议事会也拉进为这个"好消息"献上感恩祭的恶行之中,还给亚历山大取了一个外号叫马耳癸忒斯④,还厚颜无耻地说他肯定不会从马其顿出来,而只会——他说——满足于在佩拉逍遥漫步⑤,细观卜象⑥。他还说,这些不是凭空想象,而是真真确确地了解,因为勇气只有通过鲜血的代价才能取得⑦。这个家伙自己连一点儿血气都没有,所以就这样不依据亚历山大本人的禀赋来考量对方,而是依据他自己的怯懦

---

① 格-舒注云,瑙西克勒斯曾任将军,可能是前352年防守温泉关以阻止腓力进入福基斯的那个将军。凯里指出这句话有两种理解,一是说德谟斯提尼如果提出什么议案得到通过,就把瑙西克勒斯写成提案人,而不让德谟斯提尼的名字出现;二是说德谟斯提尼上面提的那个议案根本别想通过,最后选派担任该任务(所谓"和平守护者",即参加全希腊大会的代表)的是瑙西克勒斯。
② 前336年。
③ 刺杀腓力的刺客。
④ 格-舒注云,当时有一首颇为流行的讽刺诗(今仅存残篇四行),其中主角名叫马耳癸忒斯,是一个对所有事情都一知半解的人,时人认为此诗是荷马所作(现在一般不认同此说法)。亚历山大生平常以《伊利亚特》的主角阿喀琉斯自拟,德谟斯提尼的意思是他只配比作这种讽刺诗的主角。
⑤ 暗指亚历山大师从逍遥学派之首亚里士多德。
⑥ 原文 τὰ σπλάγχνα φυλάττοντα 直译"审视动物内脏"。当时通过观察牺牲的内脏来占卜,此处是形容人犹豫不决,不敢贸然行动。凯里认为这个词也可以理解为"谨护脏腑",即珍惜生命不敢出战的意思。
⑦ 指亚历山大年轻而缺乏战场经验。

本质来估算了。

[161] 等到色萨利人已经表决出兵进攻你们①的国家,②而那位年轻人③一上来就非常恼火——这也是很正常的——然后在军队进到忒拜附近的时候,德谟斯提尼被你们选作了使节,结果在喀泰戎山④的半途就掉头逃跑回来,他就是这样在和平中和战争中都一样地毫无用处。最最可恶的就是,你们没有出卖他,⑤没有让他在希腊人的大会上接受审判,⑥而他现在却出卖了你们,要是传闻可靠的话。[162] 是听帕剌罗斯号⑦上的船员和去亚历山大那边的使节说的,这事本身也很可信,就是说有一个普拉泰亚人⑧阿里斯提翁,是药剂师阿里斯托部罗斯的儿子,你们中间说

---

① 洛布本作"我们"。
② 前336年,刚即位两个月的亚历山大出征希腊以扑灭各城邦的反马其顿起事,色萨利人率先投降,加入了马其顿军。
③ 指时年二十岁的亚历山大。
④ 阿提卡与彼奥提亚之间的边境线。
⑤ 前335年,亚历山大挟摧毁忒拜之威,要求雅典交出以德谟斯提尼为首的八名(一说十名)反马其顿政治人物到德尔斐周边城邦议事会接受审判,雅典没有照办,亚历山大也就不再坚持。
⑥ 格-舒注云,可能是指亚历山大在摧毁忒拜后计划召开(但并未实际召开)的一个全希腊城邦大会,另,若被指控有违背国际条约的行为,一般是由德尔斐周边城邦议事会进行审判。
⑦ 雅典政府用以执行传递消息等使命的两艘特别快艇之一。
⑧ 普拉泰亚是雅典在彼奥提亚地区的古老盟邦,一向支持雅典而反抗忒拜对彼奥提亚地区的控制,于前427年被忒拜与斯巴达摧毁,之前其中居民有成功逃入雅典者,后被雅典统一授予公民权,但"土生"雅典人经常仍称他们的后裔为普拉泰亚人。

不定有人认得他。这个年轻人面貌英俊出众，以前在德谟斯提尼家住过很长时间，至于他在那里受了些什么干了些什么，这个丑事就说不清楚了，[1] 我也实在不好意思说出口。这个人，照我听说的，亚历山大不清楚他的出身，也不清楚他以前的生涯，他就去往亚历山大的身边钻，跟亚历山大好上了[2]。德谟斯提尼通过这人给亚历山大送了个信，拿到了赦免，拿到了谅解，还狠狠地阿谀奉承了一通。

[163] 下面就请你们从中好好思考一下，事实与控诉是何等地契合。要是德谟斯提尼真的有这类想法，真的像他说的那样与亚历山大为敌的话，那么，他有过三个非常好的机会，却明摆着一次都没有利用上。其中第一次，就是在亚历山大刚即位不久，自己的[3] 事情还没有处理好，就跨进了亚细亚的时候[4]。那时候，波斯国王正强盛，无论是船只、财物还是步兵都无比充足，而且还会很乐意将我们接纳进同盟之中，一同对抗迫近他的危险[5]。那时候，你说了哪怕一个字吗，德谟斯提尼？你提了哪怕一个议

---

① 此处基本按照亚当斯和奥热的理解，但把 αἰτία 译得更贬义一些。凯里和木曾理解为"这个事说法就多了"，德迪奥斯理解为"这个动机就说不清楚了"，格卢斯金娜理解为"这个事情就比较黑暗了"。
② πλησιάζει 本来就有一定的色情含义，但各译都是按"去讨他的欢心"、"去接近他"、"进了他的朋友圈子"处理的。
③ ἰδίων，此从格卢斯金娜的处理方式，亚当斯和凯里译作"个人的"，奥热译作"国内的"，木曾译作"身边的"，德迪奥斯译作"内部的"。
④ 前334年，亚历山大出征波斯。
⑤ 原文 διὰ τοὺς ἐπιφερομένους ἑαυτῷ κινδύνους 直译"因为危险正迫近于他"，化译如此。

案吗？你看我这样说好不好——你是害怕了，遵从了你的本性了吧？可是，职业演说人怯懦不定，人民的机遇却不会原地等待。

[164] 再后来，大流士[①]带着全部兵力下到海边[②]，亚历山大被困在西里西亚。照你当时的说法，亚历山大缺乏一切，而且很快就要——这就是你的原话——被波斯的马蹄所践踏。整座城都装不下你的那种恶心举动了，还有你走来走去的时候挂在手指头上的那些信，你还把我的脸指给人看，说是惊慌失措了，垂头丧气了，还叫我"金角先生"，说我头上已经套上花环了，[③] 就等着亚历山大倒霉了，然而那时候，你还是什么都没做，还是扔掉了这个机会，去等一个什么更好的机会去了。

[165] 不说这些了，就说近来的[④]情况吧。拉栖代梦人和他们的雇佣军在战斗中取胜了，消灭了科剌戈斯的部队[⑤]，所有埃利斯人都转而加入他们，还有所有亚该亚人，除珀勒涅人之外，还有整个阿耳卡狄亚，除了麦加罗波利斯，那座城也已经被包围了，

---

① 波斯国王大流士三世。
② 前333年，大流士率军进抵伊苏斯，切断了亚历山大的补给线。此后不久便有伊苏斯之战。原文 κατεβεβήκει（下来），德迪奥斯按本义翻译，奥热译作"推进"，其余各译和格-舒注都认为是"下到海边"的意思，此从之。
③ 格-舒注云，祭祀宰杀牺牲之前，先将牺牲的角贴上金，头上套上花环。
④ νυνί, 凯里和木曾理解作"现在的"。既然本节讲的事显然已经发生过了（参见本篇第133节及注释），此处从其他各译理解作"最近的"。
⑤ 此事当是阿基斯三世反抗马其顿之战（参见本篇第133节注释）中的一役，但据格-舒注，不见于其他记载，现有记载中提到的一个马顿人科剌戈斯似乎也与阿基斯三世的起事没有交集，可能只是同名。

不日就要陷落了，而亚历山大跑到北方天边外[①]去了，差一点点就要越出有人居住的世界的范围[②]，安提帕特[③]花了很多时间来集结部队，前景完全不明朗。请向我们展示一下吧，德谟斯提尼，那个时候，你到底干了什么，到底说了什么？要是你愿意讲的话，我可以把讲坛让给你，你爱讲多久就讲多久好了。

[166] 怎么，没声音，没话说了是吧，我很理解你的窘境，我现在就来说说你那时候说过的话吧。你们不记得了吗，他那些肮脏的、荒唐的词语？说真的，你们，铁人们啊，你们怎么竟然能忍住听完那些东西？他是这么走上来说的："有人在修剪城邦的枝条，有人在切割人民的藤蔓，[④] 我们被'细织如毯'[⑤]了，有人像牵针一样领着我们往狭窄的地方去。"[167] 这些都是什么东西啊，你个狐狸[⑥]？是人话还是鬼话？然后你又在讲坛上打着圈

---

① 原文 ἔξω τῆς ἄρκτου 直译"越出了大熊星座"。《希英词典》说"大熊星座"也用来指"北方"，并举此句为例，故译如此，参下一注释。各译一般也都译为"北方很远"、"越出北极"之类。
② 格–舒注云，当时亚历山大在大夏。"北方天边外"不必完全按字面理解，代指很遥远的地方，另，希腊人认为亚洲是世界的东北部位，而不了解其具体"北"的程度。
③ 于马其顿摄政。
④ 洛布本有"国家的筋脉被偷偷断开了"一句，托伊布纳本认为赘文。
⑤ φορμορραφούμεθα 是一个复合词，意思是"像一条毯子一样被细细缝起来"，也有认为是"像一个满是漏洞的篮子一样被编织起来"，总之是埃斯基涅斯用来嘲笑德谟斯提尼说话乱用怪词，乱用比喻，不知所云。
⑥ κίναδος 本义"狐狸"，此处从亚当斯和凯里本义译出，奥热译作"野兽"，格卢斯金娜译作"骗子"，大都和"狐狸"的意思有关，但德迪奥斯译作"无耻之徒"，有过度发挥之嫌。

子说话，就好像真是在跟亚历山大作对，说什么"我承认是我组织了拉科尼亚人的起事，我承认是我鼓动了色萨利人和珀赖比亚人①的反抗"。你，你鼓动了色萨利人的反抗？你能鼓动哪怕一个小村子的反抗吗？别说接近一个城市，你会不会去接近一座房子，假如有那么一点危险的话？钱在外面花着的时候，你就坐在那里看，②反正你是不会去做男人该做的事的。要是有什么好事自然发生了，你就据为己有，在后面签上你自己的名字；要是有什么可怕的东西来了，你掉头就跑，等到我们重拾起信心，你就来索要奖赏，还指望戴上金冠③。

[168] "哎呀，他可是一位民主人士啊。"这么说吧，要是你们还只盯着他那堆漂亮话看，那你们就上当了，像以前一样上当了，④而要是你们看看他的本质，看看事实，你们就不会上当受骗。来，这样找他要个说法吧。⑤我先来跟你们列一下，一位真正的民主人士，一位端正的民主人士，⑥在他的品质之中应该具备哪些要点，然后我再来对比一下，一个下贱的有寡头思想的家伙，

---

① 北色萨利地区的一群居民。
② 此从格－舒注和德迪奥斯的理解，其余各译大都理解为"哪里有钱发的时候，你就坐在那里等（坐在边上催）"。
③ 洛布本作"还有金冠"。
④ 凯里似乎略去了这一小句。
⑤ 此从格－舒注的理解将 ἀπολάβετε παρ' αὐτοῦ λόγον 直译，各译本大体都是加工成"这样来审核他吧"的意思。
⑥ 此处将两个形容词 δημοτικῷ... καὶ σώφρονι 处理成互文形式，各译一般译作"一位民主人士，一位端正的人士"。

他又会是个什么样子。你们把两个对比对比，评判一下他到底属于其中哪一种，不是看他的言语是哪一种，而是看他的人生是哪一种。

[169] 我想，你们所有人都会同意，以下就是一位民主人士应该具备的品质。首先，他父母两边都应该是自由人出身，[①]这样他才不会因为身世的不幸而对守护着民主制度的法律心存敌意；其次，他应该从祖先那里继承下一份对人民的贡献，最最起码，也不能是一份恨意，这样他才不会为了报复祖先的不幸遭遇而危害国家。[170] 第三，他应该在每一天的生活之中表现得端正与节制，这样他才不会由于挥霍无度而受贿出卖人民的利益。第四，他的言语应该有理有力，最好的当然是他的思想能够见贤思齐，并且他的修辞素养和他的口才能够说服听众，但如果做不到的话，那么良好的思想永远要比口才更重要。第五，他应该天性英勇，这样他才不会在灾祸与危难之中抛下人民。而一个有寡头思想的家伙，他肯定事事与此相反。还需要再[②]过一遍吗？就请你们好好看看，德谟斯提尼，他究竟拥有什么样的品质呢？请给出一个完全公正的裁决吧。

[171] 他父亲是派阿尼亚村人德谟斯提尼，一位自由人，我没

---

① 按法律规定，只有父母均为雅典公民的人才有出生公民权，实际上，限于当时的技术条件，这一点很难严格执行。
② πάλιν，此从亚当斯和德迪奥斯的理解，处理为"再"，如果按凯里和奥热的理解处理为"依次"，则译作"真需要依次过一遍吗？"格卢斯金娜把本句处理为"还需要继续吗？"

有必要撒谎。可是,他从他母亲那边和外公那边继承了些什么,我就要来说一下了。有一个刻刺墨斯村人古隆,他曾经把海中的宁淮翁[①]出卖给了敌人,那个地方当时属于我国,然后他在城邦中被起诉,被判了死刑[②],就流亡了,没有接受审判,去到了博斯普鲁斯[③],那边的君主[④]们送给他一片叫做"花园"的地方。[172]然后他娶了一个富家女,嗯,当着宙斯说一句,真的很富,带来了好多金子[⑤]做嫁妆,却是个西徐亚女人。他跟她生了两个女儿,带着很多钱把她们一起送到这儿来,他把其中一个嫁给了一个什么人,名字我就不说了,我不想跟太多的人结仇,而另一个嘛,就是派阿尼亚村人德谟斯提尼蔑视国家的法律而娶为妻子[⑥]的那个了,就是她帮你们生出这位爱管闲事的大讼棍德谟斯提尼[⑦]。所以说,从他的外公那边说起,他就该对人民充满敌意了,因为你们以前把他的外公判了死刑,从他母亲那边算,他就是一个西徐亚人,一个除了会像希腊人一样说话之外彻头彻尾的蛮子,就连他的那种无耻,也分明不是本土所能养成的。

---

① 格-舒注云,在刻赤半岛(在今刻赤市以南十四公里左右)。这里的"海"应是指黑海。
② 洛布本无此句。
③ 刻赤海峡两侧,克里米亚半岛东部及今俄罗斯克拉斯诺达尔边疆区一带。
④ 此处似乎没有贬义,因此不译成"僭主"。
⑤ 这里按凯里、德迪奥斯和格卢斯金娜的处理把"金子"译出,亚当斯和奥热简化成"很多嫁妆"。
⑥ 法律禁止公民与非公民结婚。
⑦ 洛布本无"德谟斯提尼"。

[173] 再说他平日的生活方式,是什么样子的呢?他从三层桨战舰舰长的岗位上下来,就摇身一变写起状子来了,①因为他在荒唐可笑的行为之中把家业全挥霍光了;就连在这种职业之中,他也能以毫无信义闻名,把状子拿给对手看②。然后呢,他就跳上讲坛来了,从他的政治生涯之中,他是弄到了很多钱,可是没留住多少。如今,靠着波斯国王的金子,倒是填上了他的挥霍,不过呢,还是不会够的,不管有多少钱,从来都跟不上无耻的本性。总而言之,他的生计不是靠着他自己的收入在支撑,而全是靠着让你们冒险。

[174] 还有,发言的思路和说服力,他的表现是怎么样的呢?他说得倒是不错,可是过的日子就坏透了。他拿他的身子干了些什么,在生儿育女之中又干了些什么,③这些行为还是别提了,

---

① 三层桨战舰舰长(τριήραρχος)是非常有社会地位的富人才能担任的,而讼师(λογόγραφος)是普遍被人看不起的职业。木曾注云,由于法律禁止让辩护人以金钱等价交换讼的胜利,导致前4世纪代写诉状等业务(调查、解释法律)激增,这些都无支付金额的限制。在诉讼成风的雅典,写状子就成为了一项诉讼常用的职业,也有讼师因此获得高额报酬。但在将业余主义作为基本概念的民主政治中,写状子这种不相称的职业便被投以质疑或侮蔑的眼光。参见伊索克拉底《论财产交换》第41节,许佩里得斯《控诉阿忒诺格涅斯》第3节。
② 古希腊的讼师可以为诉讼双方同时服务写状子,并不被认为有什么职业道德问题(特别是因为很多情况下讼师的工作只是把客户的意思加工一下表达出来,并不增添内容),但埃斯基涅斯的意思是德谟斯提尼的行为有甚于此,是拿了钱把一方的论点出卖给了对方。参见埃斯基涅斯《为奉使无状事》第165节及注释。
③ 参见埃斯基涅斯《为奉使无状事》第149节。

我见过那些把邻居的丑事说得太过清楚的人，他们都很招人恨。然后呢，是什么样的遭遇落到了国家头上？他说的话是很漂亮，他干的事却很下贱。

[175] 至于他的勇气，我只剩短短几句话要说。要是他拒不承认自己是个懦夫，要是你们不是全都知道，那我倒要花点时间来说说。可是，既然他自己都在公民大会会场里承认了，你们也都知道了，那我就只要提醒你们一下现有的与此相关的法律。古代的立法者梭伦认为应该对以下行为予以同样的惩罚，就是：不服从兵役征召，擅离岗位，贪生怕死。① 对这些都同样处置。所以，贪生怕死也是可以被起诉的。也许你们之中会有人觉得奇怪，一个人居然可以因为他的个人品性而被起诉。可以的。为什么呢？是为了要让我们之中的每一个人畏惧法律的惩罚超过畏惧敌人，从而成为祖国更好的战士。[176] 所以，立法者就规定，不服从兵役征召者、贪生怕死者、擅离岗位者，都不得进入广场上被圣水洒过的地方②，不得被授予冠冕③，也不得进入公共神殿④。而你⑤，对这么一个法律规定不得授予冠冕的人，竟然命令我们授予冠冕吗？⑥ 竟然要以你提出的议案将一个不得入内的人在上演

---

① 原文直译"认为应该对犯下了……的人、犯下了……的人和犯下了……的人给以同样的惩罚"，为中文行文方便拆开调整如此。
② 即不得参与公民大会开场之前的宗教仪式。
③ 凯里理解为"不得头戴冠冕"，此从其余各译的理解。
④ 此从凯里的理解，其余各译理解为"不得参与国家公祭"。
⑤ 指克忒西丰。
⑥ 本句和下一句为中文行文方便处理为反问句，原文是陈述句。

悲剧的场合召唤进合唱队席，召唤进酒神的圣殿，召唤这个以他的贪生怕死出卖了所有圣殿的人吗？

我不想再领着你们跑题了，就请你们记住这一点，在他说他是"一位民主人士"的时候记住这一点：不要只凭他的言语来评判他，而要依据他的生平来评判他，仔细看清楚，不是看他说他是一个什么样的人，而是看他到底是一个什么样的人。

[177] 既然我已经说到了冠冕和奖励的话题，在我还没忘记之前，我还要先对你们提个醒，雅典人啊，要是你们一直不停地发出这种不足为奇的① 奖励，如此轻率地授予冠冕，那么，那些得到了你们表彰的人是不会对你们心存感激的，国家的形势也是不会复兴的②；你们是不可能把那些无耻之徒转变为好人的，只会彻底伤了那些优秀的人的心。为证明我说的是事实，我将会向你们展示强有力的证据。

[178] 要是有人问起你们，在你们看来，本国的国际地位是在如今这一代更高一些，还是在前人那一代更高一些，你们所有人都会一致答复：是在前人那一代。是以前的人们更优秀呢，还是现在的？那时候的人都很杰出，而现在呢，差得远了。而奖励呢，冠冕呢，宣告表彰呢，在市政厅公费就餐③ 呢，是那时候更多呢，

---

① ἀφθόνους 本义"非常丰富而因此不会引起妒忌的"，化译如此。各译本一般处理成"慷慨的"、"大量的"之类。
② 此从亚当斯的理解处理，其余各译都没有译出 ἐπανορθόω 包含的"恢复"之意。
③ 对优秀人物的一种奖励。

还是现在?那时候,我们之中这类荣誉很稀少,美德之名本身就能带来尊重,而现在,这些东西都浸透了水分,授予冠冕已经成了一种习惯,不需要深思熟虑了。①

[179] 仔细算算这本账,现在奖励给得更多,可是以前我国的形势却强盛得多,而且,现在的人物也要差一些,以前的反而更好,这很奇怪,不是吗?我来试着给你们解释一下吧。你们觉得,雅典人啊,如果冠冕不是授予最强者,而是授予使用不正当手段谋取到它的人,那么,还会有人愿意去努力训练,来参加奥林匹亚赛会和其他授予冠冕的赛会里面的搏击或者别的更艰难的比赛吗?没有人会愿意去努力训练的。[180] 其实呢,我想,正是因为稀有,因为竞争,因为光荣,因为胜利永垂不朽,所以才会有人甘愿奉献身体,甘愿付出最艰苦的努力,甘愿历经凶险。现在就请你们想象自己是评判优秀政治表现的裁判团,请你们好好想一下,要是你们将奖励依法授予少数配得上它的人,那么你们就会得到很多参与此项优秀表现竞争的选手,而要是你们把它用来讨好随便哪个想要它的人、用不正当手段谋取它的人,那么你们连品性正直的人也都会毁掉。

[181] 为证明我说的这些都是真的,我想再跟你们稍微多解释

---

① 由于德谟斯提尼和他的《金冠辞》(就是他针对现在这篇演讲的答辩辞)名声太响,很多现代读者会误以为这里的"金冠"是一顶纯金冠冕,价格昂贵,只授予有着非常杰出贡献的人士。实际上所谓"金冠"大概是贴金的,基本不值钱,每年抽签当选五百人议事会成员的人,只要没有大的过失,离任的时候都会拿到一顶。

一下。你们觉得哪个人更加出色，是地米斯托克利，那位在你们战胜了波斯人的萨拉米斯海战中担任将领的人，还是这个最近从战场上开了小差的德谟斯提尼？是在马拉松之战中对蛮族人取得了胜利的弥尔提阿得斯，还是这个家伙？抑或，那些从费莱率领逃亡的人民夺回政权的人们[1]？又或是，那位"公正者"阿里斯提德？他的别名与德谟斯提尼的是多么不同！[182] 奥林波斯的众神啊，我觉得，这个畜生根本就不配跟那些人在同一个日子里提起啊！现在，就请德谟斯提尼在他自己的发言中说明，有哪一条记录写着曾向那些人中的哪一位授予冠冕。难道是人民不知感激吗？不是的，人民是非常慷慨的，而那些人也正是配得上这样一座城邦的人。他们并不认为他们应该在文字记录中得到表彰，而是宁愿在被他们造福的人们的记忆中得到尊重，从那个时候一直到现在的日子里，流芳百世。他们得到的是什么样的奖励呢？在这里值得提一下。

[183] 曾有一些人，雅典人啊，在从前的那些日子里，辛勤奉献，出生入死，在斯特律蒙河上战胜了米底人[2]，这些人回到这里之后就向人民请求获得奖励，人民就授予了他们巨大的荣誉——至少在当时看来是这样——就是可以在人像柱长廊中竖立三尊石质的人像柱[3]，但是不能在上面刻下他们的名字，这样，就显得上

---

[1] 参见德谟斯提尼《为奉使无状事》第 277 节及注释。
[2] 前 475 年，雅典将军喀蒙率领提洛同盟军攻占厄伊翁城。
[3] 格-舒注云，人像柱长廊在雅典中心广场上，是最集中陈列人像柱的地方。按，以前人像柱主要是木质的，竖立石质人像柱是特别的荣誉。关于人像柱，参见《控诉提马耳科斯》第 125 节注释。

面的铭文不是为将军们,而是为人民而镌刻的。

[184] 为证明我说的是事实,请从诗句本身来了解。在第一尊人像柱上刻着的是:

> 曾经有过那样的勇士,他们曾向着米底人
> 的子孙在厄伊翁城畔,在斯特律蒙河两岸,
> 驱进着灼人的饥饿、强健的战神①,
> 首次发现敌人的绝望②。

在第二尊上的是:

> 向统帅们,作为奖励,雅典人将此授出,
> 表彰他们的贡献与他们过人的英勇。
> 但愿后人有心细读此诗句者,
> 也甘为共同的事业承受艰苦。

[185] 在第三尊人像柱上刻着的是:

---

① 原文就是说这些勇士"驱动"(ἐπάγοντες)着饥饿和战神,这里对诗句尽量直译。
② 格–舒注云,意思是第一次找到了让敌人陷入绝望的方法,即第一次找到了彻底击败敌人的方法。

曾经，从这座城市里，与阿特柔斯诸子[①]一同，墨涅斯透斯
统帅士兵前往非常神圣的特洛伊原野，
关于他，荷马曾说过，在所有身披青铜[②]的达那俄斯人[③]之中，
他是作为最杰出的布阵作战之人前来的。[④]
正因如此，雅典人恰配称为
战争之中的领袖，英勇行为的首冠。

哪里有将军们的名字呢？哪里都没有，只有人民的名字。

[186] 请在脑海里前往绘色柱廊[⑤]，所有我们伟大成就的纪念都竖立在广场之上。我说的是那里的[⑥]什么呢[⑦]？是对马拉松之战的描画。谁是当时的将领？如果有人这么问的话，你们都会回答说：是弥尔提阿得斯。可是这个并没有刻在那里。为什么呢？难道他没有请求得到这样的荣誉吗？他请求了的，可是，人民没有授予他，并没有刻下他的名字，而是同意把他描画在前列，激励

---

① 阿伽门农与墨涅拉俄斯。
② 凯里将 χαλκοχίτων 译成"身披亚麻布甲的"，或许是出于英文格律的考虑，而 χαλκός 是指铜、青铜或任何金属制品，此处按本义翻译。
③ 即希腊人。原指耳戈斯王达那俄斯后裔。
④ 格-舒注云，《伊利亚特》第2卷第552—554行："率领着他们（雅典人）的是珀忒俄斯之子墨涅斯透斯，/从无一个大地之上的人能像他那样/布置马匹和持盾的战士。"
⑤ 格-舒注云，在广场上人像柱长廊对面，有四幅大型历史事件壁画，其中最后一幅展现的是马拉松战役。
⑥ 洛布本将此词归到下一句，即"那里是有……"。
⑦ 洛布本有"雅典人啊"一词组。

着战士。[187] 还有，在神母殿[①]里，你们可以看见，你们授予那些从费莱率领流亡的人民夺回政权的人的奖励是什么。说起来，是科伊勒村人阿耳喀诺斯提出通过了这么一个议案，他是率领人民夺回政权的人中的一员。他的提案里，第一条是向这些人颁发一千个银币用于献祭供奉，摊到每个人头上还不到十个银币，然后是命令[②]向他们每个人都颁发桂冠——不是金冠，在那个时候，连桂冠都是值得尊重的，而现在呢，连金冠都被人看不起了。就连这个，他也没有让随随便便地发出来，而是要求先由五百人议事会仔细审查，到底哪些人真的在拉栖代梦人和三十僭主前来攻打占据费莱的人[③]的时候在费莱经受了围困，而不是像那些在喀罗尼亚面对迫近的敌人开了小差的家伙。为证明我说的是事实，将有人向你们宣读这一议案。

关于奖励来自费莱的人们的议案

[188] 请对比一下克忒西丰提出的奖励德谟斯提尼，奖励这个应该为我们最重大的灾难负责的家伙的议案。

议案

有了这个议案，对那些率领人民[④]夺回政权的人们的奖励就被抹杀了。要是这个是优秀的话，那个就是可耻的。要是那些人值得尊敬的话，这个人就是不配得到冠冕的。

---

① 参见德谟斯提尼《为奉使无状事》第 129 节注释。
② 洛布本无"命令"。
③ 洛布本无"占据费莱的人"。
④ 洛布本无"人民"，即作"领导了……"。

[189] 可是,我听说他想要这么说,那就是将他的所作所为拿来跟前辈的功绩相比是不公平的,就连在奥林匹亚赛会上取得了冠冕的拳击选手菲兰蒙,他会说,也不是因为战胜了那位古代的拳击手[①]格劳科斯[②],而是因为战胜了与他同时代的参赛者而获得冠冕的。他这么说,就好像你们不明白这个道理:拳击比赛是彼此之间的较量,而那些自认配得到冠冕的人,则要参考杰出贡献的标准——正是由于杰出贡献人们才能获得冠冕。传令官是不可以说谎的,他在剧场之中面对希腊人发布宣告的时候是不可以说谎的。就别来跟我们讲什么跟帕泰喀翁[③]比起来你的政治表现还是不错的,先搞到一点真正的男子气概再说,那样了之后再来向人民索要好处吧。

[190] 我不想引导你们离题太远,法庭书记员将向你们宣读为那些从费莱率领人民夺回政权的人们刻下的铭文。

铭文:

向这些人,由于他们的优秀表现,冠冕的荣誉便由自古以来居住于此的

雅典人民颁发,当有人凭着不公的

法令而统治城邦之时,他们率先起而

加以阻止,甘愿承担生命的风险。

---

① 洛布本无"拳击手",即作"古人"。
② 古代著名的拳击选手,曾在所有重大竞赛中取得胜利。
③ 格–舒注引《集注》云,著名的小偷。

[191] 他们推翻了那些违宪的统治者，在诗人笔下这就是他们得到尊重的原因。那时候，所有人耳边都还回响着这样的声音——民主制度被推翻，正是在某些人废除了违宪控诉的司法程序之后。说起来，我是从我的父亲那里听来的，他活到了九十五岁，亲历了国家的种种艰难，在空闲时他经常会跟我细说起这些，他说，在民主制度刚刚重建的时候，要是有人走进法庭提起违宪控诉，那话一出口，可就真被当作一回事来对待了。[①] 还有谁能比说了违宪的言论、做了违宪的事情的人更邪恶呢？

[192] 还有聆讯态度，照他跟我说的，那时候跟现在的情况也大不一样，比起控诉人来，审判员对被控违宪的人要严厉得多，经常打断法庭书记员，让他再好好读一遍法律和控诉内容，并且那些提出了违宪议案的人被定罪，也不需要违反整部宪法[②]，只要违反了其中一个字就够了。而现在呢，整个过程简直可笑之极：法庭书记员在宣读违宪控诉状的时候，审判员们就好像是在听人如式吟唱，或者是在听不相干的什么内容似的，都在转着些别的什么念头。

[193] 现在，就因为德谟斯提尼的手段，你们在法庭上也接纳了一种可耻的习惯，你们让国家的司法被颠倒，现在控诉人反倒在自辩，而被告人反倒在提起控诉，审判员有时候也忘了到底是

---

① 此从格-舒注的理解，格卢斯金娜见解相近。奥热和德迪奥斯理解为"说出了违宪的提案，就和造成了违宪的事实是一样的"。亚当斯的理解则是"惩罚的决定一出口，就付诸实施了"。凯里和木曾在注释中给出了前面两种理解。
② 原文 πάντας... τοὺς νόμους 直译"所有的法律"，化译如此。

在审判什么，便不得不就那些不是由他们在审理①的事情而投票。而被告人如果还能沾到控诉内容的边的话，也不会说他提的议案是合法的，而是会说什么以前也有人提过这样的议案却被无罪开释了。我听说克忒西丰就在这一点上很有信心。[194] 那位著名的阿仄尼亚村人阿里斯托丰②曾敢于在你们面前自吹自擂，说他曾经在七十五次违宪审判中获得了开释。然而，那位古代的刻法罗斯③却不是这样的，他作为一位最坚定的民主人士而闻名于世，他不是这样的，他引以为傲的正与此相反，他说过，他曾经提出的议案数目比随便什么人的都要多，却从来没有被起诉过违宪，我想，这才是真正值得自豪的。那时候，控诉别人违宪的可不单单是政敌，只要其中有人做了对不起国家的事，就连朋友都会互相控告。[195] 从下面这个事情你们就会明白了。科伊勒村人阿耳喀诺斯曾经控告斯忒里亚村人色雷西布洛斯④违宪⑤，后者也是与他一同从费莱返回⑥的人中的一员，而且，他的控告成功了，尽管后者的贡献当时在人们心中还记忆犹新，但审判员们并没有对此加以考虑。他们想的是：在他们流亡的时候，色雷西布洛斯

---

① 洛布本此处缺实词，因此沿用前一个分句的实词（审判）；托伊布纳本则有实词，与前一分句的略不同，因此这里也略改变译法。
② 著名的演说家和政治人物，参见本篇第139节。
③ 另一位著名的演说家和政治人物。
④ 反抗三十僭主的雅典民主派领袖。
⑤ 洛布本有"指控他提出了违宪的议案"一句，托伊布纳本认为赘文。
⑥ συγκατελθόντων 按本义译出，不译作"率领"或"夺回"。

率领他们从费莱返回[1]，但反过来，现在他们在城邦里，而色雷西布洛斯提了违宪的议案，就等于是要再把他们驱逐出去。[196]可是，现在不是这样的，现在一切都颠倒过来了，你们的那些好将军们，那些有幸在市政厅进餐的人，倒是都跑来为那些被控告违宪的人求起情来了，在你们的心中，应该觉得这些人都是忘恩负义才对。因为，一个人要是在民主制度之下得到尊重，在这样一个由众神和法律庇佑的政治制度之中得到尊重，却还厚颜无耻地前来援助那些提出了违宪议案的人，那么他就是在摧毁这个给予他尊重的政治制度了。

[197] 我现在来谈一下，一位正直、端正的辩护人应该进行怎样的发言。当有违宪案件进入法庭审理的时候，那一整天要分成三个阶段。第一批的水是倒给[2]控诉人，倒给法律，倒给民主制度的；第二批的是倒给被控违宪的人，倒给那些就事论事的人的；然后，如果第一次投票表决的结果是违宪的罪名成立，那么接下来的第三批水就是倒给惩罚，倒给你们恼怒的程度的[3]。[198]所以说，在讨论惩罚的阶段，要是有人请求你们给出宽大的一票[4]，那么他是在请求你们平息怒火；而要是有人在第一阶段发

---

[1] 此处为了和上文照应，并兼顾"流亡"的说法，不译作"夺回政权"。
[2] 法庭上使用水钟计时，所以意即"时间是分配给……"。参见《控诉提马耳科斯》第162节及注释。
[3] 两造发言之后，审判团投票裁决罪名是否成立，如果成立，则由双方各自提出惩罚建议并发言论证其建议合理，审判团再投票作出最后的惩罚判决。
[4] 原文直译"请求你们的投票"，化译如此，下一句里也类似。

言里就来请求你们给出有利于他的一票，那么他是在请求你们交出你们的誓言，交出法律，交出民主制度。不，没有人可以请求你们交出这里面的任何一项，也没有人可以答应别人这样的请求。所以，请命令他们，把第一次投票的决定权留给你们依法行使，等到讨论惩罚的时候再回来①。

[199] 总之，我几乎要说，雅典人啊，应该制定这么一条法律，专门应用于违宪案件的审判之中，那就是，不要允许控诉人携带共同发言人出场，也不要允许违宪案件的②被告人携带辩护人出场③。正义是不容辩驳的，是由你们的法律裁定了的。就好比在木工活里，要是我们想要弄清楚一个东西直不直，我们就会拿准绳来量一下。[200] 一样的，在违宪案件的审判之中，也有着一条正义的准绳，就是这块小平板④，就是那个议案，就是列在旁边的法律。来，你⑤来展示一下这些内容是如何能做到协调一致的，然后就可以下台去了。你又何必叫德谟斯提尼上来呢？你要跳过正当的辩护内容，要叫来一个恶棍、一个语言高手的时候，你就

---

① ἀπαντᾶν 本义"会面"，按《希英词典》的解释在这里是"进到这个问题上来"的意思，此处简译作"回来"。亚当斯译作"讨论（刑罚问题）"，凯里译作"找你们"，奥热译作"提请求"，德迪奥斯和格卢斯金娜译作"出现"。
② 洛布本无"违宪案件的"。
③ 原文后一句是"也不要允许被告人这么干"，被告一方的共同发言人按现在的用语就是辩护人，故译如此。
④ 格-舒注云，在违宪案件审判开始之前，在一块小平板上写下被控诉违宪的议案，在旁边写下其中牵涉的法律条文，公开陈设。
⑤ 指克忒西丰。

是在欺骗大家的耳朵，在伤害国家，在摧毁民主制度了。

[201] 怎样做才是阻止这类发言的方法？我来说一下。等克忒西丰走进这里，对着你们过了一遍别人帮他凑好的开场白，然后还接着消磨时间，不作正当辩护的时候，就请你们不要喧哗，而是提醒他，拿起这块小平板，对比一下法律和那个议案。要是他假装没有听见你们的话，那你们也就别听他的了。你们进到这儿来，不是来听那些逃避正当辩护的人发言，而是来听那些愿意正正规规地作自辩的人发言。[202] 要是他跳过正当的辩护内容，而叫德谟斯提尼上来，那么，最好是不要接纳这个自以为能用话术颠覆法律的诡辩家。在克忒西丰问你们该不该传召德谟斯提尼的时候，你们中间也不要有人觉得第一个叫喊"传上来，传上来"的人是在干什么好事。你们是在传召他上来对抗你们自己，传召他上来对抗法律条文，传召他上来对抗民主制度。就算你们实在还是想听，那么请你们命令德谟斯提尼按照我控诉他的同样顺序来答辩。我是怎样控诉他的呢？我来帮你们回忆一下。

[203] 我一上来并没有回顾德谟斯提尼的个人生活，我一上来也没有提起他对人民犯下的种种罪行，其实我手头真可以说是有着大把大把丰富异常的话题[①]，要不然的话我就真是天下最最无能的家伙了。不，我一上来就展示了禁止向任何尚未通过审查的官员授予冠冕的法律，然后我证实了那个职业演说人提出的一个议案，要向身为尚未通过审查的官员的德谟斯提尼授予冠冕，甚

---

① 洛布本无"话题"，可以理解为"有……的材料"。

至都没有帮自己加上一条保护条款[①]，没有加上"仅当此人已提供自述之后"这条前提，而是彻彻底底地藐视你们，藐视法律；我也说了他们将会为此找出什么样的借口，我希望你们都能记清楚。[204] 其次，我向你们展示了关于发布宣告的法律，其中明文禁止就公民大会授予冠冕一事在公民大会会场以外发布宣告，而这个正接受审判的职业演说人，他不单单践踏了法律，还违反了发布宣告的时间和场合的相关规定。他要求，不在公民大会会场之中，而在剧场之中发布宣告，也不在雅典人召开大会的时候，而在悲剧即将上演的时候发布宣告。说了这些之后，我简短地讲述了他的个人生活，而后详细地回顾了他对人民犯下的罪行。

[205] 你们也要求德谟斯提尼以同样的方式进行答辩吧：首先，就关于尚未通过审查的官员的那条法律；其次，就关于发布宣告的那条法律；再次，就最重要的那部分，也即他根本不配得到这种奖励。如果他请求你们允许他使用他安排的发言顺序，还保证说在辩护的最后部分他会针对违宪的法律问题进行回应，那么，不要对他让步，不要被这种法庭上的常用诡计骗了过去[②]，他根本就不情愿在后面什么时候就违宪的法律问题答辩，他在这

[①] 原文 οὐδὲν προβαλόμενον（没有预先放置），此从格 – 舒注的理解，亚当斯没有单独译出这个词组，而是将其与后面的 οὐδὲ προσγράψαντα（没有另外写下）归到一起处理成"没有加上以下前提条件"，奥热的处理与亚当斯的类似，格卢斯金娜用两个基本同义的词来对应这个词组和后一个词组，凯里和德迪奥斯把这个词组处理成"没有给出任何借口"。

[②] 原文 μηδ᾽ ἀγνοεῖθ᾽ ὅτι... 直译"也不要看不出来这是……"，化译如此。

一条上根本没有什么好说的,所以就想靠东拉西扯来让你们忘掉真正的控诉内容。[206] 就好比在体育比赛里,你们看见拳击选手在彼此争夺最佳站位,同样地,你们今天一整天就是代表国家在与他争夺辩论的最佳形要[①],不要让他脱离违宪这个主题,而是要好好坐着,一边听着一边给他布置好障碍,把他逼进关于违宪的法律问题的答辩之中,仔细注意他的话什么时候转了向。[②]

[207] 反过来,要是你们随着那种顺序来听取答辩,那么会发生什么呢?我现在必须预先警告你们一下。他会叫这个术士、这个贼子[③]、这个撕裂了宪政[④]的家伙上来。这个人哭起来比其他的人发笑还要容易,发个伪誓最是轻而易举。所以,我才不会感到奇怪,他肯定会突然转头骂起庭外围着的观众来,说什么所有由事实本身表明成了寡头思想派的人都已经站到控诉方讲坛这边来了,而所有的民主人士都到被告方讲坛这边来了。[208] 等到他真这么说了,就用这句话来回应他的那些挑拨离间的言论吧,这么说吧:"德谟斯提尼啊,要是那些从费莱率领流亡的人民夺回政权的人们也像你一样的话,民主制度是不可能重新立住脚的。事实上,那些人从最可怕的灾难之中挽救了国家,说出了堪为文

---

① 洛布本的用词 (στάσεως) 与前一个"站位"相同,托伊布纳本的用词 (τάξεως) 更"军事化"一些,所以中文译法也相应变化了一下。
② 这段比喻与《控诉提马耳科斯》第 176 节里的比喻类似。
③ βαλλαντιοτόμον 本义"扒手",此处考虑到语境译作"贼子",奥热译作"知名盗贼",其余各译皆按本义翻译。
④ 原文 διατετμηκότα τὴν πολιτείαν 直译"把政治体制彻底割裂",化译如此。

明①最美好的结晶的言辞:'既往不咎吧。'②而你呢,却重新撕开伤口,把当前的口舌之利看得比国家的安全更加重要。"

如果他这个一贯发伪誓的家伙想要躲在你们对誓言的信任背后,那么提醒他吧,对这么一个惯于发伪誓、却还一直要人相信他的誓言的家伙,必须有以下两个情况之一发生才行③:要么是换一批新的神明,要么是换一批不同的听众。

[209] 还有,想想④,他那些眼泪,他那拉尖了的腔调,他拿着来向你们诉说:"我还有何处可逃呢,雅典人啊?你们把我划出政治生活之外了⑤,我已经无处飞翔了。"这么回应他吧:"雅典人民还有何处可逃呢,德谟斯提尼啊?是有哪个做好了准备的盟国呢?还是有什么资源呢?你的政策为人民提供了什么保护呢?至于你为你自己谋划了些什么,我们倒全都能看得到。你从本城搬了出去,看起来在庇里尤斯⑥不是安家的,而是要起锚逃离城邦的,你连这种怯懦行为的路费都带好了,就是波斯国王的

---

① παιδείας 本义"教育"、"教养",也可以和"文化"搭上边,为与上下文更好配合,故译如此,类似于德迪奥斯的处理。
② 参见埃斯基涅斯《为奉使无状事》第 176 节及注释。
③ 这里有的版本有一小句"其中无论哪一个,德谟斯提尼都不具备"。
④ 原文是介词 περὶ(针对、关于),化译如此。
⑤ 洛布本无"政治生活之外",作"把我划出去了"。
⑥ 格－舒注云,德谟斯提尼在那里有一处住所,这里的意思是德谟斯提尼的这个住所不是用于长久居住的,而是便于随时出海逃亡的。木曾注云,得纳耳科斯《控诉德谟斯提尼》第 69 节和许佩里得斯《控诉德谟斯提尼》残篇第 17 节都提到这处住所。

金子和你那些本属于人民的[①]贪贿所得。"

[210] 总而言之，这些眼泪算是什么意思呢？这个哭嚎算是什么意思呢？扯这个尖腔又算是什么意思呢？这个案子中的被告人不是克忒西丰吗？这个案子里的最终惩罚不是并非由法律指定的吗？[②] 你不是在为你的财产，不是在为你的人身安全，也不是在为你的公民权利而上庭吗？[③] 那么他这么激动又是为了什么呢？是为了金冠，为了剧场之中那种违法的宣告。

[211] 他应该做的是什么？难道在这个时候——就算人民都疯了，都忘掉现在是什么样的一个处境，在这种不合时宜的当口还想要向他授予冠冕——他不是应该走到公民大会会场之中，说"雅典人啊，我接受这顶冠冕，但是，我不能接受发布这个宣告的时机，如今，整个国家上下都在哀哭断发[④]之中，这不是授予我冠冕的合适场合"？我想，这才是一位真正生平德行无缺的人会说出来的话。而你要说的那些，正是一个假装有道德的渣滓才会说出来的。

[212] 还有，说真的，当着赫拉克勒斯说一句，你们中间肯定不会有人担心，怕这位德谟斯提尼，这位心高气傲、在战场上表现

---

① 此处 δημόσιος 按本义翻译，各译本则作"政治生活中的"。
② 参见本篇第 197 节注释。此处意即这类博取同情的表演应该留到讨论惩罚的时候再拿出来。
③ 如果这个案子里被告方输了，那么是克忒西丰有丧失这些东西的危险，而不是德谟斯提尼。
④ 洛布本无"哀哭"。格–舒注云，雅典人剪短头发以示哀悼。

突出的先生，要是拿不到这个奖品，就会跑回家里去自行了断。①这个家伙根本就不把来自你们的荣誉放在眼里，连他那个脑袋，那个沾满了鲜血的脑袋，那个还没有接受过审查的脑袋，这位先生跟法律作对提案要安上一个冠冕的脑袋，他都在上面弄了一万条伤口，拿这个出去换钱，去控告别人有意伤害什么的。哦，有一次，可真是痛挨了一下，我觉得那上面墨狄阿斯的拳头留下的印痕还清楚得很呢②。这家伙顶着的哪是个脑袋啊，分明是个财源嘛。

[213] 关于提案发起人克忒西丰，我还想简短说几句，我会跳过很多内容，因为我想试一试，看看你们在没有人预先提示的情况下，能不能分辨得出那些彻头彻尾的恶棍。我要说的呢，就是这对活宝③的相同之处，就是关于他们该④对你们汇报的那些。他们成天都围着广场打圈，彼此转着真真确确的念头，说着一点不错的内容。[214] 克忒西丰就说了，他才不为自己担心，他指靠着被看成一名普通人⑤，倒是担心德谟斯提尼会有问题，因为德谟斯提尼在政治生涯中大收贿赂，反复无常，又怯懦无比。而德

---

① 指埃阿斯因未获得阿喀琉斯的盔甲愤而自尽的故事。
② 参见本篇第52节及注释。
③ 此从格-舒注将 ἀμφοτέρων αὐτῶν（这两个人）译出嘲讽的贬义。
④ 此从凯里、格卢斯金娜和木曾的理解，亚当斯、德迪奥斯和奥热理解作"可以实在/正当地（向你们汇报）"。
⑤ 格-舒注解释说，一方面指他没有地位，也就没有什么特别害怕失去的东西，另一方面指他不是职业讼师，所以更容易招致同情。

谟斯提尼呢，他说他把眼光放回到自己身上的时候就特别有信心，只是非常害怕克忒西丰会有问题，因为克忒西丰实在是下贱，根本就是一个拉皮条的。这两人就是这么相互指控罪行[①]的，你们现在既然是在对他们俩一起进行审判，那么就别把他们从彼此加上的罪名中开释掉好了。

[215] 关于针对我个人的毁谤，我也想简短说几句。我听说，德谟斯提尼将会说，国家曾多蒙他的帮助，却遭到了我的破坏，他还会拿腓力、亚历山大和跟他们有关的内容来指责我。这家伙看起来真是一个地地道道的词讼高手，我参与你们政治生活的种种，我在公开场合的次次发言，都还不够他拿来攻击我。[216] 此外，他还要来攻击我的平静生活，攻击我的缄默不言[②]，说穿了就是他连一个条目都不肯放过，都要拿他那讼棍的嘴来糟蹋一通。他还指责我经常和年轻人一起光顾体育馆[③]，还在发言一开始就攻击这次控诉本身，说什么我提起这一控诉不是为了国家，而是为了讨好亚历山大，因为后者讨厌他。[④][217] 宙斯啊，我还听说，他想要问我，为什么我对他的整套政策大加指责，却没有一条一条地

---

① 洛布本无"罪行"。
② 木曾注云，参见德谟斯提尼《金冠辞》第198、308节，指责埃斯基涅斯对积极发言无所贡献，是个惨剧发生前不发一语，却在事后批评的人。
③ 应是有"性骚扰"的隐含意义，参见《控诉提马耳科斯》第135节。木曾指出，此处有两种解释，诱惑年轻人，或向年轻人传授诡辩术，使人堕落。但未见于德谟斯提尼现存作品。
④ 木曾注云，德谟斯提尼《金冠辞》中显然未见。盖是埃斯基涅斯单方面的臆测或诽谤，又或是德谟斯提尼发表演说文字时删去了相关部分。

加以阻止，一条一条地提出控诉，而是隔了一段时间——中间也只是偶尔现身参加一下政治生活[①]——才提起控诉。我可不想学德谟斯提尼那种浪费时间的做法，我才不会为我的做法而感到羞耻，我不想对你们说过了话之后又希望从未说出口，我要是发表了他那种演说还不如不活了。[218] 至于说我的缄默不言，德谟斯提尼啊，那是我节制的生活所带来的。我只要有一点点就够了，我才不会可耻地去追求更多，所以我沉默也好，发言也好，都是经过深思熟虑的，而不是被挥霍无度的本性所催迫的。在我看来，你倒是个拿到钱就会闭嘴，花光了就会乱喊的家伙，你发言，不是在你觉得合适的时机，不是说出你想要说的内容，而纯粹是听从你的金主的指示，你也从来不会为你的吹嘘感到羞愧，哪怕它们当场就被拆穿。

[219] 回头说现在关于这个提案的控诉，照你说的，它不是为了国家，而是为了讨好亚历山大才提起的，可是，它被提起的时候[②]，腓力还活着，亚历山大还没有即位，你还没有梦见过保撒尼阿斯[③]，还没有在夜里和雅典娜以及赫拉交谈过[④]。那么，我又怎么能是在讨好亚历山大呢？除非说，我跟德谟斯提尼做了一模一样的梦？

[①] 原文 πρὸς τὴν πολιτείαν... προσιών，亚当斯理解为"攻击政策"，此从其他各译的理解，作"参与政治生活"。
[②] 前337年，参见本篇第27节及注释。
[③] 参见本篇第160节及注释。
[④] 参见本篇第77节。

[220] 你又指责我，说我没有持续地，而是隔着时间地，来到人民面前，你以为你能骗过我们[①]，拿这个所谓原则来搅浑水是吧，这个根本就不是来自民主制度，而只能是来自别的政治制度。在寡头制度之下，不是每一个有意向的人都可以向民众发言，而是只有有地位的人才可以，而在民主制度之下，任何一个有意向的人，都可以随他什么时候想要发言就可以发言。时不时地[②]发言，正表明那个人参政是选择了合适的时机，是为了国家的前途，而连一天都不停下，才是以此为业、受雇于人的写照。

[221] 至于说你从来没有被我起诉过，也没有为你的罪行受过惩罚，当你在用这类言辞来逃避的时候，你要么就是以为听众都已经忘掉了，要么就是在欺骗你自己。关于你在安菲萨的事情里的渎神行为[③]，还有你在优卑亚的事情里的受贿行为[④]，这些事情里[⑤]，我可都是清清楚楚地坐实了你的，[⑥]只是已经过去了很长的时间，你也就指望人民都记不起来了。[222] 还有关于三层桨战

---

① 洛布本无"我们"，即作"混过去"。
② 原文是 διὰ χρόνου，和前面"隔着时间"的用词 διαλείπων 略不同，故译法稍作区分。
③ 参见本篇第 125—127 节。
④ 参见本篇第 94—105 节。
⑤ 洛布本作"针对这些事情"。
⑥ 格-舒注云，埃斯基涅斯在这里玩了个文字游戏，他曾经在公民大会里指责德谟斯提尼在这些事情上的表现，但这不是法律意义上的起诉，所以德谟斯提尼说他从来没有为这些行为起诉过他，这句话并没有什么错误。

舰和舰长的事,你在里面捞了那么多油水,① 不管过去了多长时间,又怎么能掩盖得了呢?那时候,你立下关于三百人②的法律,说服雅典人选举你担任海军委员,你被我证实了偷偷摸摸砍掉了六十五条快船的舰长职位的事③,这么多的船啊,都被你弄不见了,比雅典人在纳克索斯岛海战中战胜拉栖代梦人和波利斯④用的那些船的数目还多啊。

[223] 靠着你搞的那些指控,你倒是阻挡了对你的惩罚,反过来把危险从你这个罪人的头上移开,放到指控你的人头上了,你经常把亚历山大和腓力的名字放到你提出的那些毁谤之中,还指责某些人给国家的机遇套上了枷锁,你一直都在毁掉当下的机

---

① 格-舒注云,前340年,德谟斯提尼担任海军委员,改革了三层桨战舰出资的分配方法。此前,由于富人逃避出资(也由于雅典经济衰退),每一战舰的出资人从最早的一人逐步增加可达十六人之多,德谟斯提尼提出议案,要求严格按财产情况分配出资(《金冠辞》中有具体议案内容,但现在一般认为是后人编造加入的,故实际具体分配方法已不清楚),富人指责这种做法造成了战舰数量减少,并声称德谟斯提尼是受了贿赂才提出这一改革的。
② 改革之前,雅典从十个部落中各组建两个税务团(συμμορία),每团六十人,总共一千二百人,负责缴纳三层桨战舰出资,其中最富裕的三百名称为"三百人"(οἱ τριακόσιοι)。德谟斯提尼的改革触犯最大的就是这三百人的利益,因为他们本来最多是和别人合伙为一艘战舰出资,但现在可能要一人独自为多艘战舰出资。
③ 德谟斯提尼的改革减少了出资人(即舰长)的数目,但可能并未影响舰只的数目,埃斯基涅斯在这里故意含混其词。
④ 格-舒注云,前376年,雅典在纳克索斯岛附近的海战中战胜波利斯率领的斯巴达舰队。

会①,对未来的事情作出空头承诺。就在你即将最终被我提起控诉的时候,你不是还定计逮捕了那个在为奥林匹娅丝②采购商品的俄瑞俄斯人阿那克西诺斯吗?③[224] 然后你两次亲手对他用刑,提议将他处死,他就是你曾经在俄瑞俄斯到他家里停留,与他在同一张桌子上吃喝奠酒,将右手相握成为友人、结下宾主之谊的那个人,你杀了他。所有这些,当着所有雅典人的面,都由我证实,你被我叫做东道杀手,而你,并不抵赖你的渎神罪行,而是作出了一个让所有人民、所有在公民大会现场的外邦人都为之怒吼的回答。你说,在你看来,国家的盐④要比宾友的餐桌更重要。

[225] 我就不说那些伪造的书信,那些被逮捕的"奸细",那些无端控诉之下的拷掠——竟号称我在跟国内⑤某些人策划政变——什么的了。

还有,他打算问我——这是我听说的——一个人到底该算是哪门子医生,在别人生病的时候不给病人提任何建议,等人死了却在第九天⑥跑来对家人说:要是如此这般地做了,就肯定能痊

---

① 原文 τὸ παρὸν λυμαινόμενος,此从亚当斯、奥热、格卢斯金娜和木曾的理解,凯里和德迪奥斯译作"攻击当下的事情"。
② 马其顿王后,亚历山大之母。
③ 格-舒注云,此事约发生于前342—341年,德谟斯提尼说阿那克西诺斯实际上是马其顿间谍。
④ 参见德谟斯提尼《为奉使无状事》第189节及注释。
⑤ 洛布本无"国内"。
⑥ 格-舒注云,葬礼共举行九天,最后一天举行宴会招待亲友。

愈的。①[226] 可你却不问问你自己，一个人到底该算是哪门子人民领袖，讨好民众的本事倒是有，等挽救国家的机会来了，就通通出卖掉，有明智的人在提建议，就来毁谤阻止，看见危险就跑，把国家推进了无可挽回的灾难，再来讨要冠冕，说什么是为了他的杰出贡献，从来没有干过好事，坏事件件都有份，然后再转过头来问那些他凭着他的讼棍手段从政治生活中赶了出去、在国家还有得救机会时赶了出去的人，为什么他们不阻止他的胡作非为。

[227] 还有最后一件掩过不提的是，仗已经打完了，我们没有工夫来讨论对你的惩罚，而是为了拯救国家出使在外。而你，竟还不满足于不受到法律的惩罚，反而来讨要起奖赏来了，把我国弄成了全希腊的笑柄。正因如此，我才挺身而出，提起控诉。

[228] 奥林波斯的众神啊，我听到的德谟斯提尼将会采用的说法之中，没有比下面我要提起的这个更让我怒火中烧的了。似乎②他会把我的天分比作塞壬女妖！③他会说，听了她们歌声的人得到的并不是陶醉，而是毁灭，正因如此，塞壬女妖的歌声才恶名昭著④，而我熟练⑤的口才，我的天分，也是一样地给听了的人

---

① 参见德谟斯提尼《金冠辞》第 243 节及注释。
② 洛布本无此词。
③ 木曾注云，德谟斯提尼《金冠辞》第 280、285、313 节言及埃斯基涅斯之美声，但并无明喻塞壬之处，也有可能德谟斯提尼在书面发表时删去了。
④ 此处把 οὐδ' εὐδοκιμεῖν 译得语气较重，接近奥热和木曾的处理。亚当斯、凯里与德迪奥斯都译作"没有好名声"，更贴近原文。而格卢斯金娜处理为 пользуются недоброй славой，从字面上也是比较像原文的，只是 недоброй 语气也比单纯的"不好"要重就是了。
⑤ 洛布本作"流利"。

带来了不幸。可是，在我看来，所有人中没有一个可以用这样的话评论我。指控了别人，却拿不出事实根据来给人看，丢脸的只会是自己。[229] 真有必要这样说的话，也不应该是德谟斯提尼来说这些话，而应该比如说是一位为国家辛勤工作而取得了重大成就①的将军，他不善言辞，因此羡慕他的对手在这方面的天分，因为他知道，他自己是说不清楚他所完成的哪怕一件事的，而他却看见，控诉他的人可以向听众仔细描绘其实并非出于己手的成就，就跟自己真做了一样。而现在，这么一个全靠词汇——还是一堆恶毒的、拗口的词汇——组装起来的家伙，他倒拿什么"单纯"、"事实"来做挡箭牌了，有谁能受得了呢？要是把他那条舌头就像竖笛的簧片一样地②拔掉的话，可就不剩下什么了。

[230] 我一直都想不明白，雅典人啊，我要问问你们，到底是有哪些方面的考虑，才可能让你们作出无罪的裁决？难道说这个议案是合宪的？可是，从未有过一条比它还要违宪的提议了。还是说，提出这个议案的人，他不应该受到惩罚吗？要是你们把他开释了的话，那你们以后再也不会有审查他人生平的能力了。难道不是很让人伤心吗？以前，合唱队席里装满了金冠，都是希腊人授予我国的冠冕③，因为那一天④被拿出来用于宣告来自外邦的

---

① 洛布本作"做了重大而有益的工作"。
② 原文 ὥσπερ τῶν αὐλῶν 直译"就像竖笛里的那个部分一样"，考虑到 γλῶτταν（舌头）也有"簧片"的意思，化译如此。
③ 格–舒注云，城邦之间可以互相授予冠冕。按，意思应该是说并非授予个人，而是授予城邦整体。
④ 应是指上演悲剧的日子。

冠冕了①,而现在,托德谟斯提尼的政策的福,你们都没有冠冕了,没有人宣告表彰你们了,他倒来受宣告表彰了?

[231] 在这些②之后,要是有那么一位上演剧本的悲剧诗人,他在一出悲剧里面描写了忒耳西忒斯③被希腊人授予冠冕,那么你们肯定不会有人能受得了,因为荷马说了,他是一个懦夫,一个讼棍。④而如果你们去向这么一个家伙授予冠冕,那么,难道你们不觉得,在希腊人的脑海里,你们就是这个被人报以嘘声的对象了吗?你们的父辈将伟大光荣的成就都归功于人民,将卑贱不堪的行为都归罪于无能的职业演说人,而克忒西丰呢,他认为,你们应该把耻辱从德谟斯提尼那里拿过来,放在人民的头上。

[232] 你们说你们是幸运的,是啊,你们确实一直很幸福,那么,你们难道要决议宣布,你们被命运抛弃了,却赖德谟斯提尼而得福了吗?还有,最最荒唐的,就在这些法庭里,你们一直都在剥夺那些被判有受贿之罪的人的公民权,可是,对于这么一个人,这么一个你们全都清楚在整个政治生涯之中就是在出卖自己换钱的人,你们却要向他授予冠冕?如果说,酒神庆典上的裁判们在裁决圆环舞歌舞队表演时做得不公平,你们就会惩罚他们,可是

---

① 洛布本作"那一天被拿出来用于宣告"。另,此处原文 διὰ τὸ ξενικοῖς στεφάνοις ταύτην ἀποδεδόσθαι τὴν ἡμέραν 直译"因为那一天被专门分配给来自外邦的冠冕了",为行文方便化译如此。
② 宣告授予冠冕。
③ 《伊利亚特》里一个外貌丑陋不堪、言语粗俗无比的角色。
④ 格-舒注云,荷马并没有这么说过。

你们自己，现在坐在这儿，不是在裁决圆环舞歌舞队的表演，而是在裁决法律问题，裁决对于人民的杰出贡献，你们却不把奖励依法发放给那寥寥几个配得上的人，而要发给使用不正当手段谋取到它的人？

[233] 一个这样的审判员，从法庭里走出去的时候，他就是把自己削弱了，帮着职业演说人变得更强了。一个普通人，在民主制度的国家里，也可以依靠法律和他手中的一票而行使国王一般的权力，而一旦他将这些拱手让人，他就毁掉了自己的权力。他立下的誓言也会追随在他的身后而使他不安，因为我想，这正是罪孽的根源。① 受了他的恩惠的那个人也看不见他的心意，因为投票是不公开的。

[234] 在我看来，雅典人啊，就凭我们目前这种不上心的样子，我们的宪政状况，既有成功之处②，也存在着危险。一方面呢，在这种局面之下，大众把民主制度的支柱所在交到了少数人手里，这个我是不赞成的；而另一方面呢，倒是没有产生出一茬卑鄙而狂妄的职业演说人，这个就是我们的幸运了。以前，民主政治中便产生了如此本性的一批家伙，他们很轻易就这样摧毁了民主制度：人民听到吹捧就高兴了，结果，不是他们害怕的那些人，而

---

① 格-舒注云，"因为……根源"一句不是很通，有学者认为是后世注释混入。奥热处理作"它指责他犯了伪誓之罪"，其他各译大都处理作"这正是使他的行为成为错误的原因"。
② κατορθοῦν 本义"成功"，亚当斯、奥热和凯里译成"幸运"，但考虑到和下文"幸运"用词不同，此从德迪奥斯和格卢斯金娜按本义译出。

是他们把自己交托给的那些人，把他们镇压了。[235] 其中有一些人后来成了三十僭主中的一员，就是那些不经审判就处死了超过一千五百名公民，甚至都不给他们听取判处他们死刑的控诉内容，甚至都不让亲人前来为死者出殡的家伙。你们还不管一管那些政客吗？你们还不打击一下那些趾高气扬的家伙的气焰，把他们撵出去吗？一个人在试图镇压人民之前，必然会先等到自己已经凌驾于法庭之上，你们还弄不明白①吗？

[236] 我会很高兴地，雅典人啊，当着你们的面，跟提了这个议案的人一起来列举一番，到底是德谟斯提尼先做了什么好事，他才认为他配得上冠冕的。克忒西丰，如果你跟议案的一开头一样，说是"由于他出色地完成了环绕城墙挖设壕沟的工程"，这我就要对你表示惊讶了。他把这个干得再好，又怎么能比得上他是造成了我们不得不进行这一工程的罪魁祸首呢？不，不应该的，不应该是为了在城墙外面围上一层栅栏，不应该是为了掘毁国家的公墓②，一位正直的参政人士不应该为此要求奖励，而应该是为做出造福国家的事业。[237] 而如果你跳到议案的第二部分，就是你居然厚着脸皮把这个人写成一位优秀人士，还"一向为雅典人民发表最佳言论、采取最佳行动"的那部分，那么，请你将那些胡编乱造、那些吹牛浮夸从议案里删去，抓住事实，向我们展

---

① μεμνήσεθ᾽，本义"牢记"，化译如此。
② 格–舒注云，应是指为修缮城墙而破坏了一些墓穴以取得石材，或为建设壕沟而破坏墓穴。

示一下，你到底是在说些什么。关于他在安菲萨人的事情上和优卑亚人的事情上收的贿赂，我就略过不提了，可是，你居然把与忒拜人的盟约整个归功于德谟斯提尼，你这就是在欺骗那些不知情的人，欺负那些看得清楚弄得明白的人。你撇开了时机，撇开了这里诸位①的声望，这些才是盟约得以达成的基础，你以为这样就可以混过去②，可以把属于国家的荣誉安到德谟斯提尼头上去。

[238] 这里面的胡编乱造到了什么地步呢，我会试着来用强有力的证据展示一下。在亚历山大跨入亚细亚之前不久，波斯国王给雅典人民发了一封极度傲慢野蛮的信，③里面说的所有话都毫无教养，最后还这么写了："我，"他说道，"是不会给你们金子的，别来找我要，你们是拿不到的。"[239] 可是呢，就是这同一个人，落入了现在他遭受的这种险境，在雅典人根本还没有提出要求的时候，他就自愿送了三百个塔兰同给雅典人民，而人民理智地拒绝了。是什么带来了这些金子呢？是时势，是恐惧，是对盟约的需要。也正是这一切促成了与忒拜人的盟约。德谟斯提尼，你一刻不停地提着忒拜人的名字，提着那个不幸的盟约，真是烦死人了，可是你却从来不提那七十个塔兰同，就是你从国王给的那些里拿走、盗用了的。

---

① 应该是泛指所有雅典人。
② 洛布本作"骗过我们"，托伊布纳本认为"我们"赘文，因此作"混过去"。
③ 关于此举和下节提及之事，参见本篇第 132、133 节及注释。

[240] 不就是因为缺钱，缺了五个塔兰同的钱，雇佣军才没有把卫城交给忒拜人吗？① 不就是因为少了九个塔兰同的银子，阿耳卡狄亚人都已经全部开拔了，他们的将领都已经愿意前来援助了，事情却没有成功吗？② 你倒是很阔啊，你为自己的享受真是倾力奉献③啊。总而言之，波斯国王的金子是归了这个家伙，而危险呢，归了你们。

[241] 也该看一看他们有多缺乏教养。要是克忒西丰厚颜无耻地叫德谟斯提尼上来对你们发言，而后者也真的走上来自吹自擂的话，比起我们领受了的他的事迹④，更加难以承受的就是听这些东西了。想想吧，就算是真正优秀的人，就算是我们都知道作出了很多杰出贡献的人，我们也不接受他们自我表扬，那么，等这么一个成了国家耻辱的人自夸起来的时候，这种东西还有谁能忍

---

① 格-舒注云，前335年，忒拜人起事反抗亚历山大，包围了卫城之中的马其顿驻军，驻军（均为雇佣兵）愿意撤离，但要五个塔兰同的钱，忒拜人没有付，于是驻军坚守至亚历山大到来。
② 格-舒与亚当斯注云，忒拜人起事时，阿耳卡狄亚人出兵至科林斯地峡，持两端而观望，其将领表示若有十个塔兰同的钱就愿意加入忒拜一方，但是没有拿到，于是转过来领了马其顿的钱，撤兵回去了。
③ χορηγέω 是为城邦出资组织歌舞队的意思，是一种对公共事业的奉献，此处埃斯基涅斯有嘲讽德谟斯提尼只会为自己的享received而"奉献"之意，亚当斯和格卢斯金娜也是这样理解的，所以这样化译。凯里认为这里的 χορηγέω 应作"出资"，即德谟斯提尼出钱用于自己的享乐，奥热似乎也如此理解。德迪奥斯对原文直译，没有特别解释。
④ 此处从亚当斯和奥热的理解，凯里、格卢斯金娜和木曾译作"比起我们经受了的不幸"，德迪奥斯译作"比起我们承受了的行为"。

着听下去?

[242] 如果你还有点理智的话,就避开这种可耻的行径吧,克忒西丰啊,为你自己作辩护吧。你也没法找这个借口,说什么你不会演讲。那你可真是奇哉怪也,就在前些天①,你还接受了出使到腓力之女克莉奥帕特拉②那里去的选派任务,去吊唁逝世的摩罗西亚人之王亚历山大③,现在你倒说你不会演讲了。那时候,你有能力安慰一位哀悼之中的外国女子④,现在你倒不能为受雇提出的议案作辩护了吗?

[243] 还是说,这个你提了议案要授予冠冕的人,他是这样一个人,如果没有人来跟你共同发言,他就不会被他造福的人所知了吗? 来,问问审判团的成员们吧,他们知不知道卡布瑞阿斯、伊菲克剌忒斯,还有提摩忒俄斯,⑤向他们请教一下吧,为什么他们对那些人授予了奖励,为那些人竖立了塑像。所有人都会同声回答你,他们这么对待卡布瑞阿斯,是因为纳克索斯岛的海战;⑥这么对待伊菲克剌忒斯,是因为他消灭了拉栖代梦人的一

---

① 前330年初。
② 亚历山大的同母妹妹。
③ 亚历山大的母舅兼妹夫,前面提到的克莉奥帕特拉的丈夫,前331年阵亡于意大利。
④ 凯里理解为"他人妻子",此从其余各译的理解。
⑤ 三人都是雅典民主政府重建之后的著名将领。
⑥ 参见本篇第222节及注释,卡布瑞阿斯是此战中雅典舰队的统帅。

师之众①；这么对待提摩忒俄斯，则是因为他远航克基拉岛；②还有这么对待其他一些人，都是因为他们每个人在战争之中作出了很多杰出的贡献。[244] 你再问啊，"凭什么要给德谟斯提尼授奖③？"因为他受了贿赂？因为他是个懦夫？因为他从战场上开了小差？你们这算是要尊敬他呢，还是等于对你们自己、对那些为你们而牺牲在战场的人们，漠然不思复仇呢？想象一下吧，想象你们看见那些人了，他们都在悲号——这样一个人竟然会被授予冠冕！这不是很可怕吗？雅典人啊，要是有一块木头、一块石头、一块铁，总之是一块无声无识的东西，落到人头上造成了死亡，我们就会把它投到边境之外④；要是有人自杀了，我们就把做出这种事的手和身体其他部分分开埋葬。[245] 而德谟斯提尼呢，雅典人啊，这个发起了那次最后出征⑤的人，这个出卖了将士的人，你们却来授予他尊荣？如此一来，死者就受到了侮辱，而生者也丧失了志气，因为他们都看见了，对杰出表现的回报只有死亡，连回忆也消褪了。还有最重要的一点，年轻人会问你们，他们应

---

① μόρα 是斯巴达公民兵的一个建制单位，此处借用周代的"六师"对译，最初斯巴达人将全体公民兵划分成六个师。格－舒注云，前392年，伊菲克剌忒斯在战斗中消灭了斯巴达的一个师。
② 格－舒注云，前375年，提摩忒俄斯率雅典舰队环绕伯罗奔尼撒半岛，直至克基拉岛（今科孚岛），途中大败斯巴达舰队。凯里在译文中写有"环绕伯罗奔尼撒"，非原文所有。
③ 洛布本无"授奖"。
④ 格－舒注云，雅典有一个法庭专门审判造成意外死亡的物体，"惩罚"就是将其扔到边境以外。
⑤ 格－舒注云，指雅典派兵出征喀罗尼亚。

该以什么样的人为榜样来安排他们的生活。

[246] 你们都清楚,^① 雅典人啊,教育年轻人的,不单是摔跤道场,不单是学校,不单是九艺^②,还有更重要得多的,就是公开的宣告。如果在剧场中发布这么一个宣告,就是说,由于其杰出贡献、英勇气概与忠诚品格,现向一个生活放荡、令人作呕的家伙授予冠冕,那么,年轻人看到了这个,就会被彻底毁掉了。一个下贱的皮条客,像克忒西丰那种人,接受了惩罚,其余人就会得到教育。而如果有人投下了违背道德、违背正义的一票,回到家中,再教训起儿子来,那么,后者完全有理由不听他的,完全可以当场正当地把这种训话称作一种骚扰。

[247] 所以,请不要只把自己当作一名审判员,而是作为一个其行为皆被人民看在眼中的人,这样来投下这一票吧,向着那些虽然不在现场,却会询问你们作出了什么样的裁决的公民,给出一份报告^③吧。你们都清楚,雅典人啊,国家的声望,就系于被宣告表彰的人的声望。如果你们不被放到祖先的水平之上,却被

---

① εὖ γὰρ ἴστε 这个词组和下一节里的同一个词组都既可以按陈述式(你们都清楚)也可以按命令式(你们要搞清楚)来理解,此处从德迪奥斯和格卢斯金娜把两者都处理成陈述式。亚当斯将两者都处理成命令式,凯里和木曾将前者处理成命令式,将后者处理成陈述式,而奥热则将前者处理成陈述式,后者未直接译出。

② μουσική,泛指一切文艺教育内容,此处借用中国的"六艺"译作"九艺",以对应九位缪斯(Μοῦσαι,亦此词的词源)。

③ 原文 εἰς ἀπολογισμὸν τοῖς νῦν μὲν οὐ παροῦσι τῶν πολιτῶν, ἐπερησομένοις δὲ ὑμᾶς τί ἐδικάζετε 直译"为对着那些虽然不在……的公民们的自辩陈辞而考虑",化译如此。

放到德谟斯提尼这种懦夫的水平之上，将是何等的耻辱啊！

要怎样才能避免这样的羞耻呢？

[248] 只有靠对那些抢占了"一心为公"、"造福大众"的名头，而实际上全然无信的人提高警惕。"忠心耿耿"与"拥护民主"的名头是向大众敞开的，但最先跑过来在发言中躲在它们背后的人，也正是那些在实际行为中离它们最远的人。

[249] 所以呢，当你们碰到有一个职业演说人在一心追求冠冕，追求在希腊人面前的宣告表彰，那么，命令他转身回去重新组织一下言辞吧，就像法律规定必须为商品提供产权保证①一样，命令他们展示一下他们的人生如何出色、本性如何端正吧。要是有人并不为此提供证据，那么，就不要批准这些荣誉给他，而是好好地把握住那正从你们身边消逝的民主制度吧。

[250] 真的，你们不觉得这很可怕吗？现在，五百人议事会会场和公民大会都被忽视了，信件和使节都去到私人家里了，而且还不是随随便便什么人送来的，而是在亚细亚和欧罗巴居于首位的人们②送来的。对这种行为，法律定下的惩罚乃是死刑，③而某些人不仅不抵赖其所作所为，还在公民大会中公开承认了，还互相之间宣读、比较起这些信件内容来。其中有些人还来叫人看他们的脸上那副"民主卫士"的样子，而另一些人则以"国家救星"

---

① βεβαίωσις（确认、保证）对应英文的 security 或 warranty，类似当今美国《统一商法典》中的 warranty of title（所有权担保）。如果交易之后有人对买方的产权提出异议，可据此向卖方发起名为 βεβαιώσεως δίκη 的起诉。
② 格–舒注云，"亚细亚"显然指波斯国王，"欧罗巴"一般认为指斯巴达国王。
③ 私人进行外交活动可被视为通敌。

的身份索要起奖励来了。[251] 人民却已由于种种境遇垂头丧气，就像那些老朽了或者被宣告丧失了神智的人们①，现在手里只剩下民主的空名，把实权都出让给别人了。你们走出公民大会会场的时候，不像是刚进行了一次商讨，倒像是走出一场聚餐，每人分到了点残羹剩饭。

[252] 我不是在信口开河，请根据以下内容好好审视一下我说的话。曾经——反复回忆起这个，我真是感到难受——有一场灾难②降临到城邦之上，当时有一个无公职的人，他只不过是试图出海去萨摩斯岛，便在当天被战神山议事会以叛国的罪名判处了死刑。③还有一个人，他也是以无公职的身份出海去了罗得岛，由于他在危难面前表现得如此怯懦，前些天他就被起诉了，结果是审判团以两边同等票数开释了他，哪怕只要有一票变了，他就会被放逐④了。[253] 我们来对比一下如今的情形。一个职业演说

---

① 格－舒注云，一个人被宣告丧失神智之后，其财产即交由近亲管理，本人只拥有产权之名。

② 指喀罗尼亚之战。

③ 格－舒注云，在当时的紧急状况之下，可能曾有一条法律禁止任何人私自离境。战神山议事会在当时通常已不直接负责普通司法，但在紧急状态之下其权责可能有变化。

④ ὑπερορίζω，本篇第131节中据格－舒注理解为"杀死并将尸体扔到境外以免污浊国土"，但这一节的格－舒注直接译作"放逐"，可能是由于有些抄本中接下来"或处死"一词组（托伊布纳本与洛布本均认为赘文）的影响。凯里认为如果将"或处死"一词组确定为赘文，则也应像第131节中那样处理。考虑到该案审判时离喀罗尼亚之战已过去很久，不再有当时恐慌的情况，此处译作"放逐"更合适。另，此处遭放逐的人名为勒俄克剌忒斯，起诉他的是吕库古，起诉词今尚存。

人,所有一切灾祸的罪魁,从部队里开了小差,从城里逃了出去,就是这么一个人在索要冠冕,觉得自己配得上宣告表彰。你们还不把他当作希腊的公害撵出去吗?不,抓住他,抓住这个为害国事的海盗,这个以言语为舟遍航政界的海盗,惩罚他!①

[254] 再请回顾一下当今的形势,你们是要在什么状况之下投下这一票。再过没几天,皮提亚赛会就要开幕了,全希腊大会就要召开了②,托了德谟斯提尼的政策的福,我国已经在现在这个局面之下遭受了诬蔑③,所以,要是你们向这个人授予冠冕,那么你们看上去就是站在那些破坏共同和平的人一边,而要是反过来,那么你们就会为我国洗除罪名。[255] 所以,不要把这当作外国的事,而是把这当作我国的国家大事来考虑吧;不要随意授予荣誉,而是仔细审核,把奖励留给那些更优秀的人、更配得上它的人吧;不要只用你们的耳朵听,也用你们的眼睛好好看看你们自己,再作出决定吧,看看你们中间有哪些人会想要帮一把德谟斯提尼,也许是那些年轻时和他一起打过猎的伙伴,也许是那些年轻时和他一起健过身的伙伴。呃,奥林波斯的宙斯啊,他捕猎的可不是什么野猪啊,他关心的也不是身体健康啊,他这辈子一直在努力培养的技能,那都是要用来对付有钱人的啊!

---

① 这一句本来是个问句,作"还是应该……惩罚他?"此从亚当斯处理成祈使句,其余各译都按原文结构处理成问句。
② 格-舒注云,可能是指正式的德尔斐周边城邦议事会会议,也可能只是指全希腊人聚集到皮提亚赛会现场。
③ 亚当斯注云,指马其顿方认为雅典同情斯巴达的起事。

[256] 也请好好注意一下那些胡编乱造的吹嘘,①就是他说的那些什么他的出使将拜占庭从腓力的手中拯救了出来,②他鼓动了阿卡耳那尼亚人的反抗,③他以演说震惊了忒拜人。④他以为,你们都已经好骗到了这个地步,连这些都会照单全收,就好像你们在城邦之中养育的是雄辩之神本人,而不是一个讼棍!

[257] 等到了他发言的最后,他叫那些跟他分享了贿赂的家伙们一起上来发言的时候,就请想象一下,想象你们看见了,就在这个讲坛上,在我现在站立的这个讲坛上,对着那些无法无天的人,造福于国家的恩人排开了阵势。其中就有梭伦,那位以最优秀的法律武装了民主制度的人,那位哲人,那位出色的立法者,他严肃地、发自本心地请求着你们,千万不要把德谟斯提尼的话置于誓言和法律之上。[258] 还有阿里斯提德,那位制定了希腊人的贡献份额⑤的人,那位在身后由人民为其女儿们置办了嫁妆的人⑥,他在愤怒地抗议着这种对正义的践踏,他在质问你们,

---

① 格-舒注云,这句话与上文衔接不是非常连贯,有人怀疑本篇第255与256节之间有阙文。
② 格-舒注云,前340年,腓力围攻拜占庭,雅典与盟邦出兵解围。
③ 格-舒注云,约于拜占庭之战同时,阿卡耳那尼亚人加入反腓力同盟,参见本篇第97节。
④ 指德谟斯提尼促成忒拜与雅典结盟一事。
⑤ 格-舒注云,阿里斯提德为提洛同盟各国制定的贡金标准一向被称为公平的典范。
⑥ 格-舒注云,阿里斯提德死时家无长物,雅典政府为其女儿们置办了嫁妆。

你们难道不感到羞耻吗？在仄勒亚人阿耳特弥俄斯[①]携带来自米底人的金子进入希腊的时候，虽然他曾是我城居民[②]，虽然他是雅典人民的外籍友人[③]，你们的祖先还是几乎准备处死他，后来发布宣告将他从城邦之中、从雅典人统治的所有领土之上驱逐了出去；[259] 而你们，对这个德谟斯提尼，这个不仅仅携带了来自米底人的金子，而且干脆据为己有，直到现在还在享用的家伙，你们却要授予金冠！这么一个承认跟蛮夷合谋来祸害希腊人的家伙，却要被授予冠冕了，地米斯托克利、马拉松的阵亡将士们、普拉泰亚的阵亡将士们[④]、列祖列宗的坟茔，你们不觉得他们都会哀叹吗？

[260] 大地啊，天日啊，荣耀啊，良知啊，教育啊——我们用以分辨善恶的教育啊，我已经为你们尽力了，我已经发言了。如果说我的控诉是完善的，是与那罪行相称的，那么，我的发言就达到了我的期望，如果说还有什么不足[⑤]的话，那么也已经达到了我的能力上限。请你们，基于我说了的一切和我没有说出的一切，投下公正的、有利于国家的一票吧。

---

① 参见德谟斯提尼《为奉使无状事》第 271 节及注释。
② 这一小句凯里似未译出。
③ 参见埃斯基涅斯《为奉使无状事》第 89 节注释。
④ 普拉泰亚之战发生于前 479 年。
⑤ ἐνδεεστέρως 是比较级，意为"还（比罪行）差了一点"，化译如此。

附 录

主要抄本 ①

β 抄本 β 已佚，抄本 a、m、g、V、x、L 系转抄自 β。

a Codex Angelicus graecus 44（C. 3. 11），东方纸本②，13 世纪，318 页（255×170 毫米），在阿里斯提德（Αἴλιος Ἀριστείδης）演说集（3—212 页）之后包含演说第 1、2、3 篇（217r—309v 页），并有第 1、2 篇演说注疏，以及埃斯基涅斯信件集（309v—317v 页）。

m Codex Parisinus graecus 3003，西方纸本③，15 世纪初，222 页（223×145 毫米），包含演说第 1、2、3 篇（6r—117r 页）及注疏，信件集（117r—126 页），以及另一书手所写的阿里斯提德演说注疏。

---

① 摘译自迪尔茨所作编者序第一节。
② Bombycinus，指使用阿拉伯/拜占庭造纸术所造纸的抄本。
③ Chartaceus，指使用西欧造纸术所造纸的抄本。

g Codex Parisinus graecus 2930，西方纸本，15 世纪，169 页（280×210 毫米），包含伊索克拉底（Ἰσοκράτης）演说集（1—117 页）和埃斯基涅斯演说第 1、2、3 篇及注疏。

V Codex Vaticanus graecus 64，羊皮纸本（318×205 毫米），包含三部分，其中第三部分（226—289 页）写于"6778 年"（即公元 1269—1270 年），第二部分（147r—224v 页，同一世纪）包含演说第 1、2、3 篇及注疏、信件。

x Codex Parisinus supplementi graeci 660，东方纸本，160 页（240×170 毫米），14 世纪，包含同一书手所写的许涅西俄斯（Συνέσιος）作品（31—89 页 = 曾用页号 1—59）与演说第 1、2、3 篇及注疏（94—157 页 = 曾用页号 60—123）。

L Codex Laurentianus 57, 45，西方纸本（225×155 毫米），15 世纪初，在吕西亚斯（Λυσίας）演说集之后有数篇卢奇安（Λουκιανὸς）作品、刻贝斯（Κέβης）《书版》（Πίναξ）以及赫罗狄安（Ἡρωδιανός）《历史》（Ἱστορία），随后是演说第 1、2、3 篇及注疏（173—245r 页），再有几篇无作者名小作品和一个书信集（包含埃斯基涅斯信件第 1、2、3、6、8、7 号[①]）。

---

① 原文顺序如此，当指抄本中所出现的顺序。

D Codex Ambrosianus G 69 sup. (gr. 409),345 页,西方纸本(297×215 毫米),15 世纪,包含演说第 1、2、3 篇(2r—65v 页)。①

f Codex Coislinianus 249,羊皮纸本(252×177 毫米),10 世纪,包含(1—76 页及 148—168 页)5 篇许涅西俄斯演说、马里努斯(Μαρῖνος ὁ Νεαπολίτης)《普洛克路斯传》(*Πρόκλος*)、戈耳癸阿斯(Γοργίας)《海伦颂》(*Ἑλένης ἐγκώμιον*)、吕西亚斯《葬礼演说》(*Ἐπιτάφιος*)、数篇许涅西俄斯演说,和(77—147 页,即新四张折 α-θ)3 篇埃斯基涅斯演说及注疏、信件。此抄本系两名书手所写,其中一人写了 1—100r 页及 148r—168v 页,另一人写了 101r—147v 页。

k Codex Parisinus graecus 2998,东方纸本(258×175 毫米),13 至 14 世纪,包含演说第 2 与第 3 篇(83—117 页)。

i Codex Parisinus gr. 2996,东方纸本(205×157 毫米),13 世纪,在德谟斯提尼《为奉使无状事》后包含了埃斯基涅斯《为奉使无状事》及注疏(50r—83v,3 个四张折及 1 个二张折 ιβ-ιε),以及阿里斯提德作品(84—477 页,其中包含米南德[Μένανδρος]作品选[415v—418v 页②])。

---

① 此下一句讨论托伊布纳本对此抄本的使用,从略。
② 此下列出另一习惯页号,从略。

《控诉提马耳科斯》提要[①]

佚名

雅典人与腓力交战于俄林托斯,终定议与腓力言和,已议决与其人及世世子孙为盟好,遂遣十人往使,受其盟誓,德谟斯提尼并埃斯基涅斯皆预事。使团甫归,演说者德谟斯提尼,旋与阿里仄罗斯子、斯斐特托斯村人提马耳科斯,共诉埃斯基涅斯奉使无状;夫提马耳科斯,亦政界名流,畅言于公民大会之上,提案百有余件,方在五百人议事会任上提议一,凡输兵械与腓力者皆当论死。诉状既陈,庭谳未始,埃斯基涅斯即诉提马耳科斯,称其于公民大会违法发言,因委身事人,不得于公民大会发言也。或谓提马耳科斯不待[②]判决而径自投缳,或谓论定其罪而失公民之权,一如德谟斯提尼《为奉使无状事》所言。因此案之闻名,遂后人皆以"提马耳科斯"呼称男妓。此文开篇颇类戏文,先自诩端正,以悦众意,复痛诋提马耳科斯,兼论及政体,再变而入正题,不涉案情,但通论因委身事人而受审之众。其论如是:一

[①] 提要皆根据1887年托伊布纳希腊与拉丁古典著作文库弗兰克(Friedrich Franke)编辑本(*Aeschinis Oratione*)翻译。德迪奥斯西译本还收入了《控诉提马耳科斯》的第三篇提要,未见原文,兹不收录。

[②] οὐχ ὑπομείνας 这个词组也可以理解为"不堪",但考虑到与下一句的对比,此从德迪奥斯和弗罗洛夫的译法作"不待"。

则前贤立法以规行止，童子、弱冠及余人皆有包涵，良善否，精准否；二则禁委身事人者于公民大会发言，正当否；又提马耳科斯先委身事人，后于公民大会违法发言，有此事否，因委身事人而受控，当否；又彼尝委身事弥斯戈拉斯而获酬，其人盖惯于此道，有此事否；又委身事安提克勒斯，有此事否；又盘桓赌场，耽于博戏，为公有奴隶庇特塔拉科斯所收，以身事之，以此维生，有此事否；又以身事提摩马科斯之出纳员赫革珊德洛斯，以此维生，有此事否。

又一提要

佚名

埃斯基涅斯作此控词，属提马耳科斯之资格审查控词也。提马耳科斯者，讲坛之常客，亦有讼埃斯基涅斯矣。乃有成法，凡演说者，设若荡尽祖业，或尝委身事人，则禁其发言；倘不遵从，则有意者皆可以资格审查讼之，以判断其发言之可否。埃斯基涅斯遂讼提马耳科斯以二事，一尝委身事人，二荡尽祖业。此控词因名"以身事人之诉"，盖因控状大半论此事也。据前人记述，其似获胜于此讼。余以为，此控词成文，当在结案之后。

《为奉使无状事》提要

佚名

雅典人与腓力交兵，终从阿里斯托得摩斯、涅俄普托勒摩斯及克忒西丰之议，与之约和，乃遣二使团，先使盖为议和事，后使为获盟誓。夫二使团，德谟斯提尼与埃斯基涅斯均充使节而预事。后一盟誓之使方归，德谟斯提尼与提马耳科斯即控埃斯基涅斯奉使无状。是奉使无状之案未决以先，埃斯基涅斯即已诉提马耳科斯委身事人，褫夺其公民之权。至于德谟斯提尼，则埃斯基涅斯应诉自辩。或谓，此二演说辞虽落成文字，实未陈于法庭，亦有谓，二辞俱陈庭上，埃斯基涅斯几不能免，以三十票之差得脱罪，且其脱罪，实因政界要人欧部罗斯为之辩诉得力也，至于其暗通腓力与否，信者亦尚有之，彼于开篇已明及此点，德谟斯提尼金冠辞亦有言及。此文篇首，先吁审判团之善意，复攻对手及其诉由，且陈己危势之巨，又言本案实属诬控；其次之用意，为驳诉状之一事，诚挚保证曰：众人皆知彼诚虚妄矣。此亦攻对手之一端，其后既论己之良善，又攻对手也。

《控诉克忒西丰》提要

佚名

克忒西丰提案，授德谟斯提尼子、派阿尼亚人德谟斯提尼以金冠，且于酒神大剧场之中、悲剧上演之时，宣告此授冠之举，又称：彼为雅典之人民，其言其行，皆达至善。埃斯基涅斯遂控此提案违宪，其诉大端有三，一则德谟斯提尼尚待审查，而竟授以冠冕，然法有明禁，官员尚待审查者，不得授冠，此论事也①；二则克忒西丰命于剧场宣告授冠之举，而法又有明禁，不得于剧场宣告授冠，此论理也②；三则埃斯基涅斯称此提案中多有虚诳之言，盖德谟斯提尼非美善之人，实不当授冠，此亦属违宪，因有成法，禁提案中书有虚言，此亦论理也。又立三驳论。一则设德谟斯提尼有二辩于首条，既称己非任官，且筑墙之任实非官职，而系服务、系差遣，又称设实曾任官，则以私财助国，而未取自公帑，自无可审查，此二辩皆论理也。埃斯基涅斯立一设论以驳之，而未举实证，称其非自用私财，而实自五百人议事会处获拨十塔兰同，为此事经费，此论事也。二则设德谟斯提尼另举一法以辩

---

① 原文 περὶ οὐσίας，德迪奥斯译作"实质性讨论"，此从之。格卢斯金娜似乎认为是解释"未经审查"的，译作"关于职位"。
② 原文 περὶ ποιότητος，德迪奥斯译作"对一件事实的定性讨论"，此从之。格卢斯金娜未译出（对下一处同样词句也未译出）。

次条,其令也,若公民大会允准,则当于剧场宣告授冠。埃斯基涅斯称,此法非关公民之事,而关乎授冠于外邦人。此亦论事也。三则一一驳之,论多矣。彼以为,德谟斯提尼之辩可作四节,其生平可依次嵌入此数节中。遂称,首节乃与腓力为安菲波利而初交战之时,次节乃和平之时,三节乃战端再起、败绩于喀罗尼亚之时,四节则为目下为政而与亚历山大相争之时也。亦道,于首节之时,和约之立,此人之力也,而此和约者实为大耻,不堪听闻,又系本邦自订,未获希腊人公议允准。于次节之时,此人之谋,悉在与腓力复①起战端。于三节之时,神圣之战、福基斯人之难②,皆此人之咎,又,喀罗尼亚之败,亦因我邦从此人之劝,与忒拜人共举,列阵而交战于腓力。于最终节之时,则此人于反亚历山大之事,未有政策③。此后,则尽攻德谟斯提尼之生平,亦稍及克忒西丰,且令克忒西丰自辩。此即本控辞之大端。德谟斯提尼于此案胜出。

或责埃斯基涅斯未以违宪之论为重,而攻德谟斯提尼之政事,然后者为政实美。彼不从而持论甚坚,曰:"辞中自有详论此处,然授冠之议,实以此为由也。"此或系彼优选之法。盖德谟斯提尼于全民之中声名甚巨,特有为政极善之称,故彼以为,若不能尽反其声誉,示其为蠹国之贼、为政丑而堪诋,违宪之论则僵冷

---

① 加译"复"字以补足语气。
② 原文如此,似与正文不完全相符。
③ 此从格卢斯金娜的理解。德迪奥斯理解为"坚持反对亚历山大的政策",似与正文内容不完全相符。

无力，无益于事，此亦当矣。缘此，彼遂尽数着力于此端，其辞之大半皆着墨于此。或有责其开篇有类戏文，极尽夸张之能事，更似结语者也。

本篇之主旨，依成文之法而论事之本理①，与金冠辞同。金冠辞显亦包含同一事之大端，其中法理之论亦分三条，而事理之论亦分四时段也。本控辞开端先攻辩护之人，如结语之法，类德谟斯提尼之所为，读者可细观之②。

或称，本控辞之开篇无纲领③，亦不需寻其收束矣。然其实非无纲领者。其纲领如是："公义传统，不行于邦。"④所谓纲领者，论题之端由也，祈请之语既因公义不行于邦而发，即成纲领矣。且亦有收束之语，自"余信心满满而来"至"居法律与公义之上"⑤是也。

---

① 原文 πραγματικὴ ἔγγραφος，德迪奥斯认为是指关于尚未发生的事（πραγματική）是否符合一条成文法（ἔγγραφος）的规定的分析；格卢斯金娜则认为 πραγματική 指"就事论事"，讨论一件具体的决定，而 ἔγγραφος 指根据克忒西丰提案的文字本身进行讨论。对 ἔγγραφος，此从德迪奥斯的解释，但对 πραγματική，则从格卢斯金娜的处理方法。
② 这里用了祈使句法，应该是教科书的语气，故译如此。
③ κατασκευή，格卢斯金娜理解为"全篇主要论题的概述"，德迪奥斯则理解为"解释性的基础内容"。
④ 引自《控诉克忒西丰》第 1 节。
⑤ 同上。

人名专名索引[1]

Acamas (I), Ἀκάμας, 阿卡马斯, 埃 2: 31

Achilles (I), Ἀχιλλεύς, 阿喀琉斯（著名英雄），埃 1: 133, 141, 142, 143, 146, 149, 150

Aeschines (I), Αἰσχίνης, 埃斯基涅斯（雅典演说家），埃 1: 134; 2: 15, 51, 67

Aglaocreon (-), Ἀγλαοκρέων, 阿格拉俄克瑞翁（出使马其顿之使团一员），埃 2: 20, 126

Alcibiades (-), Ἀλκιβιάδης, 亚西比德，埃 2: 168

Alcibiades (I), Ἀλκιβιάδης, 亚西比德，埃 2: 9

Alexander I (Alexander of Epirus), Ἀλέξανδρος, 亚历山大（伊庇鲁斯国王亚历山大一世，亚历山大大帝母舅兼妹夫），埃 3: 242

Alexander II, Ἀλέξανδρος, 亚历山大（马其顿国王亚历山大二世），埃 2: 26

Alexander III (Alexander the Great, Alexander), Ἀλέξανδρος, 亚历山大［马其顿国王亚历山大三世（大帝）］，埃 1: 166, 168, 169; 埃 3: 66（包括复合词），73（复合词），133, 160, 162, 163, 164,

---

[1] 《希腊罗马传记与神话辞典》(William Smith ed., *A Dictionary of Greek and Roman Biography and Mythology*, 1848)（下称"史密斯辞典"）中同名人物词条序号，在人名后括注罗马数字。若某人未收入该辞典，则在人名后括注 -。若有多个未收录的同名人物，第一个括注 -，第二个括注 --，如此类推。若某人已收入该辞典，且辞典中仅有一个同名词条，则不括注。不能确定是否辞典中人物者，标以问号。

附录 293

165, 167, 215, 216, 219, 223, 238

Aleximachus (-), Ἀλεξίμαχος, 阿勒克西马科斯, 埃2: 83, 85

Ameiniades (-), Ἀμεινιάδης, 阿墨尼阿得斯, 埃3: 130

Amphidamas (III), Ἀμφιδάμας, 安菲达马斯, 埃1: 149

Amphisthenes (-), Ἀμφισθένης, 安菲斯忒涅斯, 埃1: 66

Amphitrite, Ἀμφιτρίτη, 安菲特丽特（海中女神），埃3: 112

Amyntas II, Ἀμύντας, 阿明塔斯（马其顿国王），埃2: 26, 28, 32, 33

Amyntor (-), Ἀμύντωρ, 阿明托耳, 埃2: 64, 67, 68

Anaxinus (-), Ἀναξίνος, 阿那克西诺斯, 埃3: 223

Andocides (-), Ἀνδοκίδης, 安多喀得斯（演说家安多喀得斯祖父），埃2: 174

Andocides (I?), Ἀνδοκίδης, 安多喀得斯, 埃1: 125

Anticles (-), Ἀντικλῆς, 安提克勒斯, 埃1: 53, 165

Anticles (--), Ἀντικλῆς, 安提克勒斯, 埃1: 157

Antiochus (-), Ἀντίοχος, 安提俄科斯, 埃2: 73

Antipater (VI), Ἀντίπατρος, 安提帕特（马其顿显贵，后摄政），埃3: 72, 165

Aphobetus (-), Ἀφόβητος, 阿福柏托斯（埃斯基涅斯之弟），埃2: 149

Apollo, Ἀπόλλων, 阿波罗（太阳神），埃1: 81, 88, 108; 埃3: 108, 110, 111, 121

Apollodorus (I), Ἀπολλοδώρος, 阿波罗多罗斯, 埃2: 165

Archedemus (II), Ἀρχέδημος, 阿耳刻得摩斯, 埃3: 139

Archidamus III, Ἀρχιδάμος, 阿基达马斯（斯巴达国王阿基达马斯三世），埃2: 133

Archinus (I), Ἀρχίνος, 阿耳喀诺斯, 埃2: 176; 埃3: 187, 195

Argas (=Demosthenes), Ἀργᾶς, "银蛇"（德谟斯提尼之外号），埃2: 99

Arignotus (-), Ἀρίγνωτος, 阿里格诺托斯, 埃1: 102, 103, 104

Aristarchus (-), Ἀρίσταρχος, 阿里斯塔耳科斯, 埃1: 171, 172; 埃2: 148, 166

Aristeides (-), Ἀριστείδης, 阿里斯忒

得斯，埃2: 155

Aristeides (I)，Ἀριστείδης，阿里斯提德（雅典政治人物），埃1: 25; 埃2: 23; 埃3: 181, 258

Aristion (-)，Ἀριστίων，阿里斯提翁，埃3: 162

Aristobulus (-)，Ἀριστοβούλος，阿里斯托部罗斯，埃3: 162

Aristodemus (VI)，Ἀριστόδημος，阿里斯托得摩斯，埃2: 15, 16, 17, 19, 52

Aristodemus (VI?)，Ἀριστόδημος，阿里斯托得摩斯，埃3: 83

Aristogeiton (I)，Ἀριστογείτων，阿里斯托革同，埃1: 132, 140

Aristophanes (-)，Ἀριστοφάνης，阿里斯托法涅斯，埃2: 154, 155, 158

Aristophon (I)，Ἀριστόφων，阿里斯托丰（雅典演说家），埃1: 64, 158; 埃3: 139, 194

Arizelus (-)，Ἀριζήλος，阿里仄罗斯（提马耳科斯之父），埃1: 68, 102, 103

Artemis (I)，Ἄρτεμις，阿耳忒弥斯（月神），埃3: 108, 110, 111, 121

Arthmius (-)，Ἄρθμιος，阿耳特弥俄斯，埃3: 258

Asclepius (-?)，Ἀσκληπιός，阿斯克勒庇俄斯（医神），埃3: 67

Astyochus (-)，Ἀστυόχον，阿斯堤俄科斯，埃1: 156

Athena，Ἀθήνη，雅典娜（智慧女神），埃2: 147; 埃3: 46, 77, 108, 110, 111, 121, 149, 219

Atreus，Ἀτρεύς，阿特柔斯（阿伽门农之父），埃3: 185

Atrometus，Ἀτρόμητος，阿特洛墨托斯（埃斯基涅斯之父），埃2: 78, 147

Autocleides (-)，Αὐτοκλείδης，奥托克勒得斯，埃1: 52

Autocles (-)，Αὐτοκλῆς，奥托克勒斯，埃2: 155

Autolycos (IV?)，Αὐτόλυκος，奥托吕科斯，埃1: 81, 82, 83

Batalus (=Demosthenes)，Βάταλος，巴塔罗斯（德谟斯提尼小名），埃1: 126, 131, 164; 埃2: 99

Buzygae (-)，Βουζύγαι，部匋该（雅典祭司宗族），埃2: 78

Callias (-)，Καλλίας，卡利阿斯，埃1: 43

Callias (--)，Καλλίας，卡利阿斯，埃1: 53

Callias (XII), Καλλίας, 卡利阿斯, 埃3: 85, 86, 89, 92, 93, 94, 95, 97, 100, 101, 103, 104

Callicrates (VI?), Καλλικράτης, 卡利克剌忒斯, 埃2: 134

Callisthenes (-), Καλλισθένης, 卡利斯忒涅斯, 埃2: 30, 31

Callistratus (III), Καλλίστρατος, 卡利斯特剌托斯（雅典演说家）, 埃2: 124

Carion (-), Καρίων, 卡瑞翁（喜剧常见奴隶角色名）, 埃2: 157

Cedonides (-), Κηδωνίδης, 刻多尼得斯, 埃1: 52

Cephalus (V), Κέφαλος, 刻法罗斯（雅典演说家）, 埃3: 194

Cephisodorus (-), Κηφισόδωρος, 刻菲索多洛斯, 埃1: 158

Cephisodotus (II), Κηφισοδότος, 刻菲索多托斯, 埃3: 51

Cephisophon (-), Κηφισοφῶν, 刻菲索丰, 埃2: 73

Cersobleptes, Κερσοβλέπτης, 刻耳索布勒普忒斯（色雷斯国王）, 埃2: 9, 44, 81, 82, 83, 85, 86, 88, 89, 90, 92, 93, 98; 埃3: 61, 65, 73, 74

Ceryces (-), Κήρυκες, 刻律刻斯（雅典祭司宗族）, 埃3: 18

Chabrias, Χαβρίας, 卡布瑞阿斯（雅典将领）, 埃3: 243

Chaerondas (-), Χαιρώνδας, 开戎达斯, 埃3: 27

Chares (I), Χάρης, 卡瑞斯, 埃2: 71, 73, 90, 92

Charidemus (I & II), Χαρίδημος, 卡里得摩斯 [史密斯辞典认为埃3: 77 中出现之人 (II) 非曾担任将领者 (I), 此处依英注认为系同一个人], 埃3: 77

Charigenes (-), Χαριγένης, 卡瑞革涅斯, 埃3: 103

Cheilon (-), Χείλων, 刻隆, 埃2: 78

Cimon (-), Κίμων, 喀蒙, 埃2: 21

Cimon (II), Κίμων, 喀蒙（雅典将领）, 埃2: 172

Cleaenetus (-), Κλεαίνετος, 克勒埃涅托斯, 埃1: 98

Cleagoras (-), Κλεαγόρας, 克勒阿戈剌斯, 埃1: 156

Cleitarchus (I), Κλείταρχος, 克勒塔耳科斯, 埃3: 103

Cleobulus (-), Κλεόβουλος, 克勒俄部罗斯, 埃2: 78

Cleochares (-), Κλεοχάρης, 克勒俄

卡瑞斯，埃2: 120

Cleopatra (IV)，Κλεοπάτρα，克莉奥帕特拉（腓力二世之女，亚历山大大帝之妹），埃3: 242

Cleophon (I)，Κλεοφῶν，克勒俄丰，埃2: 76; 埃3: 150

Cnosion (-)，Κνωσίων，克诺西翁，埃2: 149

Conon (I)，Κόνων，科农，埃2: 70

Corrhagus (-)，Κόρραγος，科剌戈斯，埃3: 165

Cottyphus (-)，Κόττυφος，科特堤福斯，埃3: 124, 128

Cragalidae (-)，Κραγαλίδαι，克剌伽利代（部落），埃3: 107, 108

Critias (II)，Κριτίας，克里提阿斯（三十僭主之一），埃1: 173

Crito (-)，Κρίτων，克里同，埃1: 156

Critobulus (II)，Κριτόβουλος，克瑞托部罗斯，埃2: 83, 86

Crobylus (=Hegesippus)，Κρωβύλος，圆髻先生（赫革西普波斯别名），埃1: 64, 71, 110; 埃3: 118

Cronus，Κρόνος，克洛诺斯（宙斯之父），埃3: 135

Ctesiphon (I)，Κτησιφῶν，克忒西丰（提议授予德谟斯提尼冠冕之人），埃3: 8, 9, 12, 24, 26, 28, 33, 34, 36, 49, 50, 53, 92, 94, 101, 105, 188, 193, 201, 202, 210, 213, 214, 231, 236, 241, 242, 246

Ctesiphon (II)，Κτησιφῶν，克忒西丰（出使马其顿之使团一员），埃2: 12, 13, 42, 43, 47, 52

Danaoi (-)，Δαναοί，达那俄斯（对希腊人之称呼），埃3: 185

Dareius III (Dareius Codomannus)，Δαρεῖος，大流士（波斯国王大流士三世），埃3: 164

Deiares (-)，Δηιάρης，得伊阿瑞斯，埃2: 71

Deipyrus (-)，Δηίπυρος，得伊皮洛斯，埃2: 71

Demaenetus，Δημαινέτος，得迈涅托斯，埃2: 78

Democrates (I)，Δημοκράτης，得摩克剌忒斯，埃2: 17

Demomeles (-)，Δημομέλης，得摩墨勒斯（德谟斯提尼堂兄弟），埃2: 93; 埃3: 51

Demon (-)，Δήμων，得蒙，埃1: 125

Demophilus (-)，Δημόφιλος，得摩菲罗斯，埃1: 86

Demosthenes (II)，Δημοσθένης，德谟

斯提尼（雅典演说家），埃 1: 119, 123, 127, 131, 163, 166, 169, 170, 171, 172, 173, 181；埃 2: 3, 4, 8, 14, 15, 17, 18, 20, 21, 22, 24, 34, 36, 38, 43, 45, 47, 48, 49, 55, 56, 59, 61, 62, 64, 65, 67, 68, 69, 78, 82, 84, 85, 86, 90, 92, 97, 106, 108, 114, 119, 120, 121, 125, 127, 128, 143, 147, 148, 154, 155, 159, 162, 171；埃 3: 12, 14, 17, 23, 24, 26, 27, 28, 31, 35, 50, 51, 52, 54, 56, 57, 58, 60, 62, 63, 64, 66, 68, 69, 70, 71, 72, 73, 74, 76, 79, 80, 81, 86, 91, 92, 94, 95, 96, 97, 99, 100, 103, 104, 105, 106, 113, 125, 128, 129, 130, 134, 136, 137, 138, 140, 141, 142, 144, 147, 149, 150, 156, 158, 159, 161, 162, 163, 165, 170, 172, 181, 182, 188, 193, 200, 202, 203, 205, 208, 209, 212, 214, 215, 217, 218, 219, 228, 229, 230, 231, 232, 236, 237, 239, 241, 244, 245, 247, 254, 255, 257, 259

Demosthenes (III), Δημοσθένης, 德谟斯提尼（演说家德谟斯提尼之父），埃 2: 93；埃 3: 171, 172

Dercylus (I), Δερκύλος, 得耳库罗斯（出使马其顿之使团一员），埃 2: 47, 140

Dercylus (I?), Δερκύλος, 得耳库罗斯，埃 2: 155

Diodorus (-), Διόδωρος, 狄俄多洛斯，埃 3: 91

Diognetus (-), Διογνήτος, 狄俄格涅托斯，埃 3: 115

Dionysius (Dionysius the Elder, the Elder Dionysius), Διονύσιος, 狄俄倪西俄斯（叙拉古僭主），埃 2: 10

Dionysus, Διόνυσος, 酒神，埃 1: 43, 52, 157；埃 2: 55, 61, 110, 151；埃 3: 35, 52, 68, 69, 76, 156, 176, 232

Diopeithes (-), Διοπείθης, 狄俄珀忒斯，埃 1: 63

Diophantes (-), Διόφαντος, 狄俄丰托斯，埃 1: 158

Diphilus (-), Δίφιλος, 狄菲罗斯，埃 1: 68

Dracon (I), Δράκων, 德拉古（雅典立法者），埃 1: 6

Empedon (-), Ἐμπέδων, 安珀冬，埃 3: 91

Epaminondas, Ἐπαμεινώνδας, 伊巴密浓达（忒拜著名将领），埃 2: 105

Epicrates (-), Ἐπικράτης, 厄庇克剌

忒斯（埃斯基涅斯内兄弟），埃 2: 150, 151, 152

Ergochares (-), Ἐργοχάρης, 厄耳戈卡瑞斯，埃 2: 15

Eteobutadai (-), Ἐτεοβουτάδαι, 厄忒俄部塔代（雅典祭司宗族），埃 2: 147

Eubulus (-?), Εὔβουλος, 欧部罗斯（雅典政治人物），埃 2: 8, 184; 埃 3: 25

Eucleides (XVI), Εὐκλείδης, 欧克勒得斯（雅典民主制度重建之年的名年执政官），埃 1: 39

Eueratus (-), Εὐήρατος, 欧厄剌托斯，埃 2: 15

Eumolpidae (-), Εὐμολπίδαι, 欧摩尔庇代（雅典祭司宗族），埃 3: 18

Euphiletus (-), Εὐφιλήτος, 欧菲勒托斯，埃 2: 155

Eupolemus (-), Εὐπόλεμος, 欧波勒摩斯，埃 1: 102

Euripides (II), Εὐριπίδης, 欧里庇得斯（剧作家），埃 1: 128, 151, 153

Eurybatus (-), Εὐρύβατος, 欧律巴托斯，埃 3: 137

Eurydice (II), Εὐρυδίκη, 欧律狄刻（马其顿王后，腓力二世之母），埃 2: 26

Euthydicus (-), Εὐτυδίκος, 欧堤狄科斯，埃 1: 40, 50

Glaucetes (-), Γλαυκέτης, 格劳刻忒斯，埃 3: 91

Glaucon (-), Γλαύκων, 格劳孔，埃 1: 62, 65, 66

Glaucus (-), Γλαύκος, 格劳科斯，埃 2: 78

Glaucus (--), Γλαῦκος, 格劳科斯，埃 3: 189

Gnosidemus (-), Γνωσίδημος, 格诺西得摩斯，埃 3: 103, 104

Gylon (-), Γύλων, 古隆，埃 3: 171

Harmodius (II), Ἁρμόδιος, 哈耳摩狄俄斯，埃 1: 132, 140

Hector, Ἕκτωρ, 赫克托耳（特洛伊王子），埃 1: 145, 148, 150

Hegemon (II), Ἡγήμων, 赫革蒙，埃 3: 25

Hegesandrus (-), Ἡγήσανδρος, 赫革珊德洛斯（雅典政治人物），埃 1: 55, 56, 58, 60, 62, 63, 64, 66, 67, 68, 69, 70, 95, 110, 111, 154

Helena (Helen), Ἑλένη, 海伦（引发特洛伊战争之美女），埃 1: 149

Hera (Hera Pelasgis), Ἥρα, 赫拉（天后），埃3: 219

Heracles (Hercules), Ἡρακλῆς, 赫拉克勒斯（传说中之英雄，大力神），埃1: 49, 88; 埃3: 21, 212

Hermes (I), Ἑρμῆς, 赫耳墨斯（神使），埃1: 10, 12

Hesiodus (Hesiod), Ἡσίοδος, 赫西俄德（诗人），埃1: 129; 埃2: 144, 158; 埃3: 134, 136

Homerus (I) (Homer), Ὅμηρος, 荷马（诗人），埃1: 128, 133, 141, 142, 147; 埃3: 185, 231

Iatrocles (-), Ἰατροκλῆς, 伊阿特洛克勒斯，埃2: 15, 16, 20, 126

Iphicrates (I), Ἰφικράτης, 伊菲克剌忒斯（雅典将领），埃2: 27, 28, 29, 149; 埃3: 243

Iphicrates (I?), Ἰφικράτης, 伊菲克剌忒斯，埃1: 157

Leodamas (-), Λεωδάμας, 勒俄达马斯，埃1: 68, 69, 70, 111

Leoidamas (I), Λεωδάμας, 勒俄达马斯（英文转写似不应有i, 但仍按史密斯辞典转写），埃3: 139

Leosthenes (I), Λεωσθένης, 勒俄斯忒涅斯，埃2: 21, 124

Leto, Λητώ, 勒托（日神与月神之母），埃3: 108, 110, 111, 121

Leuconides (-), Λευκωνίδης, 勒宇科尼得斯，埃1: 115

Liparus (-), Λίπαρος, 利帕洛斯，埃2: 143

Lycinus (-), Λυκῖνος, 吕喀诺斯，埃2: 14; 埃3: 62

Margites, Μαργίτης, 马耳癸忒斯，埃3: 160

Meidias (-), Μειδίας, 墨狄阿斯，埃3: 52, 115, 212

Melesias (-), Μελησίας, 墨勒西阿斯，埃1: 157

Menestheus (I), Μενεσθεύς, 墨涅斯透斯，埃3: 185

Menites (-), Μενίτης, 墨尼忒斯，埃2: 169, 170

Menoetius (III), Μενοίτιος, 墨诺提俄斯，埃1: 143, 144, 149

Metagenes (-), Μεταγένης, 墨塔革涅斯，埃1: 100

Metagenes (--), Μεταγένης, 墨塔革涅斯，埃2: 134

Miltiades (II), Μιλτιάδης, 弥尔提阿得斯［史密斯辞典认为埃2: 172中所提及者应单列一条(III), 此

300　埃斯基涅斯演说集

处依英注认为即 (II) 中之人，亦即马拉松之战中雅典军队之将领］，埃 2: 172; 埃 3: 181, 186

Misgolas (-)，Μισγόλας，弥斯戈拉斯，埃 1: 41, 42, 43, 44, 45, 46, 47, 49, 50, 51, 52, 53, 67

Mnason (I?)，Μνάσων，谟那宋，埃 2: 143

Mnesarchus (-)，Μνησάρχος，谟涅萨耳科斯，埃 3: 85

Mnesitheus (-)，Μνησίθεος，谟涅西忒俄斯，埃 1: 98

Mnesitheus (--)，Μνησίθεος，谟涅西忒俄斯，埃 1: 158

Molon (-)，Μόλων，摩隆，埃 1: 158

Molossian (-)，Μολοσσοί，摩罗西亚（部落，盖同伊庇鲁斯居民），埃 3: 242

Moschus (-)，Μόσχος，摩斯科斯，埃 1: 171; 埃 2: 166

Musae (Muses)，Μοῦσαι，缪斯（文艺诸女神），埃 1: 10

Naucrates (-)，Ναυκράτης，瑙克拉忒斯，埃 1: 41

Nausicles (-)，Ναυσικλῆς，瑙西克勒斯，埃 2: 18, 184?

Nausicles (--)，Ναυσικλῆς，瑙西克勒斯［与 (-) 或为同一人，不能确定］，埃 3: 159

Nausicrates，Ναυσικράτης，瑙西克剌忒斯，埃 1: 98, 100

Niceratus (I)，Νικήρατος，尼刻剌托斯，埃 2: 175

Nicias (-)，Νικίας，尼喀阿斯，埃 1: 50

Nicias (III)，Νικίας，尼喀阿斯，埃 2: 175

Nicodemus (-)，Νικόδημος，尼科得摩斯，埃 1: 172; 埃 2: 148

Nicophemus (-)，ΝΙικοφήμος，尼科斐摩斯，埃 1: 109

Nicostratus (-)，Νικόστρατος，尼科斯特剌托斯，埃 1: 86

Olympias (I)，Ὀλυμπιάς，奥林匹娅丝（腓力二世之妻，亚历山大大帝之母），埃 3: 223

Pamphilus (-)，Πάμφιλος，潘菲罗斯，埃 1: 110

Pandionis (-)，Πανδιονίς，潘狄翁尼斯（雅典部落，德谟斯提尼所属部落），埃 2: 169; 埃 3: 31

Pantaleon (-)，Πανταλέων，潘塔勒翁，埃 1: 156

Paralus (-)，Πάραλος，帕剌罗斯（雅

典快艇），埃3: 162

Parmenon (-), Παρμένων, 帕耳墨农，埃1: 157

Pasiphon (-), Πασιφῶν, 帕西丰, 埃2: 126

Pataecion (-), Παταικίων, 帕泰喀翁，埃3: 189

Patroclus (II), Πάτροκλος, 帕特洛克罗斯（阿喀琉斯挚友），埃1: 133, 141, 142, 143, 145, 146, 149, 150

Pausanias (VI), Παυσανίας, 保撒尼阿斯（争夺马其顿王位者），埃2: 27, 29

Pausanias (VII), Παυσανίας, 保撒尼阿斯（刺杀腓力者），埃3: 160, 219

Peleus, Πηλεύς, 珀琉斯（阿喀琉斯之父），埃1: 149

Perdiccas III, Περδίκκας, 佩尔狄卡斯（马其顿国王），埃2: 26, 28, 29, 30

Pericleides (-), Περικλείδης, 珀里克勒得斯，埃1: 156

Pericles (I), Περικλῆς, 伯里克利（雅典政治人物），埃1: 25

Phaedrus (-), Φαῖδρος, 淮德洛斯，埃1: 43, 44, 50

Phalaecus (II), Φαλαίκος, 法拉伊科斯，埃2: 130, 132, 135, 138, 140, 142

Pheidias (-), Φειδίας, 斐狄阿斯，埃1: 157

Pheidias (I), Φειδίας, 菲迪亚斯，埃3: 150

Philammon (-), Φιλάμμων, 菲兰蒙，埃3: 189

Philemon (III?), Φιλήμων, 菲勒蒙，埃1: 115

Philippus II (Philip), Φίλιππος, 腓力（马其顿国王腓力二世），埃1: 166, 167, 169, 175; 埃2: 8, 10, 12, 13, 14（复合词）, 15, 16, 17, 18, 21, 22, 25, 26, 30, 32, 34, 35, 37, 38, 39, 41, 43, 45, 47, 48, 50, 51, 53, 55, 57, 58, 60, 67, 72, 73, 79, 81, 82, 83, 84, 85, 89, 90, 100, 101, 103, 104, 107, 108, 109, 110, 111, 114, 118, 119, 120, 122, 123, 124, 125, 128, 129, 130, 132, 134, 135, 136, 137, 138, 141, 144, 152, 156, 157, 162, 164, 178; 埃3: 54, 58, 60, 61, 62, 63, 64, 65, 66（复合词）, 67, 68, 71, 73（复合词），

74, 77, 80, 81, 82, 83, 87, 89, 90, 91, 95, 97, 128, 129, 130, 131, 140, 141, 147, 148, 149, 150, 151, 160, 215, 219, 223, 242, 256

Philochares (-), Φιλοχάρης, 菲罗卡瑞斯（埃斯基涅斯之兄），埃2: 149

Philocrates (III), Φιλοκράτης, 菲罗克拉忒斯（雅典政治人物），埃1: 174; 埃2: 6, 8, 13, 14, 15, 18, 19, 20, 47, 52, 54, 56, 63, 64, 65, 66, 68, 109, 121; 埃3: 54, 57, 58, 60, 62, 63, 64, 72, 73, 74, 79, 80, 81

Philodemus (-), Φιλόδημος, 菲罗得摩斯（埃斯基涅斯岳父），埃2: 150, 152

Philon (-) (Philo), Φίλων, 菲隆（埃斯基涅斯内兄弟），埃2: 150, 151, 152

Philotades (-), Φιλοτάδης, 菲罗塔得斯，埃1: 114, 115

Philoxene, Φιλοξένη, 菲罗克塞涅，埃1: 115

Phocion, Φωκίων, 福基翁（雅典将领），埃2: 170, 184

Phoenix (II), Φοῖνιξ, 福伊尼克斯，埃1: 152

Phormion (II), Φορμίων, 福耳弥翁，埃2: 165

Phrynon (-), Φρύνων, 佛律农，埃2: 8, 12

Phrynondas (-), Φρυνώνδας, 佛律农达斯，埃3: 137

Pittalacus (-), Πιττάλακος, 庇特塔拉科斯，埃1: 54, 55, 57, 58, 59, 60, 61, 62, 64, 65, 66, 68

Plutarchus (-), Πλουτάρχος, 普路塔耳科斯，埃3: 86

Poena, Ποινή, 复仇女神，埃1: 190, 191

Polemagenes (-), Πολεμαγένης, 波勒马革涅斯，埃1: 156

Polias (=Athena), Πολιάς, 波利阿斯（雅典娜作为雅典守护神之别名），埃2: 147

Pollis (I), Πόλλις, 波利斯，埃3: 222

Polyphontes (-), Πολυφόντης, 波吕丰忒斯，埃2: 71

Poseidon, Ποσειδῶν, 波塞冬（海王），埃1: 73

Proxenus (-), Προξένος, 普洛克塞诺斯，埃2: 133, 134

Ptolemaeus (XXVIII) (Ptolemy), Πτολεμαίος, 托勒密（马其顿摄

政），埃2: 29

Pyrrandrus (-)，Πύρρανδρος，皮然德洛斯，埃1: 84

Pyrrhandrus (-)，Πύρρανδρος，皮然德洛斯（英文转写系抄自洛布本，不知为何与上一条不同），埃3: 139

Pythia，Πυθία，皮提娅（德尔斐阿波罗神殿女祭司职位），埃3: 108, 130

Pythion (-)，Πυθίων，皮提翁，埃2: 143

Python (IX)，Πύθων，皮同，埃2: 125

Satyrus (XIII)，Σάτυρος，萨堤洛斯（喜剧演员），埃2: 156

Sirenes (Sirens)，Σειρῆνες，塞壬女妖，埃3: 228

Sisyphus，Σίσυφος，西绪福斯，埃2: 42

Socrates (VII)，Σωκράτης，苏格拉底（哲学家），埃1: 173

Solon (I)，Σόλων，梭伦（雅典立法者），埃1: 6, 25, 26, 183；埃3: 2, 108, 175, 257

Stephanus (II?)，Στέφανος，斯忒法诺斯，埃2: 140

Stratocles (-?)，Στρατοκλῆς，斯特剌托克勒斯，埃3: 143

Strombichus (-)，Στρομβίχος，斯特戎比科斯，埃2: 15

Taurosthenes (-)，Ταυροσθένης，陶洛斯忒涅斯，埃3: 85, 87

Teisias (-)，Τεισίας，忒西阿斯，埃1: 157

Themison (II)，Θεμίσων，忒弥宋（厄瑞特里亚僭主），埃2: 164; 埃3: 85

Themistocles，Θεμιστοκλῆς，地米斯托克利（雅典政治人物），埃1: 25; 埃2: 9; 埃3: 181, 259

Themistocles (-)，Θεμιστοκλῆς，地米斯托克利（雅典政治人物），埃3: 62

Theophrastus (-)，Θεοφράστος，忒俄佛剌斯托斯，埃3: 115

Thersandrus (-)，Θέρσανδρος，忒耳珊德洛斯，埃1: 52

Thersites，Θερσίτης，忒耳西忒斯，埃3: 231

Theseus (I)，Θησεύς，忒修斯（著名英雄），埃2: 31; 埃3: 13

Thetis，Θέτις，忒提斯（海中女神，阿喀琉斯之母），埃1: 145, 150

Thrason (-)，Θράσων，特剌宋，埃3:

138

Thrasybulus (-), Θρασύβουλος, 特刺绪部罗斯, 埃3: 138

Thrasybulus (III), Θρασυβούλος, 色雷西布洛斯, 埃2: 176; 埃3: 195

Thrasycles (-), Θρασυκλῆς, 特刺绪克勒斯, 埃3: 115

Thrasyllus (II?), Θράσυλλος, 特刺西罗斯, 埃1: 101

Timaeus (-), Τιμαῖος, 提迈俄斯, 埃1: 66

Timarchus (-), Τίμαρχος, 提马耳科斯, 埃1: 157?

Timarchus (II), Τίμαρχος, 提马耳科斯（雅典政治人物）, 埃1: 1, 3, 8, 11, 18, 20, 25, 26, 34, 37, 39, 40, 41, 42, 43, 47, 48, 50, 51, 53, 55, 58, 60, 64, 66, 68, 74, 75, 79, 81, 82, 83, 87, 89, 93, 102, 103, 111, 115, 119, 120, 122, 126, 130, 153, 154, 155, 157, 158, 159, 163, 175, 181, 185, 187, 189, 192, 194; 埃2: 144, 180

Timesitheus (-), Τιμησίθεος, 提墨西忒俄斯, 埃1: 156

Timomachus (I), Τιμόμαχος, 提摩马科斯（雅典将领）, 埃1: 56, 95

Timotheus (II), Τιμόθεος, 提摩忒俄斯（雅典将领）, 埃2: 70; 埃3: 243

Tolmides, Τολμίδης, 托尔弥得斯, 埃2: 75

Xanthias (-), Ξανθίας, 克珊提阿斯（喜剧常见奴隶角色名）, 埃2: 157

Xenodocus (-), Ξενόδοκος, 克塞诺多科斯, 埃2: 157

Zeus (I), Ζεύς, 宙斯（众神之王）, 埃1: 28, 55, 61, 69, 70, 76, 79, 81, 87, 88, 98, 108, 144; 埃3: 77, 135, 156, 172, 217, 255

地名索引[1]

Acarnania, Ἀκαρνανία, 阿卡耳那尼亚，埃3: 97, 98, 256

Achaia, Ἀχαΐα, 亚该亚，埃3: 95, 165

Acharnae (-), Ἀχαρναί, 阿卡耳奈（阿提卡村社），埃1: 56; 埃2: 78; 埃3: 139

Acherdous, Ἀχερδοῦς, 阿刻耳杜斯（阿提卡村社），埃1: 110

Aegina, Αἴγινα, 埃癸那，埃2: 173

Aigeis, Αἰγηίς, 埃伊革伊斯（雅典部落），埃1: 125

Alopece, Ἀλωπεκή, 阿罗珀刻（阿提卡村社），埃1: 97, 99, 105

Alponus (-), Ἀλπωνός, 阿尔波诺斯，埃2: 132, 138

Amphictyons (-), Ἀμφικτύονες, 德尔斐周边城邦议事会；周边城邦议事会；议事会（提及各国派往该会之代表时或将该会全名译出，但不入索引），埃2: 94, 114, 115, 116, 117, 122, 138, 139, 142; 埃3: 107, 108, 109, 112, 122, 124, 128, 129

Amphipolis, Ἀμφίπολις, 安菲波利，埃2: 21, 27, 29, 32, 33, 43, 48, 52, 70, 72; 埃3: 54

Amphissa, Ἄμφισσα, 安菲萨，埃3:

---

[1] 《希腊罗马地理辞典》(William Smith ed., *A Dictionary of Greek and Roman Geography*, 1854) 中同名地点词条序号，在地名后括注罗马数字。其中，多个同名地点或会收在同一词条下，其次序以阿拉伯数字表示，例如 II.2 指第二个同名词条中的第二个地点。若某地未收入该辞典，则在地名后括注 -。若有多个未收录的同名地点，第一个括注 -，第二个括注 --，如此类推。若某地已收入该辞典，且辞典中仅有一个同名词条，则不括注。

113, 114, 115, 116, 117, 118, 119, 122, 123, 124, 125, 128, 129, 146, 147, 221, 237

Amphitrope, Ἀμφιτροπή, 安菲特洛珀（阿提卡村社），埃1: 101

Anagyrus, Ἀναγυροῦς, 阿纳古儒斯（阿提卡村社），埃3: 115

Anaphlystus, Ἀνάφλυστος, 阿纳佛吕斯托斯（阿提卡村社），埃3: 115, 139

Andros (I), Ἄνδρος, 安德洛斯（爱琴海岛屿），埃1: 107, 108

Anthemus, Ἀνθεμοῦς, 安忒穆斯，埃2: 27

Aphidna, Ἄφιδνα, 阿菲德那（阿提卡村社），埃1: 172; 埃2: 17, 124, 148

Arcadia (II), Ἀρκαδία, 阿耳卡狄亚，埃2: 79, 157; 埃3: 165, 240

Areopagus (-), Ἄρειος Πάγος, 战神山（雅典议事机构所在地），埃1: 81, 82, 83, 84, 92, 93; 埃3: 20, 51, 252

Argos, Ἄργος, 阿耳戈斯，埃2: 176

Artemisium, Ἀρτεμίσιον, 阿耳忒弥西翁，埃2: 75

Asia (I), Ἀσία, 亚细亚，埃2: 147; 埃3: 163, 238, 250

Athenae (III) (Athens), Ἀθῆναι, 雅典，埃1: 1, 2, 4, 5, 6, 8, 13, 14, 16, 17, 18, 19, 21, 22, 23, 24, 25, 26, 32, 34, 36, 37, 39, 41, 51, 69, 70, 72, 77, 82, 83, 85, 87, 89, 93, 108, 109, 110, 111, 112, 120, 121, 141, 153, 156, 163, 170, 173, 177, 188, 190, 191; 埃2: 1, 4, 7, 18, 21, 23, 25, 27, 28, 29, 32, 33, 36, 43, 55, 57, 58, 60, 62, 64, 69, 72, 73, 75, 80, 81, 87, 88, 93, 95, 100, 102, 105, 108, 109, 113, 116, 117, 119, 121, 122, 127, 135, 138, 139, 140, 145, 150, 152, 160, 163, 164, 183; 埃3: 1, 2, 4, 6, 8, 12, 13, 16, 25, 26, 29, 33, 34, 40, 46, 48, 49, 58, 68, 69, 70, 75, 76, 77, 82, 84, 85, 90, 91, 92, 98, 100, 101, 105, 107, 108, 114, 116, 117, 120, 126, 127, 128, 140, 142, 155, 156, 158, 177, 179, 183, 184, 185, 190, 199, 204, 209, 211, 222, 224, 230, 234, 236, 237, 238, 239, 244, 245, 246, 247, 258

Athos, Ἄθως, 阿托斯，埃3: 132

Aulon (I.3), Αὐλών, 奥隆（银矿区），

埃1: 101

Azenia, Ἀζένια, 阿仄尼亚（阿提卡村社），埃1: 64, 158; 埃3: 139, 194

Boeotia, Βοιωτία, 彼奥提亚，埃2: 104, 106（复合词），116, 119, 122, 137, 141, 142, 143; 埃3: 139（复合词），140, 142, 145（复合词），149（复合词），151（复合词）

Bosporus (Bosporus Cimmerius), Βόσπορος, 博斯普鲁斯（特指刻赤海峡［Βόσπορος Κιμμέριος］，转指该海峡附近地区），埃3: 171

Byzantium, Βυζάντιον, 拜占庭, 埃2: 125; 埃3: 256

Cadmeia, Καδμεία, 卡德米亚（忒拜卫城），埃2: 105; 埃3: 145

Cephisia, Κηφισία, 刻菲西亚（阿提卡村社），埃1: 101; 埃2: 155

Cerameis (-), Κεραμεῖς, 刻剌墨斯（阿提卡村社），埃3: 171

Chaeroneia (Chaeronea), Χαιρώνεια, 喀罗尼亚（前338年著名战役战场），埃3: 55, 187

Chalcis (II. 1), Χαλκίς, 卡尔喀斯（优卑亚岛上最大城市），埃2: 120; 埃3: 85, 86, 89, 91, 92, 94, 103

Chersonesus Thracica (Chersonese), Χερσόνησος, 半岛地区（加里波利半岛），埃2: 72, 73, 82, 175

Chios, Χίος, 希俄斯（爱琴海岛屿），埃3: 42

Cholargus, Χολαργός, 科拉耳戈斯（阿提卡村社），埃1: 62, 65, 66

Cilicia, Κιλικία, 西里西亚，埃3: 164

Cirrha, Κίρρα, 喀耳剌, 埃3: 107, 108, 118, 123

Cithaeron, Κιθαιρών, 喀泰戎, 埃3: 161

Coele, Κοίλη, 科伊勒（阿提卡村社），埃3: 187, 195

Collytus, Κολλυτός, 科吕托斯（阿提卡村社），埃1: 41, 157; 埃3: 138

Colonus, Κολωνός, 科罗诺斯（阿提卡村社），埃1: 125

Corcyra, Κέρκυρα, 克基拉（爱奥尼亚海岛屿），埃3: 243

Corinthus (Corinth), Κόρινθος, 科林斯, 埃2: 148

Cotylaeum, Κοτύλαιον, 科堤莱翁, 埃3: 86

Cydathenaeum, Κυδαθηναίον, 库达忒

奈翁（阿提卡村社），埃1: 114

Cytinium, Κυτίνιον, 库提尼翁，埃2: 116

Deceleia, Δεκέλεια, 得刻勒亚，埃2: 76

Delphi, Δελφοί, 德尔斐，埃2: 114; 埃3: 106, 107, 113, 115, 122, 123, 126, 130, 132

Dolopia, Δολοπία, 多罗庇亚，埃2: 116

Doris (I), Δωρίς, 多利斯（提及居民时作"多利安人"），埃2: 116

Doriscus, Δορίσκος, 多里斯科斯，埃3: 82

Dorium, Δώριον, 多利翁，埃2: 116

Eion (-), Ἠϊών, 厄伊翁，埃3: 184

Elateia (I), Ἐλάτεια, 厄拉忒亚，埃3: 140

Elis, Ἦλις, 埃利斯，埃3: 165

Erchia (Herchia) (-), Ἐρχία/Ἑρχία, 赫耳喀亚（阿提卡村社），埃2: 67, 68; 埃3: 138

Eretria, Ἐρέτρια, 厄瑞特里亚（优卑亚岛上城市），埃1: 113; 埃2: 116, 164; 埃3: 85, 94, 100, 103

Ergisca (-), Ἐργίσκη, 厄耳癸斯刻，埃3: 82

Euboea, Εὔβοια, 优卑亚（爱琴海岛屿），埃2: 12, 119, 120, 169, 175; 埃3: 84, 85, 86, 87, 89, 94, 95, 221, 237

Euonymon (-), Εὐώνυμον, 欧俄倪蒙（阿提卡村社），埃1: 53

Euripus, Εὔριπος, 欧瑞波斯，埃3: 90

Europa (Europe), Εὐρώπη, 欧罗巴，埃3: 250

Ganias (-), Γανιάς, 伽尼阿斯，埃3: 82

Ganus, Γάνος, 伽诺斯，埃3: 82

Hagnus, Ἁγνούς, 哈格努斯（阿提卡村社），埃2: 13, 155; 埃3: 54

Halonnesus, Ἀλόννησος, 哈隆涅索斯（爱琴海岛屿），埃3: 83

Hellas (Greece), Ἑλλάς, 希腊，埃1: 64, 117, 120, 122, 156; 埃2: 9, 23, 27, 32, 33, 57, 58, 59, 60, 61, 62, 63, 71, 72, 79, 104, 112, 114, 120, 121, 130, 133, 134, 143, 156, 162, 164; 埃3: 34, 41, 43, 49, 56, 58, 61, 64, 67, 68, 70, 71, 72, 93, 96, 106, 116, 117, 128, 131, 132, 133, 134, 147, 148, 151, 154, 156, 157, 158, 159, 161, 172（复合词）, 189,

227, 230, 231, 249, 253, 254, 258, 259

Hellespontus (Hellespont), Ἑλλήσποντος, 赫勒斯滂（达达尼尔海峡），埃1: 55, 56, 68; 埃3: 51, 132

Hieron Oros (-), Ἱερὸν Ὄρος, 圣山，埃2: 90

Ilium, Ἴλιος, 伊利昂（即特洛伊），埃1: 144

Imbros, Ἴμβρος, 因布洛斯（爱琴海岛屿），埃2: 72, 76

Ionia, Ἰωνία, 爱奥尼亚，埃2: 116

Lacedaemon (II), Λακεδαίμων, 拉栖代梦，埃1: 180, 181, 182; 埃2: 32, 76, 77, 78, 104, 116, 135, 136, 164, 172, 174, 176; 埃3: 133, 150, 165, 187, 222, 243

Laconia, Λάκωνια, 拉科尼亚，埃2: 133; 埃3: 167

Lampsacus, Λάμψακος, 兰普萨库斯，埃2: 83

Larissa (I. 1), Λάρισσα, 拉里萨，埃2: 41

Lemnos, Λῆμνος, 勒姆诺斯（爱琴海岛屿），埃2: 72, 76

Leontini, Λεοντῖνοι, 勒翁提诺伊，埃2: 76

Leuctra (I), Λεῦκτρα, 留克特拉（前371年著名战役战场），埃2: 164

Locris, Λοκρίς, 罗克里斯，埃2: 116; 埃3: 113, 123

Loedias (-), Λοιδίας, 罗伊狄阿斯（佩拉附近之河流），埃2: 124

Macedonia (Macedon), Μακεδονία, 马其顿，埃2: 16, 22, 23, 27, 29, 56, 58, 72, 92, 101, 113, 136, 138, 146, 152; 埃3: 73, 78, 89, 128, 160

Magnesia, Μαγνησία, 马格涅西亚，埃2: 116; 埃3: 83

Maliacus Sinus, Μαλιακὸς Κόλπος, 马利安湾（提及居民时作"马利安人"），埃2: 116

Mantineia, Μαντίνεια, 曼丁尼亚（前362年著名战役战场），埃2: 164, 169

Marathon, Μαραθών, 马拉松，埃2: 75; 埃3: 181, 186, 259

Media (Medeia), Μηδία, 米底，埃3: 116, 183, 184, 258, 259

Megalopolis (I), Μεγάλη Πόλις, 麦加罗波利斯，埃3: 165

Megara (II), Μέγαρα, 麦加拉，埃2: 175; 埃3: 95

Metroön (-), Μητρῷος, 神母殿（雅

典档案馆所在地），埃 3: 187

Myonnesus, Μυόννησος, 鼠岛，埃 2: 72

Myrrhinus, Μυρρίνους, 密耳里努斯（阿提卡村社），埃 1: 98

Myrtisca (-), Μυρτίσκη, 密耳提斯刻，埃 3: 82

Naxos (III), Νάχος, 纳克索斯（爱琴海岛屿），埃 2: 175; 埃 3: 222, 243

Nemea, Νεμέα, 涅美亚，埃 2: 168

Nicaea (II. 2), Νίκαια, 尼开亚，埃 2: 132, 138; 埃 3: 140

Nine Roads (-), Ἐννέα Ὁδοῖ, 九路，埃 2: 31

Nymphaeum (-), Νύμφαιον, 宁淮翁，埃 3: 171

Oeta, Οἴτη, 俄伊忒，埃 2: 116, 142

Oeum (-), Οἶον, 俄伊翁（阿提卡两个同名村社之一），埃 3: 115

Olympia, Ὀλυμπία, 奥林匹亚（著名赛会所在地，马其顿举行之同名赛会），埃 2: 12; 埃 3: 179, 189

Olympus (I. 1), Ὄλυμπος, 奥林波斯（天神所居之山），埃 1: 55, 76, 81; 埃 3: 182, 228, 255

Olynthus, Ὄλυνθος, 俄林托斯，埃 2: 4, 15, 153, 154, 155

Opus, Ὀποῦς, 俄波厄斯，埃 1: 143, 144, 149

Orchomenus, Ὀρχομενός, 俄耳科墨诺斯，埃 2: 141

Oreus, Ὠρεός, 俄瑞俄斯（优卑亚岛上城市），埃 2: 89, 93; 埃 3: 94, 100, 101, 103, 104, 105, 223, 224

Oropus, Ὠρωπός, 俄洛波斯，埃 3: 85

Paeania, Παιανία, 派阿尼亚（阿提卡村社，德谟斯提尼籍贯所在），埃 2: 73, 93, 150; 埃 3: 51, 171, 172

Palladium (-), τὸ ἐπὶ Παλλαδίῳ, 帕拉斯神像前法庭，埃 2: 87

Peleces, Πήληκες, 珀勒刻斯（阿提卡村社），埃 2: 83; 埃 3: 139

Pella (I), Πέλλα, 佩拉（马其顿首都），埃 2: 108; 埃 3: 160

Pellene (I. 1), Πελλήνη, 珀勒涅，埃 3: 165

Peloponnesus (Peloponnese), Πελοπόννησος, 伯罗奔尼撒，埃 2: 75; 埃 3: 95, 97, 98

Perithoedae, Περιθοῖδαι, 珀里托伊达伊（阿提卡村社），埃 1: 156

Perrhaebia, Περραιβία, 珀赖比亚, 埃2: 116; 埃3: 167

Persis (Persia), Περσίς, 波斯 (βασιλεύς 一词单独出现时, 译为"波斯国王", 但不入索引), 埃2: 74, 75, 149, 172; 埃3: 132, 163, 164, 173, 181, 238

Pharsalus, Φάρσαλος, 法萨卢斯, 埃3: 128

Phlius, Φλιοῦς (埃斯基涅斯拼作 Φλειοῦς), 佛利乌斯, 埃2: 168

Phocis, Φωκίς, 福基斯, 埃1: 175; 埃2: 9, 44, 81, 95, 116, 130, 131, 132, 133, 134, 135, 138, 140, 142, 143, 162; 埃3: 80, 87, 118, 140, 148

Phthiotis, Φθιῶτις, 佛提俄提斯, 埃2: 116

Phyle, Φυλή, 费莱 (阿提卡境内要塞), 埃2: 176; 埃3: 181, 187, 190, 195, 208

Piraeeus, Πειραιεύς, 庇里尤斯 (雅典港口), 埃1: 40, 50; 埃2: 173; 埃3: 209

Plataea, Πλάταια, 普拉泰亚, 埃2: 75; 埃3: 162, 259

Pnyx (-), Πνύξ, 普倪克斯 (雅典公民大会会场所在地), 埃1: 81, 82; 埃3: 34

Pontus (-), Πόντος, 海 (特指黑海 [Πόντος Εὔξεινος]), 埃3: 171

Priene, Πριήνη, 普里厄涅, 埃2: 116

Prytaneum (-), πρυτανεῖον, 市政厅, 埃2: 46, 53, 80; 埃3: 178, 196

Pylae, Πύλαι, 温泉关; 关口; 关, 埃2: 103, 107, 114, 130, 132; 埃3: 80, 124, 126, 128, 129

Pytho (=Delphi), Πύθια, 皮提亚 (德尔斐神谕所), 埃3: 254

Rhamnus, Ῥαμνοῦς, 然努斯 (阿提卡村社), 埃1: 157; 埃2: 12

Rhodus (Rhodes), Ῥόδος, 罗得岛 (爱琴海岛屿), 埃3: 42, 252

Salamis (II), Σαλαμίς, 萨拉米斯 (阿提卡附近岛屿), 埃1: 25; 埃2: 74, 75, 172; 埃3: 158, 181

Samos (I), Σάμος, 萨摩斯 (爱琴海岛屿), 埃1: 53; 埃3: 252

Scyros, Σκῦρος, 斯库洛斯 (爱琴海岛屿), 埃2: 72, 76

Scythia, Σκυθία, 西徐亚, 埃2: 78, 173, 180; 埃3: 128, 129, 172

Serrheum (Serrhium), Σέρριον, 塞里翁, 埃3: 82

Sicilia (Sicily), Σικελία, 西西里, 埃2: 10, 76

Sparta, Σπάρτη, 斯巴达, 埃1: 180; 埃2: 133

Sphettus, Σφήττος, 斯斐特托斯（阿提卡村社），埃1: 43, 97, 100, 104

Steiria, Στείρια, 斯忒里亚（阿提卡村社），埃1: 68; 埃3: 195

Stoa Poecile (-), ἡ στοά ἡ ποικίλη, 绘色柱廊, 埃3: 186

Strepsa (-), Στρέψα, 斯特瑞普萨, 埃2: 27

Strymon, Στρυμών, 斯特律蒙, 埃3: 183, 184

Sunium, Σούνιον, 苏尼翁（阿提卡村社），埃1: 63

Tamynae, Ταμύναι, 塔密奈, 埃2: 169; 埃3: 86, 88

Tenedos (I), Τένεδος, 忒涅多斯, 埃2: 20, 126

Thebae (II) (Thebes), Θῆβαι, 忒拜, 埃2: 29, 104, 105, 116, 117, 119, 136, 137, 138, 140, 141, 143, 164; 埃3: 76, 80, 84, 85, 90, 91, 106, 116, 133, 137, 138, 139, 140, 141, 142, 143, 145, 148, 150, 151, 156, 161, 237, 239, 240, 256

Therma, Θέρμα, 忒耳马, 埃2: 27

Thessalia (Thessaly), Θεσσαλία, 色萨利, 埃2: 92, 116, 132, 136, 138, 140, 141; 埃3: 83, 140, 161, 167

Thracia (I) (Thrace), Θρακία, 色雷斯, 埃2: 9, 82, 89, 98, 101; 埃3: 61, 65, 73

Thronium, Θρόνιον, 特洛尼翁, 埃2: 132

Troas (Troy), Τροία, 特洛伊, 埃1: 143, 149; 埃3: 185

Zeleia, Ζέλεια, 仄勒亚, 埃3: 258